《シェイクスピア》と近代日本の図像文化学

エンブレム、ジェンダー、帝国

山本真司 著

金星堂

Cultural Imagery in Shakespeare and Modern Japan:
Emblem, Gender, and Empire

Kinseido Publishing Co., Ltd.

目次

はじめに

エリザベス朝およびジェイムズ朝イングランドにおいて、宴会はスペクタクルそのものであり、帝国の権威を示す多様な表象が散りばめられた図像文化の空想博覧会であった。それはさまざまなエンブレムが散りばめられた、いわば帝国の縮図ともいえる場であり、《シェイクスピア》は、まさに階級、人種やジェンダー、さらに人間と動物、人工と自然などの境界線さえも曖昧にする、そのようなパラドクシカルな表象の場を通して、いまもわたしたちに「謎解き」のメッセージを強力に発信し続けている――一見当たり前に見えるものが、見方を変えればまったく異なって見えるということはよくあることだが、ただ漫然と見ているだけでは本当に見ていることにはならないのだと。

二〇一五年開催のミラノ国際博覧会では、「地球に食料を、生命にエネルギーを」というテーマのもとに、五月から半年間にわたって約一四〇カ国の参加国がそれぞれユニークな展示を競った。日本館のテーマは、「Harmonious Diversity—共存する多様性—」で、日本の美意識を意識した繊細で美しいロゴは、食事の「あいさつ」とともに「もったいない」と「おすそわけ」の精神をも同時に象徴する赤い箸のシンボルマークであった（図1）。ちなみに隣国である韓国のテーマは、「You are what you eat—健康は食から」、そして中国は、「Land of Hope, Food for Life—希望の土、生命の食」として、それぞれ一見シンプルに食に即したテーマを選んでいるように見える。しかし、実際のところ前者は特産品としての「キムチ」を、後者は生命を育む「土地」の重要性を世界の市場にアピールしたいという意図を隠していない。環太平洋戦略的経済連携協定、略称TPPによる加盟国間の経済自由化が急ピッチで進行中の現在、「食」の問題は単に社会や文化だけの問題にとどまらず、極めて経済的、政治的な問題になっており、「共存する多様性」を標榜する日本館のテーマ自

図1 「Harmonious Diversity - 共存する多様性」ミラノ国際博覧会（2015年） 日本館シンボルマーク

体が、その政治的緊張感を反映したものだとしても不思議はない。

一方、国内で開催される食の博覧会に目を移してみると、数年前の「食博覧会・大阪」の「宴」館で私の目を引きつけたのは、意外にも、砂糖菓子やマジパンでつくった工芸菓子、和洋スイーツの競演だった。ちょうど英国ルネサンス期の芝居とバンケット菓子を研究テーマに、当時のレシピ本やハンプトン・コート宮殿のキッチンなどで作られていた砂糖菓子やマジパン人形などを調べていた私は、シェイクスピアもついに味覚でも楽しめる時代がきたのかもしれない、とひとり胸を踊らせたことを昨日のことのように覚えている。近年、日本ではスイーツ男子という言葉が流行し、食文化関連のテレビドラマや料理番組が次々に制作され、今では日常の風景となっていることはご存知のとおりである。食文化の歴史にもルネサンスということばがあるとすれば、まさにいま日本のスイーツ界にもルネサンスが訪れたということなのだろうか。

ルネサンスという時代が現代にもたらす影響力の大きさを歴史学者たちは繰りかえし検証し、強調してきた。シェイクスピアや劇の登場人物たちと同時代の生活環境をより身近に感じることができる古城やカントリーハウスは、英国人にとっては今でも人気のファミリー向け観光スポットだ。日本でシェイクスピアといえば、その全翻訳で有名な坪内逍遙によって導入されて以来、西洋・近代化の象徴となっていたが、最近の研究で注目を集めているテーマは「移民」、「動物」、「環境」、そして「食」であり、なかでも近年、食文化関連の出版が目立つ。シェイクスピアにはとにかく謎が多いが、彼の生きた時代の食文化に興味を引かれるのは専門家だけではないようだ。好きな作家や画家（あるいは作品中）の食事を再現・体験したいという読者は少なくないようで、人文芸術系料理本マーケットは活況を呈している。『…の食卓』、『…とディナーを』といった料理本も次々と出版されており、もちろんシェイクスピアも例外ではない。ジェンダーの視点から近代初期英国の家事と演劇の関係を主な研究対象としているルネサンス演劇研究家ウェンディ・ウォールによる待望の書『食を読む：シェイクスピアからマーサ・スチュアートに至る料理史』も近々出版予定であり、この分野もさらに活況を呈しそうである。

シェイクスピアの時代、つまり一六世紀後半から一七世紀前半にかけて大いに発展したものに、「バンケット」と呼ばれるマーチペイン（現代のマジパン）や砂糖菓子、甘い飲み物からなるデザート・コースがある。その甘いバンケットでは、ヒポクラスという中世以来の温かいスパイス入りワインが飲まれたほか、ウエハースや、砂糖漬け、砂糖煮の果物が出された。大宴会のハイライトは、人、植物、動物、そして文字などを象ったアーモンド菓子や砂糖細工のバンケットで、招待客たちは、それを実際の戦闘さながらに破壊しながら食べ尽くすのである。このバンケットの特徴は、医学的効用、親密化、破壊・蕩尽と権力の誇示である。パトリシア・ファマトンが『文化の美学』(一九九一年)で、料理・建築の両様式において細分化されるバンケットは、自己を他者から区別しようとする主体の西洋文明的経験を反映していると主張していたことは記憶に新しい。このようなデザート料理は、中世にはヴォイドと呼ばれ、ゲストがメイン・コースを楽しんだあとダンスやゲームをしたり、召使いたちに食事をさせたりするためにテーブルを片付ける合間に奥の部屋で食されたものである。それがルネサンスになると、一時はバンケット専用の部屋や家屋が屋上や戸外の見晴らしのいい所に建てられるほど流行したが、一八世紀までにはより洗練された、コース料理の「デザート」に取って代わられることになる。

近年ますます個食化し、ジェンダーの垣根さえすでに超越しているかのように見える日本のスイーツ・ブームであるが、その甘い人工物に対する破壊的欲求に関しては、ルネサンス貴族のように職人がせっかく丹精を込めて自然の造形と見間違うごとくに仕上げた宴会の砂糖菓子の人工世界を破壊する、といった代償行為と、テレビゲームやソーシャルゲームなどのバーチャルリアリティによる自己充足はどこか似通ったところがありそうである。同様に、《シェイクスピア》のことばと芝居を通してわたしたちが体験できることのひとつには、〈現実〉と〈仮象〉、あるいは〈人工〉と〈自然〉の差異の構築と破壊を繰りかえすなかで、そこに投影され織りこまれるさまざまなことばやイメージの流れという永遠の「現在」の裂け目のなかに、自らの主体と他者との遊戯的関係性を確認するという日々の実践があるのだ。

「《シェイクスピア》と近代日本の図像文化」といっても考察の対象となるテクストや図像は幅広いジャンルにわたり、しかも近代日本の文学まで含むとなると、多少混乱する読者もいるかもしれない。たとえば、最近でこそ日本でも高度な国際教養を醸成する必要にせまられた高等教育機関において、多少シェイクスピアを再評価する動きがみられるものの、日本の大学草創期に大正の知識人たちを駆り立てたほどの情熱はそこにはまったく感じられない。しかし、スペクタクルの一部としてシンボルやイメージを重視する食とヴァーチャル・リアリティの時代に、これからは言葉だけでなく図像文化の研究もますますその重要度を増すことは間違いない。それだけでなく、シェイクスピアの時代から、詩や演劇における様々な図像や意匠の応用を通じて、現代にいたるまで様々なかたちで保存・伝承されている「図像と言葉の関係」を考える場合に、「エンブレム」、「ジェンダー」、それに「帝国」という三つの視点で眺めてみると、これまであまり見えてこなかったものが姿を現すのではないか。本書では、それらの用語の範囲をできるだけゆるやかに適用しながら考察していきたいと考えている。

ことばと図像を結ぶ「エンブレム的思考」は、将来に向けてさらなる創造の源泉とも土台ともなるべきものであるが、主題によってジェンダーや帝国の問題系と相性がよい場合もそうでない場合もある。幸いなことに、今回特に相性がよいと思われるのが「クレオパトラ」の主題である。二〇一五年秋の大阪で、私は十数年ぶりに「クレオパトラ」の展覧会に遭遇する機会に恵まれた。一九九六年には朝日新聞に連載された宮尾登美子の小説『クレオパトラ』人気で、その「クレオパトラ展」も長蛇の列だったことを懐かしく思い出す。今回は、一時の熱狂は感じられないものの、エジプトの王や王妃をとりまいていたヒエログリフや副葬品の装飾美には圧倒された。この「クレオパトラとエジプトの王妃展」では、王国を滅ぼした美女あるいは魔性の女としての偉大なクレオパトラ像の謎に焦点を当てるというよりも、歴代エジプト王朝の歴史と文化の中の王妃のなかの位置づけを確認するといった印象を受けた。昨今の世の中の関心も、王国崩壊と帝国創始を同時に象徴する偉大なクレオパトラ像よりも、王族たちの権威を象徴するきらびやかな装飾美術に向かっているのだろうか。

図２　左手にコルヌ・コピアを持つ「クレオパトラ」前２～１世紀頃　メトロポリタン美術館蔵　アメリカ

幸運なことに、展示されていた数多くの「クレオパトラ」像のなかに、プトレマイオス朝時代のもので、エンブレムの伝統では運命の女神の持ち物とされるコルヌ・コピアと呼ばれる豊饒の角を左手に抱えた彫像が見られた（図2）。またローマ時代の大理石のレリーフで、アクティウムの海戦でオクタヴィアヌスと戦うアントニーの船の船首に、番犬のように飾られているケンタウロスの巨大な像が付けられているものも興味を引く展示物であった。船首像にはアルゴ号の伝説のように女神をかたどるものが多いが、そこにはなぜ半人半獣のケンタウロスを導き手としたアントニーの像が彫られたのだろうか。アクチウムの海戦を主題としたあるバロック期の絵画に、シーザーの群れなす艦隊から逃走を始めた船の上に絶望に両手を広げて動揺を隠せないクレオパトラを描いたものがある（図3）。その船首には運命の女神が球体の上に立ち、手にした帆を風にはらませており、また、そのクレオパトラが目線を送る先には、すぐそばの沈みゆく船にアントニーらしきローマ兵が折れたマストにつかまっている。そしてその船首につけられているのは、とさかの代わりに竜をのせた巨大な金色のファルコンあるいは鷲である。もしそれが前者であればエジプトの戦争神ホルスを表わし、後者であれば王国の支配者の象徴となるが、いずれにしろそれらは、まさに運命の女神の気まぐれによって王者とともに王国が滅びる悲劇というこの絵の主題を雄弁に物語っている。

図3　「アクチウムの海戦、9月2日　31BC」ロレンゾ・A・カストロ　国立海洋博物館　グリニッジ

　ところで、二〇一六年はシェイクスピア没後四〇〇年の年である。二〇一四年の生誕四五〇年に続き、本場英国ストラットフォード・アポン・エイボンでは、シェイクスピアが最後に住んだ家「ニュー・プレイス」の改装プロジェクトをはじめ、数多くの行事が企画されている。また日本では、宝塚宙組公演「シェイクスピア没後四〇〇年メモリアルミュージカル、『Shakespeare～空に満つるは、尽きせぬ言の葉～』（作・演出／生田大和）の開幕で二〇一六年の元日を迎えることになる。

図4　宝塚宙組 2015 年公演『Shakespeare ～空に満つるは、尽きせぬ言の葉～』宣伝用チラシ

　「ロミオとジュリエット」「ハムレット」「真夏の夜の夢」「オセロー」……時代を超えて世界中の人々の心を震わせる数多の作品を生み出した、エリザベス朝イングランドの劇作家、ウィリアム・シェイクスピア。その没後四〇〇年の節目となる二〇

一六年の幕開けに、宝塚歌劇ではシェイクスピア自身を主人公としたオリジナル・ミュージカルに挑みます。……エリザベス一世統治下のロンドンを中心に繰り広げられる様々な人間模様の中、人の本質を見つめ続けたシェイクスピアが紡ぎ、遺し、今なお輝き続ける「言葉」の源泉を求めて、「言葉」に恋し、魅せられ、そして愛された男の姿を、史実と戯曲とを交錯させつつドラマティックに紐解きます（図4）。

（宝塚劇団ホームページ、同公演サイトより）

『真紅なる海に祈りを』（一九八六年公演）のクレオパトラや『キス・ミー・ケイト』（一九八八年公演）のケイトは、残念ながらこのような「記念」すべき年には主役として登場しないようだが、この公演は女性劇団によって演じられた初めての「シェイクスピアを主人公とした創作ミュージカル」として、後世の人々の「記憶」と「記録」に残るだろう。

しかし一方国内の大学に目を移すと、一時はあれほど隆盛を誇った英文科は、どのような運命のいたずらか、今やそのほとんどが生きのこりを賭けその姿を変えてしまっている。文学にとってまさに冬の時代に、シェイクスピアは、地域密着型大学からは実践的英語力不足の元凶として観光英語やビジネス英語によって「悪魔祓い」され、都会のグローバル型大学でのみ、国際教養のほんの一部分として細々と教えられることになりそうだ。[1]「共存する多様性」を求めながら、本来万人のための《シェイクスピア》を、一握りのグローバル・エリートだけのものとしようとする日本の高等教育界における近年の一連の動向に対して、日本のシェイクスピア研究者の立ち位置とは一体どのようなものとなるのであろうか。このような状況のなか、シェイクスピアをめぐる図像文化を考察する延長線上において、そもそもどのような目的のために近代日本が《シェイクスピア》を移入しようと考えたのか、詩聖没後四〇〇年の「記念」すべき年に、転機となる時代のテクストやコンテクストなどから、さまざまに振りかえってみるのもあながち無駄なことではないだろう。

序

正面から見ると、まるでだまし絵 (perspectives) のように、
混乱以外の何物でもない (nothing but confusion) のに、
斜めから見ると、ある形象 (form) をとる。(『リチャード二世』二幕二場一八―二〇行)

ここで言う「だまし絵」とは、ルネサンス以降用いられるようになったアナモルフォーシス(またはアナモルフォーズ)と呼ばれるデザイン技法のことで、ゆがんだ画像を斜めの角度から見たり円筒鏡などに投影したりすることにより作者が意図した図像を見ることができるようになるというものだ。この場面では、アイルランドに送り出した王に向けられた王妃の悲しみを慰めるためにこの比喩が用いられているのだが、それは今悲しいと思っている様々な事柄も、たまたま一時的にそのように思えるだけであるからそんなに嘆く必要はないという論法である。王妃が抱いている心配は、「未だ生れぬ不幸が運命の女神の胎内に宿っており、わが身に迫ってくる」のではないかと出産の比喩で語られるのだが、廷臣のブッシーはそれを「影」や「悲しみの空目」のようなもの、つまり「空想の産物」に過ぎないとして王妃を慰めようとするのだ。

実際に頭に浮かんでいる概念が、そのままでは混乱状態にあって理解不能であるから、それについて一概に嘆いてみても無駄であるという見方自体は、乱暴のようだが禅問答のように説得力がある。しかし、もしその影とも仮象ともいうべき図像に対応すべき実在の人物が存在する場合にはどうなるであろうか。しかもそれが道化の髑髏ならまだしも、王侯の御姿ともなれば、まるでリア王の道化のように、王が影にすぎないと暴露してその権威を転覆させる危険性を孕んではいないだろうか。劇の前半で廷臣たちがなんども「王はもう王ではない」と非難している声を思いだせば、このような視点の転換こそが作者の意図であることは容易に察せられるのだが。

ルネサンス期のだまし絵としては、たとえばハンス・ホルバインの「大使たち」(一五三三年)の画面下部に斜めに描

かれた頭蓋骨の絵（図1、2）や「エドワード六世」（一五四六年）の肖像画（図3、4）が有名である。特に後者は当時ホワイトホール宮殿に飾られていることが、二人のドイツ人旅行者がそれぞれ一五八四年と一五九八年に残した日記に記されており、またその年に同宮殿の旧バンケティング・ハウスで興行していた宮内大臣一座に所属していたシェイクスピアがこの絵を見知っていた可能性もあり、いっそう興味をそそるものとなっている。

現在ロンドンにあるホワイトホール宮殿のバンケティング・ハウスの天井画は、今でもそのような「まなざし」により「絵」の見え方が異なるように意識して作られており、そのような感覚を経験できる貴重な場である。もともとヘンリー八世が、一五二七年にグリニッジにあるフランス大使館での饗宴の準備のため二つのバンケティング・ハウスの装飾をホルバインに委託したときには、そのひとつは「長い館 (long house)」、あるいは「変装の館 (disguising house)」と呼ばれ、そこで仮面劇やバンケットが供された。一五五一年には、エドワード六世も他の仏大使の接待のためハイドパークにキッチンをそなえたバンケティング・ハウスを建てている。またその伝統はエリザベス女王にも引き継がれ、王位に就いた年にはウェストミンスター等の四つのバンケティング・ハウスを利用しているほどである。さらに一五七二年にはホワイトホールのバンケティング・ハウスでモンゴメリー公爵のために宴会が催され、一五八一年にはアランソンの大使を接待するためにさらに凝ったものがモミやマツ材で建てられ、これは一六〇六年まで利用された。そしてそれを引き倒して今度は煉瓦と石材で新しいバンケティング・ハウスを建ててクリスマスの饗宴のために利用したのがジェイムズ王である。そしてその建物はイニゴー・ジョーンズの設計で現在にまで残る最後のバンケティング・ハウスが建てられる前に、一六一九年一月の火事で焼失したのである。[1]

現在のバンケティング・ハウスは同ジャンルの建築物のなかでも最大級かつ最も重要なものであるが、帝国の表象を考えるときにも欠かせない存在である。私が二〇一五年秋に訪れた際には、改装中のため外壁には巨大なシートが被せられていた（図5）。奇しくもそこに描かれていたのは、世界を表す球体（宝珠）と帝国を象徴する鷲に足をかけたジェイムズ一世と、その王を、右手に持物である天秤と稲妻をもった「正義」の女神が、そのたくましい左腕でカドゥケウスの杖や樫と棕櫚の葉の冠などを持つ天使たちに向かって天に引きあげ、まさに「神格化」しようとする劇的瞬間をとらえた図像であった。

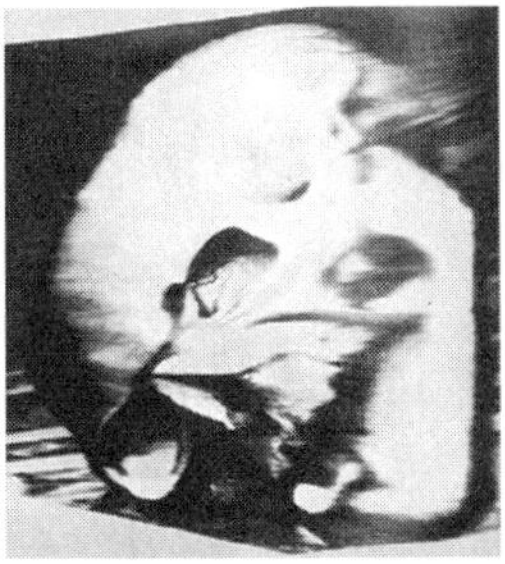

図２　視覚補正後のどくろ　ハンス・ホルバイン　『大使たち』　部分　1533 年　ナショナル・ギャラリー蔵　ロンドン

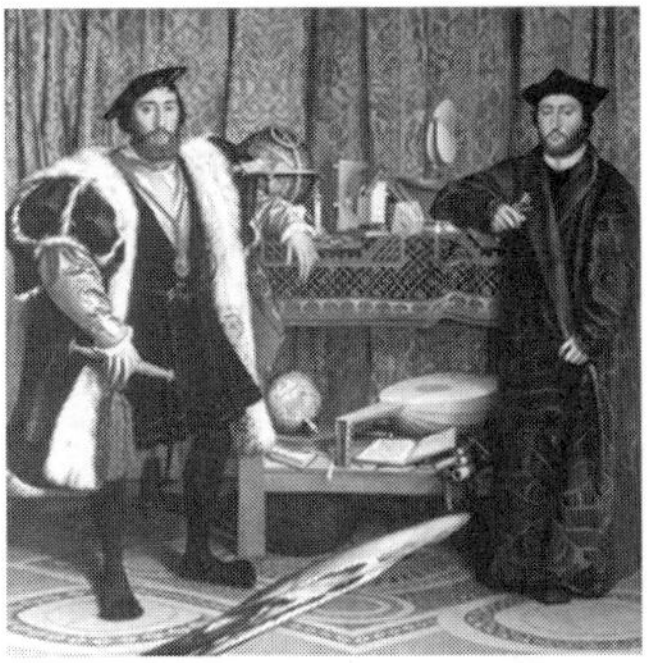

図１　ハンス・ホルバイン　『大使たち』、1533 年　ナショナル・ギャラリー蔵　ロンドン

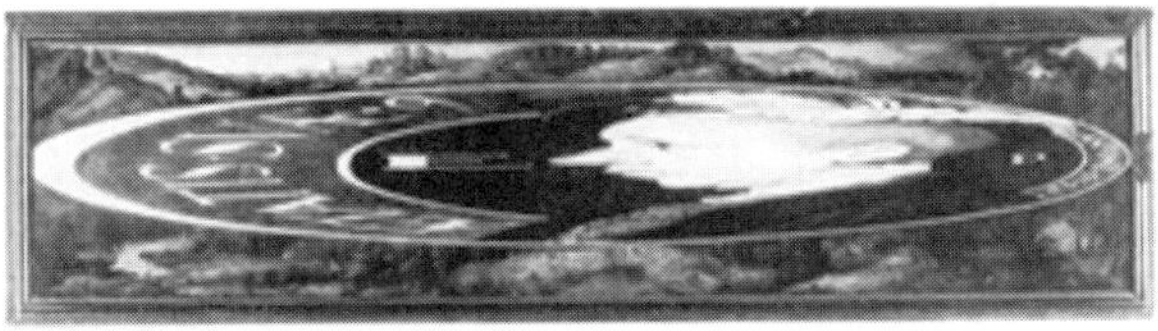

図３　正面から見たエドワード６世の肖像画　1546 年　ロンドン　ナショナル・ポートレート・ギャラリー蔵

図４　斜めから見たエドワード６世の肖像画　1546 年　ロンドン　ナショナル・ポートレート・ギャラリ　ロンドン

図６　サー・ピーター・ルーベンス　1634 年　ホワイトホール宮殿　バンケティング・ハウス　ロンドン　天井画全景

図５　ホワイトホール宮殿　バンケティング・ハウス　ロンドン　（筆者撮影）

この天井画自体はサー・ピーター・ルーベンスにより一六三四年に完成され、その二年後に天井に設置されたものであるが、この絵に王権神授による神格化だけでなく、王国統合の象徴も同時に盛りこまれていることは重要である（図6）。入口から入ってすぐ真上の中央に描かれているのが、スコットランドとイングランドという「二つの王冠の統一」を象徴的に表現した長方形の図絵であるが、その両側に対置された二つの天井画には統合のためには武力も辞さないという王の固い決意が見える――絵の一方は、「《不調和》を叩き潰すヘラクレス」の絵であり（図7）、他方は、知恵の象徴であるフクロウと共に描かれている「《無知》を槍で突く女神ミネルヴァ」である（図8）。しかし、父親と同様に王権神授説を信奉し専制政治を行った結果、息子のチャールズ一世は、内戦後の一九四九年に自らが天井画と内装を依頼したバンケティング・ハウスの目の前で公開処刑の上、斬首されたのであった。しかし、王政を倒し護国卿にまで上りつめたオリバー・クロムウェルもまた、同じルーベンスの天井画の下で王と変わらないほどの権威を身にまとって外国大使を迎えていたというのは皮肉な話である。

この建物にはまさにギリシャの文化に影響を受けたローマ帝国によって使用されてきた世界「帝国」の象徴がちりばめられている。バンケティング・ハウスの建物自体をまるでだまし絵のように切りひらき、天井画の一部とマスク（仮面劇）舞台の素描という中身をさらけだす手法は、当時流行した解剖図に始まる、切りひらいて神秘的な中身（知識）を開示するという解剖学的かつ啓蒙的な視線を想起させるだけでなく、贈り物の包装を開けたり、パイ料理の皮を切り

図7　サー・ピーター・ルーベンス「《不調和》を叩き潰すヘラクレス」1634年 ホワイトホール宮殿　バンケティング・ハウス　ロンドン　天井画

図8　サー・ピーター・ルーベンス「《無知》を槍で突く女神ミネルヴァ」1634年 ホワイトホール宮殿　バンケティング・ハウス　ロンドン　天井画

ひらいたりするときに当時の人々が感じたであろう、開拓と冒険の時代がもたらした日常生活における「驚異」の感覚を現在にまで生き生きと伝えてくれる。

シェイクスピアの時代の人々は、象徴的な図像にモットーやエピグラム（教訓詩）を自由に組み合わせることにより、エンブレム的思考法をさらに練りあげていった。時代とともにそれらの要素がばらばらになり、モットーや図像だけが現代においてはしばしば私的あるいは公共機関の象徴的イコンとして残ることになる。例えば法学部やアルファロメオのロゴマークやエンブレムのような形で断片的に残っているだけだとしても、少なくとも近代初期からある特殊な図像文化が現代社会にまで生き続けていることには、多少の驚きの念を禁じえない。「シェイクスピアの図像文化」を理解することは、そのような西洋の知的文化の基礎となる重要な土台部分を理解することなのだ。すでに触れただまし絵的視点のような問題は、エンブレムも含めて広く視覚文化だけでなく、言語文化や科学や魔術の領域にまで関わり、特に演劇においても不可欠な要素となっていたことを忘れることはできない。

だまし絵に関していえば、シェイクスピアは『リチャード二世』以外にも、『ヘンリー五世』（一五九九年）、『十二夜』（一六〇〇年頃）、『終わりよければ全てよし』（一六〇三年頃）、『アントニーとクレオパトラ』（一六〇六年頃）などの芝居の台詞において、だまし絵的視点を錯視の比喩的表現として効果的に取り入れている。[2] なかでも以下の『ヘンリー五世』におけるフランス王の台詞は本書への有益な示唆を含んでいる。

フランス王　そうです、陛下、あなたはからくり眼鏡で(perspectively)フランスの町々をごらんになったため、それらの町が一人の娘にみえたのです。それもそのはず、その町は一度たりとも戦争に侵されたことのない処女の城壁をもって固くその身を守っているのだから。（『ヘンリー五世』五幕二場三二〇～三行）

つまり、からくり眼鏡の覗き口の「O」という形自体が、『ヘンリー五世』のプロローグをつとめるコーラス（解説役）の台詞に言及される「このO字型の木造小屋(this wooden O)」と同様に、観客の想像力の助けをもって「世界に形と意味を与える」劇場の役割との類縁性を示しており、[3] 本書との関連でいえば、それは『リア王』に頻出する「無」

とOのシニフィアンの連鎖へとつながる視点ともなり、またそれは虚像という影を提供する芝居自体が、ことばやエンブレムを使って産みだす仕組みそのものであり、一方、劇場はその器官、つまり子宮となるのである。グローブ座のような円形劇場は視線を拡散し、より流動的で多様な視点の可能性を個々人に提供することで、バンケティング・ハウスのような至高の権威による視点集約の恣意的虚構性を暴露し、解体する力をもっている（図９）。

また、シェイクスピアの「ソネット二四番」にも、恋人の美の形 (form) を詩人の肉体 (body) という枠組み (frame) の中に、「最高の画家の技法」である「だまし絵」(perspective) を用いて描くという表現がみられるが、これらは『終わりよければ全てよし』（二幕一場）で使われる「武勲の紋章」(an emblem of war) というストレートな表現よりも、一見するといっそう難解で高尚な視点を示唆しているように見える。しかし、剣で切られて出来た頬の傷の刻印を戦争のエンブレムとみなす極めて直観的な見立てや解釈も、結局は見る人次第ということを考えるならば、このような身体に刻印された傷という「図絵」も、比喩的な意味では一種のだまし絵のように、逆に見る角度によって異なる意味が与えられるという複層的な視点の可能性を示唆していると言えなくもない。そして、その意味では、『アントニーとクレオパトラ』のエスカラスの胸に刻まれた文字も同様に書記作用に関する認識論的問題を少なからず共有していると言える。[4]

図９　グローブ座　ロンドン（筆者撮影）

同様にいくつかのシェイクスピアの作品を、同時代の英国からの視点だけでなく、近代日本のテクストや図像と対置させ、すこし「斜めから」眺めることによって、シェイクスピアが括弧つきの《シェイクスピア》となり、読者の脳内スクリーンに思わぬ像を結ばせることができれば、筆者としては望外の幸せである。また、各章は執筆時の条件が大きく異なるため、一見スタイルも長さも整っていないことをお詫びしなくてはならないが、読者のお気に召すままどこから読み始めていただいても、私同様に《シェイクスピア》の視線を感じられるだろう、ということは保証したい。

＊

たとえば大正三年（一九一四年）九月と十月に、それぞれ東京の出版社から同じような題目の本が出版されている。ひとつは永代静雄による『女皇クレオパトラ』であり、もう一方は島村抱月改作の『クレオパトラ』である。同じ時期に同じ主題を扱いながら、両者はある意味対照的である。それらの違いは本文を確認するまでもなく、表紙と背表紙、中表紙にはめ込まれた図像の選択方法の違いにあらわれている。まず永代の背表紙の絵（図10）は槍の装飾の一部であり、表紙の絵の中心はクレオパトラ自身の円形肖像画（図11）、そして中表紙の絵（図12）はピラミッドを背景としたスフィンクスといずれも古代エジプトらしさを尊重した元新聞記者らしい直観的なイメージ構成である。それに対して抱月の本は、背表紙（図13）、表紙（図14）、そして中表紙（図15）のどの図像をとってみてもエジプトらしいというよりも抱月自身が古代の絵文字に手を加えて新しい意味と形を与え、さらにその意味自体を読者に問うているような趣向が感じられる。

背表紙の図像は、まるで人物のように広げた両手の下に象形文字風のクジャクが配置されたものである。羽にはひとつの目飾りがつけられ、頭には王冠のような冠羽がみられ、恐らく永遠や復活のシンボルとして使用されたのだろう。あるいは、ホルスの目や見張り番アルゴスを思わせる尾羽根の眼状斑の目は魔よけや警戒心を表し、さらには二羽のクジャクを聖杯の左右に配し、注意深く生命の泉で水を飲む信者に例えるキリスト教の影響をも部分的に受けているのかもしれない。[5] また、表紙絵の壺には冠羽のない孔雀らしき鳥が木の枝に配置されているが、チューリップのように見える黄金の花から三滴のしずくとともに須磨子の頭文字S《エス》の文字がまるで毛虫のようにも、あるいは光り輝きながら落ちているようにも見える。それは謎を表すマークなのかもしれないが、いずれにせよそのような象徴的判じ絵となっていること自体がユニークである。岡田温司は『ルネサンスの美人論』において、古代からルネサンス、バロック美術における「壺と女性の隠喩的な結びつき」を辿っている。そしてラカンを援用しながら、時代を超えて再生されてきた「女性＝壺」のイメージには「純粋なシニフィアン」として、去勢以前の始原的な母の身体を読みこむことが可能であると主張する。[6] そうであるなら、その始原的母なる壺は、理想的な女性としてのクレオパトラの身体の優美さを表わすだけ

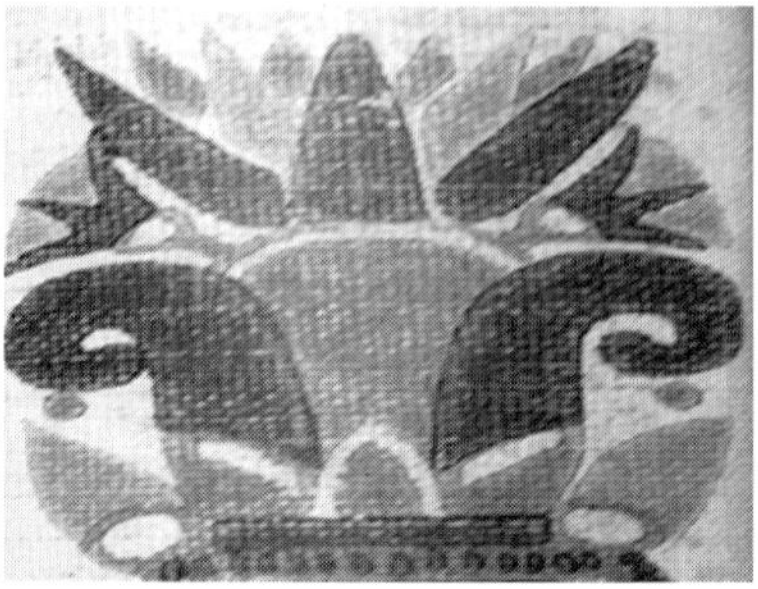

図 10　永代静雄『女皇クレオパトラ』背文字飾り　ロータス文様

図 11　永代静雄『女皇クレオパトラ』表紙の肖像画　エジプトの国花睡蓮の花を持ち女神ムトの 冠をかぶったクレオパトラ

図 12　永代静雄『女皇クレオパトラ』扉絵スフィンクスとピラミッド

図 13　島村抱月改作『クレオパトラ』背文字飾り　孔雀と睡蓮の花

図 14　島村抱月改作『クレオパトラ』表紙図絵　ギリシャ壺風の花器から垂れる黄金の花と 3 つの種か水（?）、そしてその下に毛虫のようにも光っているようにも見える黒い S の文字

図 15　島村抱月改作『クレオパトラ』扉絵木の葉から伸びる緑の紐と、へその緒のように繋がれた根元の揺りかご（?）

でなく、母として毛虫にも似た小クレオパトラである女優須磨子を産みおとしているという解釈も可能かもしれない。扉絵の木からへその緒のように伸びる緑の管が揺りかごに繋がれていることも同様に誕生の隠喩と原始的自然との生命の繋がりを意識しているように思われる。

それに対して、『女皇クレオパトラ』の幾何学模様装飾はより洗練されているが、抱月のような面白みはない。その背表紙の装飾画の原画は、おそらくオーウェン・ジョーンズの著名な『装飾の文法』（一八五六年）からそのまま取られたのであろう（図16）。[7]

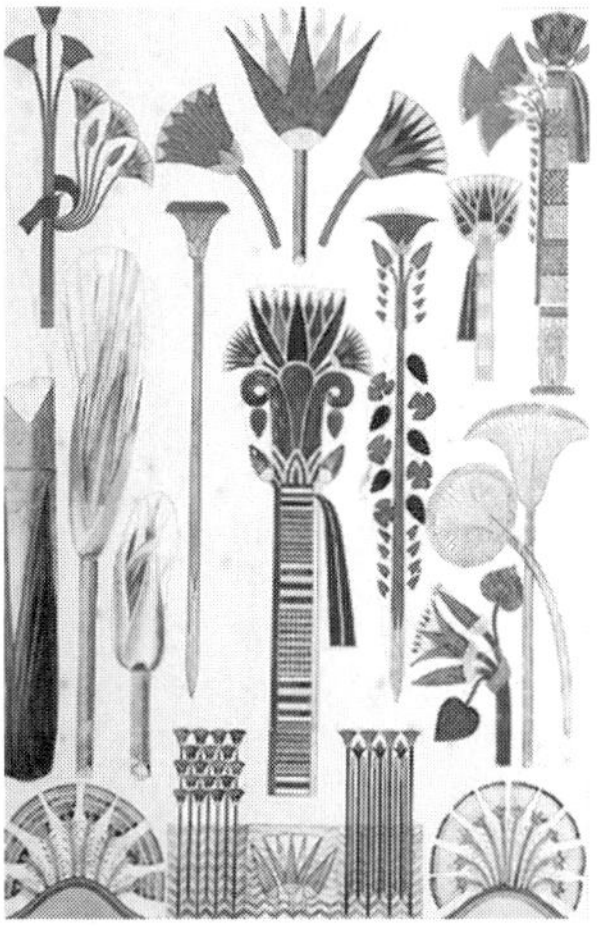

図16 オーウェン・ジョーンズ著『装飾の文法』（1856年）のための水彩と鉛筆によるオリジナル・イラストレーション ロンドン ヴィクトリア・アンド・アルバート美術館

もちろん内容に関しても、前者は「忠君愛国」を掲げ英雄ナポレオンを奉る奈翁会刊行のいわゆるプロパガンダ系の書物であるのに対し、後者はシェイクスピア原作の『アントニーとクレオパトラ』を帝国劇場で上演する芸術座のために作者が自由改作したものであり、思想的に一見全く異なっている。しかし、よりプライベートな面に光を当ててみるならば、両者はまずどちらも養子となっていること、また、揃ってそれぞれ恩師（田山花袋・坪内逍遥）の女弟子（岡田美知代・松井須磨子）と恋仲になり、その不興を買うという苦い経験を経ていることから推測すれば、愛 (love) と肉欲 (lust) の矛盾命題を表わすクレオパトラの人生そのものが、両者にとってまさにその生き方において象徴的な意味をもっていただろうことは想像に難くない。

本書で取り上げた作品に登場する女性たちには、スケールの大小こそあれ、クレオパトラの系譜といってもよい女性が多い。そして、それとともに、当時のことわざに「じゃじゃ馬」と「ひつじ」がよくひと揃いで登場したように、対照的なオクタヴィア的女性も常に付随して造形されている。例えば、『じゃじゃ馬ならし』のカタリーナとビアンカ、『タイタス・アンドロニカス』のタモラとラヴィニア、『ヴェニスの商人』のポーシャとジェシカ、『リア王』のゴネリル（あるいはリーガン）とコーディリア、そして『終わりよければすべてよし』のヘレンとダイアナである。もちろん正確に言うならば、シェイクスピアのクレオパトラ像の参照元であるプルターク『英雄伝』では、もともとクレオパトラをトロイのヘレンに例えていたのであるから、こちらはむしろヘレンの系譜と言ったほうがよいのかもしれないし、さらにはシェイクスピアの生きた英国の政治的背景から、クレオパトラとオクタヴィアの関係をスコットランド女王メアリとイングランド女王エリザベスとの関係に例える見方もある。[8]

いずれにせよ、シェイクスピアのクレオパトラが体現するパラドクスという永遠の謎は、死に臨んで彼女が侍女のチャーミアンになげかけたことば、「最後の審判の日まで遊ぶ（play till doomsday）」（五幕二場）にみられるような、永遠に続く遊戯の現在性によって保障されるのであり、それはまさにシェイクスピアの作品に代表される「世界は舞台、男も女も役者にすぎない」（『お気に召すまま』）という人生観の極めて演劇的な表現となっていることは間違いない。近代日本の「恋人」たちも、図像と言葉、それに恋愛までもが複雑に照応した人生をそれぞれ生きていたのであり、そのような図絵と言葉の受肉的な組みあわせ技法をエンブレム的と呼ぶことができるのであれば、そうして〈エンブレム〉という概念も〈ジェンダー〉や〈帝国〉というキーワードとともに、「《シェイクスピア》と近代日本の図像文化学」を掲げる本書の各論を緩やかにつなぐ重要なキーワードのひとつとなっていると言える。

本書は、筆者が一九九八年から約四年間にわたるロンドン大学大学院への英国留学をはさんで東京で学んだ修士課程のころより約四半世紀にわたって書きつづってきたさまざまな論文の中から、「《シェイクスピア》と近代日本の図像文化学」という大きな括りで本書の主題にふさわしいものを選び、この分野にあまり詳しくない読者でも、まずは目をひく図版などから興味を持って読んで貰えるようにと注意深く編んだ論文集である。留学に発つ前にはお世話になった方々を招いて開かせていただいた代官山のレストラン「マダム・トキ」での披露宴を活用し、実際にシェイクスピアのバンケットを再現するという貴重な機会を得ることもできたが、それは今日までつづく私のバンケット研究の原点となった。ご参集いただいた方々には改めてお礼を申しあげたい。またシェイクスピア演劇におけるバンケット表象の博士論文を仕上げるために、留学中はカントリーハウスを訪ねて回ると同時に、大英図書館の貴重書室などで同時代の料理本や家庭教本を文字通り片端から渉猟し、日々ルネサンス時代の饗宴に思いを馳せていたのも懐かしいかぎりであるが、今回は筆者にとって初めての出版ということもあり、シェイクスピアのレシピ本やエリザベス朝演劇のバンケット表象に特化した本をまとめる前に、まずはこれまでに発表してきた近代日本文化との比較研究も含め、より広い視野からまとめた論文集を先に世に送り出すことにした次第である。

シェイクスピア作品の図像学的研究に関していえば、日本では、悲劇や後期ロマンス劇を中心として岩崎宗治や今西雅章、それに上野美子、高山宏、鈴木繁夫、松田美作子ら多くの研究者がすでに多くの著書、論考を発表しており、シェイクスピア作品に関連する主なエンブレムやイコノロジーに関する研究は着実に進展している。しかしながら本研究は、イコノグラフィーやイコノロジー研究の流れを組む伝統的なエンブレム研究や舞台表象研究に基づきながらも、英国ルネサンス文学の核ともなるシェイクスピア当人の伝記的研究から始まりニュー・ヒストリシズムや文化唯物論と同時に出現した新テクスト研究やポストコロニアリスト・フェミニズムの成果である歴史的、社会文化的、政治的なテクスト読解のストラテジーを生かし、さらにそれらにイコノロジーやエンブレム研究における材源研究の進展による新しい発見・知見を援用、接合していくことを目指している。しかし、そのような試みの全てが上手くいっているわけではなく、文化論に加えて今後さらに図像文化的視点から考察を発展させる必要のある論文もある。未熟な点はこれからの課題ということで温かく見守っていただければ幸いである。今後シェイクスピア研究にエンブレム研究などの成果を取り入れていくことの意義については、本論に入る前にまずここでエンブレム研究の現在を概観することにより触れておきたい。

*

エンブレムやインプレーサの英国文化史に占める意義が長らく等閑視されてきた理由は、主として英国における関連出版物が希少であったことによる。先駆的研究としては、ヘンリー・グリーンの『シェイクスピアとエンブレム作家たち』（一八七〇年）以降、マリオ・プラーツ『一七世紀イマジェリー研究』（一九三九年）やローズマリー・フリーマン『英国のエンブレムブック』（一九四八年）があるが、近年日本でもエンブレムブックや「ヴァールブルク学派」の翻訳に加え関連研究書が続々と出版されるのを見れば、七〇年代以来のブーム再来かと訝る者が出てきても不思議ではない（プラーツ前後のエンブレム研究の動向に関しては、マリオ・プラーツ『綺想主義研究』（日本語版、一九九八年）に付された伊藤博明による「解題」と、ピーター・M・デイリー監修『エンブレムの宇宙』（二〇〇八年、邦訳は二〇一三年）の「序論」と「エンブレムの理論」の章を参照)。一九八六年に設立された「エンブレム研究協会」と一九九六年刊行の専門誌『エンブレマティカ』によって、エンブレム研究は初めてディシプリンとして飛躍的な発展を遂げた。デイリーとマイケル・バースは同協会の主要設立メンバーであり、両氏は近年相次いで同協会日本支部(代表は松田美作子氏)によって日本に招聘され、各地で啓蒙的な講演活動に献身された。私たちは今「エンブレム」に対して、フリーマン的な狭義の定義・解釈から解き放たれ、プラーツが主張したように当時の時代精神との連関で広義にエンブレム文献を理解し、さらにデイリーの実践するエンブレム的なものの現代メディアへの応用やバースの提唱するエンブレム研究のグローバル化に対し真剣に向き合うべき時期に来ていると言える。

サー・ロイ・ストロングは、カール・J・ヘルトゲン『英国におけるエンブレムの伝統』(一九八六年、邦訳は二〇〇五年)に寄せた「序文」の中で、近年の研究はエンブレムやインプレーサをさらに広い文脈で再考するようになったと述べ、重要な点として以下の二点を挙げている。つまり、「本質的にルネサンス的な表現形式」にとって「視覚的要素は不可欠であった、あるいは少なくともそうなりつつあった」という点と、「新しいイマジェリーの世俗的な表明に投入されたエネルギーと創造力が、王権崇拝に照準を合わせていた」という点である。これまで独創性や重要性が過小評価されてきたイギリスの作品に対してヘルトゲンは「基本的に(文学・美術の両領域にまたがる)バイメディアルな三つ組の構成をもつエンブレムというジャンルが、非常な多様性をもって発展してきた」ことを強調するが、この点はまさに本書においても共有する重要な問題意識である。

本書の目的は、近代初期から現代に至るまでの様々なテクストに埋めこまれた図像文化的「意味の深層」を掘りおこすために、図像と文化双方の視点から、副題にもあるように「エンブレム」、「ジェンダー」、そして、「帝国」というキーワードを中心にしながら、言葉と図絵が織りなす複雑かつ奇想天外な「紋様」の意味するところをジャンル横断的に論じることである。

ここで本書では図像文化学の定義についてはそれほど厳密に考えているわけではないことをお断りしておかなければならない。シェイクスピアの図像文化といってもルネサンス期に流行したインプレーサやエンブレムのように文字に図版を結びつける特殊な図像文化の伝統だけでなく、文化的、社会的、経済的、政治的、宗教的言説においてさらに広範なイメージとテクストの関係を扱うことになるからである。本書の論文の多くは、「ジェンダー」や「帝国」といった植民地主義や帝国主義の言説、あるいはポストコロニアリズムやフェミニズム、そしてニュー・ヒストリシズムや文化唯物論など様々なジャンルにおける近年の研究成果の蓄積から大きく影響を受けている。そのような政治的批評は、出典研究中心の伝統的なエンブレム研究とは一見無関係なように思われる。まだ比較的歴史の浅いエンブレム研究の分野では、第一義的にソース・ハンティング（材源追求）とデジタルアーカイブ化が目下の課題となっている一方、すでに四〇〇年近い歴史を持つシェイクスピア研究における図像および物質文化の活用は、これからさらに新しいテクスト解釈の方法に光を当てる一助となる可能性を秘めている。したがって、「《シェイクスピア》と近代日本の図像文化学」とは、比較的新しい学問領域であるエンブレム研究に代表される図像文化研究の成果を活用しながら、シェイクスピア研究においてすでに試行された政治的、文化的、歴史的、そして社会的な分析手法を文学のイメージとテクスト分析にも援用していくことに対する新たな宣言でもある。言い換えれば「日英グローカル文化」において、政治的イメージ・テクスト分析手段を指す記号となった《シェイクスピア》テクストを、さらにグローカル文化の分析ツールとして近代から現代にかけての日本と英国における〈クレオパトラ〉的女性表象の意味の解明に再利用することである。そのようなイメージとテクストの多種多様な表象分析を通して、われわれは「エンブレム」的思考法や「シェイクスピア」的な人生観・宇宙観を生産的かつ多様なものの見方のひとつとして現代に生かすことができるだろう。

　エドワード・サイードは『文化と帝国主義』で、帝国にはさまざまな統治とそれに対する様々な抵抗の形式が存在しており、西洋近代史において帝国主義はみえない監獄や空気のようなものとなり、いかなる文化もその帝国主義化を逃れることはできないことを指摘している。またそれは土地とその民族をめぐる闘争も同様であるが、さらに興味深いのは「地理をめぐる闘争」が「思想と形式とイメージとイメージ創造」を伴うことである。[9] 本書ではそのような土地やジェンダーをめぐる闘争がすべて植民地主義的な闘争と結びつけて論じられたわけではないが、それは今後の筆者の課題であるとともに、文学テクストや図像文化の雑種性、混淆性、不純性からアクチュアリティを掘りおこすことにより、現代にまでつながる帝国とそのさまざまなイメージ群との関係について、すくなくとも本書が読者諸氏にいろいろな視点から考えることのできる幾ばくかの材料を提供することができるのではないかと考えている。

以下、本書の内容について概要を述べる。

第一章「『じゃじゃ馬ならし』における消費の美学――エリザベス朝バンケット、家政学、カントリー・ハウス文化」では、芝居の序幕に表現されている英国の田舎貴族の生活様式に注目する。当時は贅沢の象徴であったバンケットという砂糖菓子のコース料理表象を通してエリザベス朝のカントリー・ハウスを中心とした消費の美学が、どのように家政学と関わり、主人公ケートの主体を形成しているかを考察する。

第二章「人頭パイの料理文化史的考察――『タイタス・アンドロニカス』の場合」では、主人公タイタスが、子供たちの復讐を実行するためにどのように人肉パイという奇怪な方法を思いつき、実際にどのようにその饗宴を計画、実演して見せたのか、その演劇的意味と宴会料理に使われたパイという料理の食文化史的背景を考察し、家父長制的権威を維持するために果たした家政学とバンケットの美学との関係について論じる。

第三章「"Your fortune stood upon the caskets there"（三幕二場二〇一行）――『ヴェニスの商人』における「三つの小箱（casket/chest）選び」の文化的背景とエンブレム的解釈の新たな可能性」では、ウィリアム・シェイクスピア作『ヴェニスの商人』（一五九六―七年）において、三幕二場のバッサーニオによる「三つの小箱選び」が、劇前半のクライマックスとなっているだけでなく、ポーシャの亡き父親が仕組んだ「くじ引き（lottery）」であると同時にエンブレムの絵解き遊びの装置として機能していることを明らかにする。

第四章「第1四折本（Q1）『リア王』における悪魔祓いとジェンダー・クライシス」は、まず『リア王』における「偽の悪魔祓い」の劇的効果について、Q1テクストの「過剰性」に注目しながら積極的に読み直すために、舞台で表象される「ずれ」の多様性は「女性排除」の言説を生みだす父権制の戦略を破綻させる契機ともなっていることを明らかにする。そして、Q1『リア王』が、虚偽性を女性の性的欲望にずらす戦略と、その矛盾を暴露する演劇性との葛藤の内に成立する劇となる可能性を考察する。

第五章「「貞操の外に生きる事」――ヘレナ（『終わりよければすべてよし』）と日本の「新しい女たち」」は、貞操という概念を主題としたシェイクスピアの芝居『終わりよければすべてよし』を基に、大正日本の「新しい女たち」の貞操に関する議論の意義と可能性に新たな光を当てる。一九一四年当時の貞操に関する生田花世の手記から当時の日本の貞操に関する議論とその背景を概観し、同じく貞操問題を主題とするこの問題劇の誕生する背景が新世界の拡大と植民地開拓を推し進めていくという政治的情勢のダイナミズムを共有しているのではないかという可能性について考察する。

第六章「島村抱月改作『クレオパトラ』(一九一四年)のロケーション――混血と同化、矛盾の政治学」は、日本でクレオパトラが大流行した大正三年に、〈美人〉イデオロギーがオリエンタリズムとコロニアリズムの錯綜する言説のネットワーク上に機能していたことに注目する。この〈生命〉主義の時代に肉体的言説として始まった〈美学〉は、同時に女性の言説として〈美的なもの〉ものを統一し、その〈矛盾〉の相のもとに再編制を試みる。そして〈日本・人〉という〈国民国家〉(ネイション・ステイト)概念が成立する過程において、進化論的・文化人類学的言説を背景に身体的なメディアとしての演劇が〈混血〉と〈同化〉の概念とどのように関わっていったかを明らかにする。

第七章「〈退化論幻想〉としての『虞美人草』――藤尾の死/処刑の条件」では、西洋世紀末の文化や思想がどのように日本でも受容されていたかを明らかにするため、主人公の人物造形の主要な背景の一つとなっていると考えられる退化論幻想とその社会的影響について女主人公藤尾の人物造形を中心に考察する。

第八章「豚/パナマ/帝国の修辞学――『夢十夜』第十夜」においては、当時のメディアとの相関関係に注目しながら、パナマを巡る帝国主義の言説と交錯する瞬間に浮き彫りになる意味について、豚と群衆やパナマ(の帽子)フェティシズム的視点を当時多大な影響力をもっていた退化論と関連づけながら論じ、それがきわめてポストコロニアル的な問題提起を含んでいることを指摘する。

「あとがきにかえて」は、「ポストコロニアル・クレオパトラ」についての短いエッセイである。主に「シェイクスピア」と「クレオパトラ」という記号が氾濫した二〇世紀末英国と日本について文化的及び政治的考察を加え、他者の記号として作用するクレオパトラ=ジプシーのステレオタイプが、ヒトラーからミロシェビッチに至る民族浄化主義者たちによりメディア操作において利用されてきたことを示す。そして、世紀末におけるクレオパトラ、あるいは『アントニーとクレオパトラ』フィーバーの意味をユーゴ空爆前後のロンドンという位置から再考することにより、〈クレオパトラ〉という記号を現代において利用する際の陥穽を示す。

近代の日本人にとってシェイクスピアとはいかなる存在だったのか。もちろん、抱月や漱石の作品だけによってその集合体験を代表させることはできない。しかし、抱月が一九〇二年五月七日に留学のため船でロンドンに到着したとき、すでに漱石も同地に留学中であったことや、二人が最初に滞在したのがいずれもロンドン大学近辺であったこと、また大英博物館の図書館にどちらも足しげく通い、そこに蓄積された英国文化の歴史と現実をその目で十分に見て吸収していたであろうことなどを考えれば、「シェイクスピアと近代日本の文化図像学」にとっていずれも貴重な受容・比較文化研究の一部となることは間違いない。

大英図書館で今日わたしたちを出迎えてくれる名優ギャリック由来のシェイクスピア像は、もともと漱石や抱月の時代には大英博物館内に置かれていたのだが、その時もやはり今とかわらず希望に溢れた、まだ多くはない日本人留学生たちを優しく「斜め」目線で出迎えていたことだろう（図17）。《シェイクスピア》のまなざしは、いまや西洋だけに限らず多様なテクストや図像文化を通して強力な「光」を投げかけ続けている。そして同時に、それらの表象がすべて現実と仮象の裂け目に織りこまれた多数の「影」の一つに過ぎないことを、私たちは、彼のことばと舞台を通して知っている。しかし私たちは、同時に、『ヴェニスの商人』で道化が悟ったように、いつか真実が露見することも信じている。相反する世界観同士も共存しうることを、シェイクスピアはただ示しているのだろうか。

……真実はやがてあらわれる。
殺人はつねに露見するし、人の子も結局ばれちまう。（二幕二場七四―五行）

図17　大英図書館入口のシェイクスピア像。ルイ・ルービリアック作　（筆者撮影）　もともとの製作委託人である俳優デイヴィッド・ギャリックの死後、1779年に大英博物館に寄贈され、2005年に大英図書館に移設された。

第一章

『じゃじゃ馬ならし』における消費の美学
――エリザベス朝バンケット、家政学、カントリー・ハウス文化

はじめに

ヴィクトリア・アンド・アルバート美術館の迷宮を思わせる展示室を奥まで進むと、英国一六、一七世紀の美術装飾品を展示する一室の片隅に、やわらかな光を放つマザーオブパールの水盤のかげに、ひときわひっそりと展示されているオブジェがある。それがバンケット・トレンチャー、あるいは（円形の場合には）ラウンデルと呼ばれる装飾木皿一式とその収納箱である（図1）。エリザベス朝やジェイムズ朝では、このトレンチャーを使ったバンケットという独特の食文化様式を、劇作家たちが競って芝居の中に取りいれようとしていたが、シェイクスピアも例外ではなかった。当時バンケットに使われたこのようなトレンチャーは、活版印刷の発明により口承文化から文字文化に移行する過程に生まれた時代の産物であり、いわばメディア・ミックスのツールでもあった。それらはしばしば新年の贈りものとして注文され、財産目録にも数多く記録されるなど記念の品として大切に保管される場合もあれば、宴会のたびに余興に使われる場合もあっただろう。後者の場合には、実際にデザートや果物を裏面に載せ、表に書かれた風刺詩を当時流した節に合わせて唄ったり、聖書や寓話、エンブレムや植物などの図柄からその象徴的な意味を読みあてたりするために使われた。シェイクスピアの作品のなかでも、イタリアのパデュアを舞台にした『じゃじゃ馬ならし』は、芝居の本筋で結婚の宴会で終わるという典型的な喜劇の構造をと

図1　マザーオブパールの水盤とバンケット用トレンチャー一式　ヴィクトリア・アンド・アルバート美術館　ロンドン

っている。しかし同時に、オープンエンディングとなる外枠の序幕では、英国のカントリー・ハウス文化を取り入れながら、エリザベス朝特有のバンケットを舞台装置のひとつとして利用しているところに特徴がある。貴族の屋敷のバンケットにおける余興という外枠を前提にすると、劇中劇となる本芝居に登場する人物たちも、まるでバンケット用トレンチャーに描かれた人物か、あるいは砂糖菓子やマジパンで作られた人物、もしくは仮面劇の登場人物のように戯画化されて見えても不思議はない。また、登場する人物たちのキャラクター造型が、舞台となる屋敷内の様々なモノを通して行われることから、この極めて儀礼化された喜劇に英国カントリー・ハウス文化に当時勃興しつつあったグローバル化を背景とした消費の美学と家政学とのせめぎあいの様相をみることもできる。

本章では、作者がこのようにバンケットという英国独特の文化装置を通してイタリアを舞台とした劇をローカル化することにより、芝居にある種の錯誤の視線を導入していることに注目する。そして、エリザベス朝のバンケットをカントリー・ハウス文化における消費の美学という視点から捉えた上で、「じゃじゃ馬ならし」という強力な道徳的枠組みが、家政学という日常的行動規範と共犯関係を結びながら、近代資本主義への移行期において囲い込みつつ拡大するという理想的な消費主体表象のどのような流通媒体となったのかということを考えてみたい。言いかえると、キャサリンを「家庭のケート」(Household Kate)に変貌させる表象プロセスにおいて、特にバンケット菓子のコース料理という文化的社会的装置がどのように関係し、機能しているかということが示せればと考えている。[1]

＊

シェイクスピアの『じゃじゃ馬ならし』の底本とされる一六二三年に出版されたフォリオ（二折）版 *The Taming of the Shrew* には、もうひとつの類似したテクストが存在している。一五九四年に出版されたクォート（四折）版 *The Taming of a Shrew* がそのテクストであるが、以下区別が必要な時には適宜、前者を『じゃじゃ馬 (*The Shrew*)』、後者を『ジャジャ馬 (*A Shrew*)』と呼ぶことにする。[2]

1　エリザベス朝バンケット

シェイクスピアの『じゃじゃ馬ならし』は、ある領主が狩りを終えて帰る途中、居酒屋の戸口で眠りこんでいる酔っ払いを見つける所から始まる。その男のあまりにあさましい姿を見て、領主は思わずこう叫ぶ。

なんて見苦しい奴だ、豚のように眠りこけておるぞ！
恐ろしい死も、こうして見ると、穢らわしく厭わしいものにしか思われぬ。（序幕一　三〇〜一行）

領主が最初に観客に導入するのは、目の前の惨めな酔っ払いを死の表象のひとつとして眺める視線である。そうして観客はそのあとも、目の前の役者を酔っ払いであると同時に「死」の偶像としてながめるような二重の認識回路をもって見るよううながされる。すると領主は急に自ら運命の車輪を回すきまぐれな女神の役割を引きうけるかのように、猟犬係りのハンターたちに次のようにいう。

おい、この酔っ払いをひとつからかって (practice on) やろう。
どうだ、この男を寝床に運び、いい服を着せ、指輪をはめてやり、
枕もとには美味しそうなデザート菓子 (banquet) を並べておき、
目が覚めたら立派な召使いをはべらせることにしては？
きっとこの乞食め、じぶんが何様かわからなくなるのではないか？（序幕一　三三一〜四行）

こうして領主は酔っ払いのクリストファー・スライをどうやってだますかに知恵をめぐらすことになる。カントリー・ハウスという舞台装置を使い、目の錯覚と演技でこの卑しい男にまるで自分が領主だと信じ込ませる方法について、さらに詳しい説明をつづける。領主が酔っ払いのスライに行おうとしている悪ふざけには 'practice on' という言葉

が使われているが、これは『オックスフォード英語辞典』第二版（以下、OEDと省略）にあるように、「策略を用いてある人物をだます」という意味である。だまされるほうからすれば、なにか超自然的な力によって自分が変身したかのように感じるかもしれないが、それを実際ここでは事前にネタばらしをしているわけである。手品の方法を得意気に教える手品師のように、その策略の舞台装置についてまるで目に浮かぶように子細に説明をつづける領主の語りは、まさに聴衆の想像力に直接訴えかけ、そのあとの芝居の世界に導入する。しかし、それはそのまま芝居という装置をつかって観客にありもしない空想の世界をみせる劇作者の仕事でもあること、作者が暗に示唆していると考えられる。

実際、恋愛や復讐などのように特に親密な空間を必要とするような「はかりごと」においては、この場面のようにプライベートなバンケットという小道具を使うことが当時の上流社会における流行の最先端だった。当時の大衆劇場の観客たちの多くも、このような芝居で初めてそのようなバンケットの場面の魅力に触れたことだろう。シェイクスピアは、全作品中三〇回以上この「バンケット」という言葉を、比喩的、あるいは現実的な意味で使っている。実際にバンケットの場面が登場する芝居としては、たとえば、『タイタス・アンドロニカス』、『お気に召すまま』、『アントニーとクレオパトラ』、『マクベス』、『テンペスト』、『ヘンリー八世』などが有名である。また『尺には尺を』でアンジェロが自分の欲望を密かに遂げるために使ったガーデンハウスもバンケット家屋だったことはもっと注目されていいかもしれない。

エリザベス朝のバンケットに関して注釈をつける場合、まずOEDから次のような一般的な定義を引用するのが通常である。

それ自体が独立したひとつの娯楽としての、あるいは主たる食事の後に続く砂糖菓子（スイートミーツ）や果物、ワインからなるコース料理。

ほとんどのシェイクスピア編者は、作品の中で'banquet'という言葉に出くわすたびに、この程度の説明で十分と考えている。しかし、これだけではバンケットが実際にどのようなものだったのかを正確に読者に伝えるのは不可能である。また、実際の舞台でもこの場面はカットされることが多く、現代の読者や観客にとって当時のバンケットについて正しく理解することが難しいのが現状である。しかし、この種のバンケットは、時に芝居の主題の理解に大きくかかわってくるほど重要な意味を持っている。

エリザベス朝のバンケットとは、主に、メイン・コースの後、宴席から離れた位置に特別に設けられた部屋、あるいは建物などで私的に提供された果物や甘味類のコースを指した。文化の周縁に置かれた装飾美術などに光を当てることにより、新歴史主義に修正をかけようと試みた『文化の美学』（一九九三年）のパトリシア・ファマトンの言葉を援用するならば、エリザベス朝のバンケット表象とは、中世の封建主義的経済から近代の資本主義的消費経済への過渡期において、エリザベス朝人の揺れる自己を表わす消費の美学にほかならない。

英国エリザベス朝において急速に発達した消費経済は、プライバシーを志向する空間としてバンケットを高度に様式化することに貢献した。建築史的な観点からみると、バンケットとそれにともなう特殊な空間は、一六世紀後半から、主に英国のカントリー・ハウスで発達した美的文化様式である。例えば、マーク・ジルアードは、初期近代におけるカントリー・ハウスの発展様式をクラシカル、ヒロイック、ファンタスティックの三段階に分類しているが、カントリー・ハウスのそのような建築学的変遷にしたがって、バンケット専用の部屋や建物もさまざまに高度に進化した様式を取るようになる。[3] たとえばロバート・スミッソンが一六世紀半ばに建てたロングリートの屋上にはいくつものバンケット・ルームが設置された（図2）。それは、ある時はサマーハウスやハンティングロッジと兼用されたり（図3）、また、国教忌避のカトリック教徒サー・トマスト・レシャムの建築物のように非常に凝った作りをしたものもあった（図4）。[4]

一六世紀末にロンドンはテムズ川近くで行なわれた結婚式の宴会を描いた絵があるが（図5）、その室内に設けられたテーブルは、戸外での宴会の後に身内で行なわれるバンケットのためのものである。また、比較的大きなカントリー・ハウスは、大人数用のバンケット・ルームと小人数用のものを両方兼ねそなえていた。ハードウィックのハイ・グレート・チェンバーは、家人がプライベートな食事をするところであると同時に、親密なゲストのためのバンケット・ルームとしても機能したのである（図6）。また、ヘンリー八世の宮殿として有名なハンプトン・コート・パレスの庭園にもかつては複数のバンケット家屋がつくられていた。実際にクリスマスの食卓がハンプトン・コートのキッチンで

図 3　バンケット用小塔内部　レイコック・アビー　ウィルトシャー州

図 2　バンケット用小塔　ロングリート館　ウィルトシャー州、出典：マーク・ジルアード『英国カントリー・ハウスの生活』(1978 年)

図 5　《バーモンジーの祝宴》1569 年

図 4　3 角ロッジ、サンプトンシャー州 1595 年、出典：マーク・ジルアード『英国カントリー・ハウスの生活』(1978 年)

図 7　17 世紀のバンケットの食卓（再現）食事室　ラシャン城　マン島

図 6　主応接室　ハードウィック館　ダービシャー州、出典：マーク・ジルアード『英国カントリー・ハウスの生活』(1978 年)

図８　バンケット菓子（再現）　ノリッジ博物館　ノリッジ

図９　バンケットの食卓（再現）　ストレンジャーズ・ホール　ノリッジ

図10　バンケットの食卓（再現）　ストレンジャーズ・ホール　ノリッジ

毎年再現されているが、バンケット用の砂糖菓子類は当時キッチンに併設された菓子工房（ペイストリー）でつくられたのである。

当時、カントリー・ハウスでは、バンケットを準備するにあたり、ハンプトン・コートのように自前のキッチンで用意できない場合には、特に凝った装飾の砂糖細工・菓子などを、買ったモノを意味する（ア）ケーツ［(a)cates］として専門の店からしばしば購入していた。したがって、ケートとはカントリー・ハウスの家計簿において、家庭外から購入する貴重な食材、凝った料理、転じて美味・美食を意味し、当時の文学においては、転じて恋人の意味でもしばしば用いられたのである。じゃじゃ馬のキャサリンが家庭らしいケートに変身する過程において、この意味の「ケート」が転用されている可能性については後ほど論じることになるが、その前に当時のバンケット菓子がどのようなものであったかをさらに見てみよう。

地方の貴族の城や邸宅ではよく当時の宴会の模様が巧みに再現されている。そのひとつがマン島のラシェン城でダイニング・ルームにおける一七世紀後半に開かれた食後のバンケットの様子を再現したものである（図7）。またもうひとつはノリッジの博物館に展示されているスイートミーツ（図8）と異人館（ストレンジャーズ・ホール）で展示されているものである（図9、図10）。特に後者には近隣のノリッジ博物館収蔵のバンケット用トレンチャー盆が食卓に添えられているのが他にはない特色であるが、展示のためメイン・コースの料理とデザート料理を便宜上同じ食卓に並べているので注意が必要である。

このようにエリザベス朝のカントリー・ハウスでは、消費経済の発展とともにバンケット料理の様式化が進み、同時にまた当時イデオロギー化してきた「家庭」という概念の統制、あるいは管理原理として「家政学」が重視されるようになってきた。つまり英国経済が中世封建主義から近代資本主義に移行する過程で国民国家形成に貢献するようになったと考えられるのが、この「家庭」の修辞学／政治学である。

2　カントリー・ハウス文化の美学

冒頭で引用したくだり、つまり、領主が酔っ払いのクリストファー・スライを計略にかける提案をした場面に戻ろう。領主はベッドに寝かせたスライの枕元に「もっとも美味なバンケット料理（A most delicious banquet）」を並べておけと命じていた。

この序幕の場面を表した絵は、ヴィクトリア朝時代に発行された全集の挿し絵からとったものである（図11）。スライの顔つきがいかにも野卑に描かれているのは当時流行した人相学の影響だと思われるが、状況から見てもここに描かれているバンケットが、大広間で開かれる大宴会のごちそうを意味するのではなく、寝室という最もプライベートな空間に持ちこめる程度の比較的簡易なものであることは明らかである。

貧しい者も運命の車輪が一巡りすれば貴族や王様にでもなれるというのは中世以来エンブレムなど数多くの図像でお馴染みのモチーフである（図12）。領主の奇想天外な提案に対して、二人の猟師はそれぞれ、その哀れな男が「何もわからなくなるでしょう」であるとか、「目覚めたら別世界にいるように思うでしょう」などと返事をする。この趣向をそれらしく演出するためのきわめて貴族的な空間やその道具立ての詳しい描写がさらに以下のように続く。

嬉しい夢やはかない空想の世界にでもいるようにするのだ。
では連れて行け、抜かりなくやるのだぞ。
わしの一番いい部屋にそっと運び込め。
そして壁じゅうに淫らな絵をかけておくのだ
この汚い頭に香水をふりかけ、香木を焚いて
部屋を甘い芳香で満たすことも忘れずにな。

図11　貴族の扱いを受けて騙されるスライ　ヴィクトリア朝の全集挿絵

図12　ボッカチオ『著名人たちの運命について』挿絵　14世紀後半

それから音楽の用意も頼む。目を覚ましたら、
この世のものとも思えぬ美しい調べを聞かせるのだ。
…………（序幕一　四〇―七行）

最高の寝室、壁にかけられた絵画、香水に、香木、音楽、それに召し使い。バラの蒸留水、銀の水盤、水差し、幾何学模様の入った手拭い、豪華な衣装、馬、猟犬、それに奥方までそれら全てが「権勢のある領主 (a mighty lord)」の主体を形成するための装飾であり、小道具となっている。これは詩や散文などにおいてはエクフラシスと言われる事物描写の技法とも類縁関係がありそうだ。つまり目の前にありありと思い浮かぶように説明するのは、実際には目の前にないものを空想する読者や観客の豊かな想像力を必要とする。しかし、この描写からは判別できないが、それぞれの家具やタピスリーには、その注文主の趣味に沿ったエンブレム的な装飾が施されていることだろう。そして、この一連の描写を締めくくる領主の「適度に自制してあたれば ('If it be husbanded with modesty') けっこう楽しい慰みになるだろう」という台詞自体が、たとえ余興においても家長として家計の管理のようにしっかり統制をとることの大切さを説いた言葉になっていることは重要である。つまり、それは、領主としての主体自体が、夫つまり家長に代表される家庭内行動規範に縛られていることを示しているからである。『ジャジャ馬』と比較してみれば、『じゃじゃ馬』では、領主が家政をうまく制するという意味でハズバンドという行為を特に強調している。当時、ハズバンドという単語には、「夫」という意味以外にも、「耕作者」や「家政の長」といった意味があったことから、この芝居においてもそれらに関連する比喩が散見されるのも不思議はない。

この序幕では、貴族階級の社会的装飾を庶民階級のそれとの差異によって際立たせることに成功している。しかし、スライのような階級的他者に改めて貴族的自己を投影するという作業を行うためには、貴族の日常的実践を文化的に位置づける必要がある。その断片化を演じる虚構の装飾的自己を位置づける作業において重要な役割を果たしているのが家政学、あるいは家計管理術 (husbandry) なのである。

家政学において、家長の役割とは、日常的実践において、家庭の文化的あるいは社会的装飾物を、キリスト教的人文

主義の規範に則って正しく配置することにある。その意味で、役者たちに指示を出しながら自らも役者として演技する領主は、修辞的虚構の様々な交渉と生産の場で家長としての自己を演出しているといえる。

ところで、場面が移ると二階舞台に眠るスライが従者たちとともに登場する。この場の設定については、アン・トンプソンがケンブリッジ版の序文でグローブ座タイプの張り出し舞台をモデルにした場合を想定して議論をしているが、その場合スライと従者たちの一団と楽士たちをバルコニーのスペースに応じてどのように配置するかが問題となる。[5]『じゃじゃ馬』のト書きによれば、従者たちは衣装、水盤、水差しなどの品々をもって、傍らの楽師たちとともに控えている。『ジャジャ馬』の同様の個所では、「二人の従者がテーブルにバンケットを載せて登場する」という、より明確にバンケットの用意に言及するト書きがある。『じゃじゃ馬』の序幕を実際に上演するにおいては、あまりバンケットとしての設定が重要視されることはないようであるが、それは明確なト書きがないことによって省略されることが多いからであろう。しかしながら、『じゃじゃ馬』の五幕二場冒頭の、結婚式の後に行なわれるバンケット・シーンのト書きには、明らかに「召使いたちが食後のデザート (banquet) をもって登場」という指示がある。もっとも、ト書きのこの部分は、後から付けくわえたのではないかという説もあるので、二折版編集の段階で一六二〇年代の流行に合わせて特にデザート・コースの豪華さを強調するためかもしれないが。

むしろ、ここでのスライと従者とのやり取りのなかで浮かび上がってくるのは、異なる階級間においては食べ物に関する嗜好が異なり、またその変更は容易ではないという事実の確認作業である。スライの低俗な嗜好は「サック」という高級なドライ・ホワイトワインよりもエールという安ビールに、そして薫り高い砂糖浸けのフルーツよりも塩漬けの硬い干しビーフに固定されている。それに対して、少年扮する奥方に向けられたスライのあからさまな性的欲望は、異性愛的欲望が明らかに階級差を越える原因となりうることを示唆している。同性愛的欲望にたいする言及が頻繁に登場する『ジャジャ馬』と比較するならば、『じゃじゃ馬』の異性愛嗜好がより明確になるだろう。この場面は、異なった階級間で文化的嗜好の境界線を変更することの困難さを提起しながらも、同時に、その問題が結局男女間の性的欲望の問題に還元され、最終的にはキリスト教的な道徳的枠組みを強調、確認しているようにも思われる。

スライは、エール・ハウスの前の路上というきわめて無秩序でオープンかつパブリックな空間から、カントリー・ハ

図13　サー・ヘンリー・アントン肖像画　ナショナル・ポートレート・ギャラリー　ロンドン

ウスの寝室という完全に統制のとれたプライベートかつ閉じた空間に移動させられる。そして、その私的で閉じた空間における様々な道具立てのなかでもバンケットとは、とりわけ家の長を中心とした秩序を象徴するとともに、またその文化の美学を体現する行動様式でもあったのである。しかし、カントリー・ハウスに消費の美学というものが作用していたとするならば、バンケットは一体その美学においてどのような意味を持っていたのだろうか。

ここで、ある絵を見てみたい（図13）。ロンドンにあるナショナル・ポートレート・ギャラリーにかけられた肖像画の中でも一層異彩を放っているものが、この作者不明のサー・ヘンリー・アントン肖像画である。これは、アントンが一五五七年にバークシャーのウォルドレイという地に生まれてから、一五九六年にフランスで病に倒れ、再び故郷で埋葬されるまでの三九年にわたる生涯の主な出来事を、未亡人ドロシーの趣意に従い、一枚のフレームに収めたものである。

ご覧のとおり、この絵を構成するのは主に左右対称の原理である。左右の上隅には、それぞれ月と太陽が配置され、真中に位置するアントンの左右にも、名声の王冠をささげる天使と砂時計を持つ死に神が描かれている。バンケットの余興として行なわれるマスクでは、赤い仮面をかぶった女性たち同様、白人と黒人の子供も二人組みになって行進している。アントンの人生は、右隅下の誕生の場面から、オックスフォード大学オーリエル・カレッジでの、学士（一五七三年）、修士（一五九〇年）の学位取得と、妻ドロシーとのウエディング・バンケット（一五八〇年）、そしてその遠景には、アルプスを超えて、ヴェニスやパデュアでの遊学、またエセックス伯爵のもとでの低地諸国への遠征（一五八五～六年）、それにフランスはアンリ四世への使節としての公務（一五九一年二月、一五九五年六月）が描かれている。そして、フランス滞在中に病死した後、彼の死を悼む黒塗りの船で海峡を超えて故郷に戻ってくる。近隣の貧しいものたちが別れを惜しむ中、黒い棺で運ばれると教会では大勢の聴衆を前に説教が行なわれる。そして、最後には、ひざまずいて聖書を読む妻にみとられながら、霊廟で彫像となって安らかに横たわるのだ。

こうして見てくると、いくつか興味深い点に気づく。まず、幼児を抱く母親の寝室と妻にみとられる霊廟が対照されている点である。それから結婚のバンケットが行われている彼のウオドレイの家屋と、死を悼む説教が行なわれた地元のファリントン教会が対照的に描かれていることである。自宅の最上階の部屋で一人椅子に腰掛けるアントンは、教会で聴衆より一段高い説教壇に立つ牧師に対応しており、家族だけでなく地域の貧しい人々を含めたコミュニティーを統括していることを示している。

エリザベス朝では、すでに言及したとおり、バンケットは、主に、大宴会、あるいは夕食のあとなどにごく親しい者同士がプライベートなスペースで楽しむ、ワインや果物、それに甘い砂糖菓子類からなる特別なコース料理を意味していた。したがって、『じゃじゃ馬ならし』の五幕二場におけるバプティスタ家でのバンケットでも恐らくそうだったように、結婚式の後に特別な一室、たとえば、バンケット・ルームなどに身内の者たちが集まったのである。それは、いわば新しい「家族」の誕生を意味し、また、家庭における家長を中心とした秩序を、プライベートなバンケットを通して、さらにはその教会との対比において再確認する作業でもある。

さてこのバンケット・シーンであるが、ロイ・ストロングが指摘するように、当時は黒服で結婚式のバンケットに望む習慣はなかったうえに、このバンケットがウェディング・バンケットだという証拠もないようであるから、これはむしろ結婚と葬式のバンケットを同時に懐古的にミックスしてイメージ化したものと考えられる。[6]

『じゃじゃ馬ならし』の五幕二場では、バンケットの場を支配しているのが、ビアンカと結婚したばかりのルーチェンチオであることは、この場が彼の「やっとのことでわたしたちの不協和音も調子が合いました」という台詞で始まり、「あのじゃじゃ馬が飼い馴らされるとは奇跡 (wonder) だ」という台詞で閉じていることでも明らかである。そして、この閉じつつもそこに新しい驚きを加えるという方程式こそ、まさにバンケットという一種の祝祭空間を支配する原理であり、それは当時の拡大する植民地主義的な原理とも共鳴しながら、家政学書や料理本とともに新大陸にもたらされたのである。

また興味深いのは、『ジャジャ馬』の舞台がアテネだったのに対し、『じゃじゃ馬』ではパデュアがその舞台に選ばれている点である。しかし、ご覧のように、ヘンリーがオックスフォードでは学寮の一室を占めているのに対し、パデュアの大学町は、馬で通過するのみで、彼の次の軍事的業績である低地帯に向かう通過点のように描かれている。つまり、それはパデュアが、当時の貴族や中産階級の子弟にとって、学問的、軍事的な昇進のための手段、通過点のような存在だったことを意味している。これは、ヴェローナのカントリー・ハウスから冒険と富を求めてやってきたペトルーチオのパデュアに対する態度と共通するものがあるのではないだろうか。

シェイクスピアの時代のイギリス人にとってパデュアは、ヘンリー・アントンのように法学を学ぶだけでなく、医学の面でもオックス・ブリッジの卒業生が学問をさらに続ける場として、フランスやスイスの大学と並んで有名だった。パデュアと言えば、『空騒ぎ』のベネディックがパデュアの出身であるし、『ヴェニスの商人』でポーシャが博士の衣装を借りた従兄弟がいたのもパデュアであるが、パデュア自体が舞台になったのは『じゃじゃ馬ならし』が最初で最後なのである。『じゃじゃ馬ならし』の序幕で、使者を通じてスライに健康のため芝居を見ることを勧めているお抱え医師たちもパデュアで学問を積んでいたのかもしれない。

序幕でお抱えの医師たちが養生法として勧めるという芝居を、スライはカーニバレスクな言語でとらえようとするが、奥方に化けたバーソロミューと会話を交わすうちに、それは、徐々に、家庭内の出来事に、そして最後にはヒストリー、つまり、ある種の物語の枠に滑り込んでいくのが分かる。重要なのは、『じゃじゃ馬ならし』という芝居、あるいはそのフレーム枠自体がすでに商品として流通する可能性を示唆していながらも、同時にそれはすでにみたような聖人や歴史上の人物や出来事に関する物語への親近性も見せている点である。さらにこの詳細を見てみよう（図14）。

アントンのバンケットには、食卓に並べられる料理の秩序正しさだけでなく、それに伴って供される仮面劇や演奏される音楽における総合的な調和がみられる。そこでは、主人であるアントンが、『じゃじゃ馬ならし』の序幕の領主のように、家政万事をうまく取り仕切る様子が人生の特記すべき出来事からなる

図14　サー・ヘンリー・アントン肖像画　ナショナル・ポートレート・ギャラリー　ロンドン　部分

さまざまな場面構成によって示されている。当時出版された家政学書には、キリスト教的な処世訓をまとめたものと、より家庭用の実学を目指したものがあった。前者は概して、家庭における主人とその妻、それに従者の役割を中心に説くのに対し、後者は家庭における主婦の勤めを主に説いている。そのような家政学の手引きは、英国各地に散在するカントリー・ハウスにおいて主に実践されたものだった。サー・ヘンリー・アントンの肖像画は、シェイクスピアの時代において、カントリー・ハウス文化と家政学、それにバンケットが、オックスフォードやパデュアという学芸の都を背景として、家長として家政をとりしきるエリザベス朝の紳士の主体を構成する様相を一枚の図像にまとめて垣間見せてくれる。

経過する時間を超越した視点という意味においては、『お気に召すまま』でジェイクイーズが披露した「人生の七段階（Seven Ages)」のアレゴリーを思い出すべきだろう。やはり一九世紀ヴィクトリア朝のシェイクスピア全集の中の『お気に召すまま』の挿し絵からこの絵を見てみたい（図15）。ここにはまず中世から、聖人たちの人生を描くため伝統的に用いられたアレゴリーの手法が見られる。アントンの肖像だけでなく、『じゃじゃ馬』のような喜劇を、当時の

図 15　ウィリアム・マルレディ「人生の七段階」1838 年

人々は、このように寓意画的な視点をもって眺めていたのかもしれない。そうするとこの劇の一見オープンに見える結末も、単に様々な解釈に開いているのではないことが分かるはずである。むしろ何重もの表象のフレームによって囲いこまれていることを前提としたうえであれば、最終の場でスライ・プロットのフレームの消滅は、逆に観客がすでにそのフレームの中に取りこまれていることを意味しているとも考えられる。さらに別の角度から見るならば、それは当時流行したこの画の断面図的、解剖学的視線を芝居に応用したシェイクスピア一流の演劇的切り口ともいえるだろう。

3　キャサリン像の変容——トガリネズミから砂糖菓子へ

この芝居で、領主やペトルーキオが家計のやりくりの達人として描かれるなら、対するキャサリンはどのような主体として立ちあらわれるのだろう。まず、彼女の変容を二つの層に分けて考える必要がある。ひとつ目は、題目の通り、飼いならされるじゃじゃ馬のもととなる動物像の寓意の層であり、もうひとつの層は飼いならされたあと彼女が表象される消費の美学の対象となる高級菓子としての寓意である。いずれも家政学に関係してそれぞれ全く無関係というではないが、その位相にはテーブルの上と下というくらいには認識のされ方に差があることは間違いない。そしてどちらもカントリー・ハウス文化と深く関わっており、当時の家政学を扱った書籍のなかには、動物や家畜の扱い方から解毒方法などの薬学的知識に関するものや、肉の切り方から保存方法、それに高級菓子の作りかたなどが詳しく説明されている。まず動物の寓意的位相とはどのようなものだったのか。

『じゃじゃ馬』の一幕一場では、ケートの妹ビアンカのもとに求婚にきたグレミオが、ケートを何度も「悪魔」と呼んでおり、また同じく求婚者の一人であるルーセンシォの召使いトラーニオも、ケートの嵐を呼ぶようながみがみぶりを恐れているが、この「がみがみどなりちらす」(scold) ということばは、トガリネズミから派生した「じゃじゃ馬」を形容する表現として主に使用されたものである。また、「邪悪な人間、悪党」、あるいは「がみがみいう人（主に妻）」という意味も、OED にみられる比喩的な使用法では、トガリネズミが家畜の背中に登って背骨を使いものにならなくするといった実害についての迷信から悪い意味が転移したのではないかと考えられている。さらに、中高ドイツ語に悪魔を表わす類語があることから、「悪い生きもの」という意味のことばが小動物に特別に転用された可能性もある。トガリネズミの意味では、もともと悪魔との連想から、女性だけでなく悪意のある人物全般に用いられた表現であることを考えれば、この芝居でのじゃじゃ馬はがみがみ女のケートに限定されない。つまり、一幕一場でホーテンショーとグレミオがケートのような悪魔にふさわしい夫は悪魔しかいないだろうと言う台詞のとおり、夫のペトルーキオ自身もまずは悪魔としてケートと同じ目線で「じゃじゃ馬」を演じることで、逆に相手を飼いならそうとするのである。

これまでケートの変容をバンケット菓子にたとえてみてきたわけであるが、視点を動物誌のほうに移してみると、まが、タイトルの中にも単語として公然と表わされてのが、この「じゃじゃ馬」(shrew) の本家本元となる動物像である。一般的に「じゃじゃ馬ならし」ということわざは当時から女性に対するものとして存在したのではなく、そのやっかいな小動物に関するものがほとんどだったというのは驚くべきことである。

モリス・パーマー・ティリーの『一六、一七世紀英国のことわざ辞典』(一九五〇年) によれば、「シュルー」という単語に関して三つのことわざが収められている。もっとも普及していたと思われるのが、「羊よりシュルーのほうがましだ」(S412) というもので、これは二つ目のことわざ「一頭のシュルーは二頭のヒツジの価値がある」(S413)、そして三つめのことわざ「有益なシュルーは、分別のある者に仕える」(S414) も同様に、「じゃじゃ馬」としてのシュルーが、良き家庭の主婦のモデルとなっていることを示している。そのほとんどの例は一七世紀に入ってのものであり、シェイクスピアの『じゃじゃ馬』の影響も大きいかもしれない。しかし、それ以前よりじゃじゃ馬が羊のようにおとなしくなることについては知られており、その理由の一つには有毒だが薬としての効能もあるもう一つのシュルー、つまりトガリネズミの有用性が一般に知られていたことによるのかもしれない。[7]

アーデン版の編者ブライアン・モリスが「序文」で触れているように、シュルーとは古くは八世紀から現代に到るまで、「トガリネズミ」を指していた(図16)。[8] それが、一三世紀ころから悪意のある人といった意味で使われ、一四世紀の終わりには、悪魔に対してよく使われるようになった。がみがみ女というような意味で使用されるようになったのは、チョーサーの頃からで、十六世紀頃までには、このがみがみ女というイメージが支配的になったようだ。しかし、もちろん、邪悪な、悪意のある、悪魔的な、怒りっぽい、といったイメージは、当時一般に行きわたっていた。トガリネズミ(尖鼠)は、哺乳類の中でも、ハリネズミ科、ソレノドン科、テンレック科、キンモグラ科、トガリネズミ科、モグラ科と六つの科に分かれる食虫類の中のひとつであるトガリネズミ科に属し、夜間に動き回り小型の生物を捕食する。現在北米に生息するブラリナトガリネズミは、土中から獲物を探し噛みついて毒で

図16 「トガリネズミ」エドワード・トプセル『四足獣の歴史』(1607年) 534頁

無力にするが、同科の食虫類では、ヨーロッパに生息するヨーロッパモグラも唾液の毒でミミズを麻痺させ、またカリブ海のハイチソレノドンも獲物に噛みついて毒を出し気絶させることが可能である。

OEDにも引用されているリチャード・サーフレット『田舎農場』（一六〇〇年）では、「このネズミは馬を噛んで死にいたらすこともしばしばある」と田舎の農場経営者たちに警告している。また、エドワード・トプセル（一五七二～一六二五年頃）の『四足獣の歴史』（一六〇七年）には、トガリネズミの攻撃性だけでなく、噛み傷の治療法についても詳細に説明されている。

それはひどく飢えた獣で、一見おとなしく従順そう(tame)でも、ひとたび触わられると深く噛みつき、死に至らせる毒を出す……トガリネズミは、切り刻んで膏薬のようにして用いると、その噛み傷によく効く……荷車の轍に落ちてひかれて粉々になったものを傷口に振りかけると、手近だがよく効く治療薬となる……

（トプセル『四足獣の歴史』、五三六―九頁）

トガリネズミの毒の恐ろしさについては、古代ギリシャやローマでも信じられていたようであるが、現在よく知られている北米産の有毒ネズミとは種類が違うようである。しかし、意外に侮れないこの小動物について当時の人々が抱いていたイメージを知れば、おそらく「じゃじゃ馬ならし」という言い回しが、当時はほとんど遂行不可能なプロジェクトの意味で使われていたことがわかる。田舎の領主の立場からすれば、獰猛かつ有毒な肉食ハンターであるトガリネズミが与える危害としては、馬や牛など家畜への被害を第一に考えるはずである。トプセルからの引用でもわかるように、トガリネズミの噛み傷からはいる毒に対しては、トガリネズミをばらばらにしてつくった粉が一番の治療薬だと当時の人は信じていた。攻撃者の身体をばらばらにするイメージと、それが自らの毒を解毒する薬にもなるというイメージは、ある意味、単にじゃじゃ馬を飼いならすという既成概念を根本から変えるかもしれない。つまり、飼いならすとは、同じ物をそのまま、つまり同一の状態で変えてしまうことではなく、最初の形をまったく破壊してしまった上で毒に対する薬として再創造する、あるいは再利用するということになる。いわゆる毒をもって毒を制するということにもなる。このような変容が、エリザベス朝の人々、すくなくとも家畜に関する知識のあるような人たちの頭にすぐに浮かぶ基本モチーフとなっていたと理解するならば、『じゃじゃ馬ならし』という芝居は単にがみがみ女をおとなしく従順にするだけの話ではないことがわかる。(もちろん、がみがみ言う女性を支配して飼いならすことを目的とする芝居自体が、卑しい身分の男スライをからかって領主さまの一時の慰みにするための劇中劇であることを、我々は忘れることはできないのだが。)

するとキャサリン、あるいはケートの変容は、当時のさまざまな文化・慣習を背景に、「破壊、死と再生、あるいは治療行為」の物語、あるいはその予兆としても読みなおすことができるかもしれない。そして、その過程では、人間と動物といったさまざまな境界線が逸脱されたり、修復されたりすることになる。[9] 自己と他者、男と女、人間と動物、領主と家来、役者と観客、都会と田舎、本国と他国、狩るものと狩られるもの、食べるものと食べられるもの、消費するものとされるもの、演じさせるものと演じさせられるもの、教えるものと教えられるもの、飾る物と飾られるもの――これらの境界線を守るべきものが、いわゆる秩序、あるいは法というものであり、それを破ることが、そこに属する共同体にとっての脅威であるなら、この『じゃじゃ馬』という芝居は、まさに、そのような「境界線の逸脱と修復の試み」を、共同体におけるシンボリックな秩序の回復の試みとして示そうとしていると言えるのではないだろうか。

*

変容前の毒づく女性を代表するキャサリン像は、まさに悪魔とも例えられたトガリネズミそのままであったが、それに対して、変容した後のキャサリンはどのように表わされているのだろうか。その解釈をめぐってしばしば問題となるのだが、『じゃじゃ馬』という芝居を締めくくるキャサリンの長台詞は、まるでキリスト教の家庭向け教書から抜き出したように、家庭における夫と妻の位置づけを示すものとなっている。

夫は私たちの主人、私たちのいのち、私たちの保護者、
私たちの君主なのよ、だって私たちのためを思い、

私たちが安楽に暮らせるよう、身を粉にして、
海に陸に働きつづけているのだから。嵐の夜も、
寒風ふきすさぶ昼も、休む暇さえ惜しむように。
私たちが家でぬくぬくと手足を伸ばしているあいだも。
それなのに私たちに求める貢ぎ物といえば、ただ
愛と、やさしい顔と、従順な心と、それだけ。
借りはこんなに大きいのに支払いはほんのわずか。
……………（五幕二場一五〇―八行）

この台詞をまるで絵に描いたように、という表現が適切ならば、前述のヘンリー・アントンの画では、「身を粉にして、海に陸に働きつづけ」て、最後に公務の最中、異国で倒れるというような夫に対して、妻の役割は、子供を産み、家では女主人役を務め、そして、夫の安らかな死を霊廟で祈る妻の姿という三つの場面に表わされている。しかし、忘れてならないのは、中央の大きなヘンリーの肖像の首にかけられたカメオに描かれている図絵が、収蔵館の調査によれば、彼が駐仏大使時代に授かったであろう仏王アンリ四世の横顔だということである。家庭と教会の役割を対比しながら双方における家政学の重要性を強調することで、密かにではあるけれども同時に公に国王の図像が国家を統一する規範とその実践すべてを統制する権力の象徴として書き込まれているのだ。

キャサリンを従順な妻として教育・支配することは、それ自体が目的ではない。むしろそれは家政学の有効な社会的実践によって、ペトルーキオがみずからを夫として、男性的主体性を確立するために必要だったと考えられる。もちろん『為政者の書』（一五三一年）で有名な人文主義者、トマス・エリオット経由で広められたゼノホン的家政学も、帝国の修辞学として、一六世紀英国の人文主義教育によって国家を担うべき高貴な子弟たちに臣民教育を施す指針となったことを思いおこすべきだろう。したがって、終幕でキャサリンが他の妻を説得するために語る演説は、家政学の支配原理を通して、家庭と国家をつなぐ「エリザベス朝の世界観」に敷延して見せるとも解釈できる。この場合ペトルーキオ

が家政学の原理に従ってキャサリンに教育するのは、料理や裁縫、掃除といったいわゆる家事ではない。「家庭」という秩序を与えられたプライベートな空間において、家長や妻、家来などの主体性を再構成する様々な家庭内装飾物としての美的位置づけなのである。

そのような家庭内の消費の美学において、バンケットとは、プライバシーに対するエリザベス朝貴族の退行的欲求を投影しているだけでなく、その秘密を公開し拡散したいという発展的欲求をも投影していると言えるだろう。つまり、その修辞学的な意味において、バンケットとは、拡大しつつ囲い込む家庭＝国家の家政学という文化的社会的装置の役割を果たしているのだ。また、それは家庭内経済が外部の消費経済と交渉する場合にも秩序を効率的に保つ方法であったのである。近代消費社会の誕生は、消費する個人を生み核家族化を促した。その流れを受け、小人数の甘味コースへと分化したエリザベス朝バンケットは、個人化の指標となると共に、家庭内消費に美的様式を与えたのである。しかし、消費する個人の誕生はまたその個人も消費される存在であるという消費社会の矛盾をも浮かびあがらせる結果となった。

ペトルーキオは、先に触れたように、ケートの購入係つまりアケーターあるいはケータラーとして、結婚市場の取引でキャサリンを高級食材つまり消費されるケートとして購入したあと、今度は消費する、あるいは食べる主体としてのケートとして再教育する。この一連の教育・消費プロセスの基調となる美的様式がバンケットだったと考えられる。しかし、アケーターの主体はケートを選ぶ主体であると同時に、さらに雇い主である主人により統制される立場でもある。それは作家兼演出家としての領主とペトルーキオの関係として説明できるだろう。あるいは、領主が自ら美味しいケートを調達するアケーターとなり、プライベートな空間で喜劇という精巧な砂糖細工のバンケットを楽しむこと自体を主題とした劇だとも考えられるのではないか。

ここで具体的な砂糖菓子の例をいくつか見てみよう。砂糖菓子のバンケットでもっとも多く用いられたのがマーチペイン、つまり現在のいわゆるマジパンである。[10] ちなみにドイツはリューベックの名物ニーダーエッガーのマジパンがルフトハンザ航空なら英国への中継地であるフランクフルト空港の免税店でもおなじみであるが、一説によれば、一四〇七年に飢饉の際に市政府が町のパン屋にアーモンドと砂糖でパンを作ることを呼びかけたことに起源があるというくらい古い食べ物である（図17）。シェイクスピアの時代に、このアーモンドの練り菓子は、砂糖菓子と同様に、自然、超自然のあらゆる造形物を人工に模倣するのに最適の材料として用いられた。一六世紀初頭のマーチペインには、ジーザスの名前をかたどったものもあれば、ハンプトン・コートのバンケットで用いられた砂糖菓子の人物像もある。型に使われる人形には聖人やアーサー王伝説の人物などが好まれたようである（図18）。カトリックの聖人のシンボルとして、車輪を抱えた聖キャサリンのイメージは、宗教改革後も特に好まれたもののひとつである。

また、砂糖菓子のバンケットの際にくじ引きの意外性、歌や音楽による場の盛り上げと同時に寓意、あるいは風刺あそびの知的楽しみを一度にもたらしてくれる小道具として活躍したのがバンケット用の木製の絵文字付き盆（トレンチャー）である（図19、20、21、22）。これらのトレンチャーには、丸い形のラウンデルというものが一般的であるが、まれに長方形のものも存在する。その表面でデザート菓子を楽しんだ後に、さらに裏面に描かれたイソップ物語やエンブレム、珍しい花などについての謎解きをしたり、唄をうたったりして貴族や裕福な商人の家の女性たちが贅沢なひと時をすごしたのである。さらにここで、『じゃじゃ馬ならし』を宗教的プロパガンダの観点から見るならば、カトリックのアイコンとしての「聖キャサリン」の神秘性を幾分残しつつも脱神話化し、国教徒へ改宗させる物語とも読めるかもしれない。もっとも終幕では、そうして表象される改宗の奇跡は、カトリック的というよりむしろ単なる賭けの対象として、金銭に換算され消費されてしまうのであるが。

バンケットとは砂糖菓子やマジパンとして、食べるために破壊される運命にあるつかの間の「偶像」である。しかし、鋳型がある限り、いくらでも再生可能であり、また材料の変幻自在さにこそ、その永遠の命が宿っており無上の喜びのもととなっていたのである。とすると、じゃじゃ馬をフレームに入れるというペトルーキオの学校は、バンケットコースを外舞台にすることで、家政学に類似した特性を有していたようである。

変貌した後のケートの従順さとは、まず原則として夫の言葉を模倣するその自由な演技性であり、それを夫が自分の好きな鋳型に流しこむのである。ケートの最後のスピーチがまるで銅像のスピーチのように見えるとすればそれは、まさにバンケット・テーブルに飾られた砂糖でできた彫像のようなものとして意図されたからかもしれない。あるいはそこにバンケットにおいて仮面劇が果たしたのと同じような演劇的機能を見ることも可能だろう。

図 18　ハンプトン宮殿のバンケット菓子（再現）
出典：ピーター・ブレアーズ『国王の料理人』（1999 年）

図 17 ニーダーエッガーのマジパン菓子　ドイツ

図 20　植物　バンケット用トレンチャー　大英博物館　ロンドン

図 19　バンケット用トレンチャー　一組　ヴィクトリア・アンド・アルバート美術館　ロンドン

図 22　エンブレム　バンケット用トレンチャー　大英博物館　ロンドン

図 21　イソップ物語　バンケット用トレンチャー　大英博物館　ロンドン

おわりに

最後に再びアントンの肖像画に視線を戻すと、一七世紀半ばの内乱の最中に、まさに肖像画に描かれたままにファリンドン教会の墓石に横たわるアントンの彫像は破壊されてしまったが、傍らにひざまずいて敬虔に祈る未亡人ドロシー・アントンの像は幸いにも残されている。ドロシーの像だけが残されたのは、後々まで有名だった彼女の徳の高さゆえだったのかどうかは謎であるが、アントンに関して言えば、彫像は不幸にも破壊されてしまったが、このシンボリックな肖像画がだまし絵と並ぶ珍奇な芸術として、あるいは後世への教訓か、それとも瞑想のための神秘的な謎かけとして残ったとしても、エリザベス朝における人生の重要な一面を象徴する文化的社会的実践としてのバンケットと仮面劇の様子を鮮明に蘇らせてくれる貴重な記録であることは間違いない。

また、ケートがもし単なる服従のシンボルならば、こんなにも長い間演劇という大衆文化において生きのびることが出来たのか理解することは難しいだろう。おそらくそれは、ケートのスピーチが体現する道徳性に引きつけられるというよりむしろ、近代初期のころから始まる強力な消費主体の破壊と再生に対する強い欲望という心理的呪縛から、私たちがまだ逃れる術をみつけだせないからなのかもしれない。つまり、『じゃじゃ馬』という芝居の最後のバンケットの場でキャサリンの最後のスピーチが示す奇跡とは、ケートをトガリネズミから砂糖菓子にかえるだけでなく、『じゃじゃ馬ならし』というモットーに、教訓的なスピーチというエピグラム、それに砂糖菓子という生きた図像と化したケートの三点がそろった演劇的なエンブレムを完成させることだったのではないだろうか。徹底的に破壊することによってはじめてその甘い砂糖の破片を楽しめるようなバンケット菓子蕩尽の快楽自体も、この「じゃじゃ馬ならし」という演劇的エンブレムのなかに仕掛けられただまし絵的視線の欲望や誘惑と無縁ではないだろう。

本作の初演は一五九一年から九三年頃にペンブルック伯一座によるものと推測され、一九五四年には作者不詳の『ジヤジャ馬ならし』という名でニューイントン・バッツ座の劇場で海軍大臣一座と宮内大臣一座の混成により上演されている。記録としては、その後一六三一年までに国王一座によりブラックフライアーズ座とグローブ座での上演があり、特に一六三三年の聖ジェイムズ宮殿で国王一座によりチャールズ王と王妃ヘンリエッタ・マリアの面前で上演され好評を博している。[11] 頑強な王権神授説の信奉者であったチャールズ王と、カトリック教徒のフランス人王妃ヘンリエッタは、象徴的な図像の解釈が得意だったはずだが、その二人の目にはこの芝居の戯画化された物語はどのように映ったのであろうか。宮殿内の装飾や、宴会の豪勢なデザートを伴った上演であれば、まさに領主の視点は国王の視点と重なってくるはずだ。

かくしてケート変容の物語は、新たに『じゃじゃ馬ならし』の観客や読者だけでなく、批評家までも教育対象、あるいは装飾の一部として、バンケットという欲望の美学に取りこんでいく。『じゃじゃ馬』と『ジャジャ馬』の関係がどのようなものであれ、後者につけられた「愉しく奇想天外な喜劇」(A Pleasant-conceited Historie) という副題は、当時の人々に、このように演じられる一種の寓話を、奇想 (conceit) に富んだバンケット料理同様に楽しく家庭で消費するもののひとつとして見る視座を示唆しているとも言えるだろう。

第二章

人頭パイの料理文化史的考察
――『タイタス・アンドロニカス』の場合

はじめに

シェイクスピアの『タイタス・アンドロニカス』に見られる最も顕著な特徴のひとつは、食べ物のイメージ群へのこだわりである。この芝居では、食をめぐる一連のイメージが象徴的に表現され、ことばがパターン化されることによって、他者の身体を支配しようとするときに生じるパラドクスと曖昧性を浮かびあがらせることに成功している。また、共同体が一個の身体によって象徴的に表わされるとき、その共同体における支配の喪失は、悪い食餌によって損なわれた身体の健康度によって表わされることになる。そのような意味で、劇中に登場するバンケット＝宴会は、家族の食餌と健康の規律性の隠喩として、食と性、食と共同体、食と愛といった関係を創造する際に重要な役割を果たしている。それはまた食を不可欠な営為、あるいは儀礼の一部として日常生活の中に位置づけることにも役立つ。『タイタス・アンドロニカス』にはバンケットが二度用いられているが、たとえば最初のバンケットの場面では死のイメージが黒いハエを殺すことによって暗示されるのに対し、もうひとつのバンケットではその食卓自体が文字通り死体に溢れた死のバンケットとなってしまう。

『タイタス・アンドロニカス』というグロテスクな悲劇において、シェイクスピアは和解の宴席という最も洗練された場のために用意された料理と食事作法に人肉食という最も残虐な復讐の手法を結びつける。それにより、復讐悲劇の大団円となる宴会は公的な空間と私的な空間の境界のみならず人間と動物の身体の境界をも侵犯する場として劇化されることになる。また、残虐な復讐スペクタクルの集大成としての人肉パイ表象には、ローマ風パイ作りの伝統だけでなく、当時の調理過程には不可欠であった動物虐待が大きな影響を及ぼしている。本章では、中世から近代初期の料理文化に注目し、この劇において「パイ」という言葉・料理がどのように英国という土壌に移植され、また異種混交の象徴として劇化されるのかということを、さらに同時代の社会文化的背景やエンブレムなどの美学的観点からの考察により明らかにしたい。

1　残虐なスペクタクルとレシピの日常性

ルネサンス時代、豚を調理するにはまずナイフをわき腹に突き立て、その豚が苦悶にのたうちまわり、ついには失血して息絶えるのを眺めるのが常套手段であった。[1]

調理の際の動物虐待や見世物としての熊いじめなどは当たり前の気晴らしで、ましてや人の拷問や公開処刑、それにさらし首さえも日常茶飯事にすぎない時代において、芝居の舞台に衝撃的な恐怖を生みだすため劇作家に一段の工夫が求められたことは想像に難くない。シェイクスピアは、パイ料理を使うことにより、当時流行の復讐劇に非日常的な形で日常を持ちこむことに成功したのである。

料理人に扮したタイタスと共に、女王タモラの二人の息子たちカイロンとデミトリアスの首から滴る「穢れた血」を皿に受けるのは、その彼らに陵辱された一人娘ラヴィニアである。やっと手に入れた獲物に向かってタイタスは語りかける。

さあ、お前たちの喉首の準備はいいか。ラヴィニア、こっちにきて血を受けるのだ。やつらが息絶えたら、わしが骨を細かく挽いてやる。それから、この憎たらしい液体にその粉を練り込んで作った練り生地で奴らの汚らしい首を包んで焼いてやるのだ。（五幕二場一九五〜九九行）。

タイタスがこれからつくろうとしているのは、「(女王の息子たちの) 恥知らずの生首のミートパイ二つ」であり、それを、「まるで母なる大地が自ら生んだものを呑みこむように、あの売女、汚らわしいお袋に喰わせてやる」ことになる(八八〜九〇行)。ここで注意したいのは、料理のレトリックにおいて、人間に対する暴力と動物に対する暴力に共通の嗜好性が見られることである。一幕一場で、マーカスがタイタスに、「頭のないローマに頭を据える手助けをして欲しい」とタイタスに頼む。すると、タイタスは、「栄光に輝くローマの身体には、老いさらばえて打ち震える者よりもふさわしい頭があろう」(一八六〜八八行) と応える。ローマ帝国を人間の身体のアレゴリー (寓喩) を使って表現することにより、頭部の象徴的交換可能性が示唆されている。頭と胴体の相性の問題として、その帝位に頭がふさわしくなければ、帝国の政体は危機的状況に陥ることになるのだ。

たとえ舞台上で恐ろしく血なまぐさいスペクタクルが上演されている最中でさえも、タイタスによって用意されたパイという装置はエリザベス朝の観客の目にもどこか馴染みのある光景に映ったことだろう。「パイとは、料理の際に肉を小麦粉とオイル・ペーストの内部に閉じこめるというローマ時代のアイデアが発展したもの」であり、その製法は、イギリスでは中世に確立された。中世に発達したパイの中で最も大きく新奇なもののひとつは、内部に生きた鳥や蛙を入れたものである。人頭パイの場合と同様に、「比較的大きな鳥を入れるパイは、固くて強い生地でつくられなくてはならないので、安いライ麦や粗い小麦粉を使ってペーストをつくる」ことができた。[2] パイ皮をつくるのにタイタスは骨粉と血糊を使うが、それはパイの壁面を強くするためには最も理に適った技法だったのだ。

一五一六年にイタリアで出版された人気料理本を英訳した『エピュラリオ、あるいはイタリア風バンケット』(一五九八年) には、生きたままの鳥を入れたパイのつくり方が紹介されている。そのタイトルは、「中に鳥を入れ、しかも切りわけたときにその鳥が飛びでるパイのつくり方」というものである。[3] パイは単なる食べ物の領域を超え、驚異をもたらす娯楽と食べ物の間の境界線を突きくずす。ここで重要なことは、中に包みこむものが食べ物であれ、動物あるいは人間であれ、パイそのものが内部に何か秘密を隠しこむものの劇的な暗示となっていることである。

中身を覆うように成型されたパイ生地のことをイギリスでは棺 (coffin) と呼んでいたが、その語源が「入れ物 (case)」だったことを思いだすのは無駄なことではない。なぜなら、フェミニズム的な視点から言えば、明らかに家父長制的な構造をもつ『タイタス・アンドロニカス』は、子宮という女性器を暗示するケース（case）をめぐる悲劇であるという解釈も成りたつ。つまり、「規範的な大文字の〈女性〉は、完璧で水も漏らさぬ容器のエンブレムともなりうるのであり、したがってそれは国家の完全性の地図となる」。[4] パイがジェンダーやセクシャリティによって規定された容器であるならば、子宮は自らの子を喰う母親のエンブレムとなるのだ。

見世物としてのパイの歴史的文化的な背景を考える際、イタリア文化の影響は無視できない。特に英国の宮廷でも生きた鳥のパイが流行の先端として好意的に受け入れられ、「多くの宴会では、お客たちを驚かすために、鳥、哺乳動物、爬虫類がいくつもの皿から飛びたち、のたうち、飛びはねた」。しかし、そのうち「酒宴の参加者たちは、よほど珍しいものでもなければ驚かなくなった」ため、ついには、「愛玩用テリヤ、野うさぎ、狐、小人たち」まで登場するようになったのだ。[5]

この点に関して言えば、カイロンやデミトリアス役の役者たちが、もしレジナルド・スコットがその著書『魔女の発見』の中の「伝道師ジョンの斬首」で描いているトリック絵のように皿に載せられたパイから顔を覗かせていたとするならば、それは当時の観客を大いに沸かせたはずである（図1）。[6] このような装置にみられる演劇的類縁性は、タイタスの料理術を奇跡というよりむしろ、魔術の詐欺的技法に結びつけることになる。

『タイタス・アンドロニカス』のオックスフォード版編者は、「お前たち恥知らずの生首でつくった二個のミートパイ」（五幕二場一八八行）というタイタスの台詞に次のように註をつけている。「タイタスの調理手順の詳細は身の毛もよだつものだが、エリザベス朝の実際の調理法から思ったほどかけ離れてはいない。子牛の頭をパイ『皮』（coffin）に入れて焼くためのレシピは数多く残っている」。[7] 同時代のレシピを見つけることは容易ではないが、一七世紀の料理書で見られる貴重な例としては、ロバート・メイの料理書『料理の達人』（一六六〇年）がある。驚くべきことに、その第三部はすべて「獣頭の当世風調理法」の

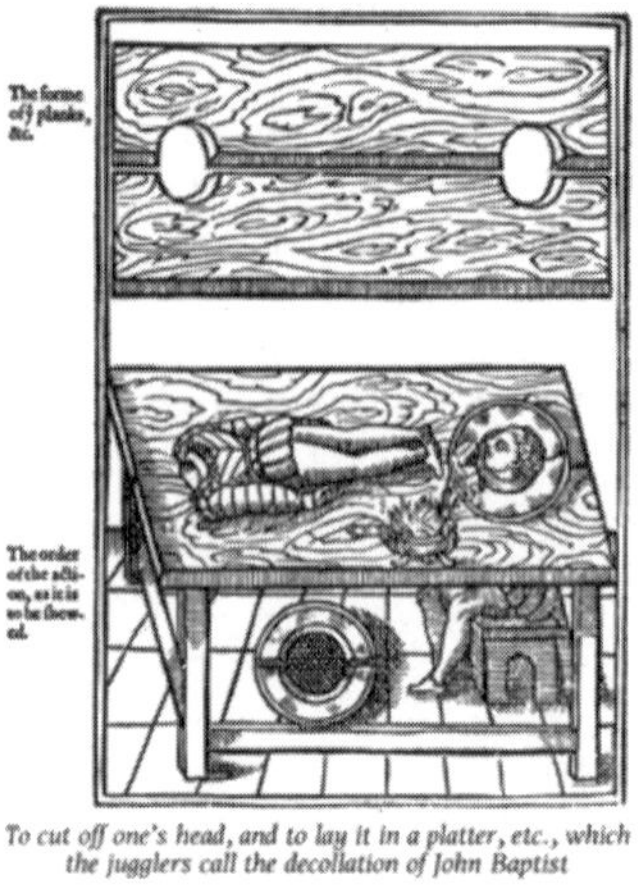

図1 「伝道師ジョンの斬首」レジナルド・スコット『魔女の発見』（1584年）

ために紙幅が割かれており、そこにはまさに「温製あるいは冷製で食べるために子牛の頭をパイに入れて焼く」ためのレシピも含まれている。[8] この子牛の頭でつくるパイから人頭パイへは、現代人が想像するほどはかけ離れていないに違いない。というのも、シェイクスピア自身恐らくこのような調理法に身近に慣れしたしんでいたため子牛を屠殺するイメージを殺人のイメージに重ねあわせることができたと考えたとしてもさほど不思議ではないからである。王政復古期の伝記作家ジョン・オーブレイが残しているシェイクスピアに関する有名な記述を引用しよう。

彼の父親は肉屋であり、私はこれまで、彼の隣人だった者達から次のように聞かされてきた。つまり、少年の頃彼は父親の仕事を手伝っていた。しかし、彼が子牛を殺す時には格調の高いスタイルで殺し、一席弁じたものだったと。[9]

キャサリン・ダンカン・ジョーンズは、シェイクスピアは恐らく若い頃ストラトフォードのクリスマスか懺悔節の祝祭行事に行き、見せ物としての子牛殺しの光景を経験したであろうと推測している。そのため彼は、『ジュリアス・シーザー』、『ヘンリー六世』、『ジョン王』、そして『ハムレット』などの芝居で「舞台上の殺人を子牛の屠殺」に喩えることができたのではないかというのである。[10]

OED によると、「パイ」の語源については明確な出典が不明である。唯一明白なことは、英国では中世以来、パイは食べ物を保存する手段として非常に人気があったという事実である。[11]「パイ」に関わる料理のイメジャリーを更に追及するならば、パイ皮という意味で使われるコフィン (coffin) という言葉は、子宮／墓以外にも二重の意味を持つ。つまり、食べ物を包むパイ皮であると同時に、死者を保存する箱（ケース）でもあるのだ。動物と人間の境界線は、いずれも食物となることにより曖昧となる。しかし、一七世紀にイギリスの主婦に向けて書かれた料理本の中に、子牛の頭のパイのレシピを含むものがほとんど見当たらないという事実は、このような豪華なパイが貴族階級に属する主婦によって料理されたというより、むしろメイ自身のような男性の料理人によって料理されることを前提としていたように思われる。というのは、そのような大きな頭を包んだ重いパイを運ぶのは容易なことではないからである。

しかし、なぜシェイクスピアがタイタスの復讐の宴会にわざわざパイを選んだのかという疑問に答えるためには、英国の文学あるいは料理の言説においてパイの社会的文化的背景を調べ、『タイタス・アンドロニカス』の宴会の場において実際にどのようにパイが表象されているかを検討する必要がある。中世からシェイクスピアの時代まで、パイの文化的な機能は、料理の実践と象徴的な意味において、①長期間様々な種類の肉を保存する容器、②混合食、あるいは寄せあつめ料理、③宴会の豪華な食事の主要構成要素の三つに大きく分類される。現実的比喩的にかかわらず、文学においてパイが使用される際に期待された演劇的な効果は、ひとつにはそれが人目にさらされたときの公的あるいは見世物的特性によるのであり、またひとつには、調理過程の非公開と、そこから生じる危険性によるものであった。中世以来多くの詩人や劇作家にとってパイは魅力的な素材となったが、それはパイが特に宮廷やカントリーハウスでの祝祭を連想させることも一助となった。

OEDにおける「パイ」の初出は一三〇一年であり、一四世紀後半には広く流布していた。材料の混成はパイの大きな特徴であるが、その名前の由来も、白黒のまだら模様の羽で雑多なものを集める癖のあるカササギ（英語でパイ、あるいはマグパイ）からの連想と考えられている。当時のイギリスの代表的な食べ物となったパイを、なぜシェイクスピアがこの劇の復讐の宴会のために選んだのかということを考えるにあたって、この劇自体が古典と近代のテクストの継ぎ接ぎであることを思いだすのは無駄なことではないだろう。また不思議なことに、このパイという言葉が当時宴会（バンケット）という言葉とともに同じ芝居で使われているのはほとんどシェイクスピアの作品だけであり、具体的には、『タイタス・アンドロニカス』、『じゃじゃ馬ならし』、それに『ロミオとジュリエット』で、唯一の例外は、作者不詳の『ジャジャ馬ならし』くらいである。パイが象徴するこのような異種混淆性は、たとえば保存容器としてのパイや、見世物としてのパイとどのような関係があるのだろうか。

『ロミオとジュリエット』では、ある意味『タイタス・アンドロニカス』の場合と同じようなパイの用い方が見られる。ロミオの友人マキューシオは、ジュリエットの乳母を「遣り手婆」と呼ぶが、遣り手婆というのは典型的な周縁人物である。マキューシオの歌う卑猥な戯れ歌は、「四旬節のパイ」に野うさぎの肉を入れるという比喩を使うことにより、当時野うさぎから連想された娼婦に結びつける一種の言葉遊びであり、特にそれは女衒のような周縁的な人物の転倒性を際立たせる効果を持つ。野うさぎパイと娼婦の同じような結びつきは、『真夜中の縁組み』（ウィリアム・ローリー作、初版一六三三年、初演一六二二年）にも見られる。北ミッドランド地方の方言では娼婦を野うさぎに喩えていたため、野うさぎ、あるいは野うさぎパイには比喩的に娼婦の意味が付与されたのだ。このようなパイと娼婦の連想は、息子のパイを宴会で食べさせられることになる他者タモラの価値転倒性と同時に周縁性を強調する。そして、パイの異種混淆性は夫を裏切ったタモラとその愛人アーロンの間に出来た赤ん坊の意外性と同時に暗澹たる運命をも象徴することになるだろう。

スペクタクルという観点からすれば、『タイタス・アンドロニカス』は、切断した血肉入りのパイを実際に舞台に上げるというグロテスクなリアリズムにおいて卓越している。そこで観客が目にするのは、テーブルに置かれた切断された手首やパイに焼かれた人頭などの身体の部分が表象する断片化と周縁化の危険性である。宴会に用いられた巨大なパイの見せ物が潜在的に有する危険性を証明するような出来事が数十年後に記録されている。一六三〇年にバーリー・オン・ザ・ヒルで催された寵臣バッキンガム公の宴会で、チャールズ王とヘンリエッタ・マリア王妃はこれまで見たことのないような「生きているパイ」を体験した。[12] そのとき、ジェフリー・ハドソンという小人が若い女王のために冷えたパイの中に入れられたまま贈り物として供されたのだ。王侯の宴会に巨大なパイはまさに相応しいものと言えたが、その小人が危険なものではない保障は何もなかった。中から何が現れるのか開けてみるまで分からないのだから、パイはその意外性において象徴的にだけではなく現実的にも極めて危険なものになりうるのだ。

2　『タイタス・アンドロニカス』の文化的社会的位置づけ

観念のいかなる構造も、その周縁においては脆弱である。（メアリー・ダグラス）[13]

『タイタス・アンドロニカス』は、「周縁」の多様な局面を探求するという点において際立っている。それはたとえば単に空間的なものを指すだけでなく、ジェンダーや人種、それに階級という異なるものの間における周縁をも意味する。たとえば、シティとリバティ（テムズ河南岸の市壁外地区）の間の境界性だけでなく、宮廷とカントリー・ハウス、また、クローゼットやプリヴィー・チェンバーのような私的な空間とほかの公的な空間との間の境界線もそうである。この劇に表象されるバンケットの文化的社会的実践の意味を検証するとき、これらの周縁における曖昧性、あるいはパラドクスが、危険・恐怖の感覚を内包しうる可能性を理解することは重要である。

メアリー・ダグラスが「すべての周縁は危険である」と主張するとき、周縁とは「身体の中でも特にその弱い箇所を象徴する開口部」を指す。五幕三場で観客が目撃する最後のバンケットが提示するのは、単におぞましい光景だけはない。観客が目撃するのは物理的にも象徴的にも境界侵犯の起こるその「場」自体なのである。「身体の開口部」は舞台の上ではグロテスクなほどに、単に排泄することにより身体の境界線を越えてしまう「唾、血液、乳、糞尿、あるいは涙」という形をとる。身体的汚染のシンボリズムを理解するために、ダグラスはフロイトの冗談分析を取り上げるが、それは、その構造が「冗談の構造と同じように比較と二重の意味」を使用しているからである。つまり、「汚染はユーモアの転倒した形のようなもの」なのである。[14] このような冗談と汚染の構造的な比較は、彼女が示すように、「笑いと無意識と物語の構造」間の関係だけでなく、恐怖、無意識、そして『タイタス・アンドロニカス』のようなローマ史劇の構造の間の関係を理解するのに有益である。

共同体の境界線への危険を表現する際に身体の境界線のシンボリズムがどのように使われるのかを示すために、ダグラスは四種類の社会的な汚染を区別する。それらは、「外部境界線を抑圧する危険」、「組織の内部境界線を侵すことからくる危険」、「境界線の周縁における危険」、そして、「内部矛盾からくる危険」である。『タイタス・アンドロニカス』という作品にこれら「四つの危険全てが巧みに統合」されているのは、ナオミ・コン・リーブラーが述べているように、「ローマ自体が六〇年もの間ヨーロッパとアジア・アフリカの国民、政治、そして、宗教を縫合したパッチワーク」であったためなのだ。シェイクスピアは、身体の部分によってローマを表すが、身体の部分の解剖学的な役割は、ジェンダー化されて男女という社会的な役割を付与される。しかし、そのような社会的役割も、『タイタス・アンドロニカス』では、「絶え間ない転倒と再転倒によって土台を揺るがされること」を免れることはできない。というのは、この芝居で描かれるローマには、「統一イデオロギーというものが全くない」からなのだ。[15]

この欠如を表象するためにシェイクスピアが選択したものこそは、まさに分断された身体のイメージである。[16] この劇でも、解剖学の比喩が効果的に使われているが、それによって、ずたずたに切りさかれたローマの文化・社会・国家を体現する身体パーツ間の危険な周縁が描写されているだけでなく、そういった個々のパーツにより登場人物たちの切断された手、頭、そして舌のような、危険だが口をきくことのできない道具、あるいは「対象物（object）」（三幕一場六四行）が体現されてもいるのである。去勢理論のような精神分析的な読解と異なり、ラヴィニアやタイタスが失った手の劇的役割を理解するためにキャサリン・A・ロウが注意を向けるのは、手の比喩によって喚起される言説的、図像学的な伝統である。[17] これらの読みが、『タイタス・アンドロニカス』においても身体の部分を隠喩的、精神分析学的、あるいは図像学的に理解するのに貢献してきたということも事実であるが、身体、社会、文化の空間的な周縁における危険な交差事象がメアリー・ダグラスの言うようにはまだ十分に解明されてはいない。スティーヴン・マレイニーの言葉を思いだせば、「周縁のドラマツルギー」とは、まさにこの劇の舞台で表現されるような恐ろしい光景が日常生活に刺激を加えるための見世物に堕してしまう場なのだ。それは、「境界線の演技であり、それによって共同体の水平線が視覚化されるのであり、また、定義や包摂、そして管理が明確なものとされるものである。そのような演技のための媒体は病院や娼窟から狂人収容所、処刑台、そしてハンセン病療まで多岐に渡っている」。[18]

しかし、「ロンドンやそのリバティ地帯の象徴的なトポロジー」を考察する際にマレイニーが見落としているように思われるのは、シティとその境界線を越えた世界との交渉の社会経済的、政治的機能のある特定の局面である。その交渉とは、つまり、「シティの壁ではなく、リバティ地域自体の最も辺境で始まった地域との交渉」のことであるが。[19] この問題にいくらかでも答えるためには、この芝居の最も早い時期の上演の背景を明らかにすることが役立つかもしれない。また、芝居の歴史性のみならず、背景となる物質文化の意味を理解し、またいわゆるロングリート絵図と呼ばれる図像・テクストの象徴的な意味のさらなる解明にもつながるだろう。

『タイタス・アンドロニカス』がシェイクスピアの芝居の中でも異例であるのは、その上演に関する当時の言及が少なくとも二つ存在することによる。そのひとつロングリート文書は、芝居の冒頭の場面をペンとインクで描いた画に四

○行ほどの対話をつけたものであるが、そのユニークさは、上演舞台の正確な描写というよりむしろそのエンブレムに似た表現様式にあると言えるだろう（図2）。そして、その作者は『ペンで描く描画の芸術』（一六〇六年）、『ブリタニアのミネルウァ』（一六一二年）や『完璧な紳士』（一六二二年）の著者でもあるヘンリー・ピーチャムであるとされている。

　ケンブリッジ版の編者によれば、この描画と対話の一見奇妙な組み合わせに対してその構図の特異性に注目する見方がある。また、この作品によってピーチャムが、彼の「旅回り上演の経験」を描こうとしたのか、それとも公衆劇場の舞台を描こうとしたのかが不明である。もし前者ならば、「荘園や大学の大広間での即興的な舞台の可能性もあり、演者たちは部屋の一方には演壇をおき、またほかの一方には幕をかけたであろう」。[20]

　オックスフォード版の編者はこの推測をさらに進めて、ピーチャムの劇場経験とバーリー・オン・ザ・ヒルのカントリー・ハウスで上演された『タイタス・アンドロニカス』らしき芝居への言及との関連性を証明しようと試みている。それは、「若きピーチャムがクリスマス休暇のお祝いにその場に招待され」、「当家の主人、女主人、あるいは、友人のために描いた」というものである。この若きピーチャムの「友人」には、初代バーレー卿の秘書サー・マイケル・ヒックスがいる。ヒックスは、現在はバース侯爵の図書館に所蔵されているハーレー文書に深く関わっていたが、実はその文書にピーチャムの図絵も含まれていたのだ。このような人間関係の背景には、恐らくケンブリッジ・コネクションが考えられる。つまり、二人とも、厳密に言えば時期は重ならなかったものの同じトリニティ・カレッジに通っていた。しかし、その図絵はヒックスを通じてバーリー・コレクションに入っただけでなく、この件にはバーリー自身も関与したのではないか。なぜなら、彼こそが、バーリー・オン・ザ・ヒルでのクリスマスのために上演されたと思われる当の芝居のホストだったのであるから。

　ピーチャムとほかの三人、つまり、ハリントン、ヒックス、それにバーリーのいずれかとの直接の関係を証明するこ

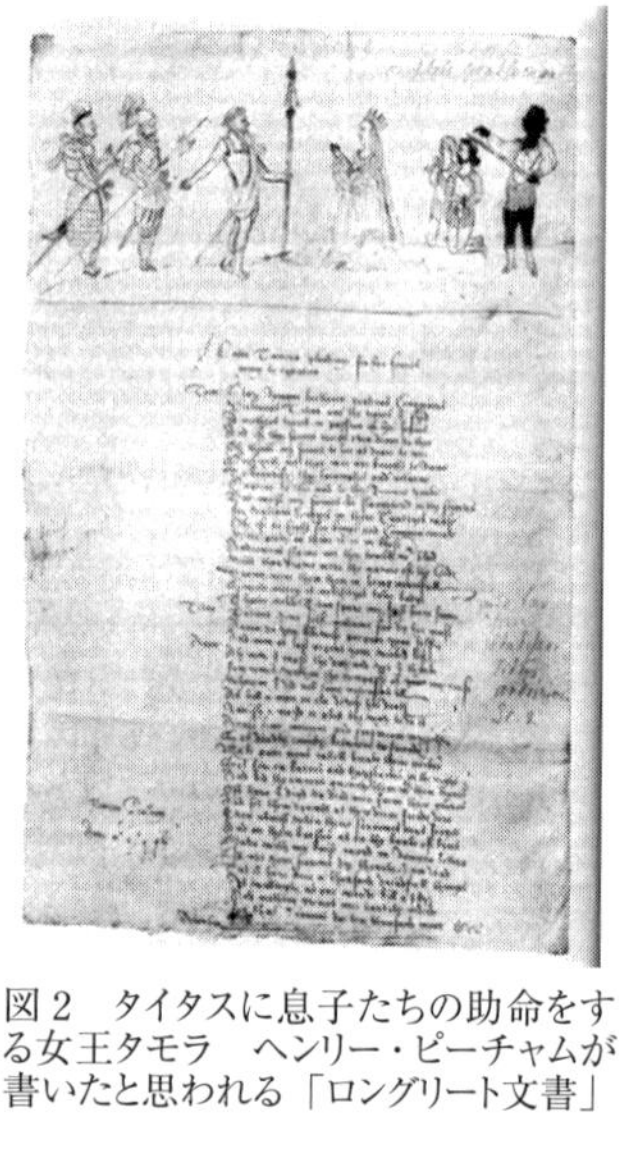

図2　タイタスに息子たちの助命をする女王タモラ　ヘンリー・ピーチャムが書いたと思われる「ロングリート文書」

とは容易ではないが、証拠を探索することだけがここでの目的ではない。むしろ大切なのは芝居への言及をできるだけ多く精査して、その関連性を裏づけることである。それらは『タイタス・アンドロニカス』のエンブレム的な構造の考察や、特にカントリーハウスの文脈におけるバンケット・シーンの意味と役割の考察において重要となる。[21]『タイタス・アンドロニカス』のような芝居におけるバンケットの役割を考察する際カントリーハウス文化がどのように関わっているかということを知るには、たとえば国印管理官であったサー・ジョン・パッカリングの屋敷に残された「女王来訪の際に供えておくべき物」の覚え書きを見ればよい。それは、当時女王のような賓客が訪れる直前に家長がどのように家政に注意を払っていたかを窺い知ることのできる好例となっている。この覚え書きを読んでまず驚かされるのは、一家の主人の関心が、領主から下男や守衛にいたるまで、あらゆる者への贈り物、報奨や食事などによって支配されていることである。これは贈り物を与える習慣が賓客を迎える際に極めて大切であったことを証明しており、またその際、主人と客を結びつける社会的政治的なネットワークを補強、確認するのに重要な役割を果たしたものこそがバンケット食材であった。[22]

『タイタス・アンドロニカス』の第1四折版（一五九四年）のタイトル・ページには「この芝居は、ダービー伯、ペンブルック伯、それにサセックス伯の従者により上演された」とあることから、ダービー伯をパトロンとする一座がこの劇の最初期の上演のひとつに関わっていることは明らかである。ダービー伯夫人は、文人を庇護することで有名であり、ダービー伯の死後も短期間ではあるが同劇団のパトロンとなることで、芝居への少なからぬ関心を示している。記録によれば、「ダービー伯夫人の一座」が一五九四年にウィンチェスターの近くの町で芝居を上演している。[23]一五九六年にバーリー・オン・ザ・ヒルで『タイタス・アンドロニカス』を上演した一座は、ロンドンを拠点とする劇団のひとつ、「おそらくシェイクスピアの宮内大臣一座」であろうと考えられている。[24]

ここで推測されるのは、ピーチャム、ハリントン、ダービーという三者の浅からぬ関係である。実際、その前身のロード・ストレインジ／ダービー伯一座の古いメンバーのほとんど（たとえば、ウィリアム・ケンプやリチャード・バーバッジ）は、一五九四年にヘンリー・ケアリーの庇護の下、宮内大臣一座に引き継がれ、一五九六年にパトロンが亡くなった際には、その長男のジョージ・ケアリーに引き継がれた。長男の妻であるアリスはダービー伯夫人の姉妹であった。ピーチャムが芝居の情報をどこで仕入れたのかということに関しては、二つの密接に関係した可能性が考えられる。ひとつは、バーリー・オン・ザ・ヒルにおいて、すなわち、ハリントン家内部の者を通してである。もうひとつは、ロンドンの劇場において、つまり、ダービー伯夫人とケアリー一家の関係を通してである。これらの推測を裏づける確証に乏しいのは事実であるが、実はハリントンとダービー両家を結びつける別のルートがあった。それは、エクストンのサー・ジョンの二人の娘、ルーシー・ハリントン（第三代ベッドフォード伯の妻）とフランシス（バースの勲爵士であり、デボンはローリーのサー・ロバート・チェスターの妻）であり、どちらも当時の貴族の生活の大きな部分を形成することとなった、一七世紀初頭の宮廷仮面劇に関心を抱いていたのである（図3）。

図3　「ベッドフォード伯爵ルーシー・ハリントン」ウィリアム・ラーキン　1616年頃　グリプスホルム城　スウェーデン

『タイタス・アンドロニカス』はこのような状況のなか、一五九五から翌年にかけてバーリー・オン・ザ・ヒルで上演されたのであり、それをサー・エドワード・ウィングフィールドの仮面劇とともに楽しんだと思われるのが、サー・ジョンの娘たちとほかの六人の既婚の姉妹たちなのである。[25] では、そのバーリー・オン・ザ・ヒルで祝われたクリスマス・フェスティバルとは一体どのようなものだったのだろうか。注目すべきは、この祝祭が単なる身内同士の宴会ではなく、共同体の、あるいは拡大家族のスペクタクル的なイベントであったということである。ピーター・グリーンフィルドによれば、「多くの貴族たちがクリスマスには、自分たちの郷里に戻った」が、そこでは、「彼らの拡大家族のメンバー同士の関係だけでなく、地元の郷紳や役人たちとの取引先・お得意先的な関係を再確認することを企図して接待に従事するようなこともあった」。[26] バーリー家の祝祭は、エリザベス朝のカントリー・ハウス文化の好例となっている。

『タイタス・アンドロニカス』という芝居の物質性と歴史性に含意される諸々の意味を理解するためには、この芝居が、どのようにして、どこで、そしてなぜ上演されたのかについて検討しなければならない。そうすれば、エンブレムと地方の祝祭の美的実践の間の文化的な関係といった視点からピーチャムの図画の謎をいくらか読み解くことができるだろう。

バーリー・オン・ザ・ヒルでの『タイタス・アンドロニカス』のクリスマス上演の描写は、ジャック・プチがアンソニー・ベーコンに宛てて書いた手紙によってのみ知られる。プチは、ガスコーニュ出身のユグノーであり、ベーコンには側近として一五八六年からフランス語の通訳あるいは教師として仕えた。プチはまた、一五九三年から一五九五年にかけてエセックスの屋敷に密かに逗留している間、一時的にフィリップ二世の秘書を務めたアントニオ・ペレスにも仕えた。セント・オールバンズへの途上、プチは、一一月二七日にバーリー・オン・ザ・ヒルに向かっていたベッドフォード伯夫妻の行幸に加わったのである。プチは、当時三歳だったサー・ジョン・ハリントンの跡取り息子を教えていたフランス語の教師が辞めたあとを一五九五年の一二月から一五九六年の二月まで引きついだ。郷紳であるサー・ジョン・ハリントンの家族の社会的財政的な立場は、彼自身を地域社会の最上部に位置づけていた。所有する土地は、ラットランドのエクストンとバーリーの荘園領地だけでなく、その跡取り娘であるアン・ケルウェイとの結婚を通して、ウォリックシャーのコーム・アベーをも含んでいた。また、彼はラットランドの代官でもあり、地方の上級代議員として一五九三年から一六〇三年まで国会に議席を占めていた。

バーリー・オン・ザ・ヒルのクリスマス祝祭行事で驚くべきことは、サー・ジョンが招待状をすべての親類縁者に送っていることであろう。残念なことに、この祝祭に参加したハリントン家の全員の名前を記録したものは残っていないが、グスタフ・ウンゲラーによれば、階級に関することに敏感なハリントン家には、このような一家再会の機会を逃す者は多くはないと推測される。[27] サー・ジョンが、このような規模の歓待行事に対処するためにどのように家政をやりくりしたかということに関する証拠は、プチが一五九五年の一二月一四日にベーコンに宛てた手紙のウンゲラー訳に見ることができる。その報告によれば、サー・ジョンの財政的な負担はかなりのものであったが、それは彼が招いた客の数や彼の際限のない饗応のためではなく、彼が自分のカントリー・ハウスの周りに有名な狩猟地を持っているためであった、ということである。むしろ驚かされるのは、一五九六年一月にプチが詳しい記録を残しているように、祝宴の席での贅を尽くした饗応の様子である。その報告によれば、「今年のクリスマスにこの屋敷では、素晴らしく豪華な式次第がすべてのお祭り騒ぎとともに守られている」[28]

ここで注目すべきは家政の管理体制である。共同体を支える人々に対し最大限のもてなしの気持ちを表わすため、「秩序」が厳格に守られている。一二月一九日に、プチは彼の手紙の中で明らかに不満を示し、あまりに多くのお金が悲劇や混乱の君主ゲームのような余興に費やされていると述べている。残念なことに、それに続く仮面劇やシェイクスピアの『タイタス・アンドロニカス』に関する彼の報告は、あまりにも短く簡単なものであり、手に入るものでは、プロの役者たちや見世物のような芝居についての彼の短い印象のようなものしか残っていない。それでもそののちに記録されているのは、一五九六年の正月に上演された仮面劇や『タイタス・アンドロニカス』についてのプチの失望に満ちた、しかしながら意義深い報告である。

正月に、これらの善良な人々、特に伯爵夫人は、彼らの気前良さを証明した。というのも、彼女はそれを、全ての階級に、つまり最も高い位から最も低いものにまで証明し、それは私でさえも例外ではなかったのだ。ロンドンの役者たちもこれに貢献するため訪れた。彼らは、到着したその日に芝居をするように依頼され、その翌日に出発した。

サー・エドワード・ウィングフィールドによって書かれた仮面劇がここで上演された。『タイタス・アンドロニカス』という悲劇も舞台に上げられたが、見世物的価値の方が主題のそれよりも勝っていた。[29]

正確な描写が欠落しているにもかかわらず、この報告は我々に重要な情報をもたらす。つまり、それは、恐らくバンケットや悲劇がそのあとに続くことになっている仮面劇の文化的社会的、さらに政治的な特徴である。報告の最後で使われている「見世物」という言葉において、プチは恐らく、ラヴィニアがレイプされ両手と舌を切断される場面というよりもむしろそのあとの人肉食バンケットの方を指していたかもしれない。役者たちがファースト・クォート版を使っていたとすれば、その芝居はフォリオ版にあるような三幕二場の私的なバンケットは含まれてなかったであろう。それゆえ、聴衆の注目は大団円の奇想天外な流血場面に一層向けられたことはまちがいない。さらに、もしウィングフィールドの仮面劇のあとにバンケットが供されたと仮定するならば、仮面劇とバンケットというこの伝統的な組み合わせは、タイタスの屋敷で披露されたタモラとその息子たちによる寓意的な演技の解釈だけでなく、あとに続くバンケットの場面との関係にも光を当てることになる。

ウンゲラーによれば、ウィングフィールドによるこの仮面劇は、「明らかに、ハリントン家、その友人たち、それに彼らに従う者たちの家族的な再会を祝うために描かれた、そのとき限りの作品」だったのかもしれない。ウンゲラーが、「ハリントン家の人間が仮面劇で積極的な役割を果たしたに違いない」と推測するのも無理からぬことである。ベッドフォード伯夫人ルーシーは、その当時一五歳であったが、仮面劇に登場し、そのあとのジェームズ朝の仮面劇に対して見せた情熱の片鱗を見せたことであろう。なぜなら、彼女は、「美の化身と称えられ、当代の最も偉大な詩人の何人かの庇護者として祝福された」のであるから。[30]

遺憾ながら、ハリントン家とその招待客たちのためにどのような仮面劇がウィングフィールドによって創作されたのかということを正確に知ることは不可能である。しかし、ウィングフィールドの芸術家としての経験からだけではなく、ハリントン家のネットワークにおける彼の社会的、政治的な立場からも、仮面劇作成状況の幾部分かを知ることができる。つまりそれは、このウィングフィールド（一五五二〜一六〇三年）が、エクストンのサー・ジョン・ハリントン、ジャーベース・マーカム、ケルストンのサー・ジョン・ハリントン、エセックス伯、そしておそらくヘンリー・ピーチャムといった人物を含む社会的政治的ネットワークの一翼を明らかに担っていたということである。ウィングフィールドは、マリー・ハリントンとの結婚を通じて、サー・ジョンと義理の兄弟となっていた。そしてそのマリーの母親は、サー・フィリップ・シドニーの娘であるエリザベス・シドニーの大おばであった。彼はまた、エセックス伯の親友であり、そのエセックス伯とはケンブリッジ大学の学友でもあったケルストンのサー・ジョン・ハリントンのことも知っていただろう。ウィングフィールドとサー・ジョンは、一五九九年のアイルランド遠征の際に顔を合わせた可能性もある。彼はまたジャーベース・マーカムのパトロンでもあり、そのマーカムは、「サー・リチャード・グリンヴィルの最も名誉ある悲劇」という詩の三つのソネットのうちのひとつをウィングフィールドに捧げている。マーカムは、また、エセックス伯を称える韻文詩「デヴルー」（一五九七）を書いているが、ウィングフィールドに捧げた別のソネットもその同じ献辞本に含めている。彼は、まずアイルランドでの軍事体験を通してウィングフィールドやエセックスと知己を得たのかもしれない。エセックスは、サー・エドワードとマーカムのパトロンであっただけでなく、自身のエンブレム本のひとつを伯に献呈したケンブリッジ大トリニティ・カレッジの同窓生であるヘンリー・ピーチャムのパトロンでもあったのだ。ウィングフィールドがクリスマスの余興のために仮面劇を書いたのは、まさにこのような文学的、社会的、政治的ネットワークにおいてだったのである。

以上、『タイタス・アンドロニカス』のさまざまなコンテキストに関して、特にバーリー・オン・ザ・ヒルでの上演に焦点を当てながら、関連するピーチャムやハリントン家、それにダービー家の社会的なネットワークについて考察してきた。いわゆる「周縁」の危険性は、劇場において現前しているのみならず、バーリー・オン・ザ・ヒルのような地方の屋敷の大広間においても、役者たちに『タイタス・アンドロニカス』のようにグロテスクで危険な芝居の上演を可能にするような社会のさまざまな局面において立ちあらわれていたのだ。

3　バンケットの実践的美学

お前は悲痛の化身だ、このようにただ身振りで語るのだから。(『タイタス・アンドロニカス』三幕二場一二行)

『タイタス・アンドロニカス』の舞台上で目撃する光景は、これまでエリザベス朝の観客たちとは異なったように見られてきたかもしれない。劇とは、ハイカルチャーにおいて発展され、いわゆる「それよりも低位な」文化によって採用されてきた美学的な趣味の産物であり、それこそが、そういった特定な芸術によって表象される意味というものを生産・再生産するのである。エンブレムとは、その謎を解くコードあるいは鍵を知らずには、その道徳的・宗教的な比喩をほとんど理解できないような文学的装置なのである。タモラの二人の息子によって舌と両手を奪われたタイタスの娘ラヴィニアは、舞台の上では、彼女の家族のものたちによって解釈される生きたエンブレムとして表わされる。しかし、シェイクスピアは復讐の流血バンケットにおけるエンブレム効果を生みだすために、この血まみれのエンブレムを利用し、教訓を引きだそうとする。最後の場面における技巧に富んだバンケットは、劇中、彼の敵によってだけでなく観客によってもまた、エンブレムあるいは語る絵として解釈される。それゆえ、シェイクスピアが流血のバンケットを劇化するためにエンブレムの伝統をどのように利用したかを考察する必要がある。新アーデン版の編者は、その序論でロングリート文書に描かれた絵の「エンブレム的な質」を弁じながら、この「視覚的効果」をまさに「芝居の登場人物がエンブレムに、すなわち哀願、悲嘆、あるいは、暴力的な復讐のまさにその図像となる姿勢に氷結するようにしばしば思われる方法」に相応しいものであると考えている。[31]

エンブレムは、基本的にモットー（警句）イコン（図像）、そしてエピグラム（短詩）という三つの部分より構成される。[32]それゆえ、エンブレム本の読者は、たいてい図像の助けを借りて理解しようとする。その図像とは、謎を解き、道徳的あるいは宗教的な教訓を引きだす短詩に到達するまえの、題字のシンボル的なあるいはアレゴリー的な表現である。ロングリート文書の図像が示すのは、『タイタス・アンドロニカス』の観客の一人（この場合はピーチャム）が劇場での演技から道徳的な教訓を引きだし、エンブレムの型に流しこむ方法の良い一例である。観客の一人によってスペクタクルとしてこの芝居のエンブレム的な性質を認識して、アン・ハーカーは『タイタス・アンドロニカス』を「注意深い観客に対して統一的で全体的な概念を次第に紐解いていくような一連の『物を言う絵』」とみなしている。[33]芝居のエンブレム的な意味を分析する過程で、彼女はヘンリー・ピーチャムの作品を不思議なことに除いてではあるが、ルネッサンスの人文主義者たちの多くのエンブレム本に言及している。ピーチャムの絵のほとんどは、一五九四年の『タイタス・アンドロニカス』のファースト・クォート出版よりあとに、またシェイクスピアの一六二三年のファースト・フォリオ版より前に出版された。二百以上のエンブレムの中に、『タイタス・アンドロニカス』の中で展開される人肉食的なバンケットの解釈に関係するようなものがあり、そのモットーには、「汝は（死を）恐れても望んでもならぬ」とある。また図像には、左手で支えられた頭蓋骨が示されている。そして、その上の雲は死の恐怖を表わし、頭蓋骨の下の荒涼とした丘に生える植物は人生の希望を暗示している（図４）。[34]

一方、テーブルの上に載せられた人頭パイは、『タイタス・アンドロニカス』では、すこしそれとは異なった演出が加えられているようだ。つまり、そのパイは自己破壊の象徴であり、人肉と動物の肉の間の、ローマ人とゴート人、子

図4　「（死を）恐れても望んでもならぬ」ヘンリー・ピーチャム『ブリタニアのミネルヴァ』（1612年）

供と両親、そして、男と女の境界線が破壊されたことを表象している。それゆえ、この人肉食的なバンケットに続くのは相互殺戮の場面であり、その結果として現れるのが、新しい英雄として他者を自らのものとする力を有するタイタスの息子による新しい統治なのだ。

『タイタス・アンドロニカス』のいくつかの主題をエンブレム的な構造が表わす方法を明らかにするために、ハーカーは、フランシス・クォールズのエンブレム本『人生のヒエログリフ集』のなかの導入の一節を引いている。[35] そこでクォールズは、前作の長いエンブレム集を宴会の第二のコース料理に死人の頭を供するエジプトの宴会料理に喩え、今回の本は英国風に盛りつけたエジプト料理なので軽くて胃にやさしいはずだと主張している。エンブレムに慣れしたしんだ当時の人々は、そのような象徴体系を理解することに慣れていたかもしれないが、確かにハーカーが言うように「もはやシンボルには理解を示さない」現代の観客にとっては、タイタスのローマ風バンケットをいくら英国流にアレンジしたとしても、もはやあまり胃に優しいものとはならないかもしれない。

この劇は通例、復讐劇の伝統の中に位置づけられる。それゆえ、自己正当化のため戦争のスローガンとしてもよく使われるエンブレムのモットー「non sine causa（理由なくしてではない）」に類似した構造の中に芝居全体を位置づけておくためにシェイクスピアがさまざまなエンブレムを用いているとするハーカーの指摘も驚くべきものではない（図5）。たとえば『ジュリアス・シーザー』の中では、三幕二場で殺害されたシーザーへの哀悼をローマ市民に訴える「諸君もかつて彼を愛した、それも理由なくしてではない」（三幕二場九九行）というアントニーの台詞にその使用例をみることができる。このエンブレムでは、ジョージ・ウィザーのエンブレムにみられるように、雲から突きでている手が持つのは剣と職杖であり、それらが王にふさわしいのは「理由なくしてではない」、つまりそれはもし反抗して服従しないならば、神によって与えられた権威により王により罰を与えられることになることを示している。しかし、もちろんここではタイタスの「勝利の腕」をこの武器を持った腕の表わす王の権威と結びつけることに多少の強引さを感じなくもないが、それはタイタスの狂気ともいえる復讐方法の特異性にあるのかもしれない[36]。

また、「non sine causa の変種のひとつとしては、「尺には尺を」というモットーも存在する。ハーカーの論じているように、タイタスのバンケットの第一、第二のコース料理のために最もふさわしいモットーとしては、ルーシャスの「復讐には復讐を、死には死をもって報いよ！」（五幕三場六五行）という台詞が挙げられるだろう。第一のコースのメイン・ディッシュは、女王のためにタイタスが特別に用意したパイである。料理人の服装をしたタイタスの目的は、女王タモラが「自らはぐくんだ肉を食べる」のを観ることであった。このバンケットがそもそも開かれた目的は、「平和と、愛と、同盟と、ローマへの忠誠のために」考案され、注文されたのだった。ハーカーが言うように、「エジプト料理の第二コースは……ラヴィニア、タモラ、タイタス、サターナイナス、そしてデミトリアス……彼らが始めた混乱と同じくらい多様なコース料理」なのだ。

クォールズのエジプト料理の概念がモンテーニュの人食い人種への有名な言及からきた可能性もあるが、それはピーチャムのエチオピア人の宴会のそれと明らかな対照をなしている。クォールズの宴会は明らかに人肉食バンケットの比喩を使っている。というのも、「死人の頭」は実際第二コースのために用意されていたのであり、ショーのためではなかった。それどころか、反対にエジプトの宴会の「死人の頭」は死に神を思いださせるように客の目の前に置かれており、それは料理として置かれたのではなかった。しかしながら、もしその要点が、エチオピアの宴会の教訓を通して異教徒の伝統をキリスト教が取りこむことだったとすれば、ピーチャムのエンブレム自体も、比喩的には、「イギリス様式に装われた、エジプトの料理」として説明しうる。フランシス・クォールズ自身は、「ピューリタン」、「神秘主義者」、「形而上学詩人」、「王政主義者であり、中道英国国教会派」などとさまざまに呼ばれている[37]。またヘンリー・ピーチャムも「謎の人物」として描写される傾向があり、その多様な姿としては、「揺ぎない騎士」、清教徒、「熱烈な王党派」、議会派議員、そして、貴族政治と「民主主義」の擁護者があり、両者ともにいくらか共通点が

図5　「理由なくしてではなく」
ジョージ・ウィザー『エンブレム集成』（1635年）137頁

あるように思われる。[38]

ピーチャムの『ブリタニアのミネルウァ』では、ほかにも『タイタス・アンドロニカス』の主題に関連するエンブレムが見られる。そのひとつは、信仰の化身が聖書を右手に持って十字架に寄りかかる絵を描いている。短詩文は、次のようにある。「私の希望は天国、地上の休息は十字架、私を滋養する食べ物は救世主の血、私の名前は、私が主張する全てのものへの信仰、私が信じるものは普遍的で良きもの」。キリスト教の聖体拝受の伝統への言及を強めるために、聖書から引用されたポールからタイタスへの書簡が余白に書かれている。頭蓋骨のエンブレム（八頁）の中で言及されているフィリップは、アレキサンダー大王の父親フィリップ二世を暗示しているように思われる。しかしながら、カトリック王、「ルイ一八世、フランスとナバールの王」（一五頁）に捧げられたエンブレムの直後に、「偉大で強大なスペイン王フィリップ」（一六頁）に捧げられたエンブレムがある。これらのエンブレムは、著者のカトリックへの共感を表わしたものではなく、主題に意図的に合わせたものであり、特に献呈する相手に合わせてつくられたものである。「敬愛する領主、L・ハリントン」に捧げられたエンブレムの存在は、部分的には、ピーチャムのハリントン家への関係をいくらか証明するものとも考えられ、また、そのハリントン家を通じて彼は『タイタス・アンドロニカス』上演に何らかの形で関与することができたかもしれない。また別の可能性は、ピーチャムは、ダービー家に関係があったかもしれないということである。そのお抱え劇団は、最も早い時期に『タイタス・アンドロニカス』を上演した劇団のうちのひとつであるからだ。その証拠は、「最も敬愛する徳高き御夫人アリス・D（ダービー？）」（一五九四年の四月一六日に亡くなった第五代ダービー伯故ファーディナンド・スタンリーの妻）に捧げられたエンブレムによって示唆されている。

おわりに

『タイタス・アンドロニカス』は、拷問の文化的社会的な言説、特に調理の側面に拠りながら、人間性と人間の身体の限界を試している。それはまた、「ケース」、あるいは閉じられた空間（膣、書斎、墓、口腔、身体、棺、穴、そして、パイ）のあらゆる局面を精査する。この芝居は、全体を通して、食べ物と身体の関係の想像的・劇場的な局面を切り開き、人工性、多様性、変容性、模倣性、見世物性を浮きぼりにする。「バンケット」という用語は、『タイタス・アンドロニカス』では不安定な状態にあるが、それは、のちの芝居において発展されるあらゆる可能性も有している。たとえば、それは、古典からの引用、人肉食、仮面劇、エンブレム、そして私的なものと公的なものとの葛藤である。要するに、この芝居は粗雑ではあるが、典型的な方式でバンケットの空間的実践を例証しているのだ。このような広い主題に結論づけるのは容易なことではないが、境界（特にジェンダー、人種、階級、そして国籍）に関する疑問の多くは、バンケットの空間的実践に関連している。この意味で、マレイニーの「周縁のドラマツルギー」による内側と外側の間の関係を理解することは、シェイクスピアの芝居のいくつかにおいて表象される宴会やバンケットの間の中間的領域をより深く理解することに役立つ。シェイクスピアの最も早い時期の劇作のひとつとして、『タイタス・アンドロニカス』は、劇表象におけるバンケット実践の多くの可能性を示してきた。作者の古典的なパターンや物に依拠する傾向は、調理の実践においても英国的な様式を打ちたてるためであった。「バンケット」や「フィースト」という用語が一見乱雑に混交して使用されているように見えるが、仮面劇や私的な空間での上演などの制約により、「フィースト」との区別は比較的容易であった。またエンブレム的な要素は、バンケット実践に関連して「周縁のドラマツルギー」を理解するのに重要な役割を果たした。人種とジェンダーに関していえば、それは他者との境界線を引きなおすことになる。

さまざまな変容も『タイタス・アンドロニカス』において展開された概念のひとつである。この劇は、オーヴィッドの『変身』に直接言及しているが、それは、特に人肉を人が実際食べる料理に変えてしまうといった調理的実践の意味において、この主題が重要であることを裏書きしている。この過程の描写はエンブレム的であるが、同時に、グロテスクな程に物質的でもある。タイタスは、料理人の格好をして、復讐のためにバンケットを用意し、その結果、母が息子たちの肉を食べるという場が生みだされる。人肉食バンケットの場で、タイタスは、女王を刺しころすが、娘のラヴィニアに対する暴力への復讐は、彼が女王に、彼女が「美味そうに」食べたのは実際には、「彼女自身が生み育てた肉」（五幕三場一九〇行）である息子たちだと言うことによって完璧なものとなる。人肉食バンケットは、汚染を取りのぞこうとする儀礼的な試みとしても説明できるかもしれないが、この芝居の強烈な個性は、やはり、膣・墓としばしば連想される貪りくう大地・母のイメージにある。バンケットの場面の設定は、三幕二場と五場三場において対置されているが、自分の子供たちを貪りくう大地・母の図像学的表象を強調するのに役立っている。

女王タモラは、バンケットのテーブルではまるで彼女がタイタスの唯一の敵であるかのように自らを貪りくう自然のイメージを体現する。タイタスのバンケットの儀礼的な機能は、人肉食の象徴的な実践を他者包摂のための様式とみなし、タモラの人種的、性的他者性を前景化することにある。彼女の他者性は、芝居の中では、凶暴な自然のサイクルの一部として特徴づけられている。ルーシャスは、女王の黒い愛人アーロンに、「そいつを胸まで土に埋め、飢え死にさせよ」と宣告する。またタモラの死体は、「打ち棄てて、野獣や鳥のえさに」される一方、タイタスとラヴィニアは、「一家の霊廟に葬られる」ことになる。作者がここで明らかにしようとするのは、亡骸の扱いをめぐって浮きぼりになる家の内部と外部という両者の明確な空間的対照性である。タイタス・アンドロニカス一家のドラマは、かくして、「彼ら」と「我ら」の間に明確な境界線を引くことに終始したと言える。

変身のイメージは、作者が、主人公たちが経験しなくてはならないさまざまな変容を創造し、象徴化する方法における料理文化的、図像学的な局面を展開するのに役立っている。たとえば、人肉のパイへの変容を通して人工的にある「意味」を体現し保存しようと試みるのである。ここで注目したいのは、バンケットが創りだす人工性のイメージと効果だけではなく、変容の文化的社会的な実践に関係して、台所と劇場の世界を橋渡しするバンケットの演劇性である。自らを貪りくう自然・大地のイメージとして、創造の母と破滅の死に神の両面を体現するような両義性において境界侵犯が起こらないようにするために、養い育てる男たちが依拠するものこそが、家父長制的権威を維持する家政学というものであり、バンケットの実践もその維持と再生に少なからず関わっているのである。

第三章

"Your fortune stood upon the caskets there"（三幕二場二〇二行）
――『ヴェニスの商人』における「三つの小箱（casket/chest）選び」の文化的背景とエンブレム的解釈の新たな可能性

「西側世界の金融システムは急速に巨大なカジノ以外の何物でもなくなりつつある」という衝撃的な宣言によって始まるスーザン・ストレンジの『カジノ資本主義』によって極めて隠喩的かつ視覚的に描写される現代社会だが、エリザベス朝時代のイギリス人にとっては至極当たり前のことと受けとられたことだろう――つまり、気まぐれで盲目な「運命の女神」の手から逃れられる者は誰ひとりいないということだ。

大金融センターのオフィス街のカジノで進められていることが、新卒者から年金受領者まですべての人々の生活に、突然で予期できない、しかも避けられない影響を与えてしまうのである。金融カジノでは誰もが「双六」ゲームにふけっている。サイコロの目がうまくそろって突然に好運をもたらすか、あるいは振りだしに戻してしまうかは、運がよいかどうかの問題である。[1]

ウィリアム・シェイクスピア作『ヴェニスの商人』（一五九六～七年）においても、気紛れに好運や不幸をもたらす運命と人々がいかに闘うのかということが重要な主題となっており、その挑戦を象徴的に表現したもののひとつが、「三つの小箱選び」という「運試し」である。一幕二場では、女主人ポーシャが彼女の亡き父親の考案した「くじ引き(lottery)」（一幕二場二八行）によって悩まされている様子が侍女ネリッサによって語られる。彼女を苦しめるのは、自分の意思に関係なく父の遺言により「三つの小箱選び」によって決まる相手と必ず結婚しなくてはならないという事実である。三幕二場で彼女の意中の求婚者であるヴェニスの青年貴族バッサーニオがリスクを冒して挑戦するこの「小箱選び」は、実際には、偶然に基づく「くじ引き」というより「エンブレムの絵解き遊び」として結婚相手を決めるという劇前半の喜劇的クライマックスの重要な道具立てとなると同時に、深刻な裁判の場を経て後半の結婚という大団円に至るまでを橋渡しする一連の出来事の重要な部分を形成している。また、この「三つの小箱選び」は、運と知力が同時に試される「くじ引き」という一種の「選択」行為において、後半の有名な人肉裁判の場でポーシャが「選択」する正義による裁判とある意味似通っている。つまり劇の大枠としては、亡き父親の遺言により設定された「ポーシャの花婿選び」は、すでに儀礼化された一種の「運命的な選択」、あるいは古来より伝統的に行われる「神意によるくじ引き」のようなものという共通認識が示される。また後半の「裁判」も、絶対的正義による「審判」というより、当時「黙して語らず」といった政治顧問的立場をとっていた女王エリザベスのように、[2]夫バッサーニオの親友アントーニオに有利な結論を導こうとするポーシャ演じる男装の法学博士バルサザーによる「選択」が密かに反映された裁判として芝居の中では設定されていると考えられる。

このように登場人物たちの運命を左右する「選択」という行為が、この劇において商売の危険性や冒険性として risk、hazard や venture という単語に関連づけられているということについては、すでにジョーン・オザーク・ホーマーによって詳細に論じられている。[3]また賭けや投機的行為に対する運・財産 (fortune) のリスク・ヘッジとしては、利子 (interest) や儲け (thrift)、保険 (insurance) といった経済的用語が歴史的背景として浮かびあがってくるが、これらの概念が当時の人々の「運命」や「財産」(Fortune/fortune) に対する考え方の変化と無関係でないことは、当時流布していたエンブレム本に描かれた《運命》像の変遷からもその認識の変化の過程を跡付けることができる。[4]しかし、この劇が執筆・上演されていた一六〇〇年前後には、「偶然」に依拠した「くじ引き」の違法性についての議論が当時グローブ座のすぐ近くの教会を舞台にして、ジェイムズ・バームフォード (一五五六～?年) やトマス・ガタカー (一五六七～一六五四年) 等の清教徒達によって説教や出版という形で流布されていたことを想起するならば、この「三つの小箱選び」の場面においても、その違法性と遊戯 (recreation) 性の微妙な関係をシェイクスピアがどのように舞台で表現しているかを理解することは、この場面に関わる「運命」や「選択」といった概念の意味幅を見極める際に極めて重要となる。[5] また、これらの概念の背景にあるエンブレム的伝統との関係を、当時の「くじ引き (lot/lottery)」を巡る言説だけでなく、特に「小箱」表象の用語として用いられている二つの単語 (casket と chest) の象徴的意味における複層性に関して、広く視覚文化を含めたエンブレムの応用学の領域においても更に考察を進める必要がある。

本章では、『ヴェニスの商人』の「三つの小箱選び」の意味を当時の社会的文化的背景に照らして明らかにするため、ある意味人生を賭けた「選択」という行為と密接に関係する「運命 (fortune)」と「くじ引き (lot)／宝くじ (lottery)」の関係を、主に視覚文化と応用エンブレム学の観点から明らかにしたい。そこで、本場面の中心的な小道具でありながら、これまでその歴史的文化的意味が見おとされてきた「小箱 (casket)」の文化的背景に光を当てることにより、「三つの小箱選び」の主題の意味と劇的役割について、象徴的な側面および物質文化的な背景からも考察を加えながら、本劇に関するエンブレム的解釈の新たな可能性を探りたい。

1　「三つの小箱選び」の主題

「三つの小箱選び」の主題が『ヴェニスの商人』に導入されるのは、バッサーニオが放蕩によって作った借金を全て清算するため玉の輿結婚という新たな企てによって彼が親友のアントーニオに資金調達の算段をもちかける劇冒頭直後の一幕二場において、侍女ネリッサがベルモントの女相続人ポーシャと交わす台詞においてである。バッサーニオの身分は、第3四折版の“a Venetian Lord”という記述や、人々が“noble kinsman”(一幕一場五七行) などと高貴さをあらわす表現を彼に対して度々使用することなどから貴族階級に相当すると考えられる。また、友人のサラリーノやロレンゾがバッサーニオを「若大将」(“lord”, “My Lord”, “my good Lord”) と呼び、またネリッサがポーシャの高貴な求婚者たちに対して同様の呼称を使っていることから、この芝居では結婚相手を決めるという「運命」の「宝くじ」に主体的に参加できる者としては、高貴な身分の者のみが想定されていることに注意したい。つまり、実際に経済的リスクを肩代わりすることになるのは商人であるアントーニオなのであるが、リスクを負うこと自体が当時の貴族の「存在様式」に関わっていたのである。[6] しかし、モロッコやアラゴンの大公に比較すると、一応貴族の身分とはいえ、友人に莫大な借金を背負わせて挑戦するこの求婚はバッサーニオにとっても人生を賭けた大博打のようなものである。しかし、モロッコ王とアラゴン王がそれぞれ金と銀の小箱を選び、失意のうちに消えさった後、三幕二場ではバッサーニオにとっての運命の箱選びは幸運にも上首尾に終わる。まさにその瞬間、友人のグラシアーノは祝辞の言葉に便乗して自分の結婚式も同時に挙げたいとバッサーニオに告げる。その時のグラシアーノの台詞「あなたの運命はあの箱選びにかかっていた（"Your fortune stood upon the caskets there"）」（三幕二場二〇一行）は、文字通りに読めば、「運命の女神が小箱の上に立っていた」という極めて視覚的・エンブレム的思考に訴える表現ともなる。つまり、エンブレム的思考法に慣れ親しんでいた当時の知的観客の脳裏には、運命の女神の「フォルトゥナ」が文字通り「三つの小箱」の上に立ち舞台を支配するエンブレム的意匠と同時に、地図の上に立つ女王の有名な図像が浮かんだかもしれない。しかし興味深いのは、その直後の「あなたが幸運にもお嬢様をものにした（"your fortune/ Achieved her mistress"）」（二〇七～八行）という表現が示唆するように、小箱とポーシャが直感的に同一視された後、今後は芝居の後半に、ポーシャもまるで「運命の女神」の属性を付与されたかのように、登場人物たちの運命に影響を与える役割を担うことになるという事実である。

ここで「運命」と共に言及される「小箱」とは、前述の「宝くじ論争」の文脈からすれば、恐らく「偶然（の出来事）」を意味する言葉であるchanceのもたらす影響や可能性を指していると考えられる。例えば、三つの小箱に挑戦する前にモロッコ大公は、賽子《サイコロ》の例を出してこの運試しの偶然性について触れている。

だが、悲しいかな、もしも英雄ヘラクレスと
その従僕ライカスと、どちらが強いか決めるのに
賽子を使うとなれば、運次第で弱いように大きな目が
出ないともかぎらぬ、豪傑も小僧に負けるわけだ。
私とて同じこと、盲目の運命に導かれる者は
下らぬやつさえ手にいれうるものをとり逃がし、

悲嘆のうちに死ぬかもしれぬ。（二幕一場三二～三八行）

このように大公が躊躇するのを見て、ポーシャが「運命を賭していただかなければなりません (You must take your chance)」（三八行）と決意を促すと、モロッコ大公もついに、「では、運試しの場へご案内を (Come, bring me unto my chance)」（四三行）と述べる。この文脈では運命が偶然に依拠している (stand/depend) ことは自明であるからであるが、ここで問題となるのは、その偶然の出来事 (chance event) がどこまで神意 (God's Providence) によるものであると言えるかどうかである。大公はまず「礼拝堂」で宣誓をした後、昼食後に「運試し (hazard)」（四五行）をすることになるのだが、この hazard という単語自体が語源的に恐らくスペイン語か古仏語経由でアラビアから伝わった「賽子」賭博の一種であることからすると、そこには純粋な運試しというよりも、賭博にはつきものの「いかさま」が入りこむ余地があることを示唆しているのかもしれない。もちろん、このような疑似「運命のくじ引き」が真に「偶然」に基づかないと解釈できるならば、バームフォードのような過激なピューリタンが指摘する「違法」な賽子賭博全般に対する神学的法学的非難を避けることもできただろう。また、三つの小箱にそれぞれモットーが付されていたが、これは当時低地諸国を見習って英国の宝くじにも取りいれられた方法と類似している——当時は、くじ引きの公正を期すため名前の代わりにモットーやポージーといった短詩を登録したのである。つまり、実際の宝くじでは、壺のなかに入れられたモットーを引いていったのだが、『ヴェニスの商人』のくじ引きでは、シェイクスピアは参照した原典にも使用されていた「壺」から、意図的に「小箱」に変更している。しばしば「運命の宝くじ (the lott'ry of my destiny)」（二幕一場一五行）という言葉に表現されるように「偶然」が「運命」の特性であるとき、この「小箱」を選ぶというくじ引きが「偶然 (chance)」に基づくことがこの求婚ゲームの前提条件となっているはずである。しかし、『ヴェニスの商人』における「くじ引き」は厳密な意味で「偶然」に基づくとは言い難く、それはむしろモットーとイメージを用いたインプレーサ的、あるいはそれに説明文を加えたエンブレム的な謎解きであると言ったほうが適切であろう。

一六、一七世紀にエンブレムやドゥヴィーズ（格言入り図案）、そしてインプレーサ（貴族の個人紋章に使われる座右の銘入りの象徴的図案）に関する大量の書物を生みだした知的流行の背景に象形文字についてのフィチーノの論がある、とE・H・ゴンブリッチは『シンボリック・イメージ』の中で述べている。特にインプレーサの哲学について、それが当時、単なるイメージの比較による「暗喩」というよりも「実例による論証」のようなものであり、「ある特定の観察から得られた教訓を、人生の法則に適用する」といった解釈の拡大によって得られる効能に重点がおかれていたと考える。つまり、「注解は一個の解釈では満足しない」どころか、「機知を駆使して読者の忍耐力の続く限り次から次へと解釈を引きだして見せるのである」。[7] そして、ある意味「シェイクスピアの言葉によるイメージは、ルネサンスの象徴論者の暗喩の術に精神の点では非常に近いとはいえ、言葉による説明という性質上、特定の意味または解釈に結びつかざるを得ない」が、一方それに対して、「インプレーサは、自由に浮遊する暗喩、あれこれ考えを巡らす余地のある形式であるからこそ、かくも啓発的だと観じられたのであろう。このようなイメージは、弁証法的論証の秩序だった歩みを逸脱するように見える世界の構造のある一面を、何らかの形で開示するのである」（三二九行）。このように、インプレーサ的、あるいはエンブレム的な思考法を通して、急速にグローバル化し始めた時代に起こるさまざまなリスクや矛盾をどのように解釈し対処するかということが、『ヴェニスの商人』という芝居において運命と闘う商人が表象するものの意味を考える際に理解の鍵となってくる。

図１「幸運の女神」アルブレヒト・デューラー（1502 年頃）

運命の女神と宝くじの関係には長い歴史があるが、『ヴェニスの商人』もある意味、その両者の新たな関係性に光を当てた芝居であると言える。《運命》は当時のエンブレム本にはしばしば不安定な球の上に立つものとして描かれ、その不安定さがそのまま女神の属性ともなっている。その場合、小箱に割りあてられたlot、つまりlotteryを支配する《運命》とはいったい何をあらわしているのだろうか。

例えば、『ジョン王』の「だれか呪われた者の手によって命の宝石が奪いさられた空小箱（"An empty casket, where the jewel of life / By some damn'd hand was robb'd and ta'en away"）」（五幕一場四〇～四一行）という表現に見られるように、小箱（casket）が大切なものを入れる容器の意味で、魂の宿る身体を比喩的に意味していた。すると、運命が立つ（あるいは支配する）小箱は移ろいやすい人間の肉体の比喩とも解釈でき、またそれは中世以来運命の女神が回すとされた「運命の車輪」のルネサンス版「運命の宝くじ」と見なすこともできるだろう（図1）。

ルネサンスのイコノグラフィーにおいて、図2や図3に見られるように、しばしば丸い球の上に立つフォルトゥナと四角い台に立つマーキュリー（あるいはウーラニアー）が並び立つ（あるいは腰掛ける）エンブレムは、それぞれの台の形状がそれぞれの擬人像の特徴（不安定と安定）をあらわしている。これは回転する球体の上に立ち、気紛れな不安定さを象徴する運命の女神に対する対処法として、叡智を象徴するカドゥケスの杖を携える技芸（アート）の神であるマーキュリーの安定さが推奨されているのである。[8] 一五四六年にアルチャートの全く新たなエンブレムが収められた版がヴェニスで出版されたが、「技芸が自然を助ける」をあらわすエンブレムが進取の精神に溢れたヴェニス商人たちの気概を象徴していたであろうことは想像に難くない。

このことは、さらにヘルメスとアテナがひとつの図像に混在するヘルマテナのイコノロジーの例をとると分かりやすい。つまり、ギリシャ神話における伝令使ヘルメス神にローマ神のマーキュリーが同化し、ヘルメスはアトリビュートとしてサイコロをもつようになったが、そのサイコロは「人生がダイスゲームに似て運命（フォルトゥナ）に支配されていることを示し、アテナのアトリビュートである本はその対策が知恵を持って講じられるということを象徴」していた。[9] また、ルネサンスにおいて、雄弁の神ヘルメスと知恵の女神アテナが抱きあうヘルマテナの図像はアカデミーの象徴としてエンブレムやインプレーサにしばしば用いられていた。例えば、ジロラモ・ルシェッリの『著名なインプレーサ集』に見られるように、アテナはしばしば書

図2　「技芸が自然を助ける」アンドレア・アルチャート『エンブレム集』（1546年）第1集、42r頁

図3　「技芸が自然を助ける」アンドレア・アルチャート『エンブレム集』（1546年）第2集、42r頁

物と、ヘルメスは賽子とともに描かれており、ルシェッリがその解説として引用する古代ローマの劇作家テレンティウスの言葉は、さらにこの点を明解に説明している――「人生はダイスゲームのようなものだ。最も欲する目がでなければ、出た目から最善のことを成すために、アルス(ars)を使わなければならない」(一〇六頁)。

同様に、この芝居においては、運命の立つ「三つの小箱」の宝くじという図像そのものが人生における「選択」にエンブレム的解釈の可能性を付与するように作者が仕組んだのではないだろうか。シェイクスピアが、種本となるフィレンツェ人作家セル・ジョヴァンニ・フィオレンティーノ(一三五〇～一四〇六年)がまとめた民話集『イル・ペコローネ(大バカ者)』にはない「三つの小箱選び」をラテン語短編集『ゲスタ・ロマノールム』から劇に取りいれることにより、運命と宝くじという極めてエンブレム的な主題を導入し、当時、英国において関心の的となっていたエリザベス女王治下英国の海洋投資熱と宝くじの効用に関する議論の要点を寓話的な芝居の中に盛りこんだという可能性は否定できないだろう。イコノロジカルな比喩を多用する『ヴェニスの商人』という芝居においては、我々は通常よりも一層視覚的な想像力を働かすとともに、単にくじ引きの小道具としてだけではなく、ジェンダーを始めさまざまな主題に関わる象徴的意味を込められている小箱のようなモノについて、改めてどのような社会的文化的な背景があるのかを考えてみる必要がある。

例えば、浪費癖で有名だったイギリスの女王が国王秘書長官ウィリアム・セシルの助言を受け、当時「宝くじ」を政治的に活用して成功を収めていたイタリアやオランダを見習って、イギリス各地の港湾の改修工事のための資金を調達するために「はずれなしの大変豪華な」国営宝くじを開催したのが一五六九年のことであり、さらに一五八五年にはロンドンで民営宝くじが開催されたという歴史的背景を考慮に入れるなら、一五九六年頃に書かれたと考えられるこの『ヴェニスの商人』という芝居をどのように読みなおすことが可能だろうか。その英国初の国営宝くじでは、一五六七年八月二四日の販売開始後もあまりに売り上げが伸びなかったため、何度も開催が延期されている。地方の治安判事や州長官の手配した集金人たちの主な勧誘対象となったのが、当時イギリス東南部の港で織物貿易を行っていた三五〇〇人にも上る冒険商人たちだったのである。売り上げを更に伸ばすため、一五六八年七月一二日からは宝くじ監視官から全ての行政区に必ず宝くじに投資をさせるようにダイレクトメールによる宣伝活動が大々的に開始されるが、実際参加させられた側の心情は、くじ券に記載された次のようなモットー（短詩）から窺える。

「主はヤーマスの港に幸運を与えられた。主は汝の困窮を知り給えり」
「ヘースティングより来たりしわれらに、主は果報をもたらされるだろう。この貧しき漁村ほど当たりくじを望むものはないのだから」
「ブライトンに大当たりが出なければ、ロンドンにヒラメを送りつけることになるだろう」
「ロンドンに神のご加護あれ」

このようにくじ券にモットーが書かれていた理由は、先行するオランダ諸都市の例に倣い、くじ券のもち主を特定できなくするだけでなく、四ヶ月にも渡る退屈な抽選会を盛りあげようとする意図もあった。結果として大失敗に終わった国営宝くじから二十年後の一五八五年には、ロンドン市長が民営宝くじを開催し、六月抽選会は、前回よりも公正かつ効率的な運営によって、わずか四時間ほどで行われた。二回にわたるこれらの宝くじは、その後ジェイムズ王治下の英国で、一六一四年から一六二〇年まで開催されて窮地に陥ったヴァージニア植民地を救済する手段となるのだが、実際にその宣伝活動を担ったのは、ヴァージニア会社の重鎮の一人であり政治家兼起業家で、清教徒の神学者でもあるエドウィン・サンズ郷であった。その宣伝の一環として歌われたバラッド「ロンドンの宝くじ」には、以下のように、その「愛国主義的で差別表現を含む」目的が高らかに謳われていたのである。[10]

野蛮人の住む彼の地に我らの入植地を確立しよう
神はたえずわれらとともにあり、
宝くじの趣意をご承知くださるだろう。

愛国主義的といえば、『ヴェニスの商人』においては、シェイクスピアが鉛の小箱のモットーを原作よりも一層過激に、つまり運命を甘受するだけの受け身の人物から、原始キリスト教の冒険者のように神への意思を追求するために全てを賭ける積極的な人物へと変容させていることも興味深い。例えば、一六一〇年代から二〇年代にかけて、アンソニー・マンデイやトマス・ミドルトンにより制作されたロンドン市長のパジェントにおいてそのような人物として黄金の羊毛を追いもとめるイギリスの「イアソン」(バッサーニオの台詞、「金の羊毛を求めるジェースン」参照、一幕一場一二二行)として称揚されたのが、ウォルシンガム郷のスパイ活動の配下として活躍した海賊のフランシス・ドレークやジョン・ホーキンスだったことは注目に値する。[11] また、作者がシャイロックをただのユダヤ人として描写したというよりも、当時英国において反カトリックの急先鋒でありスパイ長官であるフランシス・ウォルシンガム卿のような急進的清教徒、あるいはスパイ・マスターであったウォルシンガムの元スパイであったポルトガル生まれのユダヤ人で女王の主席侍医ロドリーゴ・ロペス(女王毒殺の陰謀容疑で一五九四年に絞首刑)として戯画化・嘲笑した面もあるかもしれない。[12] 奇しくも、エリザベス女王死後のジェイムズ一世の治世七年目の一六〇九年、ロンドンのポルトガル系隠れユダヤ教徒は、国王の命により国外追放処分となり、彼らの共同体も表面上は消滅した。[13] しかしシェイクスピアの時代には、ここで見られるような「高利貸」対「浪費家」の図式から「拝金主義への激しい嫌悪」から愚者として笑いのめされる新しいタイプの高利貸し像への過渡期であったため、それがシェイロックの人物像にも反映したとも考えられる。[14]

実際、英国ではユダヤ人はかなり前から国外に追放されており、一六六四年まで入国は法的に禁じられていたため当時の英国社会の脅威とはなっていなかったが、偽善や不寛容、守銭奴的な性格などは当時様々な文学メディアで非難された清教徒の特質とも共通していた。英国で高利貸しは清教徒との連想が強く、トマス・ウィルソン著『高利貸しについての論考』(一五七二年)やジョン・マーストンの「風刺詩」(一五九八年)、ベン・ジョンソンの劇『錬金術師』(一六一〇年)などの作品において、清教徒の高利貸したちは聖人を装う外見と比してユダヤ人のような内面をもっている、あるいはユダヤ人やトルコ人より酷い、まるで悪魔のようだと非難されたのである。[15] さらに、このような背景において『ヴェニスの商人』においてメタファーとしての貨幣のように、「ポーシャと同様に、「結婚によって共同体から共同体へと循環する女性」としてのジェシカに注目すると、シャイロックのお金と娘、それとアントーニオの肉一ポンドは、いずれもメタファーとして交換可能なものとなり、モロッコの大公が三つの小箱選びを喩えた賽子は、血縁や友情関係の対極にある「個人と個人の関係」の出現を象徴することになる。[16]

この芝居では、「三つの小箱」のくじ引きだけでなく、開催地自体もベルモント、つまり「美しい山」という名のおとぎ話的であるため、観客はおそらく、結局ヴェニス市の財政が潤ったのは公明正大な正義の審判によるという強い印象をもち、実はポーシャの父親が考案したと言われる「三つの小箱の宝くじ」こそがその公的財政補強システムの構築、維持に貢献する大きな原動力となっているという事実には全く思い至ることはないだろう。材源となった『ゲスタ・ロマノールム』では、女主人公は求婚者たちを騙して次々に彼らの持参する財宝を収奪していたのであるが、『ヴェニスの商人』では求婚の過程におけるこの財産収奪のプロセスが消えてしまい、この「宝くじ」に外れても金銭的な損害があまりないかのように見せている。しかしそれは別の見方をすれば、この「宝くじ」が比較的安全な投資先であることを観客に印象付けることにも役立っているとも言える。「価値のないものが、もっとも貴重なものとなることは、ベルモントにおける箱選びの場面の骨子」であるとテリー・イーグルトンは主張する。つまり、黄金を拒むという行為においては、シャイロックもバッサーニオも同様であり、復讐や愛を財産よりも尊いものと考えるといった類のロマンティシズムは、「商業という名のコインのもうひとつの面にすぎない」のであり、「ロマンティックな人間は、実用主義者のまさに裏返しであり、自分で従事しているあさましい商取引からは無縁と考えられる領分（すなわち善良な女性への愛）を、ただひたすらフェティッシュ化するのである」。バッサーニオ自身も「資本投機の魔法によって、そのような無が、全てにかわってしまう」とすると、「箱選びの場面は、商業的社会の受けいれやすい理想的な顔だけを、みかけと現実のくいちがいというナイーヴな仕掛けによって表象した」とも言える。[17]

ベルモントという理想的なキリスト教国の女性領主によって行われた、いわゆる「三つの小箱の宝くじ」に、世界の王侯にまじって、ヴェニスのある貴族が友人の商人を通してユダヤ人の高利貸しに多大な借金をしてまで参加し、そして見事結婚の果実を勝ちとる。そして結果として、金貸しによって私的に貯めこまれていた大量の財産 (fortune) は国内の消費に回る一方、国庫も潤し、更に宗教的基盤も以前より強固となる。つまり、ここで浮かびあがるのは、全ての市民生活の基盤とも前提ともなっているヴェニス市民の自由を守るべき厳格な法の存在である。しかし様々な宗教的、政治的矛盾を抱えたヴェニス社会は、ある意味理想郷のようなベルモントと相補関係にあり、それらの間で富の循環をさせてきたものが、劇の前半ではくじ引きであり、後半では裁判であった。つまり、この芝居は、lotteryという視点からみれば、まるでハンス・ホルバインの『大使たち』（一五三三年）という有名な絵に斜めに描きこまれたドクロのように、見方によってアナモルフォーシス（歪像）のような（特定の）解釈を得ることができるだろう。

当時の英国人の間に広まっていた植民地言説を基に推論するならば、「くじ引き (lot/lottery)」という視点からみれば、この芝居は、世界の富を「三つの小箱の選択」に象徴される「宝くじ」によってベルモントに集めると同時に、そのベルモントの叡智と富を使って、本国（ここではヴェニス）に眠る富の循環により国家財政の強化を図りたいという為政者の企みを密かに実現する夢のようなシナリオを描いていると言えるかもしれない。具体的には、シャイロックが「間接的にも、直接的にも」（四幕一場三五五行）市民の命を危険に曝したといって彼を断罪する（ポーシャ演じる）法学博士バルサザーの言葉のように、例えば、強欲にも貯めこんでいたシャイロックの財産は、その半分はジェノバで散財していると評判の娘ジェシカの夫に、そして残り半分はそっくり国庫に没収、という形で収まるのである。これは法学史的立場からすれば、慣習法および成文律を補うものとして、正当な容共をする権利の基盤となる衡平法として機能すべきであり、それは誤った裁判を是正するために本来の人間性に基づく判断基準として機能していたと考えられる英国の一五九〇年代の「自然法」のシステムとも関係があるかもしれない。[18]

ヴェニスの法律が象徴する公平性は、当時は市の重要な役職が「くじ引き」により決められていたという事実を考えるなら、ある意味、くじ引きの平等性において担保されていたと言ってもいい。しかし、問題は、すでに述べたように、ベルモントで開催されたlotteryとは実際は公正平等なものというよりはむしろ「エンブレム的な謎解き」、あるいは判じ物に過ぎなかった。結婚占いに「くじ引き」が用いられることはしばしばあったため、この芝居でもそのような流行を風刺する目的があったのかもしれない。一方、すでに述べたように、これが「偶然」に基づかないゲームであるため、一部の過激な清教徒達の批判をかわすこともできたであろう。

＊

このように、三幕二場の“Your fortune stood upon the caskets there”というバッサーニオの友人グラシアーノのセリフは、図らずも「運命」と「くじ引き」の密接な関係を示す極めてエンブレム的な視覚表現ともなるだけでなく、この芝居の重要な主題のひとつをも言いあらわしていると言える。つまり、「モノ」としての価値観と、「象徴」としての価値観が、重なったり離れたりしながら、シェイクスピア一流の「言葉遊び」の中で芝居の中に構造化されていく。この台詞は、そのようなドラマ化の過程で、まさに意味が二重化される一例と考えられる。「運命」と「宝くじ」を巡る、いわゆるギャンブルにまつわる主題を理解しようとするとき、エリザベス朝の人々にとってだけでなく、ハイリスク・ハイリターンのカジノ的ギャンブルの魔力から逃れられない「カジノ資本主義」の社会に生きる現代人にとっても、このセリフの背景にあるエンブレム的な、いわゆる視覚的・教訓的想像力や世界観、運命観を理解することは、『ヴェニスの商人』という芝居の魅力と本質をさらに深く理解するカギとなることは間違いない。[19]

運命の女神のイコロジカルな変遷については、アビ・ヴァールブルク、フレデリック・キーファー、それに松田美作子の一連の研究に詳しい。また、特に『ヴェニスの商人』における運命の女神の役割についてイコノロジカルな視点から考察している論考としては、劇中に見られるエンブレム的意匠の役割についてのクレイトン・マッケンジーや、さらに進んで「機会」の寓意としてのポーシャの役割を考察するエレン・M・コールドウェルなどの論考がある。[20] 例えば、アルチャートのエンブレム九九番「アートがネイチャーを助ける」の解釈に基づいて、マッケンジーは、バルタザーとしての役を演じるポーシャには、どこかマーキュリー（ヘルメス）的なところがあると認めている。つまり、アートを良く学べば、フォルトゥナの不安定性は征服されるという思想がこの劇には反映していると言う。マーキュリーがその語源から商業と関係があることを思えば、商人を主題としたこの劇にはぴたりと当てはまると思われる。ヘルメスは同時に平和を象徴しているが、ある意味、矛盾をはらみつつ、純粋な正義というより平和をもたらすことに重点が置かれているとも考えられる。それに対して、エレン・M・コールドウェルは、ルネサンス期のエンブレム的イコノグラフィーの観点から言えば、ポーシャは「正義」や「慈悲」よりも「運命」や「機会」に類似点が見られると指摘している。「運命」や「機会」はルネサンスには交換可能な概念で、リスクを冒すことに関する芝居にぴったり当てはまるという。また、景品としてのポーシャや、彼女がシャイロックを打倒すること、そしてアントーニオの商材の救済などへの言及も全て「運命の女神」への類縁性を示している。その審判は偏っているどころか、ポーシャは自らの欲望に従って褒美を与えたり罰したりしているのである。ヴェニスのFortunaとして、ポーシャは市場のご都合主義的起業家であり、彼女こそがもっとも上手に貿易と愛の世界を行き来するのである。

またコールドウェルは、この劇が正義についてでは全くなく、バルサザーとして変装してシャイロックの質草（ボンド）の合法性を巡ってポーシャが果たす役割は、正義と言うよりも運命の女神のように報酬と罰を分配することであると述べ、さらに彼女以前にポーシャをFortunaと同一視した研究はないと断言しつつ、それが“hazard and risk taking”についての芝居にふさわしい解釈だとしている。もちろん、『ヴェニスの商人』と運命の女神については、すでにシェイクスピアの作品における運命と海との関連を詳細に考察したクレイトン・G・マッケンジーの論考が、バッサーニオを含む全ての求婚者たちの運／財産を追いもとめる行為はエンブレム作者たちの警告に逆らう行為であったと論じ、バッサーニオが幸運だったのは、彼が賢明だったというより、Fortunaの盲目性に関してこの芝居が運命に依存し過ぎる危険性を警告していると主張する一方、コールドウェルはポーシャ＝Fortunaは盲目でもなく、機会に導かれて自らが望むものを手にいれると主張する。シェイクスピアの芝居におけるエンブレムのモチーフを指摘してきたものに、ヘンリー・グリーンをはじめ、ジョン・ドウブラーやペギー・サイモンズ、ロランド・ムシャット・フライなどの研究があるが、カスケットという小箱が「モットー、ピクトゥラ、そして説明的な韻文の解説文が全て揃ったエンブレムとしてあらわされている」と主張するコールドウェルの主張は本稿にとっても重要な指摘である。さらに、ローレンス・ダンソンが音楽の隠喩で芝居の様々な力を複雑な統合体にまとめようとするのに対し、コールドウェルは、「本文がハーモニーに反撃を与えるためにエンブレム的な素材を活用するということによって主張される芝居の破壊的要素にもっと焦点をあてる」と述べ、レイモンド・ワディントンのようにポーシャを盲目の（偏見のある）裁判官の正当な象徴とみなす意見とも立場を異にしている。そして、コールドウェルは、この芝居が古い法から慈悲の新しい法へ置換されるというドウブラーのパラダイムにはルネサンス期のエンブレムブックという証拠を基に異議を唱え、「四幕一場の言葉やイメージによって喚起される、当惑するほど多くの解釈学的複雑さは、この芝居の曖昧な法学的、図像学的、経済的伝統を反映している」と指摘する。さらにヘブライ法やヨーロッパの市民法とユダヤ人の関係を考察しているジェイムズ・シャピロのような視点に対しては、エンブレムによって強調されるご都合主義（opportunism）の戦略が法の行使に影を落としていると解釈できるという。[21]

それに対して松田美作子は、イアン・マッキネスの経済的議論を援用しながら、リスクを賭けた富 (fortune) の追求がルネサンス期の《運命》(Fortuna) の概念の変化とともに描かれていると同時に、「usance と interest の相違と連動」していることを指摘する。[22] また、代表的な《運命》擬人像としては、チェーザレ・リーパの『イコノロジーア』(一六一八年) があるが、そこでは裸の女性が空から人々に様々な富をばらまくイメージとなっている。hazard が「宝くじ」という語源から「危険やリスク」という意味になっていることを踏まえると、松田によれば、「モロッコの考える選択は、リスクを冒さずとも確実に利益を上げられる usury によって稼ぐことと通じる」ことになる。また、アラゴン大公に関しては、アンドレア・アルチャートの『エンブレム集』(一六二一年) 所収の二つの対照的なエンブレム像、つまり Fortuna と Mercury に付与された象徴的な意味に注目すると、大公は《運命》が立つ球のあらわす不安定さや気まぐれを克服するための手段としてのアート (技量) が欠如していると考えられる。[23] また、小箱の選択において最終的に勝者となるバッサーニオは、ネリッサが想起させる「学者で軍人」というエンブレム的には理想的な「王侯にふさわしい徳目」をもった人物像を観客に期待させる。しかし、問題はポーシャがどのような運命の女神として描かれているのかということである。財産をばらまく存在であることは間違いないが、実際には亡き父親の遺産と遺言によって操られているだけとも考えられるからだ。

しかし、本作品を「三つの小箱」の物質文化的な背景を踏まえた考察は、残念ながらまだ行われていない。そこで、本章ではさらにこの「三つの小箱」の物質文化的な側面をさらに運命や宝くじの図像学的かつ政治的宗教的な側面にどのように位置づけることができるかを探っていくことになる。そこで、以下、『ヴェニスの商人』における運命の女神と小箱を巡る修辞学をより具体的に考察するために、現存する当時の小箱の特徴をいくつか検討してみたい。現代の観客あるいは読者にとっては、ルネサンスの小箱が包含していた複雑な文化的意味合いを正確に理解することは容易ではないが、以下に紹介する当時の小箱は、『ヴェニスの商人』が上演された当時の西欧人がもっていたであろうイメージの一端を垣間見せてくれるだろう。以下、(1)小箱 (Casket)、(2)賭けごと (Gamble)、(3)宝くじ (Lottery) というキーワードに従って、『ヴェニスの商人』における様々な「選択」がどのようにエンブレム的な図像とテクストのさまざまなずれの中で、ある種の両義性を展開させられているのかということを明らかにし、(4)エンブレム的な宝くじ (Lottery) としての「三つの小箱選び」の特質を考察したい。

2　「三つの小箱選び」の文化的背景

(1)　小箱 (Casket)

ヴェニスは当時フィレンツェについで凝ったデザインの chest や casket の生産地として有名だったが、ヴィクトリア&アルバート博物館に収蔵されている図4の小箱には、一五五〇年ごろにはこのように凝ったモザイクの、象眼細工 (inlay) が埋め込まれている。これはイスラム風モザイク模様と、星形や六角形といったヴェニスで流行したデザインが合わさった東西文化融合の象徴とも見られるもので、多様な人種や文化のるつぼとして有名だったルネサンス・ヴェニスの異種混交性をよくあらわしているものと言える。また、メトロポリタン美術館に収蔵されている図5の小箱は、美術館が運営するホームページの解説にもあるように、ヴェニスの上流階級の女性が花嫁道具の一部とし、化粧道具入れやかぎ付きの宝箱として使用していたものと思われる。特に厚く塗られた煌びやかな金箔や細い縦の模様などは、明らかに当時見られたトルコ趣味をあらわしており、わずかに凝ったハンドルと鍵穴の飾り座金がベネチア製の証《あかし》となっているが、これもやはり東西文化の入り混じる商業都市ヴェニスの文化的多様性を象徴している。これらの小箱は、どちらかというと映画版よりもＢＢＣ制作のドラマで使われたものに近い形のものだが、シャイロックの娘ジェシカが、恋人のロレンゾと駆け落ちをするとき、「さあ、この小箱 (casket) を受け取って、骨折りの価

図4　象眼細工モザイク模様の小箱（1550年頃、ヴェニス）ヴィクトリア・アンド・アルバート博物館

図5　金箔塗りの小箱（1570–90年頃、ヴェニス）メトロポリタン美術館

値はあるわよ」（二幕六場三四行）と二階の窓から投げおとす、あるいは落そうとする場面は、もしここにあるような小箱に金銀宝石を満載したものなら、いくら張りぼてでも受けとる側は怪我をしかねず、実際随分驚きと笑いを誘うはずである。金の小箱を手にいれるのには、痛みと労苦を伴うという教訓でもあろう。

図6のように金箔装飾の豪華な打ちだし細工の木製木箱に見られる植物や幾何学装飾は一〇世紀にコルドバを主として栄えた後ウマイヤ朝のイスラム美術の影響を大きく受けていると考えられる。そのような小箱は、もともと「香辛料や宝石といった小さな貴重品をしまうのに使われたと考えられている」が、他の贅沢な容器などと同様にキリスト教徒の手にわたり、聖遺物を入れる小箱として大聖堂の宝物庫に収められたのである。[24]

イタリアの文学研究者および美術評論家のマリオ・プラーツは、その著書『綺想主義研究』（一九六四年）の冒頭で、ヨーロッパの古い図書館に忘れられたように眠っているエンブレム文献には正当な関心が払われてしかるべきだと主張し、「エンブレムは、たとえエンブレムという名称で呼ばれていないにしても、かつて常にそうであったようにいまも生きている」と述べている。そして、「象眼細工が施されたモザイク作品」というエンブレムの語源の定義について、イタリアのユダヤ人歴史家ダニエッロ・バルトリ（一六〇八～一六八五年）の『道徳的に解釈されたシュンボルム集』（一六七七年）から次の一節を引用している。

図6　金箔塗りの小箱（15世紀頃、ヴェニス）大英博物館

私は、あちらこちらで、象眼細工が施された古代の、そして今日［一七世紀］でも実際に見ることができる数々の芸術作品の驚嘆すべき実例を見た。……これら象眼細工の作品においては、自然が技巧によってつくられたと見えるように意図されており、その結果、技巧と自然は区別されないものとなる。こうした種類の象眼作品において、個々の断片が寄せ集まって他の全体を完璧に表現しているという事実は、見る者を驚嘆させ、彼に大いなる興趣を抱かせる。……この象眼細工という他意のない欺きも、真なる自然を表現しているのではない。しかし、物語や寓話、自然や芸術から採られた題材はなんであれ、それを用いてまったく他の道徳的教訓を表現しようとするさいに

同じことが生じるのである。……それは、才知による技巧のあらわれではなく、〈置き換え可能な自然の特質と照応を規定する秘文字によって書き記された自然の哲学〉であるように私には思われる。

エンブレムの起源は、実際、「プリニウス、タキトゥス、アプレイウス、アレキサンドリアのクレメンス、プロチノスたちが施した解説に基づいて、誤って解釈されていたヒエログリフの、現代的な等価物を生みだそうとする」ルネサンスの人文主義者の企図に遡り、芸術家たちも躊躇なくこの「新しい擬・学問」を都市生活の様々な局面で活用し、それらの装飾的モチーフに「現代的なヒエログリフ的創意と象徴的形象」を見いだすことができる。[25] これらの小箱の装飾自体が、エンブレムの起源そのもののようなものだったのである。

この芝居でcasketとchestという言葉は実際どのように使われているのか。[26] シェイクスピアは、この劇では、「小箱」をあらわす単語としてchestとcasketの両方を使っているが、彼はなぜこの芝居の材源のひとつで使われていたvessel（器）という言葉の代わりに、わざわざこれらの単語を選んだのだろうか。図7はドッソ・ドッシによる運命の寓意である。この絵では、運命をあらわす右側の女性は不安定なバブルの上に座り、サンダルも左だけ履き、掛け布を風にはためかせながら、コルヌコピアという豊穣の角を両手で抱えている。また左手の若者はチャンスをあらわし、いままさにくじ券の束を金の器に投入しようとしているが、これは一六世紀前半にイタリアで流行った宝くじのスタイルであり、ポーシャの宝くじよりも当選の確率は偶然性に支配されている。また小箱からどのようなイメージが連想されるのかを調べるために、シェイクスピアの他の芝居で使われている形容詞を見てみたい。上記の一覧には、小箱（casket）という言葉には、宝石とか無垢、煌めくや小さいといった形容詞が並び、シェイクスピアが宝石などの宝物を入れる小箱という意味で使っていたことが分かる。また、チェストは、密閉できるトランクとして、織物や衣服だけでなく、ペリクリーズの妃やフォルスタッフ

図7　ドッソ・ドッシ作「運命の寓意」（1530年頃、イタリア）ゲッティ美術館

図９　ティツィアーノ「ウルビノのヴィーナス」1538年
ウフィツィ美術館

の体が入るだけの大きさのある箱として使われている。そして、詩においてはベストやブレストと韻を踏んで、主に宝物を入れる胸という入れ物の意味で使われ、財宝や高価な織物との連想はあるが、むしろ閉じ込めるとかしまい込むといったイメージが強い。

『ヴェニスの商人』に出てくる「小箱」という言葉には、他の芝居に使われるように小さいとか、煌めくとか、無垢の、といった形容詞は全くなく、すべて三つの、右の、反対の、金の、鉛の、といった単なる物質的な指示表現が多く使われている。ソネット四八番や五二番のように、比喩としても、恋人と宝物はchestに鍵をかけてしまい込むべきものとしてあらわされている。また、ソネット六五番では、時のchestの比喩が使われ、宝石のような恋人の真の所有者が死を司る「時」であることが明かされている。『ヴェニスの商人』で「チェスト」という単語が使われたのは、ネリッサのセリフで、「これら金と銀、それに銅の小箱」（二幕二場）と、アラゴンの大公が「金の小箱にはなんと書いてあるのだ」（二幕九場）のみであるが、ここでcasketではなくchestという単語が選ばれた理由はどのように考えられるだろうか。

図８　象眼細工の収納箱（1550–1650年頃、ヴェニス／バルセロナ）ヴィクトリア・アンド・アルバート博物館

図８のように、収納用の箱(chest)は実際にはかなり大きい箱である。これもまた中近東で流行の幾何学模様を取りいれたもので、蓋の内側には格子縞の象眼が埋め込まれており、チェスやバックギャモンに似たトリックトラック(trictrac)という双六ゲームに利用された。また、この象眼技術が、当時アラゴン公国の特にカタロニア地方で作られたアラビア風タラセアの一種であり、それをこのチェストがバルセロナで制作された根拠とする評論家もいるが、そうするとまさに、ヨーロッパとアラブ、そしてアフリカの要素が入り混じった美術工芸品の典型が、当時のイタリアのマーケットで広く流通していたことになる。

また、ルネサンスのヴェニスでは、チェストは図9のティツィアーノの絵のように、婚礼家具として、一対、あるいは複数、夫人の寝室に置かれることが多く、特にフィレンツェでは「誰の目にも明らかな結婚のシンボル」としてペアで置かれていた。また、フィレンツェは、大型収納箱(chest)だけでなく、図6のような金箔を塗った既成の小箱(casket)を花嫁に贈る習慣があることでも有名で、ある商人が一六個の金箔塗り円形小箱と四個の花嫁用の刻印入り皮カバー付き円形小箱、それと六個の小箱を買い付けていることがボローニャ市の記録に残っている。[27]

シェイクスピアが彼のソネット詩の中で、breast(胸)や blest(祝福)と脚韻を踏むために何度か使っているように、chestという単語には秘められた場所という暗示が含まれる。アラゴン大公が、あえてchestと言うとき、ギャンブルに詳しい観客なら、アラゴン、チェスト、チェスボード、チェスというように連想を広げていったのかもしれない。

(2) 賭けごと(Gamble)

次に、宝くじや双六に関連したギャンブルという言葉であるが、これは、OEDによれば、もともと、一六世紀初期から、サイコロやトランプなどの運が左右する賭博(game of chance)をするという意味で使われたgameという単語から派生して、一八世紀後半から使われるようになった言葉である。

シェイクスピアはイタリアの散文説話集『イル・ペコローネ(愚者)』を『ヴェニスの商人』の主要材源としているが、「三つの小箱選び」に関しては一三世紀の『ローマ人行状記』の英訳(一五九五年)が最も近い。しかし、鉛の箱の銘(posy、posie, posey)には、「われを選ぶものは、神がそのもののために贈ったものを見いだすべし」とあるのに対し、『ヴェニスの商人』では、「われを選ぶものは、持てる全てをなげうち賭ける(hazard)べし」(二幕七場九行)と変更されている。シェイクスピアの芝居では、挑戦者はその運命を、神の摂理ではなく、無一文になる危険性のある銅の小箱に委ねなくてはならないのだ。この劇ではchooseと同様にhazardも頻出する単語だが、その意味は単に「危険(を冒す)」という意味だけでなく、前述の通り、アラビア語のサイコロをあらわす(al-zahr)からきたと言われ、当時ヨーロッパでもっとも流行したサイコロゲームの意味でもあった。シェイクスピアは、『ヘンリー五世』で、フランス軍の陣営での会話の中でこのハザードというサイコロゲームに言及しているが、これ以外にも、『嵐』ではチェス、そして

『ウィンザーの陽気な女房たち』と『ヘンリー八世』ではプリメロというバーレー卿がズッカロに絵まで描かせたカードゲームに言及しているほど精通していた。『ヴェニスの商人』は、『アントニーとクレオパトラ』や『リア王』といった運命の逆転する悲劇に対して、『お気に召すまま』と並んでfortuneという言葉が多用されている喜劇である。しかしながら、結婚相手選びの「三つの小箱選び」というgameが、lotteryとhazardという二重の意味をもちつつ、芝居の背景となる世界観と深く関わりながら展開していく芝居として、極めて特徴的な作品であると言える。

『ヴェニスの商人』においては、三つの小箱の場面が非常に重要な位置を占めている。例えば、ジョーン・オザーク・ホーマーは、「選択」の主題に焦点を当てた著書のなかで、以下のネリッサの台詞を引用しながらこの場面の重要性を指摘している。

Your father was ever virtuous; and holy men at their death have good inspirations, —therefore the lott'ry, that he hath devised in these three chests of gold, silver, and lead, whereof who chooses his meaning chooses you, will, no doubt, never be chosen by any rightly, but one who shall rightly love.

お父様はたいそうりっぱなかたでしたわ。聖者とあがめられるような人は死に際してすばらしい考えがひらめく、と言います。だからお父様がお考えになったあの箱選びも、金、銀、鉛の三つの箱のいずれかにかくされたお父様のお心を選びあてた人がお嬢様を選びとることになるそうですが、その正しい箱を選ぶほどの人ならきっと正しい愛の心をもっているにちがいありません。（一幕二場二七〜三二行）

ホーマーは右記の引用箇所に対して、「これら三つの箱 (chest) に、本芝居の演劇的意味の核心、この豊かに織りあげられた芝居の中の、一見全く相異なる要素をイデオロギー的に統合するような、賢明な愛と愚かな欲望の間の定義と違いの探究が存在する」と述べている。また、キャサリン・ベルジーは、「ヴェニスにおける愛」という論文で、「バッサーニオがカスケットの謎を解くことができるのは、彼が外見やうわべを見通すだけでなく、求婚者たちの中で彼だけが欲望のエンブレムを見分けられるからである」と述べている。つまり、それは「バッサーニオだけが、欲望によって動機づけられ」ており、恋人を手に入れるために全てを賭けなければならないことを知っているからである。言い換えれば、『ヴェニスの商人』とは「欲望のエンブレム」という謎をめぐる冒険劇なのだ。

同様のことは、イアン・マッキネスも経済的な観点から主張している。つまり、バッサーニオこそが、唯一ハザードの危険性を恐れず投機的冒険に飛びこむのである。もしホーマーやベルジーの言うものが、相反する要素をイデオロギ的に統合する「パラドクス」の哲学であり、それが『ヴェニスの商人』という作品が提示する多くの謎を解く鍵となるならば、それを更に、casket や lottery、それに fortune といった視点から光をあてることにより、この劇を統合するエンブレムの美学と政治学が、ルネサンスの思想や物質文化と交渉しながら『ヴェニスの商人』という芝居をどのように作りあげてきたかが浮かびあがってくるはずである。そして、ギャンブルと慰めと言えば、近年のシェイクスピア批評でもほとんど触れられることのないイタリアの万能ルネサンス人、カルダーノが想起されるが、game of chance という遊びが、単なるギャンブルという枠を超えて、人生の様々な苦難と闘う人々の運命観や人生観にどのような影響を与えてきたかを考察し、以下この劇をめぐる「くじ」と「運」の新たな見方を提示したいと思う。[28]

(3) 宝くじ (Lottery)

ポーシャの肖像画をめぐる三つの小箱の宝くじは、宝くじの観点からすれば結婚という副賞のついた、肖像画のためのオークション、あるいは宝くじとも言える。実は当時のイタリア、特にヴェニスでは、破産した貴族の財産、特に貴重な絵画などをてっとりばやく処分するために、いわゆるアート・ディーラーが大々的に宝くじを活用していた。そうすると、見ようによっては、ポーシャの父親は、ポーシャ本人の代わりに、まずポーシャの肖像画を宝くじオークションにかけることを遺言で残したとも考えられる。もちろん、シェイクスピアが宝くじの比喩を使いながら、様々な芝居であてこすっていたように、美徳に溢れた素晴らしい女性を射止めるのは、まるで宝くじにあたるくらい難しいことであり、それは、そのまま平穏な結婚生活、あるいは夫婦の相性の難しさの象徴ともなっている。

しかし、この宝くじが通常の game of chance、つまり偶然にまかせたくじ引きではないことは、誰の目にも明らかである。つまり、通常の lottery なら、三つのクジの当たる確率は、それぞれ厳密にいえば、三分の一になるはずであり、もし当選がずっとひとつに偏る、あるいはどれもまったく当たらなければ、それはいかさま宝くじ、八百長にすぎない。実際、バッサーニオが見事肖像画の入った鋼の箱を当てるまで、それまで全ての挑戦者が外してきたのであるから、これは誰が考えてもなにか仕掛けがあると思うのが普通である。ポーシャが言うように、この「運命の宝くじ」(the lott'ry of my destiny) が、彼女自身の選択の自由を奪ってきたことだけは確かである（二幕一場一五～六）。しかし、金・銀・銅のそれぞれの箱に添えられたモットーの解釈が鍵となるため、宝くじというよりシェイクスピアがすでに『ペリクリーズ』で実験したように、謎解きを更にエンブレム的にドラマ化したものと言ったほうがふさわしいかもしれない。すると、愛のエンブレム、あるいは、欲望のパラドクスの意味を理解し、体現することのできるバッサーニオだけが、当たりくじを引く、というよりハザードに勝つ権利がある、ということに行きつくのだろうか。

シェイクスピアの時代に実践されていた宝くじには二通りの見方があった。ひとつは、エリザベス女王やロンドン市長が開催したような市民が参加できる公営の宝くじである。他方は、例えば女王を招いて開かれる貴族の館での宴会の余興としての宝くじや、運勢占いの代用品としても使われたイエズス会士の聖人占いや、エンブレムの占い本である。まず前者は、建前上は、くじに参加する人が書いたモットーの紙切れをもとに公正にくじ引きが行われることになっており、ハズレがない建前なので、ポーシャの場合とは異なる。また、後者の場合は、ブランク、つまりハズレはあるが、クジを引く人の身分に応じて扱いが全く異なってくる。まず、女王のような主賓にはハズレは当たらないことになっており、そもそも、最初からどの賞品とモットーがあたるかは台本に決められていて、例えば、一六〇二年七月三一日から八月二日にサー・トマス・エジャートンのロンドン郊外にあるヘアフィールドの邸宅で女王を迎えて行われた歌やダンスのエンターテインメントは、サー・ジョン・デイヴィスが考案したものだが、宝くじや歌による贈りものをすることになっており、その台本には相手や内容まで記録がすべて残っている。

ジョージ・ウィザーの『エンブレム集成』（一六三五年）の口絵では、「徳（Virtue）」と「運命（Fortune）」の擬人像が宝くじの壺から巡礼者たちに順番にくじを引かせている（図10、11）。[29] 巡礼者はその結果によって天国と地獄の運命をあらわす背後の山へと向かうことになる。この本には巻末にレクリエーションのための運勢占いとルーレットが付属している。しかし、この一見矛盾したように見える組みあわせは、個人の人生の選択権を個人の良心に委ねるというプロテスタント的な考え方を「巧妙に懐柔する」方策であるとも考えられ、それは同書における「運命」と「機会」の矛盾した関係にも見られるものである。[30] しかし、その最終的な目的は気まぐれな運命に対して個人が徳をもって打ちかつべきであるという道徳的な教訓を与えることであり、完全に偶然に支配されるようなサイコロ賭博とは異なり、そこでは「運命の女神」と彼女が提供する宝くじが、楽しみと教訓を同時に伴いながら巡礼者としての個人を試す道具となるのである。また、図12のように本の最後に宝くじ（lottery）を付録としてつけたウィザーは、この本をあまり真剣に運命占いのように扱わないで、あくまでレクリエーション、つまり気晴らしの一種として扱ってほしいと読者に警告している。もちろん、このように警告しなくてはならないのは、一方に、誕生時の星座の位置や手相、顔の相などから、人の運命を占えると信じているカルダーノのような人物がいるからなのだが、それは当時一歩間違えば、カルダーノ自身がそ

図10　ジョージ・ウィザー『エンブレム集成』（1635年）扉絵

図11　ジョージ・ウィザー『エンブレム集成』扉絵（細部）

図12　ジョージ・ウィザー『エンブレム集成』付録

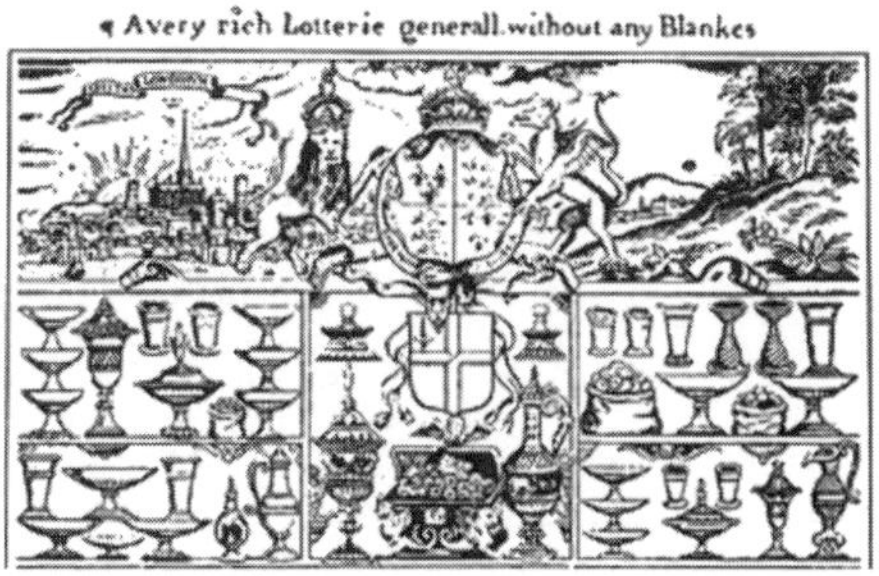

図13　イングランドの宝くじ広告（1566年）

うであったように、異端者、あるいは反逆者として捕えられる危険性があったからである。[31]

すでに冒頭で触れたように、エリザベス朝のイングランドでは、ヨーロッパの諸都市での公営宝くじの成功を見習い、港湾整備のための資金を捻出するために一五六八年には大々的にlotteryを開催していた（図13）。ハズレクジなしだったにもかかわらず、売れ行きは不調で、ヴァージニア会社の窮状を救うためにふたたび公営宝くじが開催されたのは一六一五年だったので、『ヴェニスの商人』が執筆されたと推定される一五九六年から一五九七年にかけて、宝くじに対するエリザベス朝の人々のイメージとは、まだかなり胡散臭いイメージだったに違いない。カードゲームなどに見られる、ヴェニスにおけるギャンブルの本質は、運命の気まぐれによる平等なのであるが、当時問題とされたのは、その運命の偶然性をどのようにしたら制御できるかということだった。アビ・ヴァールブルクによれば、ルネサンス期にフィレンツェ商人たちによって好まれたフォルトゥナ像は、運命の車輪による中世的な束縛と、好機の女神の前髪をつかむ強引さとの中間に位置しており、風をはらんだ帆をもったその姿は不安定ながらも力強い「和解」を表現している。[32]『ヴェニスの商人』においても、運命は様々なレベルで登場人物たちに、それぞれ厳しい選択を迫り、人生のコマを進めさせる。しかし、その真の原動力とは、結局は神の摂理ならぬ亡き父の聖なる遺言であり、その徳にあるのだろうか。そして、運命の偶然性は、選択にまつわる憂鬱を取りはらってくれるのか、あるいは逆にさらに悪化させるのだろうか。

この劇の中の“lottery”は、通常、手っ取り早く多くの市民から現金を書き集める集金マシーンとしての役割を担わされていた“lottery”とは明らかに趣を異にするようだ。それは、すでにネリッサが劇の冒頭で語ったように、道徳心を涵養するための一種の修行のようなものかもしれない。その意味で、当時エンブレムがもっていた道徳的な役割とも共通するものがある。しかし、手っ取り早く現金を集め、借金返済をする手段として二つの方法が提示されているが、“lottery”に関しては、賭けに参加する側にのみ言えることであり、主催者側に関しては、その目的はあくまでも資金集めのためではないことは明らかである。つまり、"lottery"参加者はチケットを買うための代金は必要なさそうなので。バッサーニオが借金に借金を重ねてまで現金を調達するので錯覚しがちだが、その代金としては、失敗したときの代償として、その後未婚を通すことと秘密に関する沈黙のみ、つまりは、言論の自由と子孫繁栄という将来の人種的生産性が、この"lottery"の質草になっている。しかし、それはアントーニオの信用性と同じく、物質的な交換価値のあるものではない。

また、この"lottery"の公平性のなさはどう考えるべきだろうか。当たりくじは、偶然ではなく、道徳的意味を解読できる者にのみ与えられる。つまり、これは一見公平さを装ってはいるが、必ず徳のある人物が勝つ仕組みになっているという意味では、偶然性による秩序の惑乱はないように思える。そこでは、運命の女神は、道徳によりねじ伏せられ沈黙している。シャイロックは、正義と公正さを訴える存在であり、実際ユダヤ人社会では、宝くじというものの存在は忌みきらわれていたという歴史が存在している。運命（財産）は、戦って勝ちとることができるものだが、神の摂理は従わざるを得ないものである。ポーシャにとって"lottery"とはProvidenceだが、バッサーニオにとっては、それは勝ちとれるFortuneとなる。また、この劇にはfeastやdinnerへの言及が多いが、それは、宝くじが宴会の余興として当時人気があったからと考えられる。

『アントニーとクレオパトラ』ではポンペイが次のようにくじ引きの公平性に言及している。

We'll feast each other ere we part; and let's
Draw lots who shall begin.
別れる前にそれぞれ宴を開いて相手を呼ぶのはどうだろう。
順番はくじできめよう。（二幕六場六〇～一行）

また、『ヴェニスの商人』では、気の早いモロッコ大公にポーシャは次のようにくじ引きの時間を指定している。

First, forward to the temple; after dinner
Your hazard shall be made.
まず礼拝堂でお誓いください、運を試されるのは
昼食後ということに。（二幕一場四四～五行）

ルネサンス期のヴェニスでは、ギャンブルはカーニヴァルと密接な関係にあることも確かであり、それはこの劇でも表現されている。全てのギャンブルに反対するユダヤ教のラビによれば、プロのギャンブラーとはプロの愚者ということになり、その意味では、グラシアーノの愚者の役回りを自覚しているところは、彼のギャンブラーの本質を言いあてていると言える。つまり、彼は彼で自分の運を友人に賭けたのだから。

(4)　エンブレム的な宝くじ (Lottery) としての「三つの小箱選び」

では、『ヴェニスの商人』における「三つの小箱選び」は、結局のところどのようなlotteryとして解釈するのがふさわしいのだろうか。それには、virtueという言葉が鍵となる。後で触れることになるが、徳と幸運が合わさって雄弁と財産をあらわすアルチャートのエンブレムも、徳を理解する上で大きな助けとなるだろう。しかし、それにはさらに先がある。つまり、情にのぼせて、正しい結婚相手を選ぶことが難しそうなポーシャに、父親は、愛と徳と運による宝くじを考案して残した。そしてその仕組みこそがパラドクスなのだ。つまり、これは競売ではなく、一見美術品を処分するために利用されていたくじ引きに似ているようにも見える。しかし、当選するには、全財産をかけて運試しをする必要がある。そして、そこに必要な徳とは、劇の冒頭からアントーニオを襲っていた病であり、また、それをグラシアーノが徹底的にからかったのであり、さらに、ついにポーシャの肖像画を引きあてたバッサーニオが思わずつぶやいたこと。それは、自分の幸運を信じられぬバッサーニオが、ポーシャに愛の確証を求めたとき、それにたいして、ポーシャが、「私はあなたの眼にうつるただそれだけの女です……」云々という長セリフを述べ、それを聞いたバッサーニオが言う言葉に表われている。

Madam, you have bereft me of all words,
Only my blood speaks to you in my veins,
あなたは私からことばをすっかり奪ってしまった、
この血管を流れる血だけが思いを伝えてくれよう。（三幕二場一七五～六行）

アントーニオには悲しみを、グラシアーノからは嘲笑をえた沈黙を、つまり、恐れと希望をあらわす弓とイカリに挟まれて煙を上げる心臓の意味を、経験を積んだバッサーニオーが「幸せな拷問 (happy torment)」ときわめて前向きに考えるとき、この宝くじの役目はひとまず終了すると言える（図14）。

Nerissa: It is your music, madam, of the house!
Portia: Nothing is good, I see, without respect.
Methinks it sounds much sweeter than by day.
Nerissa: Silence bestows that virtue on it, madam.
ネリッサ：お屋敷の楽隊にございます。
ポーシャ：いいものは必ず周りと調和がとれているのね。
昼間に聞くよりずっとすてきに聞こえるわ。
ネリッサ：まわりが静かなせいでございましょう。（五幕一場九八～一〇一行）

直訳すると、「静寂がそのような徳目を与えているのでしょう」とというこのネリッサのセリフは、相反するものがお互いに引きたてあうような関係をうまく述べており、それはポーシャの語る時機を得たハーモニー（調和）という概念とも重なっていく。すると、ポーシャの父が考案した宝くじにおける virtue とは、くじを引く人にとって平等であ

図 14 「強い欲望のあるとき、心は希望と恐れの間で痛む」ジョージ・ウィザー『エンブレム集成』（1635 年）39 頁

るともそうでないとも言えない、それらが時機を得て調和するような装置となり、この芝居であらわされる運命のように、人々の運命を支配しているようであり、また、そうでないようにみえる、それらが共存している、まさにエンブレム本の作者たちがとった曖昧な態度と共通するものとは言えないだろうか。

しかし、忘れてならないのは、標題にも引用したグラシアーノのセリフに明らかなように、lordship つまり、上に立つものがその徳によって良い運に恵まれれば、その影響下にある者にも同じように良い影響を与えることがあるということが示唆されている。なぜなら、グラシアーノ自身は宝くじを引いていないにもかかわらず、友人に倣うことによって彼自身にとっての当たりくじを同じように獲得したのである。しかし、この最後の条件節のなかの fortune は、運命と同時に財産という二重の意味が込められている。しかし、もちろんバッサーニオの財産とは、親友アントーニオがシャイロックから証文をかたに借りた借金だったのである。もし、運命という比喩の陰に隠れた金銭の流れをじっと冷静に観察するならば、すでに述べたように、この芝居が伝えようとするものは自ずと明らかになってくる。

エリザベス女王の有名なモットー「私は見る、そして沈黙を守る（Video, et taceo）」は、もともとすでに触れた一五六八年から翌年にかけての国営宝くじの際に、女王自らが買ったクジに書きこんだものである。エリザベス女王のくじ券に印刷されたポージー（poesy）という詩がホイットニーのエンブレム集において記録されている理由は、モットーに対して人物そのものがエンブレムにおける図像の役割を果たしていることを示している

《私は見る、そして沈黙を守る》

一五六八年から一五六九年までロンドンで開催された大宝くじに際してつくられた女王陛下の詩

私は見る、そして沈黙を守る。まさに王侯の詩にふさわしい、
過ちのひとつひとつに、王侯、あるいは権力者たるもの怒れることなし。
かのジュピターが稲妻を放つと、人は動転するもの。
この詩が言うには、彼の稲妻はすぐに消えてなくなるはず、というものである。

そして、我々の幸せに、統治者はかくも関心があるのだ。
正義の女神が剣を抜くときには、その心に慈悲があるもの、
そして、このことを宣言する、いかに救う用意があるかということを。
そのため女王陛下がお選びになったのが、この詩である。

（ジェフリー・ホイットニー『エンブレム選集』（一五八〇年）、六一頁）

「私は見る、そして沈黙を守る」というモットー自体が、極めて難しい政治的決断を迫られることの多い女性君主として当時エリザベス女王が取らざるをえなかった政治的態度を的確に表現していることは言うまでもない。様々な情報を得ながらも表面上は沈黙を守ることによって、政治顧問、あるいは相談役として父権主義に立脚する自らの政治的立場を守ることに成功していたのである。これは、ある意味、ポーシャが男装して演じている、特別にヴェニスの法廷に派遣された若き法学博士バルサザーの役割と重なる部分がある。些細な過ちに君主はいちいち目くじらを立てない、という意味では、目隠しを外した正義の女神をあらわしたフランスのピエール・クストーが『ペグマ』（一五五五年）において制作した「沈黙」に関するエンブレム図像を二つ想起させる。[33] まず図15のエンブレムでは、目隠しをしていない正義の女神によって地上に腐敗がもたらされていることの教訓を伝えている一方、「沈黙」をあらわす図16のエンブレムでは、もし賢明な人物であればこの女神のように口を閉じておくべきであるという教訓が語られる。通常目隠しをしている運命や正義をあらわす女神が平等をあらわすのとは好対照ではあるが、その矛盾した状態がうまく表現されている。

また、同じエリザベス女王の肖像画としてここで押さえておきたいのが、いわ

図 15 「腐敗した正義を行う者に反対して」『ペグマ』（1555 年）6r 頁

図 16 「沈黙」ピエール・クストー『ペグマ』（1555 年）109 頁

ゆるアルマダ・ポートレートである（図17）。この画は、スペインの無敵艦隊との勝利を記念して地球の上に置かれた女王の手は、英国がグローバルに進出していく様を象徴している。

　このような世界観が、マイクロコズム（小宇宙）とマクロコズム（大宇宙）が照応するプトレマイオス的な世界観と何らかの関係があるのなら、一幕冒頭のポーシャのセリフ「本当よ、ネリッサ、私の体はこの大きな世界に疲れはててしまったの」（一幕二場一〜二行）というセリフや、次のロレンゾのセリフを聞くとき、それがまるで、銅の箱に入れられたポーシャの肖像画の口からでたセリフのように感じられないだろうか。

この堤に眠る月の光のなんと美しいことか！
我々もここに腰をおろし、忍び寄る楽の音に
耳を傾けるとしよう。やわらかく夜を包む
この静けさは、妙なる音楽を聞くにふさわしい。
おすわり、ジェシカ。どうだ、この夜空は。
まるで床一面光り輝く黄金の小皿の象眼細工がびっしり埋め込まれているようだ。
君の眼にうつるどんな小さな天体も
動きながら天使のように歌っている。
あどけない瞳の天使たちに声を合わせて。
不滅の魂にはそのような調和があるのだ。
ただ、いずれは塵と朽ちはてる泥のような肉体をまとう人間には
それが聞こえないのだ。（五幕一場五四〜六五行）

図 17　アルマダ・ポートレート（1588 年）英国ウォバーン・アビー蔵

三幕二場でポーシャは「三つの小箱選び」に向かうバッサーニオに、次のように言っていた。

私はそのどれかひとつに閉じ込められている、
もし私を愛しているなら、私を捜しだして。（三幕二場四〇～一行）

つまり銅の箱に閉じ込められたポーシャの肖像画は、泥の衣をまとったまま、天球の音楽を聴くこともできない、まさに人間そのものの比喩となり、そこに生まれる所以のない悲しさは、アントーニオとポーシャに共通している。象眼細工の比喩は、冒頭でみたようなカスケットに特徴的な様々な美しいパターン模様とこの芝居というテクストの織物を観客に思いださせるのに十分だろう。

道化を演じるゴボー親子の一見ばかばかしい対面の場面もまた、血は言葉以上にものをいうという教訓を証明している。

CLOWN: Nay, indeed, if you had your eyes, you might fail
of the knowing me: it is a wise father that knows his
own child. Well, old man, I will tell you news of
your son. Give me your blessing, truth will come to
light, murder cannot be hid long; a man's son may, but
in the end truth will out.

道化：いや、ちゃんと目がみえたってわからないだろう、
わが子を知るは賢明な父ばかりっていうからな。では、おやじさん、
あんたのせがれの話をしてやるから、父親としておれに祝福を
与えてくれよ。真実はやがてあらわれる。

殺人はつねに露見するし、人の子も結局ばれちまう。（二幕二場七〇～五行）

かすみ目の父親ゴボーに、息子のランスロットが語る素朴な独り言の場面は、無教養なものでも悪事がいずれ露見することを知っていることを表わす「真実は時の娘」のエンブレムを演劇的に具象化しながらも、現実と仮象の差異をめぐる芝居全体の寓意のハーモニーに溶けこんでいる。〇34

3　寓意、あるいはエンブレム的解釈の新たな可能性

岩崎宗治は、その著書『シェイクスピアのイコノロジー』の中の第四章「『ヴェニスの商人』と〈幸福の寓意〉」の中で、『ヴェニスの商人』の倫理的な主題についてイコノロジカルな考察を加えている。そこで、ホイットニーの『エンブレム選集』（一五八六年）からドクロやペリカンのエンブレム、またリーパの『イコノロギア』（一六一一年）から貪欲のエンブレムなどを参照しながら、「価値意識の強いモラリスト」であるとともに「エンブレマティスト」でもあるシェイクスピアの一面に光を当てながら、箱選びの教訓を巡る議論を、次のようにブロンツィーノの〈幸福〉の図に集約していく（図18）。この図には「道化の帽子をつけた仮面（マスク）と、死をあらわすらしい仮面（マスク）さえ、〈不幸〉の図像と認められる人物とともに、〈幸福〉の足元に倒れている。」つまり、「喜劇『ヴェニスの商人』はシェイクスピアの「幸福の寓意」である」というのだ。さらにポーシャについて岩崎氏は、次のようにまとめている。「富と愛に恵まれたポーシャは〈幸福〉の図像（イコン）であり、近代の資本主義的市民社会における理想的人

図18　アーニョロ・ブロンズィーノ「幸福の寓意」（1564年）ウフィツィ美術館

間像である」。そして、「富は、金袋を握ったシャイロックにおいては中世的〈貪欲〉のイコンであったけれども、ポーシャにおいては〈豊饒の角〉として、ルネサンス的に肯定されているのだ」。[35]

特に女性の持ち物に注目してみると、「幸福の寓意」の絵では、運命の車輪を抱えている画面右下の女性の髪は、後ろ髪が剃られて、前髪が前になびいていることから《機会》をあわす《オッカシオ》であることが分かる。一方、中心の女性は、右手に蛇の巻きついた杖を、そして左手に〈豊饒の角〉を左手にもっている（図19）。アルチャートの一五三四年パリ版のアルチャートのエンブレム「幸運は徳に伴う」には、次のような詩がついている。伊藤博明訳では、「二匹の蛇と二枚の羽根が巻きついた杖が、アマルテアの角の間に直立している。このように杖は、諸事物の豊富さが、精神において有能であり、言葉において熟練した人々を祝福することを示す」。また、同氏の解説によると、「このような形状の杖はカドゥケスと呼ばれ、ヘルメスのアトリビュートで、それにからみつく二匹の蛇は平和の象徴である。……アマルテアはゼウスを父で育てた雌山羊の名で、オヴィディウス『祭暦』によれば、「豊饒の角（コルヌコピア）は、この雌山羊の角に由来する」ということである。

こうして、中央の女性は、徳と幸運によって、まさに平和という幸せがもたらされることを象徴しているのだ。ここで岩崎氏は触れていないが、この芝居において、〈幸福〉と同時に重要な意味を占めている〈正義〉の主題を考えるとき、ブロンツィーノのもうひとつのアレゴリー図像が参考になるだろう（図20）。天秤と剣をもった《正義》をあらわす女性の胸元には、真実を覆っている覆いを取りさろうとする《時》がおり、また、《無実》をあらわす女性には、《Fury》をあらわすライオン、《Greed》をあらわす狼、それに《Envy》をあらわす犬が脅しをかけている。ライオンは、モロッコ大公とジェシカのセリフに二度出てくるが、シャイロックに対して他の登場人物たちが執拗に投げかけた「野犬」や「狼」といった蔑称を考えると、真実を脅す動物たちの特徴はシャイロックと共通しているようにも見える。そして、責められる無実のアレゴリーは、アントニーに当

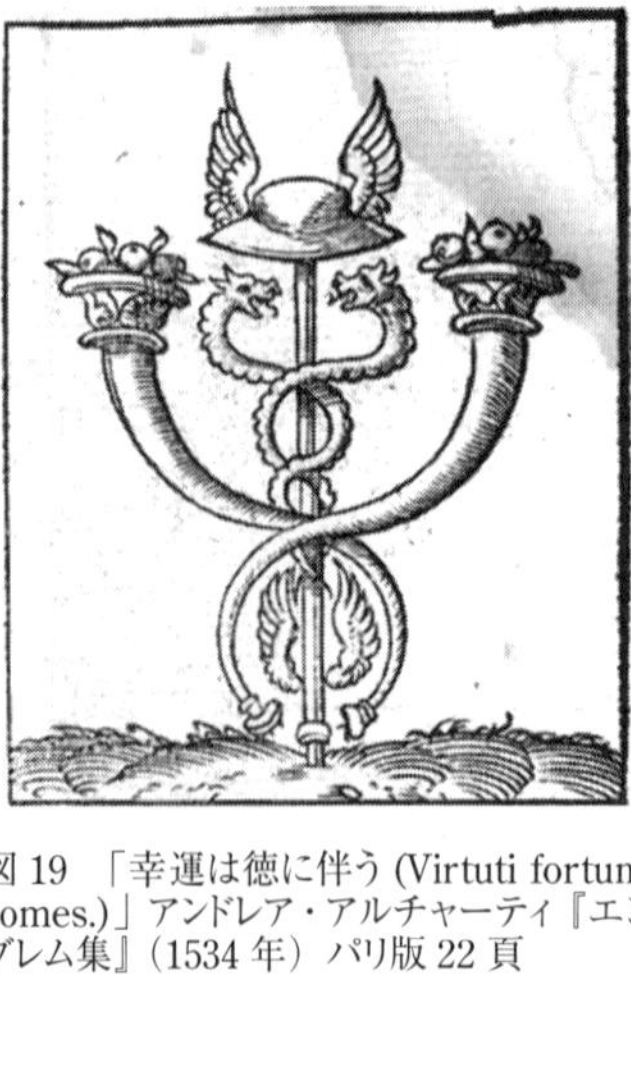

図19　「幸運は徳に伴う (Virtuti fortuna comes.)」アンドレア・アルチャーティ『エンブレム集』(1534年) パリ版22頁

図20　「無実を解放する正義」タピスリー（1546年頃）アーニョロ・ブロンズィーノ ピッティ美術館

てはまると解釈することも可能である。しかし、視点を変えてみると、逆にシャイロックがキリスト教徒に責められているという図にも読めなくはない。

『ヴェニスの商人』は、複数の対立する視点を混在させ、芝居を単なる伝統的教訓に偏らない複雑怪奇なハイパーテクストとして創作していく。岩崎氏のいう、「『ヴェニスの商人』はシェイクスピアの「幸福の寓意」である」というテーゼは、リングその他の結婚にまつわる性的な比喩、あるいは、ポーシャの言う陰陽相交わる調和を思い浮かべれば、確かに妥当なものと言えるだろう。しかし、本論文の冒頭で少し触れたように、アナモルフォーシス的な視点をとれば、この劇は「正義の寓意」であるというテーゼも妥当かもしれないし、またさらには、「宝くじの寓意」あるいは「幸運と徳の寓意」、さらに言えば、「時とハーモニーの寓意」である、などと見る角度によって様々に言い換え、それぞれが何らかの教訓を引きだすことが可能となる。この万華鏡のような構造こそが作者の意図したものであろう。

海賊などを使って制海権を握り、「新しいヴェニス」となりつつあったロンドンについて、サー・ジョン・デイヴィスのように苦言を呈している廷臣もいた。デイヴィスは、「詩の女神たちの犠牲」という詩の中で占い師と呼ばれる賢者について揶揄しており、運命の扱いについて比喩を駆使して説明している。シェイクスピアは、ヴェニスと英国をどちらも同時に反映しているように描写しているようにみえるが、どこか陰鬱なイメージがつきまとうのは、現実世界におけるヴェニスの凋落が影を落としているからだろう。[36] これまでの考察してきた「三つの小箱選び」をめぐるエンブレム的解釈であるが、『ヴェニスの商人』においても運命の女神の気まぐれさを表現していたものには他に、アントーニオの船を襲った大嵐があったことを忘れてはならないだろう。『ヴェニスの商人』では重点がくじ引きと人肉裁判にあったが、大嵐とそれに付随する奇跡的な出来事に関して、奇想天外なイメージとことばの組みあわせから教訓を引きだすという、エンブレム的な解釈の見本ともなる台詞は、『テンペスト』において以下の通り明確に示されている。

『テンペスト』の五幕一場で、大嵐に遭難して失われたと思っていた息子だけでなく、船までもが無傷で発見されたと水夫長から聞いたナポリ王アロンゾーは、「これほど不可解な迷路に踏みこんだものはおるまい。これには人間を超えたものの力が働いていたのだ。信託を仰がなければ、我々の納得しうる説明は得られまい」（二四二〜五行）と驚く。それに対して、プロスペローがナポリ王に次のように言う台詞がある。

ナポリ王、ことの不思議さに
そのように深くお心をわずらわされることはない、
いずれおりを見て、それも近いうちに、ひとつひとつ
謎を解きあかしてごらんにいれよう、そうすれば、
このたびの出来事はすべてご納得いただけるはず、
その時まで、お心を明るくもち、なにごとも
無事と思われるがいい。（二四五〜五一行）

そしてナポリ王が心配する「半端もの」のお供たちをエアリエルが追いたててくると、そのうちの一人ステファノーはすっかり観念して念仏のように道徳的なモットーを述べる——「万人はことごとく他人のためにつくすべし、何人もわが身ひとつを思うべからず、すべては運命なればなり。がんばれ、化け物、がんばれ！」（二五六〜八行）

プロスペローが、ナポリ王の目の前にチェスをするファーディナンドとミランダを見せたとき、彼らはずるい手を使ったかどうか軽い言い争いをしている最中であり、ミランダは王国を二十も奪いとるためならそれも「りっぱな手」(fair play) といえると言う（一七五行）。そして、ファーディナンドは父親たちが無事なのを見て、「白波の牙をむく海にも慈悲の心はあるらしい、私はゆえなく海を呪っておりました」（一七八〜九行）と言う——「神の摂理によっていまは私のものとなりました。私の妻に選んだのは、父上のご意向をうかがえぬとき、いや、生きておられるとも思えぬときでした」（一八九〜九一行）。

おわりに

本稿では、当時の社会や文化という文脈において『ヴェニスの商人』の「三つの小箱選び」の意味をより具体的に理解するため、「選択」という行為と密接に関係する運命（fortune）とくじ引き（lot）／宝くじ（lottery）の関係を、主に視覚文化と応用エンブレム学の観点から明らかにした。本場面の中心的な小道具でありながら、これまでその歴史的文化的意味が見おとされてきた「小箱（casket）」の文化的背景に光を当てることにより、「三つの小箱選び」の意味と劇的役割について、象徴的な側面からのみならず物質文化的な側面からも考察を加えながら、そのエンブレム学的解釈の新たな可能性を探ってきた。

ヴァールブルクが明らかにしたように、初期ルネサンス期のフィレンツェ商人たちにとっての「運命の女神」像の変容の過程は、彼らの「心性における中世的要素とルネサンス的要素の葛藤状態が求めた均衡の象徴的表現」となっていた。つまり当時の宮廷文化で生みだされたのは、再生した古代・古典の言葉や図像を用いることにより、気紛れで敵意ある「世界」と戦う個人の生き様を表現することが可能な「応用的寓意」というジャンルだったのだ。[37]『ヴェニスの商人』という芝居において、シェイクスピアが表現したかった「運命の女神」像とはどのようなものだったのだろうか。それはまず劇の前半においては、ヴェニスの商人アントーニオの弱々しい船を全て難破させせかねない気紛れな「暴風」の神である。そしてバッサーニオとその友人グラシアーノにとっては求婚者を迷わす小箱の上に立ち、「機会」と「選択」を迫る神である。しかし、後半では、「運命の女神」の役割はアントーニオとシャイロックの裁判を裁くポーシャが体現する、正義の神というよりも人間の機知の力に引きつがれることになる。

しかし、『ヴェニスの商人』の三つの小箱の主題は、くじ引きの形式は取りながらも、当時議論になっていたとおり神の支配する「偶然」の可能性を出来る限り排除し、寓意の謎から「ハイリスク・ハイリターン」のいわゆるカジノ資本主義への投資への意志という回答を引きだすことになる。この芝居に見られるいくつかの和解の契機も、運命の女神フォルトゥナがフィレンツェ商人にとって、ヴァールブルクのいう「『中世的な』神への信頼とルネサンスの自己への信頼との和解の図像的定式化」として機能していたように、英国風に定式化された寓意のドラマ化と解釈できるだろう。

英国商人にとって、初期近代という時代は「成長、変遷、拡大」の時代であり、彼らの成長は、「決意、確立した貿易経験、そしてドイツやイタリアの植民地との多面的連携」を基盤として徐々に築かれていった。イタリア人は一四世紀以降英国で旺盛に商取引に携わり、ロンドンとサウサンプトンに居留地をつくったが、それらは一六世紀末までには様々な規制によりかなり廃れていった。またドイツの居留地に関しては、一五九八年にエリザベス女王の命により廃止され、ドイツ商人達は退去させられている。[38]

これらの技法を多様に使いわけながら、シェイクスピアが『ヴェニスの商人』を世に送りだしたのは、海外へ拡大する植民地「帝国」建設というプロジェクトに向かって、政治的、経済的、倫理的にさまざまな困難とリスクに向き合いつつも個人と国家の関係性を構築しつつあった末期エリザベス朝イングランドにおける人文主義者たちによるキャンペーンのまっただ中であった。[39] そのような最中に、自分たちの共同対において「共通の利益 (common good)」とはどのようにあるべきかという現実的な問題への解答の可能性を、エンブレムあるいはインプレーサ的表現という形においても、シェイクスピアが模索していたことはまちがいない。

しかしその成就の難しさは、ポーシャやネリッサの台詞によってすでに表明されている。五幕一場でグラシアーノがネリッサと喧嘩を始めた理由は、ネリッサが与えた「愛して、見捨てるべからず」という銘の刻まれた金の指輪だった。ネリッサにとって、重要なのは、指輪の銘に誓った通りにグラシアーノが行動することだが、彼が手放した理由を聞かれて指輪の価値が低いことを理由に挙げて言い訳をするのでは、「なによ、銘だのやすものだの言いだしてさ!」とネリッサが怒るのも無理はない。ここで作者が意図していることは、見かけと中身の問題の変奏を奏でることである。つまり、三つの小箱の選択やポーシャたちの変装も見かけと中身の違いによる混乱を表わしている。誓言という行為こそが、そのような食い違いがないことの唯一の保障となるはずなのであるが、それさえも軽々と破られてしまうのが現実である。二つの関係も誓いも破られるが、それでも最後は大団円となるように仕組まれているのが喜劇である。それはいわばだまし絵をどの角度からみたとしても、ありのままの状態で受けいれて楽しむように、人生の矛盾した諸相に対処することの大切さを観客に教えているかのようである。

第四章

第1四折本（Q1）『リア王』における悪魔祓いとジェンダー・クライシス

はじめに

ここ二十年ばかりの間に、『ハムレット』と並び『リア王』ほどテクストの歴史性に関する問題を議論されたシェイクスピア作品はない。本文研究の過程で異なったテクスト間の差異を大きく特長づけることになったのは、悪魔憑きのエドガーや狂気のリアの台詞の材源と考えられる悪魔祓い関連の言説である。これまで悪魔憑きや狂気の言説は主に当時の悪魔祓いの宗教的、社会的背景において考察されてきたが、それを歴史的視点からテクスト自体の「過剰性」とみるときに浮かび上がってくるのが、「無」の主題と女性の悪魔化というジェンダーの問題である。本章では、『リア王』における悪魔祓いや「無」に関係する主題をジェンダーの視点に関係づけて論じるために、異なった生成過程を経て作成された一六〇八年出版の第1四折本（ファースト・クォート、以下Q1）と一六二三年出版の第1二折本（ファースト・フォリオ、以下F1）という二つの異なる『リア王』テクスト間の差異を意識しながら、主に前者のテクストに基づいて考察する。

各方面に少なからぬ影響を与えることとなった新歴史主義の旗手グリーンブラットの『リア王』の悪魔祓いに関する論文以降、偽の悪魔祓いの取り扱いかたをめぐって研究者たちによって幾分修正が行われてきた。カトリック批判に偏向したぺてん疑惑を修正しながら、ピューリタン対策も含めた英国国教会の政治的立場をより大局的な視点からみていこうとする批評が主なものであるが、最近では、惨めな者に対する憐れみの心情を喚起するエドガーの役割の重要性が再評価される傾向にある。しかし、その傾向も行き過ぎると再びテクストの歴史的差異とともにジェンダーの差異への批判的視点を見失ってしまう従来のヒューマニズム批評に逆戻りする危険性があることには注意したい。[1]

つまりジェンダーの視点は、歴史的観点からみたテクストの「過剰性」の特徴をより明確にしてくれるだけでなく、観客に「憐れみ」だけでなく「畏敬」と「驚愕」のカタルシスをも与える『リア王』の「演劇性」に深くかかわる「悪魔祓い」の主題において、図像学的効果とその文化的意味を考察する際にも、有益な視点を提供してくれる。ジェンダーという男女の境界線が崩壊する危機に瀕する状況を表わすジェンダー・クライシスの問題とは、また同時に父権制の基盤を支える主体にとってのジェンダー・アイデンティティ崩壊の危機でもある。社会規範の境界線を逸脱した者たちが次々に「悪魔」化され、抑圧され、さらに「悪魔祓い」により排除される過程において、宗教的な党派問題や浮浪者問題など複数ある要素のなかでも「テクストの歴史性」を論じるさいに見逃されがちなのがこのジェンダーの問題である。そして、それは同時に、悪魔と天使に二極化する娘たちに比して、道化や悪魔憑き、そして盲人たちに感化されながら、終幕に向かって無化されると同時に女性化されていくリア王の内面の葛藤と抵抗がどのように表現されているかについて注意深く精査する必要がある。

また、この劇には全体として「ドーヴァーへ」向かう大きなうねりのような演劇的ダイナミクスが働いており、それは詩文においてまるで絵を見るかのように表現することを指すエクフラシスという技法のように台詞の力強い言葉によって、まるで騙し絵ボックスでそこから覗けば特別な図像を結ぶようなある特定の位置に視線を誘導しているように思われる。果たして、その特権的な位置から真正の像を結ぶ絵を見られるのはどのような人物であり、またそれはどのような図絵となるのだろうか。

しかしここで注意が必要なのは、『リア王』の悪魔祓いの世界は、あくまでも異教の世界が前提であることである。たとえ潜在的にはエリザベス朝ロンドンの観客の豊富なキリスト教の図像学的知識に訴えかけながらも、キリスト以前（BC）という異教世界を舞台背景とした『リア王』において、シェイクスピアは比較的自由にこの「悪魔祓い」の主題を舞台化することができたと思われる。そして、さらに重要なことは、その「悪魔祓い」がことばや所作、プロットなどで現前させられる仕掛けを同時に暴露し破壊していくことである。これらの仕掛けを根底で支えるものがパラドクスの概念であることはロザリー・コリーの指摘する通りであるが、この芝居ではそれが自己言及的な鏡の比喩の使用などとあいまって、エピステモロジカル（認識論的）なパラドクスとなり、修辞的というよりもむしろ心理学的要素に収斂していく。[2] ジェンダーの視点は、そのような芝居の大筋に関わる主人公たちの主体が、哀れな人間にたいする《憐れみ》という心情を有するか否かをめぐり、どのように変容していくのかを理解する効果的な手段のひとつとなるだろう。

近年の『リア王』のテクスト批評の議論のなかで、テクスト改訂派はＱ１よりもＦ１の版の方が概ね優れていると判断を下しているが、言葉だけでなく上演という観点からみても、Ｑ１には確かに過剰な部分が多くみられる。[3]「表象のずれ」の問題は、劇冒頭の二人の宮廷人の会話にすでに現れている。そこでは、愛情を与える者としての王が、王国を与える者としての王にずらされる。「王の二つの身体」の考えに従えば、王とは、このように、宮廷では自らの「自然の身体」をもちながらも、いつもそれを「政治的身体」として解釈されてしまう危機的な存在である。[4] 絶対王政というものが、父権性という家父長制的枠組みを必要とする時、同時に、男性と女性とを区別するジェンダーの概念が必要とされる。ミソジニー、いわゆる「女嫌い」が、女性に対する男性の優位を主張し、父権制の基盤となっている。『リア王』は明らかにこの父権制の特徴をもつ作品である。[5] Ｑ１テクストにおいて、この父権的な「女性排除の戦略」は特に大きな特徴となっている。女性を常に「過剰」として読み、「他者」として排除しようとするこの戦略は、Ｑ１における表現、語りの「過剰」性と無関係ではない。[6] そしてこの「過剰」の作りだす多種多様な「ずれ」こそが、むしろ父権制の戦略の弱点を暴露し破綻させる契機ともなりうる場面に注目する必要がある。

また、『リア王』の生みだされた一七世紀初頭は、全ヨーロッパ的に終末論的な思想が支配的であり、また、伝統的な中世的世界観が崩れおちようとしていた時代だった。[7] そのような不穏な空気の中で、いわゆる「悪魔祓い」がロンドン各所で行われており、恐ろしい悪魔のイメージは人々の心に深く刻まれていた（図1）。[8]『リア王』と「悪魔祓い」の問題は、これまでは出典研究の域に留まるか、政治的・宗教的に偏った作品解釈に到達するかのどちらかであった。[9] しかし、いずれの研究もクォート（四折）版やフォリオ（二折）版がそれぞれ有するテクストに固有の歴史的特性に基づいてこれらの

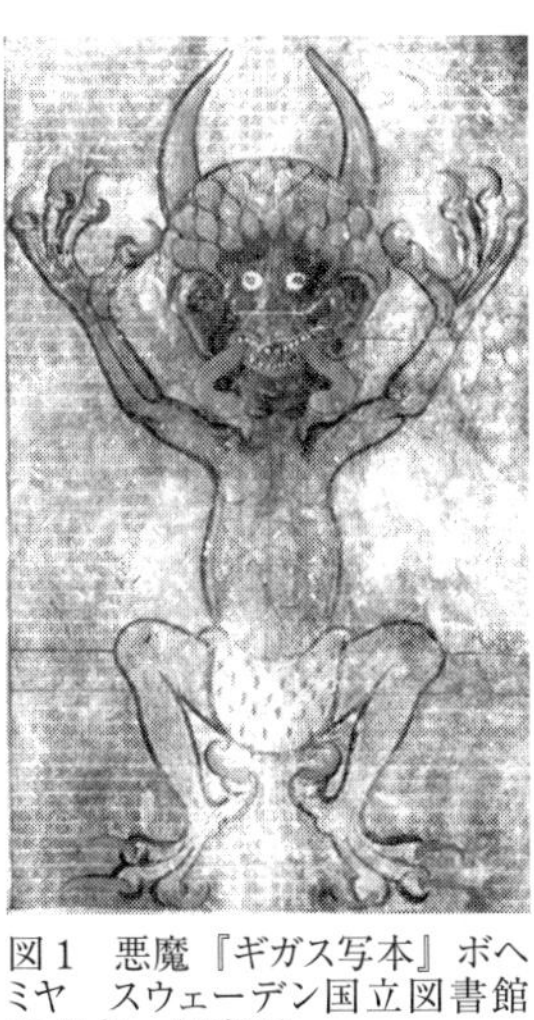

図1　悪魔『ギガス写本』ボヘミヤ　スウェーデン国立図書館　13世紀　細密画

主題への理解を十分に深めてきたとは言いがたい。

そこで、まず『リア王』と「悪魔祓い」の関係をおもに図像文化と演劇的側面から考察し、その意味を検討したい。具体的には、以下のように進める。まず、エドガーの疑似「悪魔祓い」の意味と作用を明らかにし、演劇、特に悲劇のもつ一種の治療的役割との関連性をとりあげる。そして、そのような疑似「悪魔祓い」を基本構造とするとき、それと作品全体との関係、特に、そのクライマックスにおいてどの様な悲劇的効果が得られ、どの様な意味をもつのかを分析する。そのさい、テクストには、本稿の目的に最も適していると思われる一六〇八年出版の第1四折版を用いる。[10]

1　Q1『リア王』における悪魔祓い

「悪魔祓い」とは、当時も今も、「悪魔を追いだす」という意味で使われているが、もともとはギリシャ語から派生した言葉で、「宣誓をさせる」という意味であった。すなわち、あるものを、より高い権威（普通は神）の力に訴えることによって命令に従わせることであった（図2、3）。[10] このような観点から言えば、登場人物達の、ジュピターやヘカテ、アポロへの祈りや呪いの訴えかけも、真の「悪魔祓い」を望んだものといえる。しかし、神々は沈黙を守り、「悪魔」さえもその存在は不確かである。舞台上でうごめくのは、ただ人間ばかりである。そこにはあたかも超自然的な「権威」は存在しないようにみえる。『リア王』の世界に見られる権威は、全て自然主義的な権威なのだろうか。

図2　悪魔を呼び出す魔法使い　百科事典　14世紀　細密画

図3　悪魔を呼び出す魔法使い　クリストファー・マーロウ『フォースタス博士』1636年版　木版画

図4　《運命の女神》ドイツ　1490頃　写本

たとえ神が存在したとしても、その権威は王の権威以上のものではなく、それ故まさにリア王のように、あるいは、運命の女神のように、神は「気まぐれ」であると言ってよいかもしれない（図4）。二幕二場の終わりで、リア王の家来ケント伯がコーンウォル公爵の不興を買い、不名誉な足かせをはめられることになったとき、運命の女神に対して、「運命の女神よおやすみ、また微笑んでくれ、運命の車輪をまわしてな」と呼びかけている。黒瀬保は、このケントの台詞に対して、「明日の幸運を願う異教神へのよびかけであると同時に、劇全体の雰囲気からは、全知全能の神の裁きの速やかに来ることを求める、全観客の宗教的悲願をこめた言葉というべきだ」とし、『リア王』の悲劇は、「表面的には異教神を描いているが、内容はキリスト教精神を根底にしている」と主張する。そして、さらに、終幕に関しては、「単に運命の気まぐれの象徴ではなく、主キリストの審判を暗示し、Divine Vengeance（神の報復）の象徴性をも含めたものであろう」と論じている。[11]

しかしそのようなキリスト教の象徴的暗示にもかかわらず、『リア王』の世界は徹底的に自然主義的な世界として立ちあらわれ、神々や悪魔も相対的な概念となる。仮に、唯一絶対、普遍の原理であるような神（権威）が真に存在するとすれば、神・悪魔という対立概念は解消して一元論的な世界になり、悲劇的結末も救済されるはずである。そこでは「悪魔祓い」も必要ないだろう。超自然的な権威の存在しないところに、本物の、あるいは、超自然的な「悪魔祓い」は存在しない。つまり『リア王』における「悪魔祓い」は、必然的に、自然を越えない、つまり人間の理性によって理解できる程度の疑似的な「悪魔祓い」にならざるをえない。エドガーがグロスターに施した治療的「悪魔祓い」もそのようなものだった。エドガーは言う。「このように父上の絶望をもてあそぶ (trifle) のも、立ちなおらせる (cure) ためなのだ」（Q1、二〇場三二〜四行：混合テクスト、四幕六場三三行）。一度虫けら同然の境遇を経験したエドガーは、自然に最も近い思考を体得した現実主義者である。そして、この芝居でまずエドガーの悪魔祓いの場となるドーヴァーに向かう道のりが、だまし絵を正しくみるための焦点となる視点へ収斂を助けるリズムを創りだす演劇的推進力となっている。

「悪魔祓い」に対するエドガーのような考え方の必要性を、現代においても痛切に感じ、表明した詩人がいる。パリがナチスから解放された翌年、すなわち原爆が広島を火の海にした年に、フランスの詩人、アンリ・ミショー (Henri Michaux) は詩集『試練・悪魔祓い』（一九四五年）を刊行した。そしてその序文で叫ぶ。

なすべきことの一つは、悪魔祓いだ。
すべての状況は隷属であり、幾百の隷属である。

ミショーは、人を「解放」させるための詩が、「悪魔祓い」の、ただし、超人間的なものではなく、「計略を用いた悪魔祓い」の効果をもつことを認め、この詩集によってそれを実践したのである。それは、「実施に最も適した一点を求めて、計画通りに、あるいは手探りで行う計略、すなわち、目覚めた夢を用いた悪魔祓い」であった。言い換えれば、それは「そこから脱出する」ということであり、その一点とは、まさに現実の歪みを正し、真実の姿をみせてくれる覗き穴の位置なのである。詩や夢のみならず無数の思想、哲学体系ですら、本来「悪魔祓い」的なのだ。[12] そして、シェイクスピアは、実際にそれを舞台上で恐ろしいイメージとして表現した。シェイクスピアの故郷ストラトフォード・アポン・エイボンのギルド・チャペルにある「最後の審判」のフレスコ画に描かれたような凄惨なイメージが盲目のグロスターの脳裏に浮かんだかもしれないと当時の観客も推測したことだろう（図5）。

図5　最後の審判　ギルド・チャペル　ストラトフォード・アポン・エイボン　フレスコ画

盲目のグロスターにとって、エドガーの語る言葉は、まさにそのように目の前に絵を早期させるエクフラシス的な技法を使った詩であると言える。そして、それは、この世の不幸を擬人化した悪魔による抑圧から、父を解放する役割を果たす。それは、小高い丘や、波の音、それに目が眩みそうになる程のドーヴァーの絶壁をグロスターに信じさせるのに十分なものだ。「ああ、偉大なる神々！　私は今この世を捨て、神々の御前で心静かにこの大いなる苦しみを祓いおとそうとしております……」（二〇場三四～六場：四幕六場）と言って、グロスターは平地に身を投げる。駆け寄ったエドガーはグロスターを助け起こし、彼が「奇跡」的に助かったのは「天の神様」のおかげであり、自分は崖の上に悪魔が去るのを見たと教える。グロスターは感謝して言う。「今こそ思いしったぞ。これからはどんな苦しみも耐え抜こう、苦しみの方で、もう参ったと悲鳴っておった。そういえば何度も『悪魔、悪魔』と言っておった。奴が案内したのだ。お前の言うものをわしは人間と思っておった。そういえば何度も『悪魔、悪魔』と言っておった。奴が案内したのだ。」(二〇場七五〜九行：四幕六場七五〜九行) そして、エドガーが、「もうくよくよすることはありませんよ」と言って、この計略的な「悪魔祓い」は、ひとまず完成をみる。グリーンブラットに言わせれば、これこそが「悪魔祓いの代用品」(alternative) であり、大衆がいつも劇場に求める「スペクタル的なぺてん」(spectacular impostures) ということになる（一二八頁）。

ここで強調したいのは、この「悪魔祓い」における抑圧解放のメカニズムである。ここで抑圧は二重構造になっている。つまり、グロスターにとっては、この世の不幸による直接的な抑圧と、それを人間にもたらす構造的な原因である神々による間接的な抑圧があった。グロスターはそのような神々を「暴君」とみなし、自殺によってその怒りをたぶらかし、傲慢をくじこうとしたのだ。「暴君」に見立てられた神々は、抑圧されるものにとっては悪魔となり、そして古い神々は追放され「慈悲深い神さま」がとってかわる。観客からは一目瞭然だが、何も状況は変わってはいない。ただ、抑圧からの解放とともに思考の組み替えが行われたのである。それは本来ギリシャ悲劇から得られるような、深い悲劇的認識とも呼べるだろう。故に、「悪魔祓い」とは優れてギリシャ悲劇的であり、そのようなカタルシスの効果をもっているとも言えるのだ。[13]

ところで、このような抑圧解放の効果をもつ「悪魔祓い」は『リア王』全体の構造に、どのように関わっているのだろうか。『リア王』は様々な層においてあらゆる抑圧の形態を提示している。政治、宗教的レベルでいえば、権威 (authority) や権力 (power)、日常社会レベルでいえばおもに道徳・習俗が、それぞれ独自の価値体系を形成し、その支配下にある人々を洗脳し、彼らの本能（自然）を隷属させる。そこでは同一化が志向される。そして、この支配形態を統御するのが理性の働きということになる。このような構造の中では、その価値観に従うものは善であり、神の下僕となる。しかし、それに従わない者は悪であり、悪魔、あるいは悪魔の使いとみなされるのである。劇中たびたびグロスターやエドマンドによって言及されたように、運命の女神に加えて占星術的な思考法も人間の行動を縛り、抑圧する要素のひとつである。特に、天体と人体の照応を示す獣帯人間の図なども、現代の人間からすると、人に悪魔の使いがとりついているものとの区別も難しく感じられる（図6、7）。

〈リアの世界〉において人々が口にする神が、唯一絶対の神でなく複数の神々であるということは、複数の権威、価値観が錯綜して投影されていることを象徴的に表している。また、そうなれば当然、劇中の悪魔も唯一絶対の悪魔ではなく、エドガーに一度に五匹の悪魔がとりついたように様々な悪魔が存在することになる。〈リアの世界〉は基本的には、このような善対悪、神対悪魔というような二元論が複数錯綜している世界なのである。忘れてはならないのは、これらの権威や価値観が、絶対的な支点をもつかどうかである。もしもたない場合、すべて相対的な世界となり、恐るべき循環に入ることになる。『リア王』においては、政治的というよりも、血の絆を軸にした愛情の主題が表に打ちだされている。それはある意味で、劇中の価値体系に相対化できない絶対的というより物質的支点を与えるためだったのであろう。しかし、その物質性と絶対的理想とのギャップゆえに悲劇はさらに大きなカタルシスをうむことになるのであるが。

ゴネリル、リーガンとリア王の争いの原因は、具体的には、王の称号と国政の実権が分離して、別々の権威となったことにあった。よって権威同士の熾烈な戦いとなったのである。(王は力において弱体化される一方、皮肉にも、威厳本来の意味に限りなく近づいていくことになった。)そして、この問題に父娘という父権的な問題が絡んで、事態がますます怨恨的になってしまったのだ。これこそが、〈リア王の世界〉において、王国分割とともに、抑圧の最も大きな

図6　獣帯人間『ベリー公のいとも豪華なる時祷書』シャンティイ、コンデ美術館　1417年頃

図7　獣帯人間『羊飼いの暦』ロンドン　1600年版

原因となっているものであろう。そして、芝居は、このような抑圧の解放に向けて二重の悲劇的クライマックスへと大きく動いていく。

＊

『リア王』にはドーヴァーに向かう大きな流れあるいはリズムがある。コーンウォルとリーガンが、グロスターに王を「なぜドーヴァーへ」向かわせたのか執拗に三度も続けて質問する場面などに、ドーヴァーという場所の重要性が呪詛的色合いを強めながら感じられる（一四場四八～五二行：三幕七場五〇行～五五行）。リア、グロスター、エドガー、そして、ケント達が、コーディリアの率いるフランス軍が上陸しているドーヴァーに向かう。また、それを撃退するために、ゴネリル、リーガン、オールバニ、そしてエドマンド達のブリテン連合軍がドーヴァーに向かう。

コーディリア
……ああ、お父様、私がここへ参りましたのもあなたのため、
……軍を起こしたのも野心のためではなく、愛のため、
ご老齢のお父様への愛と、その大権を守りたいため……（一八場二四～三〇：四幕四場二四～八行）

かくして、ドーヴァーは二つの権威の衝突の場、というよりむしろ、リア王という幻の「権威」をめぐって戦われる決戦場となる。それを滅ぼそうとする勢力と、救おうとする勢力である。とすれば必然的に奇跡劇のように前者は悪魔的、後者は天使的役割を帯びることになるではないか。F版とは異なり、Q版では明らかに、後半においてコーディリアの天使的な特徴とゴネリルの悪魔性が強調されている。ゴネリルの親不幸を責めるオールバニの次の台詞はQ版のみの台詞である。

もしも天が目に見える天使達を地上におくり、この忌まわしい罪業に天罰を下し給わねば、必ずや、人間は骨肉相

> 食む海の怪物同然に成りさがるだろう。（一六場四五～九行：四幕二場四六～五〇行）
>
> 女に化けた悪魔め、恥を知るなら、本来の姿を現わさぬがいい……だがたとえ本性は悪魔でも、女の姿をしておるから助けてやるのだぞ。（一六場六一～六行：四幕二場六三～八行）

ゴネリルに対する呪詛に対し、その直後に報告されるコーディリアが父親の不幸を嘆く様子は、まるで救世主の如く後光が差すように神々しい。祈祷書に描かれる「ピエタ図」はコーディリアを抱きかかえる父王の所作との類似が指摘されるが、まさに親への慈愛に満ちたコーディリアにこそふさわしい（図８）。このようなカトリック的な描写、そして悪魔との対照性は非常に奇跡劇的であり、そのような結末、つまりハッピー・エンドを期待するように観客の道徳意識を導く。

2　ジェンダーと階級

次におもにジェンダーや階級の視点を導入しながらさらに、芝居の中で女性が悪魔化される過程を詳しく考察していきたい。まず、リア王を頂点とする主従関係は、性別と階級に着目すれば次の二つのレベルに分けられるだろう。㈠「性別に関係のない階級的な主従関係」。㈡「階級に関係のない男女の主従関係」。父権制にとっては、このような階層秩序が乱されることこそ最も恐れるべきことなのだ。[14] この秩序を乱す者は、基本的に人間ではなく「怪物」として表象されて「刑罰」の対象とされ排除される。[15]『リア王』テクストにおいて、この秩序に従う忠誠心そのものがこの父権制を支えているのだ。ケントの次の台詞には、権威の中心としてのリアの立場が表れている。

図８　ピエタ像　トマス・ア・ケンピス『キリストの模倣』 1503/4 年

恐れながら陛下、
つね日ごろわが国王とあがめ、わが父上として
敬愛し、わが主君として従い、わが保護者として
祈りのなかにその名を唱えてまいりましたが（一場一三〇～三行：一幕一場一三九～四二行）

「王」は「父」であるとともに「主人」でもあり、「偉大なパトロン」なのだ。「父」という概念によってファミリー・ポリティクスとジェンダーの概念が導入されている。王の表象が必然的にずれを伴うことはすでに触れたが、言葉によって構成される世界と現実世界とのずれ、表象という行為によって生じるずれが、「偽り」や「虚偽性」として暴露されるやいなや、それは女性という性に集約的に還元されることになる。そしてミソジニーのディスコースを形成するのだ。次のフールの台詞のように、言葉の世界のずれは女性の表面的な虚偽性へとずらされていく。

there was never yet faire woman
but she made mouths in a glass
そりゃあどんなべっぴんさんだって
鏡に向かえば口を歪めたりするものだよ。（九場三四～五行：三幕二場三五～六行）

女性は「鏡」に向かって、自らの発声器官である「口」を様々に歪めてみる。語る主体と見せる主体が奇妙にも一致する瞬間である。「鏡」は、ここではもっぱら女性の欲望・虚偽性を暴くための道具として用いられている。しかし、父権制においては女性自身が男性の「理想的な自画像」を映しだすための「鏡」とされるのだ。オセローにとってのデズデモーナがまさにそうであったように、リアにとっての娘達もまた、リアが、「自分自身を見る道具、想像的に一体化できる『理想的な自画像』を送りかえしてくれる鏡」（一一二）なのである。そして、ゴネリルやリーガンのように相手が望む通りの答、つまり、男にとって「理想的な自画像」を映しだす「鏡」は、まさに「潜在的に娼婦と同義にな

る」(一一二)。[16] フールによるこのミソジニスト(女嫌い)的な視点は、そのまま狂気のリアのディスコースとなっていく。おおいに姦通をやるが良いと言った直後に、リアはシェイクスピア悲劇の中でも類を見ない典型的なミソジニスト・ディスコース(女嫌いの言説)をわれわれに提示する。

リア王:……
見ろ、あの作り笑いの貴婦人を。
顔をみれば股のあいだまで雪のように清らかだと言わんばかりだ。
貞淑そのもののようにとりすまし、色ごとということばを
耳にするだけで眉をひそめる。
だが、さかりのついた猫も種馬も、
その女ほどがつがつと飢えてはおらん。
半人半馬の怪獣ケンタウロスだ、腰から下は馬で
上半身だけ女なのだ。
帯のところまでが神々のご領地で、
そこから下は悪魔のものだ。
そこは地獄だ、暗闇だ、硫黄の穴だ、
燃えあがり、焼きこがし、悪臭を放ち、腐りただれ、
ええい、ええい、くそ! ペッ、ペッ!
薬屋、麝香《じゃこう》を一オンスくれ、
俺の頭の中を甘くとろけさせるのだ、それ金だ。
グロスター:ああ、どうかお手に口づけを!
リア王:まず手をふくから待て、死臭がするからな。(二〇場一三行~一二六行:四幕六場一一八~一三三行)

リアは、女性の下半身をケンタウロスや悪魔、地獄のイメージに結びつける。女性の性的欲望は理性によって統制された言語中心的、形而上的な父権制を根底から覆すものとしてリアによって「死」と同一視されるのだ。そこでは、男性の性的欲望はむしろ消費されるものとして「死」を迷想させ、男性にとっての「死」(mortalitie) の原因が女性の性的欲望に帰せられている。女性が「欲望する主体」となるとき、男性の抱く恐怖、それはむしろ女性を消費するものとして扱ってきた父権的男性の主体が、女性に奪われるという恐怖にほかならない。この「主体の転倒」に対する恐怖心が劇中、ミソジニストたちのディスコースを形成する原因となっているのだが、逆に女性のもつこの主体転倒の力こそ、父権制の有する内在的矛盾・弱点を暴露する力となり得るのである。ミソジニーが女性というジェンダーに対して上位に仮定された男性というジェンダーによる謀略であり、それが「想像力」の産物であることを暴露する必要があるだろう。

すでにみた、二つのレベルの主従関係を思い出してほしい。父権制は、基本的にジェンダーの区別を、男性優位の普遍的主従関係で固定しようとする。けれども、同時に階級差によって、男女の役割、主体性が転倒してしまうこともあるのだ。「男のような女」、「女のような男」といったようなジェンダーの境界侵犯は、父権制にあっては、結局ミソジニストのディスコースに回収されるように操作されることになる。芝居においては、作劇術がこの父権的ミソジニー効果／戦略と密接な関係にあることは疑いを入れないだろう。作劇上の効果としてジェンダーの問題を考える上で、Q1のテクスト上の特徴である「過剰性」を、『リア王』プロパーにおける父権的構図と関連づけて考察することは有効であろう。

それでは、以下、ジェンダーにおける境界侵犯の構図を、『リア王』プロパーにおいて確認し、それから、Q1プロパーにおいて、その父権的構図が女性の他者性を「過剰」としてディスコース化していくプロセスを追うことにする。まず女性というジェンダーがどのように表象されているのかをみてみよう。劇の冒頭で、グロスターは美しい婦人に生ませた私生児エドマンドをケントに紹介する。男性を誘惑し不義を誘う女性の美しさが、「思いつく／身ごもる（'conceive'）」という単語の意味のずれによって、子を宿す胎の生殖機能と結びつけられる。女性は、まず、男性の「欲望の対象」として、そして、「腹がせりだす状態（'round wombed'）」となる存在として表象されるのだ。

後に、グロスターは目を失うことになるが、その実際の場とエドガーのコメントとの間にはずれがある。グロスターがコーンウォル公爵によって受けた刑罰の直接の原因は、「無情な娘たち」によってひどい仕打ちを受けた王を救うために、直接の君主であるコーンウォ公爵を裏切ったことにある。二人の主人の間に引きさかれたグロスターは、それでも、王に仕えることを選ぶ。これに対して、エドガーは、決闘で打ち破ったエドマンドに対して言う台詞の中で、父グロスターはその性的快楽に対する天罰として両目を無くしたのだと言いすてる。

The gods are just, and of our pleasant vices [Q1: vertues]
Make instruments to scourge [F1: plague] us.
The dark and vicious place where thee he got
Cost him his eyes.
神々の裁きは正しい。不義の快楽にふければ
それを道具として罰をくだされる。
父上は、暗い邪淫の床でおまえをもうけた報いに
両目をなくされた。（二四場一六五～八行：五幕三場一七一～四行）

サブ・プロット（副筋）では、男性の性的欲望は主体的な立場にあり、その主体性故に悪徳として父権制の正当な法を道徳的基準から強化するように処罰される。それに対して、女性の性的欲望はむしろ男性にとって快楽の場であるとともに、その代価として何らかの身体的代償を男性に要求する「暗い邪淫の (dark and vicious)」場とされる。道徳的なサブ・プロットにおいては、このように一方的に女性の性的欲望を、その魅力故にかえって危険なものとして闇の領域、ヘカテの世界に閉じこめてしまうのだ。

メイン・プロット（主筋）の特徴は、一言でいうと、サブ・プロットにおいて男性に独占されていたジェンダー構築が、語る女性の参加によって、男女入り乱れての主権あるいは主体の奪いあいの場となることである。フールは、領地

を全て与えてしまったリアをビター・フールと呼ぶくだりで、フールというタイトルでさえ、宮廷では皆が奪いあうので独占できないという。

ケント：こいつは全くの阿呆ではありませんな。
道化：そりゃそうさ、陛下やお偉方がゆるしてくれないんだから、おれが専売特許 (monopoly) をもっていたって、分け前よこせとくるからな。奥方さまたちもそうさ。おれに阿呆を一人占めさせないようにひったくっていくんだからな。（Q1のみ、四場一三四行〜七行：一幕四場一五一行〜五行）

ここでフールが風刺しているのは、宮廷における利権争いの激しさであるが、それは同時に、リアの四つのタイトルが失われてしまったことも言い表している。「王」、「父」、「主人」、「パトロン」としてのリアの主体は、「土地」を失うことによって、全く消えてしまったというのだ。フールのディスコースの中では、リアが「土地」を全て娘たちに譲ったということが特に強調されている。「土地」のイメージは、フールによって「卵の王冠」「金の冠」「知思」へと連想されていく。また、ゴネリルが登場するときのフールの台詞は、これら一連のイメージを、一挙に女性の身体にかぶせてしまう。

thou hast pared thy wit o'both sides and left
nothing in the middle
Enter Gonoril
Here comes one of the paring.
おまえさんは知恵の両端を削り取っちまって、
真ん中には何ものこさなかった。

ほら、その削り取った片方がきたぞ。（四場一六五～七行：一幕四場一八七～八行）

（ゴネリル登場）

この知恵という英語 'wit' には語源的に古英語から「見る／知る」能力という意味がある。[17]「土地」と「王冠」を手にしたゴネリル（あるいはリーガン）は同時に「知恵」を獲得するが、重要なのは、彼女が「見る／知る」主体となる権利を手に入れることである。その意味で 'wit' の所有者は、明らかに、父／王の手から娘へと移動したのだ。それにより、「父」としての「王」に代わってゴネリルは、自らが「主人」、「パトロン」として主権をもつ父権的な「母」、ジェンダーの転倒した男性的な「母」となる。奇妙な唄ばかりうたう道化に、リアがどうしてなのかたずねると道化は次のように答える。

道化：それが習慣になったのは、おじさん、あんたが娘二人をおふくろさんにしちまってからだよ。だってさ、娘たちに鞭を渡し、ズボンを下ろして丸出しのお尻をむけりゃあ、

ふたりはわっとうれし泣き
おいらはめそめそ唄うたい
りっぱな王様かくれんぼ、
阿呆の仲間になっちゃった。

（四場一五一～七行：一幕四場一七一～八行）

図９　棒を持つ道化「黙示録註解」部分　一三世紀　写本　フランス国立図書館

王は主権を娘に譲ってしまった結果、母親にお尻をぶたれる子供としての像をフールによって与えられる（図９）。また、自らフールに仲間入りして「いないいないばあ」遊びをする王にとって、まさに、ゴネリルとリーガンは、赤ん坊にとっての「隠れた母」の表象、つまり、「悪い母」のタイプになる。[18] しかし、リアにとって本当に「世話をしてくれ

る母」と認知できる母はコーディリアしかいないはずである。

「母」を現前させたり・不在にしたりする操作」はＱ１プロパーにおいて重要な役割を担っている。「悪い母」が、思魔的な女性のタイプに普遍化されるのと同時に、「良い母」、つまり、リアの面倒を見てくれる母は神聖化される。このプロセスにおいて、これらの母は、ジェンダーの差異の転倒を引きおこすことになる。そして、母のみならず何人をも消す力をもっていたはずのリア王は、自ら（の主体）が崩壊、消滅する危機に瀕するのだ。

3　「愛情審問」におけるジェンダー・クライシス

それでは、冒頭の「愛情審問」、そして、「摸擬裁判」を中心に、ジェンダー・クライシス、そして、父権制の危機の問題を考察していきたいと思う。父権制社会において、結婚とは、一般的に娘たちが自分と同等の価値とされる持参金をもって父から夫へと譲り渡される儀式を指す。劇冒頭においてリア王は、「領土」との交換条件として娘たちに父への愛情を最大限に語るように命じている。つまり、「もの」として夫に引き渡され、その支配化にはいるべき娘たちに、「子としての務め」以上の愛、つまり、夫に勝って全ての愛情を父にそそぐように命じている。娘に母親の役割を期待する父によって、その娘は「夫と父の間に引きさかれる存在」にされてしまう。王としてのリアの「主体」の存在理由は、その言葉が即絶対命令となるところにあった。けれども、このことを象徴的に示す'speake'「話せ」という父権的命令は、皮肉にも自らを娘たちのお世辞言葉の「対象」にするという逆説をはらんでいる。父権制社会では、そもそも女性は、「もの」として男性間で交換されるために、美徳として称揚された「沈黙」、「貞淑」の中に閉じこめられてきた。女性の貞節と囲い込みの関係について、バフチンの身体論を援用しながら、ピーター・ストーリブラスは次のように述べている。

沈黙、すなわち閉じた口は、貞節のしるしとされている。そして沈黙と貞節は、言いかえると、家庭内への女性の囲いこみと同族である。……土地や所有物としての女性という概念化にはむろん長い歴史がある。近代初期のイングランドで「女性」が所有物として明示されるのは、法的言説（「結婚により女性という法的存在は一時保留状態に置かれている」）だけでなく、経済的政治的言説においてもそうだった。経済的に彼女は領主や父親、それに夫によって囲いこまれた存在なのである[19]

つまり、しゃべる女性は、口という境界を外に開いてしまうという意味で性的放縦と連想され、また、柵を侵入者に開いた「領地」としてみなされたのだ。しゃべる「領地」としてのゴネリルやリーガンが、父権制の秩序を揺るがすものとして悪魔化されていく道は、ここに始まる。愛情審問で存分にその舌を働かせ、王の逆説をはらんだ命令に答えたゴネリルは、これを好機とばかり、王／臣下と男／女の二重の抑圧がかかる父／娘関係を、赤子／母関係に置き換えることによって一挙に逆転を図ろうとする。自邸に滞在中のリアに対するゴネリルの台詞には、発言権をもつことによって王の主権を完全に奪い去ろうとする意図がはっきり表われている。王の一行が狩りから帰ったようだと家来のオズワルドがゴネリルに報告すると、ゴネリルは次のように指示を出す。

ゴネリル：できるだけばかにした態度をとっておやり、
おまえたちみんな。それで何か文句を言ってくれれば、
こっちの思うつぼ、おいやなら妹のところへどうぞと
追いだしてやるわ。妹だって私と同じ気持ちのはず、
いいようにいばらしてはおかないわ。ほんと
仕方のないおじいさん。いったん譲った権力を
いつまでも振りまわしたがるのね。年寄りって赤ん坊に
帰るものなのね、甘やかすのもいいけど、
度が過ぎたときには、こっぴどく叱りつけないと。

…………
それをきっかけに言いたいことを言う
機会(occasion)をつかみたい、いいえつかんでみせるわ。
（傍線部Q1のみ、四場一二一～一二四行：一幕三場一一一～一一五行）

また、上の姉達とは対照的に、すでに、女としての自分の務めが、夫への義務と父への義務との間に引きさかれる結婚という制度の矛盾に気づいていたコーディリアは、父に自分の義務と愛情の「全てを捧げる」ことはできないということを表明し、自らを姉たちのように、しゃべる「土地」とすることを拒絶する。けれども、侵略される恐れのある「土地」と自らの身体を等価にすることを拒絶し、「真実」にのみ価値を見いだすことによって、後半のコーディリアのイメージは、かえって、例えてみればバージン・メアリーのような父権制的な美徳を帯びることになる。[20]愛情審問でリアに見捨てられたコーディリアは、「捨てられたもの」としてフランス王に拾われることになり、理想化された女性像として表象されてしまう。つまり、コーディリアの「真実」は、フランス王が持参金としての価値を認めることによって、結婚市場におけるコーディリアの値段を、結局は決める手段となってしまうのだ。そして、冒頭の愛情審問でのリアの判断が誤りであったことは、後に王が悟りを得るために必要不可欠な手続きであったとも考えられるものの、コーディリアの言う「何もありません(Nothing)」ということばこそが、「語り」が価値を支配する父権制の恋愛市場では、クレオパトラと対比されるオクタビアのように、逆説的に貞節の「美徳」として最も高い価値を付与されてしまう。

このことは、女性を性的欲望の過剰と欠如という形で、つまり娼婦的な女性をアウトロー（よそ者）として俳除し、貞淑な女性をイン・ロー（姻族）としてとりこむ、父権制の戦略の一環とも考えられる。[21]しかし、この劇をこのような父権制の劇として固定的にみてしまうのは早計にすぎるだろう。つまり、ジェンダーの固定化が計られる一方で、劇中におけるジェンダー、あるいは主体の転倒は逆に、父権制秩序の基盤を揺るがす契機ともなっている。その瞬間を私たちは明らかにする必要がある。

リアは、初めて自分の立場が娘と逆転していることを悟ったとき、「わしはリアではない」として、初めてみずからの本当の姿を知りたいと望むことになる。ゴネリルが登場する直前の自問自答はこのように始まる。

リア王：わしが何者か誰か教えてくるものはだれなのだ？
(Who is it that can tell me who I am?)
リアの影か（F1では道化の台詞）
わしはそれが知りたいのだ。なんとなれば、
国王としての数々のしるしや知識、理性からして
(marks of sovereignty)
わしに娘たちがおったと思いこまされていたに違いない。
道化：そのあんたを娘たちが従順な父親にしつけてくれるよ。
（傍線部Q1のみ、四場二〇九～一三行：一幕四場二三〇～二三五行）

F1では、「リアの影」という台詞は道化に割りふられて以下はカットされているため、道化のことばが耳に入らないリアは、ふたつに引きさかれた自らの姿に気づくことはなく、ゴネリルの辛辣なことばに再び目を覚まされることになる。家来を減らすというゴネリルに対し、リアは「地獄の悪魔 (Darkness and devils)」、あるいは「出来そこないの私生児 (Degenerate bastard)」という表現を使って罵倒し、父親に対する娘の非道への怒りを抑えきれなくなっていく。実権を全て譲ってしまった王に最後に残されていた「王権の印、知識、理性」が、全て崩壊しはじめる。フールにその権力の無さ、無能力さをからかわれた直後から、リアの「男性性」は徐々に失われていく。

リア王：ああ、かんしゃくが胸に込みあげてくる。
怒りよ沈まれ！　この沸き立つ悲しみめ！
お前の居場所は下だ。（七場二二一～三行：二幕四場五六～八行）
…………

お前はわしの腐った血が生みだす腫れものだ、吹き出物だ、
膿ただれたできものだ。（七場三七五～六行：二幕四場二二三～五行）
…………
女の武器である涙のしずくで
男の頬を汚させないでくれ！（七場四三〇～一行：二幕四場二七七～八行）

娘たちによって百人の騎士や従者が全て奪いさられるという事実、また、王の使者がリーガン夫婦によって最も卑しい刑罰を受けるという事実は、リアに涙を流させて悲しませる。実の父を裏切るという自然に反した行いが、リアの男性性を内部から侵食し、正気を奪い、女性化するのだ。娘たちの親不孝に対して、リアの呪いは娘たちの生殖機能に向けられることになる。王は名誉となる子を生まないように不毛にするか、あるいは、リアの娘たちと同じく恩知らずの子を生むようにと自然の女神に祈るケントに嵐の中のリアの様子を報告する紳士は、まさに、人間（マン）という小宇宙の中の嵐を外界の嵐に照応させる（図10）。

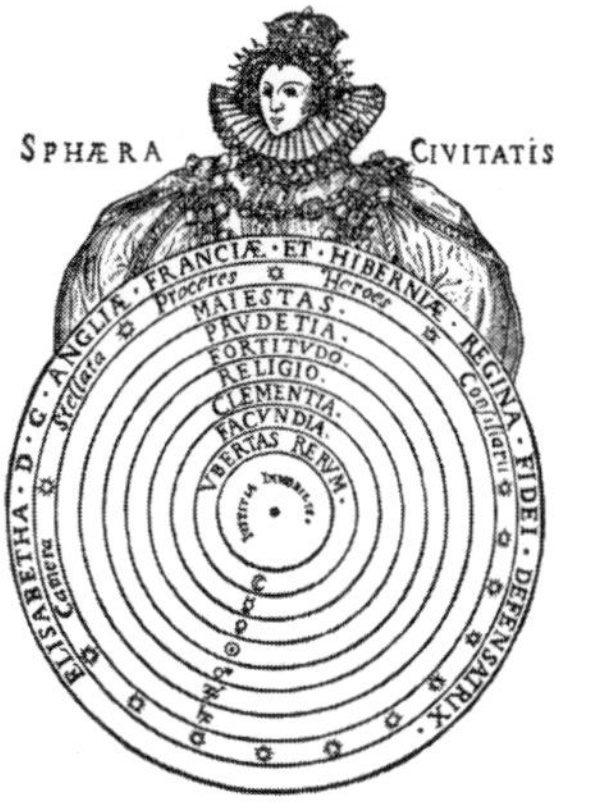

図10　星の処女神アストレイアとしての女王エリザベスと「国の天球」ジョン・ケイス　オックスフォード　1588年　木版口絵

紳士：……まさに人間という小宇宙のなかの嵐をもって、
外界の吹きすさぶ風雨を出し抜こうとされている（八場九～一〇行：三幕一場一〇～一一行）

このような形而上的な語りはQ１プロパーのテクストの特徴であるが、語られるものとしての人間と世界との対応の緊密さが、実際の舞台上の演技に打ち破られていくという効果は、冒頭から何度も繰りかえされる。そして、リアは、強烈な人間嫌いの感覚を地球的な規模に拡大していく。

リア王：天地を揺るがす雷よ、丸い地球がたいらになるまで打ちのめせ！

いのちを生みだす自然の鋳型たる母胎をたたきつぶし、
恩知らずな人間を作りだす種を打ち砕いてしまえ！（九場六～九行：三幕二場六～九行）

女性の子宮に対する呪いは、自然の母胎の破壊のみならず、人間の種の粉砕にまで及ぶ。天変地異により男女の区別なく人類を根絶やしにしてしまおうというリアの破壊力は、この後、人間社会におけるあらゆる不正、虚偽を告発する力になるのである。

4 「模擬裁判」の場とジェンダー・クライシス

テクスト改訂派によれば、模擬裁判の場は、上演の迅速かつ緩慢のない進行を妨げるという理由のもとに、F1から削除されたのであろうということである。しかし、この場は、メタ・シアターの概念を最も明確に表しており、その上演上の効果の高さを指摘しているものは批評家だけでなく演出家にも多い。[22] ジェンダーの差異に基づく父権制の問題を、Q1プロパーの特徴である「過剰性」と関連して考察する時、われわれは模擬裁判の場を、権威の虚構性／演劇性を示すひとつの臨界点ととらえることができるのではないだろうか。

模擬裁判の場は、Q1プロパーにおいて、次の三つの観点から考えられるだろう。ひとつめは、ジェンダーの問題において、愛情審問のパロディになっている点。二つめに、裁判自体の中断、流動性がみられること。三つめに、ベドラムのトムによって、演劇性に見せ物的な価値が与えられていることである。フランス軍がすでに上陸し、王殺害の陰謀が迫っているさなかにゴネリルとリーガンの親不孝を裁くことの意味は大きいだろう。ブリテン軍に対するフランス軍の戦争は、むしろ「父」としてのリアの権威を回復するための争いなのだ。それはもう一つの愛情テストなのだ。けれども、父権の回復は、ミソジニスト的ディスコースの強化を伴っている。

エドガー：悪魔が俺の背中にかみつくよう。
道化：そりゃ気ちがいだよ、狼がおとなしくして、
　馬が病気しらずで、少年の恋心や淫売女の誓いのことばを
　信じるようなやつは。（一三場一三～四行：三幕六場一七～八行）

狼は凶暴さを、馬はその性欲あるいは病気を、少年は移り気を、売春婦はうその誓言を象徴しており、そのような矛盾した事を信じる者は気違いである。つまり、王は気が狂っているとフールは言う。裁判を始める前からフールはそのような性質をもつ女性というものを信じた王が悪いと決めつけている。トムとフールは二度にわたって裁判を中断させる。そして、賢者の役をもらったフールは、ベッシーの船は穴から水が漏るのだから、彼女は小川をあえて渡ろうとしない理由をしゃべってはいけない、と歌う。

エドガー：おいでよ、ベッシー、こっちの岸へ
あの娘の舟には穴があり、
女に言えるわけがない、
川を渡れぬわけがある、（Q1のみ、一三場二〇～三行：三幕六場二五～二八）

「女性の身体」に欠陥があることとその欠陥のために男女を隔てている（比喩的な意味で）小川を渡れないこと、そして、その欠陥についてはしゃべってはいけないことの三点が歌われている。身体上の性的差異が、女性の一方的欠陥とみなされて、そのままジェンダーの差異を形成し、しかも、女性の口を封じることによって、男性の優位を普遍化しようとする戦略がここには見られる。

リア王：まずあの女を引きだせ、ゴネリルだ。お歴々の面前で宣誓し、

証言する、あの女は哀れな王を、自分の父親を、足蹴にしました。
道化：さあ女、前へ。名前はゴネリルか？
リア王：ちがうとは言えまい。
道化：これは失礼、そなたを腰掛けとまちがえておった。（Q1のみ、一三場四〇～四四行：三幕六場四六～五六）

狂気のトムの悪魔つきのディスコース、または、フールとリアのミソジニーのディスコースは、相乗効果をなして、ゴネリルやリーガンに対するイメージを、次々に変容・連想させていく。また、フールの「汝の名はゴネリルであるか？」という問いは、リアが発狂する前に、父としての主体に対して懐疑を抱き、「お前はわしの娘か？」、また、「あなたのお名前は？　美しい奥方？」とゴネリルに尋ねたときのパロディとなっている。リアはもの言わぬ「腰掛け」に対して、「違うとは言えまい」と言う。女性を男性の所有物として、商品化の対象としてみるディスコースと、女性の沈黙化の関係は既にストーリーブラスの議論で見たとおりである。後にリアは、社会における裁判の恣意性、演劇性、それに人間はすべて性的欲望をもった罪人であるということを暴きだすことになる。そこで告発されることになる「おそるべき権威の構造」が、ここではまさに、女性に沈黙を強いる父権制の論理として演劇化されているのだ。父の権威が、女性である娘に、というより、女性というジェンダーに対して、悪魔化、沈黙、「もの」化を強いる構造が、裁判の形で風刺されていると考えられる。さらに重要なことは、このミソジニー的な裁判の虚偽性が風刺されているのみならず、裁判官の構成によって、また、裁判官自身による二度にわたる裁判の妨害と、裁判長の買収による被告の逃亡という事実により、裁判行為自体が扮砕され、成りたたなくなっている点である。宮廷での愛情審問における父権制の万能の権威に対して、荒野の模擬裁判においては、明らかに権威の弱体化、流動化が起こっている。ミソジニストのディスコースを支える父権制の形而上学は、そのよって立つ言語的理性を、狂気のディスコースによって根底から覆されるのだ。そして、裁判の事実さえも理性への、そして、言葉への信頼の消滅とともに、消滅してしまう。

理性的にとり行われるはずの裁判がこのように流動化する理由の一つは、自らの演技を金銭的な価値に変換すること、つまり演劇性の商品化という経済的な流動性をベドラムのトムが持ちこむことによるのだ。

エドガー：……さあ出かけよう、村祭りや縁日、それに町の市場へ、
　あわれなトムの角コップは空っぽだ。（一三場六四〜五行：三幕六場七四〜五行）

自分の肉体を狂人の身体という〈グロテスクな劇場〉にすることで、首に下げた飲み物および托鉢用の角コップになにか恵んでもらおうとするトムは、当時のベドラムのトムよろしく、反・紋章の修辞学を駆使しながら自ら歩く「見せ物」を体現している。[23]

フールが「とん知と機知」を売りものにしていたように、トムはその悪魔つきの仕草を、また裸の身体に与えられる苦痛を、売り物として対象化する。また、裁判に続き、リーガンの身体までも解剖されるものとして表象されている。そして、この直後に、シェイクスピアはグロスターがその目をくり抜かれる場面を、舞台に乗せるのだ。

Q1プロパーには、F1テクストと比べると、劇の迅速な進行、あるいは、緊密な効果を妨げるとも考えられる独白や報告、会話が多くある。紳士とケントの情報交換は三度にもわたっている。三幕一場ではリアの狂気と悲しみを、また、四幕三場ではコーディリアの父への愛情とリアの悔恨の情を、四幕七場の終わりでは油断のならない戦況を報告しあっている。これらが、すべて、王の忠実な家来の視点で語られていることは注目する必要があるだろう。王への忠誠心は、父への愛情にずらされ、転倒された親子関係、男らしさ・女らしさを父権制の秩序の中に回復しようとする傾向がここには確かにある。

また、階級の問題を考える時、対照的に、平民の、あるいは下層民の視点から語られているものを見落とすことはできない。

エドガー：身分の高い方々がわれわれと同じ苦痛を背負われる、
　それを見るとわれわれの不幸もほとんど敵ではないと思われる。（Q1のみ、一三場九一〜二行：三幕六場一〇二〜三行）

召使い1：どんな悪事を働いたって気にすることはないな、

あんな男がいい目に合うのならさ。
召使い2：それに奥方だって
あれで長生きして寿命をまっとうするようなら
女はみんな化け物になるだろうよ。（Q1のみ、一四場九六～九行：三幕七場九九～一〇二行）

エドガーの独白は、「苦しみ」の共有によって、王を「友」、あるいは「連れ」とみなし、階級差を解消する働きをもっている。また、コーンウォル公爵夫妻がグロスターの目をえぐり、その上、グロスターに同情した家来までも刺しころすのを目撃した同僚の召使いたちは、邪悪さが人間の差異を解消しうることを証言する。こういった告白は、リアやグロスターが後に到達することになる「富の公平な分配」の思想を、民衆の立場からも支えることになる。父権制社会の矛盾、不正、そして虚偽性が、劇中において対象化され、暴かれている。この視点の逆転こそ、階級的に抑圧されている「もの」達にとって、ものをいう主体性を獲得し、コーンウォル公爵に立ちむかった召使いのように、権威の横暴に対して立ちあがるための民衆の力として必要なものであろう。

5　二極化される女性たち

リアの摸擬裁判以降、男性を代表する父としての権威が道徳的な様相を強めるにしたがって、女性はますます険悪に二極化されてしまうように見える。特に、四幕二場でのオールバニのゴネリルに対する非難の言葉には、親不孝という「不自然」な行為を、虚偽性という悪魔的な女性の本性に帰結させてしまうミソジニスティック・ディスコースが響いている。しかし、そのような言説が強化される一方で、劇中で見られるジェンダー境界の侵犯は、ゴネリルのように「男らしい」女性像をつくりあげると同時にオールバニのように「男らしくない」男性像をも副次的に生み出している。父権制社会、あるいは「権威というものの巨大な姿」の不正・恣意性・虚偽性が暴かれることによって、それに依存する「男らしさ」は、その無能さにおいて、「フール」とされる。父権制社会を「フールの舞台」と見る、この視点こそ、ミソジニスティック・ディスコースの基盤を崩す可能性のある視点ではないだろうか。そしてこの視点は、女性だけではなく男性をも商品化の対象としてしまうという視点、すなわちトムのもちこむ主体の対象化・流動化を促す演劇の経済性と重なるように思われる。

Ｑ１プロパーにおいて、両公爵の戦争の噂に対してフランス王の侵略が前景化されていることには注意が必要であろう。自らの正当な所有物である「土地」を他者に侵略されるという事実が、ゴネリルという「領土」にエドマンドという他者が密かに侵入しているという事実と重ねられている。その失態によって、オールバニーの「男らしさ」は、「寝とられ男の空元気」として、四幕二場ではゴネリルに完全に茶化されることになる。ゴネリルが、フランス王がやすやすと港に侵入して旗を掲げているのにあなたは何もしようとしないフールだ、唯のお説教好きのフールだといって責める時、夫として、領主としての管理能力のなさ、無能さの暴露が、オールバニの「男らしさ」の価値を「失格者」として無効にしてしまっている。

Ｑ１プロパーにおいては、舌と性的欲望の「過剰」なゴネリルを「自然に反したもの」として「悪魔化」するオールバニの説教（テクスト）が、もし、喜劇的というよりも悲劇的に読まれるならば、それは問題であろう。なぜなら、悲劇における英雄賛美は、何よりも規範・境界を逸脱した女性の「悪魔祓い」を正当化し、ミソジニストのディスコースを維持、強化するものなのである。

エドマンドをめぐって表象されるゴネリルやリーガンの性的欲望の「過剰」が暴露され、破綻する時、それはまるで、男が女を「もの」として奪いあうように、エドマンドを奪いあうことによって、転倒されていたジェンダーが再び転倒される瞬間となる。

エドガー：……「……あなたの――妻、と呼ばれることを望む
――愛するしもべ、ゴネリルより」（二〇場二五六行：四幕六場二七〇行）

リーガン：心配だわ、もう姉と一心同体、睦まじい仲になりですっかり姉のものと言えるのではないかしら。（Q1のみ、二二場一三～五：五幕一場一二～三行）

ゴネリル：（傍白）今度の戦いに負けるほうがまだましだ、妹に負けてあの人を奪われるぐらいなら。（Q1のみ、二二場二〇～一行：五幕一場一八～九行）

自らの性的欲望を理性によって完全に統御し、むしろ武器として用いるエドマンドに対して、性的欲望を制御できない父権的女性であるゴネリルやリーガンは、結末において、リーガンの毒殺とゴネリルの自殺という女性的な「自滅」という形で沈黙・不在化させられてしまう。とはいえ、リアが女性化して破滅するのとちょうど正反対に、ゴネリルが自らに向けた短剣は男性性のシンボルとなり、彼女は男性化したことによって破滅することになるだろう。

この二人の女性を沈黙させるための悪魔祓い、つまり排除を目的とした裁判が、彼女たちの死よりも前に、リアによって行われるという事実は、このQ1プロパーにおけるミソジニストの言説構築のプロセスにおいて非常に重要な局面をなしていることは、改めて指摘しておかなければならないだろう。

第四幕では、偽りの性、欲望の性として、女性はオールバニとリアによって悪魔のイメージで罵られる。エドガーとグロスターのいわゆるドーヴァー・クリフの悪魔祓いが、対照的なコーディリアの描写とともに、この二つの極端なミソジニスティック・ディスコースの間に挟まれていることに注目すると、劇中、エドガーの描写する悪魔の顔のいびつさ、異形は、リアの描写する二人の娘の顔のそれと重なってくる。また、女性の虚偽性・虚飾性に対する告発は、裸のトムを見たときのリアの衣装哲学とも明らかに対応している。エドガーによる「偽の悪魔祓い」は、確かに目を無くしたグロスターにとっては有効であろう。[24] しかしそれは同時に悪魔祓いが悪魔のイメージを創出するプロセスそのものであり、その悪魔の存在そのものが、純粋に言葉によって生みだされたものであることを暴露する構造をもっている。模擬裁判が女性排除の構造を透かしてみせたように、この悪魔祓いも、まさにぺてんの悪魔祓いとして、その演劇性を自ら暴露する構造となっている。まさにこの点において「模擬裁判」と「偽の悪魔祓い」の場は、一方的なミソジニステイック・ディスコースを相互的に転倒・解体する力をもち得るのではないかということが考えられる。

悪魔呼ばわりされる女性の虚偽性がそのまま身体性に還元され、女性が女性である限り解けない悪魔の変装として、また、決して脱ぐことのできない肉の衣装として、固定・普遍化されていくプロセスは、これまで見てきた通りであるが、劇中のこのように強力なミソジニストのディスコースに対して、性的欲望という観点からこのように解釈することは可能なのだろうか。リアは女性の腰から下を、「地獄 (hell)」、「暗黒 (darkness)」、「硫黄の穴—燃え上がり、焼きこがし、悪臭を放つ、死の世界 (sulphurus pit—burning, scalding, Stench、consummation［F は consumption］) としてイメージしていた（二〇場一二一行：四幕六場一二七行～九行）。特に最後の consummation は明らかに、男性の精気を消耗させてしまう床入り、つまり男性の性的な「死」をも連想させることばである。

また道化と嵐の中をさまよいながら、リアは親不幸者の娘たちへの呪詛を一気に吐きだす。

天地を揺るがす雷よ、
丸い地球が平らになるまで打ちのめせ！
いのちを生みだす大自然の鋳型 (moulds) をたたきつぶし、
恩知らずな人間を造りだす種をみな打ちくだけ！（九場五～八行：三幕二場五～八行）

リアにとっては女性が、「一気に全ての種を潰せ (all Germain spill at once)」と男性を呪詛する恐怖を、性的な「死」だけでなく、子孫の代にいたるまでの死滅を与えるものとして想像されていることを忘れてならない。[25] グロスターが、手に接吻させてくれるように頼んだとき、リアは「まず手をふかせてくれ、死人の臭いがするのだ」と断っている。ここで女性の性的欲望は、男性にとって「死」を意味するだけでなく、拭きとりたい、避けたい汚れ、あるいは死臭として表象されている。まさに、この「死」に対する否定の身ぶりこそが、これまで論じてきた父権制の論理であり、置き換えられた「女性排除」の構造を保存・強化しているのだ。

6 悲しみと受苦

グロスターが、「ああ、自然の傑作も廃墟と化したか！　このように世界もいずれは無に帰するのか」（二〇場一二八行：四幕六場一三三〜一三五行）と言って嘆くとき、彼は父権制の崩壊、父たる王の破滅をこそ嘆いているのである。「この偉大なる世界（'This great world'）」とは明らかに、「人間という小宇宙（'a little world of man'）」に対応するマクロコズムであり、自然によってつくられたこの'man'という傑作が、「無」へと帰してしまうという。「人間／男」は、「自然」によって創られながら、いや、「自然」によって創られたものであるからこそ、その存在において去勢・分解の可能性を恐怖として必然的に付与されているのである。この必然こそが、リアにわれわれを生来の「フール」と呼ばしめている由縁なのである。「無」に、また「自然」に帰るものとしての「ヒューマン（人間）」、という視点に立てば、ジェンダーの（さらにいえば、性的欲望の）差異までも消えさってしまう。[26]

'nothing'という記号は、父権制のジェンダー・イデオロギーによって女性・男性間において意味の偏差をつけられているようである。女性がもし父権制の言説によりNothingとして表象されるなら、女性の子宮というNo-thingから生まれた男性も、「nothingからはnothingが生まれる」というリアの座右の銘によってNo-thingであることに変わりなくなってしまうだろう。名前を失ったエドガーがNothingとなり、トムという狂人の人格を創造したのだが、トムという人物は、そのトムが言葉によって作り出した、悪魔やドーヴァー・クリフと同様にNothingな存在なのである。'nothing'の生みだす記号の増殖は、その産みの親であり母胎でもある父権制の形而上学的言語体系のみならず、'a little world of man'（八場九行：三幕一場一〇行）までも食らいつくしてしまう。そしてその結果として、父権制社会の住人たちは皆「この大きな舞台（'this great stage'）」（二〇場一六九行：四幕六場一八三行）の「生まれながらの運命の道化（'natural foole of Fortune'）」（二〇場一七六行：四幕六場一九一行）となってしまうのだ（図10）。

リア王：いや、わしがニセ金を造った（F: crying）といっても、
　この身に触れることはならぬ。わしは国王だぞ。

エドガー：ああ、胸も張りさけるような光景だ！
リア王：その点では、自然が人工より勝っている。（二〇場八三行～六：四幕六場八三～六行）
…………
リア王：……そうとも、やつらのことばは当てにはならぬ。
わしを万能だなどと言いおった。嘘だ、
わしも瘧《おこり》には勝てぬわい。（二〇場一〇一行～二：四幕六場一〇三～五行）

理性が狂気に侵食されてしまう姿「狂気の中の理性（'Reason in madness'）」（二〇場一六〇～一行：四幕六場一七四～五行）がエドガーの胸を貫く。ゴネリルがその胸を自ら貫いたように、それは、男性性を無に帰してしまう力なのである。文化を構成し、自然を外に排除してコントロールしていたはずのジェンダー・イデオロギーが、内なる自然という要素から崩されるモメントは、ここにこそあると言えるだろう。ゴネリル・リーガンがアウトローとして死に、その後を追うようにインローとしてのコーディリアもまた死ぬことになる。

＊

しかし、舞台上を支配するのは、ケントがリアに語った「もうこの世は慰めとてない暗闇の死の世界」（二四場二八四行：五幕三場二九一行）という暗鬱なイメージである。悲しみの報われることのなかった老王の痛ましい死体と三人の娘達の死体を乗せた舞台は、あまりにも暗く恐ろしい。一体なぜこのように、つまり慰めさえないようなことになったのか。その最大にして根元的な理由は、虫けらのように殺されたコーディリアの死であろう。リアがコーディリアの死体を抱いて出てきた時のあの恐ろしい光景を見よ。

ケント：これがこの世の終わりの日か。
エドガー：その恐ろしい日の幻影か。

オールバニ：天も地も崩れおちるがいい。（二四場二五八～九行：五幕三場二六四～五行）

奇跡劇ならば皆の祈りのもとにコーディリアは復活し、リアも死ぬことはなく、ハッピー・エンドとなったであろう。また事実、この劇中においてもケントやオールバニらによってそのような役割が期待され、祈りともなっていた。しかし、シェイクスピアは明らかに意図的に、人々の期待を裏切り、驚愕を与える。つまり既成の習慣、あるいは伝統に衝撃を与え、この土台を揺るがしたのである。その意図とは果たして何だったのか。この問題は、コーディリアの死が、リアの真の認識のために必要だったというだけでは説明がつかない。もっと作品全体の構造と効果に関わっている。

ところで、オールバニの最後の台詞、「我々新しき世代は、これほど多くを見るまい。またそれほど長生きもするまい」は、どういう意味をもっているのだろうか。オールバニが最後に印象づけたのはこういうことである。「古き者たち」は、自らの大きな過ちゆえに「このつらい世の拷門台」に寿命以上にながらえざるをえなかった。彼らは、いわば、〈受苦〉[27]の生きた象徴的存在であった。しかし、驚異的な忍耐力によって、ついにこの世の真の姿、そして真の愛に目を開くことが可能となったのだ。

「炎の車」（二一場四五行：四幕七場四六行）に焼かれ狂うリア王の悶絶のパフォーマンスは、悪魔憑きのトムや盲目のグロスターが現出させたと同じ〈受苦の場〉をその狂気をもって現出させた。その偉大な嵐の場を〈動〉の場とするならば、コーディリアの死体を抱いて登場する場面が大局的な〈静〉の場の始まりとなる。それは苦悩の深さにおいては〈動〉の場に勝るとも劣りはしない。そのとき彼女の真の死（nothing）はリアの苦悩のパフォーマンスの中に生きていたのだ。オールバニはリアの王位への復権を宣言する。そしてリア王という権威のもとに、新たに敵・味方の秩序の再構成を図る。だが、その最中に、王の変調に気づき、その方に登場人物だけではなく全観客の注意を向けさせる。〈静〉の場のクライマックスであると同時に、この場面こそ遠近法の焦点が集約する一点となる。

オールバニ：おお、あれを見ろ、あれを！

リア：わしのかわいい阿呆が絞め殺された！　ない、ない、命がない！　犬も、馬も、ネズミも、命があるのに、なぜお前は息をしないのか？　もう戻りはしないのか、二度と、二度と、二度と。このボタンを外してくれ。すまぬな。

おぉぉぉ。

（傍線部がF1では、「これが見えるか？　見ろ、この顔を、この唇を、
見ろ、これを見ろ！」）

エドガー：お気を確かに！　陛下！　陛下！

リア（F：ケント）：胸よ裂けよ！　頼む、裂けてくれ！

エドガー：陛下、しっかり！

ケント：御霊を苦しめるな。安らかに逝かせよう。このつらい世の拷門台にこれ以上ながらえたくもあるまい。

エドガー：ああ、ついにお隠れになった。（二四場二九八〜三〇九行：五幕三場三〇五〜一六行）

リアは二度コーディリアが生きているのではないかと思った。「この羽が動く、生きておるぞ！　ああ、もしも生きてさえいてくれれば、わしのなめた悲しみは全て償われる。」（二四場二六一〜四行：五幕三場二六六〜八行）「え、何か言ったか？　この娘の声はいつも優しく、物静かで、低かった。女のなによりの美点だ。」（二四場二六七〜八：五幕三場二七三〜四行）。目を潰されたグロスターは、リア王がかつて野草の花を身につけ、狂気ながらも陽気な様子に接した時、同じように大きな悲しみに責めたてられながらも、正気を保つ自分の強情な心に呆れ、自分も気が狂えば苦しみも悲しみも夢想の内に紛れるものを、と考えた。しかし、リアは死の直前に狂人に訪れるという束の間の正気の頭で、コーディリアが土くれのように死んだという事実に直面し、その事実のみを認識して、何の希望も慰めもなく自分で自分の胸を引きさくようにして悶絶死を遂げた。[28]

F版においては、リアはこのQ版の「おぉぉぉ。」という言葉にならない動物的なうめき声の代わりに、「これが見え

るか？　見ろ、この顔を、この唇を、見ろ、これを見ろ！」、と現実か狂気かすでに判別不能な歓喜の叫びをあげる。そして、コーディリアが生き返ったという狂人の陽気な幻想のうちに息絶える。[29] ここで見られる相違は重要である。リアは、Q版では最後にコーディリアの死を受けいれた。しかし、F版では否定したのである。狂人の夢はあくまで自己充足的であり、虚無である。つまり、Q版ではリア自身の反応に焦点が当てられているのに対し、Fではコーディリアの復活の可能性に観客の注意が集中するようになっている。

リアは、現世における死をはっきりと認識して初めて、彼岸においてコーディリアと再会を果たし、永遠の愛の相に入ることができるのである。リアに、この運命の最後の試練を逃れることはできない。最後にして最大の忍耐を発揮しなければならない。正気に返った者の悶絶死は優れて悲劇的であり、観客の心にも共感を呼ぶ。最も悲劇的そして英雄的な死を演じたリア王はどの版のものかと問うならば、Q版のリア王であるといえるであろう。コーディリアを絞めころした者にすぐに復讐し、かつての豪傑ぶりを偲ばせたリアの勇気は、決してオセローのそれに劣るものではなかったし、愛においてもまた然りであった。

コーディリアは一国の女王としては最もみすぼらしく無意味な死を遂げた。しかし、紛れもなく、その死自体によって我々に「何もございません (Nothing)」と答えている。そのとき我々は、「何もないところから何も生まれはせん、言いなおせ。」と言い、言いなおせばよし、言いなおさねば、恐ろしい呪いをかけて、愛情テストを行ったリアのように、テクストからコーディリアの死を追放するのだろうか？

しかし、コーディリアの死を、そして無を受けいれた時、リアはすでに愛情テストの時のリアではなかった。リアは物言わぬ娘の死骸に本物の死を見たのである。かつて裸の気違い乞食トムを見た時、リアは「混じりけなしの本物 (the thing itself)」を見たと思った。「衣装を剥ぎとれば人間は哀れな二本足の動物にすぎない」のに、まわりは「まがいもの (sophisticated)」ばかりだとリアは言う（三幕四場一〇六〜八行）。

Off, off, you lendings! Come on, be true. [F1: Come, unbutton here.]
ええい、捨ててしまえ、借り物など！　さあさあ、正直になるのだ。（三幕四場一〇八〜九行）[30]

そして、その時と全く同じように、リアは、土くれのように死んでいるコーディリアを抱いて叫ぶのだ。

泣け、泣け、泣け、泣かぬか！　ああ、貴様らは石か？　わしに貴様らの舌や
目があれば、それでもって大空を打ち砕いてくれるのに。（二四場二五二〜四行：五幕三場五八〜六〇行）

すでにコーディリアに許しを乞い、深い絆を確信しているリアは、コーディリアの本当の姿をしっかりと見つめ、石のような人間達をよそに、自分の胸を引きさいてコーディリアの後を追ったのである。[31]　理性ある我々はまがいものと言われようが衣服を着続けるし、石と呼ばれようが子供の後を追って死んだりはしない。このように狂気がさまざまな自然の真理を暴き、理性ある人々が隷属を甘んじている権威や道徳、習慣という日常生活の土台となっている全てのものを突きくずすとなれば、恐れおののいた理性が狂気を追放するか監禁するのも当然のことのようにも思われる。

『リア王』最終場面では悪人はみな滅びる。しかし、いわば善の象徴とみえたコーディリアまでもが死ななければならない。このような結末の迎え方は、『タイタス・アンドロニカス』の最終場面で、敵に辱めを受けた愛娘ラヴィニアを父親のタイタスが刺し殺さなくてはならないのとは対照的のようではあるが、最終的に「運命の道化」である人間の無力さと神による救済の不在をより強烈に感じさせる効果を高めていることは間違いない。

そして、権威 (Authority) の象徴とも言えるリアも後を追って死ぬ。その後、全ての権力を放棄する意思を示したあと、オールバニが最後の台詞を述べる。しかし、次なる王国を継ぎ、新たなる権威を打ちたてるべきエドガーは黙して語らないままである。なぜか。エドガーは目の前で既成の権威がことごとく崩壊していくのを見た。すべての価値が相対化していくように思える。それ故、あらゆる権威に対する認識能力が全く未分化の状態になっていたのではないか、この劇を目の当たりにした観客同様に。〈リアの世界〉は基本的に、二元論的な世界だった。

しかし、最終場面は、弁証法的に解決することを望まれながら、「正」と「反」がちょうどお互いに解消し合った時の状態。「合」に止揚する直前の状態で留まり、何らかの力が加わりとにかく止揚させてくれるのを待っている状態と考えられるだろう。その力とは何か。生き残った三人の主要人物の中でも、最後までリアの死を諦めきれなかったのは

そのエドガーだった。「ああ、ついにお隠れになった。」という言葉を最後に、エドガーは沈黙を守ったのだった。彼は、王国を任せるというオールバニの宣言にも返答することができない。おそらく頭の中が空白になってしまい、どう答えればよいのか分からなかったのであろう。ケントは自分の身を委ねた古い主人（権威）から離れることができない。故に、去るしかなかった。そしてこの両者を、そして劇場全体を包むように勇気づけるのが、オールバニである。この最後の台詞は、F1では比較的大きい役割が与えられているエドガーのものとなっているが、王侯が使用する複数一人称であるロイヤル'we'が使用されていることや台詞の増大を考えると、Q1で以下の台詞がオールバニの台詞となっているのも不自然ではないと思われる。

オールバニ：この悲しき時（時代）の重荷に耐えねばならん。
　何を言うべきかではなく感じるままを言葉にしよう。
　最も古きものたちが一番耐えた。我々新しき世代はこれほど多く
　を見るまい、またそれほど長生きもするまい。（二四場三一七～二〇行：五幕三場三二四～七行）

この言葉にもエドガーはやはり沈黙を守ったまま芝居は終わりとなる。しかし、逆にこの時エドガーにはあらゆる反応を起こす可能性が残されていることに注目すべきではないだろうか。極端に言えば、彼にはこのオールバニの言葉を拒絶したり、裏切ったりすることさえ可能だということである。しかし、エドガーが新しい国の王となることを疑う者がいるだろうか。観客はこのようなことは意識しないかも知れない。しかし、尋ねられれば、この王国の未来にあるはっきりとしたヴィジョンを確信することを語るであろう。エドガーの試練を疑似体験、あるいは理解できた者のみ共有できる確信である。それは、その価値を相対化されることのない、生に根元的なものでなくてはならない。その再発見こそがこの劇の主題でもある。そして、エドガーが次に発するその第一声こそが新たなる認識の始まりとなる。それは同時に、新しい権威・価値形成の始まりである。そして、これこそ観客が最後に共有する「空」であり、地球のように円い劇場という演技の場そのものなのである。

この最後の場のように尋常ではない「悲しみ」に直面したものに対するコメントとしては、おそらくすでに「序論」で触れた『リチャード二世』の中のだまし絵に関する場面にまさるものはないだろう。それは、王の寵臣サー・ジョン・ブッシーが、アイルランド遠征に発った王のこと想い悲しむお妃を、次のように慰める場面であった。

ブッシー：悲しみはひとつの実体が二〇もの影(shadows)をもっています、
それは影にすぎないのに悲しみそのもののように見えます、
と言いますのも、悲しみの目は涙に曇っていますので
ひとつのものが多くの姿に分かれて見えるのです。
それは、まるでだまし絵(perspectives)のように、正面から見ると、
混乱以外の何物でもない(nothing but confusion)のに、
斜めから見ると、ある形象を(form)をとるわけです。
お妃さまもちょうどそのように、
国王陛下のご出発を斜めからごらんになっておられるので、
実際には存在しない悲しみのすがた(shape)をみてしまわれるのです、
それは、あるがままにご覧になれば、ありもしないものの
影(shadows)にすぎません。ですから、お妃さま、お嘆きになるのは
陛下とのお別れだけになさることです、それ以外は、
たとえ見えてはいても、それは偽りの悲しみの目によるもので、
その目は実体のかわりに想像上の(imaginary)物に涙をながすのです。（二幕二場一四～二七行）

個人が縛られているそれぞれの現実・仮象同士がぶつかり合い、そしてすべての価値観が崩壊してしまったあとには、オールバニが説くように、結局は「何を言うべきかではなく感じるままを言葉にしよう」と言うしかなくなるのだ。

スティーブン・ミードは、『リア王』の舞台が観客の視点を、舞台中央に集中させる効果をもつことに注目し、特に『リア王』の最後の七〇行から、視覚美術における遠近法の統合・超越が達成されていることがはっきりとわかる」と論じている。また、同時期に使用されていたバンケティング・ハウスにおける視覚効果を参照しながら、『リア王』が恐らく一六〇六年に上演されたホワイトホール宮殿の大広間においても、国王の座席からの視点が最も完全な舞台の遠近法を完全なものとすることができるのと同様に、シェイクスピアは舞台上に線遠近法の舞台版を創りあげ、「物質と意味の消失点」として、「登場人物や舞台空間の、回復不可能だが触れることできる内面性」を創造したと考える。[32] これはバンケティング・ハウス自体を巨大なだまし絵のからくり箱として見立てることを意味し、その場合には、王に与えられた視点からのみ、王は自らの内面化されたイメージをこっそりと覗き見ることができることになるが、最終場面で王以外の観客の目に映るものはただ混沌とした悲劇の残滓のみということになるのだろうか。

おわりに

死の近づく寒気の中にいた間、おれは、これが最後とでもいうかのように、存在たちをみつめていた、深々と。この氷の視線との致命的な接触により、本質的でないものはすべてみな消え失せた。

けれどもおれは、「死」でさえほどくことのできないあるものを存在たちから取り返そうと、彼らを激しく鞭打った。

彼らは小さくなり、遂に一種のアルファベットに、だが、別の世界でなら、どんな世界ででも、役立ち得るだろうアルファベットに、還元された。

そのことで、おれは、おれが住んでいた世界から完全に引き離されはしないかという恐怖を取り除かれた。

この攻撃によって勇気を鼓舞されたおれは、その不敗のアルファベットをじっと見つめた。その時、満足感とともに血がおれの細動脈と静脈とに戻ってきて、おれはゆっくりと、生の開かれた斜面をふたたびよじ登って行ったのだ。（アンリ・ミショー「アルファベット」『試練・悪魔祓い』）

最終幕では、〈リアの世界〉のあらゆる存在が、ミショー風にいえば、激しく鞭打たれて「アルファベット」のレベルにまで分解してしまったように見える。それはいかなる権力も、権威も、習慣も、慣習も、既に消えさってしまったかのような「空」の場である。いやそれらは完全に消滅したわけではない、「別の世界でなら、どんな世界ででも、役立ち得るだろうアルファベット」としてただそこに在るのだ。全ての起源。言葉が、そして新たなる秩序、権威が生まれる直前の状態、混沌の静寂の中にも聞こえる新たな生命の胎動。まさにエドガーはそこにいて全てを感じている。そして、運命の非道さに体一つで勇敢に立ちむかったエドガーのこの叫びに共感しないものがあるだろうか――「ああ、生への執着は何より強い(our lives' sweetness)」（二四場一八〇行：五幕三場一八五行）。その時観ているものたちがエドガーに共感をもつならば、それは彼がドーヴァーに向かう大きな演劇ダイナミクスという補助線を引いた『リア王』の〈悪魔祓い〉は成功したと言えるのかもしれない。そして、その補助線こそが演劇的だまし絵ボックスの覗き穴へと観客の視点を導くのだ。しかし、芝居の最後を締めくくる四行のセリフはQ１ではオールバニに割りふられている。混合テクストでは、通常台詞の流れなどから若いエドガーの役目となることがほとんどである。それがエリザベス女王の家系に関係のある時事的な理由によるものならば、このQ１テクストにおける悪魔化の言説の強度も歴史的な背景と関係があることになる。そのように読める可能性が高まれば高まるほど、作者としては、検閲をさけるためにも意識的に安全弁を仕込んでおいたと考えてもおかしくはない。それが、すべてのからくりを暴露する、エドガーの疑似悪魔祓いだったのかもしれない。

なぜドーヴァーなのか、という問いは、なぜ「悪魔祓い」なのかという問いに等しいものであった。グロスターは、絶望の余り苦しみを祓いおとすための手段として死を求めドーヴァーに足を向けた。リアの場合も、すでに狂気によって死人同然となっており、恥辱の念こそあれ、自ら決して救いを求めたりはしなかった、むしろ死を喜んで迎えていたのだった。結局のところ、グロスターはエドガーに導かれ、リアは騎士達に、そして後にコーディリアの配下の者達に導かれ、それぞれ抑圧から解放されるためにドーヴァーに向かったと言えるのではないか。そして、彼らの魂は、最終的にはそこで、肉体という牢獄から解放されるのだ。

リアは、コーディリアの死骸を目の前にして「オ、ォ、ォ、ォ（O, o, o, o）」という声を発し、胸を引きさきながら息絶える。絶対的な王として言語によって形成されるはずの主体と、肉体をもった父としての主体のずれ、そのずれを作りだすものこそ「騙る／寝る（lie）」という言葉の作りだす意味のずれ、「演劇性」だったといえるだろう。父権制のミソジニー戦略とは、嘘をつくこと（虚偽性）を、寝ること（性的欲望）にずらし、さらに、その性的欲望を全て女性の性的欲望にずらす戦略だった。しかし、そのプロセスがはらむ矛盾が演劇性のうちに暴露されてしまっている劇、Q1『リア王』とはそのような劇であると言えるのではないだろうか。もちろん、その過剰性の生みだす（不在の）空間に「われわれ」白身の欲望を読みとることは十分可能である。

ドーヴァーへの道は抑圧解放への道である。が、それは解体と再生の相のもとに自らを支持するシステムを暴露するアナモルフォーシスと同様に、無化への道でも永遠の生への飛翔でもありながら、その構築原理を観衆に晒すことを避けられないのだ。抑圧を受けている者はみな自由を求めてドーヴァーの絶壁の縁まで坂を上っていき、グロスターの跳んだ跳躍を跳ぼうとするが、その下に広がるものは大きく開いた現実と仮象の裂け目の深淵なのだ。グリーンブラットのいわゆる「詐欺まがいの悪魔祓い」も目的は同じである。そして、〈リアの世界〉の登場人物たちがみなドーヴァーに向かうのを舞台上に目撃するとき、気違いトムに手を引かれる盲目のグロスターが上った坂を上らされているのはわれわれ自身であり、気まぐれな運命の女神の手により、ゴネリル、リーガン、エドマンド、コーディリア、そしてリア王に死がもたらされるのを見届けたとき、その深淵めがけて跳躍し、その「悪魔祓い」のカタルシス効果を感じることになる。そして、再び意識を取りもどした時に目の前に用意されているのが、『ペリクリーズ』に始まる、試練と復活の後期ロマンス劇の世界なのだ。もちろん、この時、「盲目」の観客たちに「悪魔祓い」を施した人物の正体は、エドガーならぬ劇作家シェイクスピアということになるのだが。

第五章

「貞操の外に生きる事」

——ヘレナ（『終わりよければすべてよし』）と日本の「新しい女たち」

はじめに

ヘルマー：
男といふものは幾ら愛する女の為だつて自分の名誉を犠牲に供する事は出来ないのだ。
ノラ：
しかし、何百萬といふ女はそれを犠牲に供して居ます。（イブセン『人形の家』（一八七九年））[1]（図1）

日本に《シェイクスピア》が紹介されたのは文明開化の鐘の音と時を同じくし、その受容史は一〇〇年を優に超える。その没後四〇〇年を迎える二〇一六年には、英国を始め世界中で国際学会をはじめ、特別上演など様々な催しが企画されている。もともと明治期にはハムレットの人気が最初から高かったが、シェイクスピア劇の全幕にわたる初演は『ヴェニスの商人』であり、明治一八年に大阪の中村宗十郎一座によって上演された翻案劇は、商人の町大阪にふさわしく『何桜彼桜銭世中』という題をつけられている。ところが信じがたいことに、少なくとも平成の時代になるまで日本で一度しか上演されなかった劇がある。シェイクスピアを世界の文学史上有数の詩聖あるいは劇聖

図1　松井須磨子「ノラ」『青鞜』（1912年）2巻、60頁

として崇拝するならば、このように上演されない作品があること自体ありえない事態である。この作品の不人気の原因は、シェイクスピアの芸術的不変性においては例外と解釈するか、あるいは、時代背景となるエリザベス朝の時代的特殊性のためか、さらには、たまたま作品の貞操に関する主題や見方が明治日本の社会にとって受容しがたい要素を含んでいたためなのだろうか。

その劇とは『終わりよければすべてよし』、いわゆる「不幸な喜劇」とも呼ばれるいわくつきの作品である。[2] 今でも題目だけは、諺として人口に膾炙している反面、この芝居の日本での不人気ぶりは不可解でもある。たとえば、『終わりよければすべてよし』が、この題目自体一種の〈だまし絵〉として機能する「錯誤」の演劇であると仮定しよう。すると高山宏が論じるように、この作品も「フランシス・ベーコンが火つけ役となった知的方法のモノリシックな改革運動に対抗する反—知の表現」としての「超演劇的メッセージ」をもつ「錯誤」の演劇形式として評価することもできるはずなのだが、この「不幸な喜劇」の上演が日本で忌避されてきた状態はどのように説明できるのか。[3] 不思議なことに、この芝居とそれほど変わらないメッセージを付与されていると思われる他の劇、たとえば『尺には尺を』や、『冬物語』以降の最晩年の劇作群は、どれも比較的順調に上演記録を伸ばしている。これは、時代の流れに竿を差すというような要素、あるいは観客に、ある大きな不安感を抱かせるようなメッセージ性、あるいはアクチュアリティがこの芝居には大いにあるからではないのだろうか。

ある「終わり」を「目的」として設定し、その「達成」を目指すこと、これを悪くいうと「権謀術数」、あるいは「勝てば官軍」となるのだが、高山氏の言葉を借りると、フランシス・ベーコンの『学問の進歩について』(一六〇五年)やデカルトの『方法序説』が相次ぎ出版され、一六六〇年の「ロイヤル・ソサエティによる綱領文を目指して、学問と知識の線形化」、「方法化、単純化」が「急転回」した時代とは、「〈方法〉を掲げ、世界の一枚岩的把握のテクネーを一途に追求した」運動が、自然の「外在化」、その一方的「搾取」へとつながる近代「科学革命」の時代を開いた時代であった。そしてその役割は、「戦争」の立て役者がそうであったと同様に、歴史的には「男性」のものであった。エコロジカル・フェミニストによれば、一五〇〇年から一七〇〇年の間に起こった大転換の結果、「自然の死」が生じたのであり、「未来を生きのびるためには、歴史的に有機的世界観と結びつけられてきた価値や抑制を再評価することが、不可欠」であるという。[4] このような大きな流れの中にあって、相変わらず世の中の支配的言説となっている父権制にとって、〈脅威〉ともなりうるこの芝居『終わりよければすべてよし』に、あえて近代日本の類似した文脈から新しい補助線を引いてみることにより、これからの未来を切りひらく「超演劇的メッセージ」に耳を傾け、思いもよらないような芝居本来の力を少しでも呼び覚ますことができればと思う。

1　生田花世の「食べることと貞操と」（一九一四年九月）

私のその時——その時に私はそこを去らなかつた。それは本当に去らなかつたのである。この女は立ち去つて私の手許に帰つてきた、が然し、私はあの時、そこを去つて行くべき処がなかつたのである。私があの時、私にたゞ一時でも保護を与へてくれる人を一人でも持つてゐたとしたならば私は必ず立ち去る事が出来たのである。併しその時私は去らなかつた……何故私がそのまゝそこにゐたか——それはその時の私には「食べる事」の方に私の要求が切実に動いてゐたからである。

私は実際あの時位食べるのに困つて、そして、その上心が荒み身体の疲れてゐたことはない。殊に「私の食べること」は私一人の口ではなくて、私はその時弟を故郷から招いたばかしで、それと二人で食べねばならなかつたのである。あの時の私にとつては、——私は真摯にこの事を思ふのであるが——自分と弟と二人が食べると云ふことが第一義的な要求であつて、自分一箇の操のことは第二義的な要求であつた、併し私はどんなに苦しく痛ましく悲しくその選択した心のために悲しんだであらう？　今私は死ぬのであると思つた。私はその苦い盃をのんだ、そして私はその苦悶から超越しようと思つた、私は貞操の外に生き様とした、そしてそれがその当時の幼稚であつた私にはあながち、不可能事ではないように思われてゐた。

で、その後私はその「貞操の外に生きること」のために努めて、その事で自分のすべてを創りかへようとしたのである。貞操を超越してそこに自由に新しく生きる自分の生活がなされたらきつと自分は本当の幸福になると云ふことが私の抜きがたい信心となり、そしてすべての根源となつたりした。

私の砕かれた事は貴い意味があつた、私はたしかに砕かれた事によつてはじめて人と人との真実食べること、貞操との事実に気が附いたのである。

私はあの時の自分のあゝした場合の行為は止むを得ない自然であると思つてゐる。がこれは善悪の批判ではない、私はあれを善悪の批判にかけ、道徳のはかりにかけると云ふことよりもあの事によつて自分が目を覚ましたと云ふことの値を喜ぶのである。

その後私はまた色々の事件に遭遇したが、「食べること」の苦痛は益々私に切迫して来た。女の独立と云ふものがどんなに不可能な事として今の世間から処遇せられてゐるか、私は具さにその艱難を観たのである。苦しいときにいつもさう思つた。

この今の日本の家族制度及び社会制度が女をこのように困らせるのである。女に財産を所有させぬ法律がある限り及び女に職業のない限りは女は永久に「食べること、貞操」との戦ひに恐らく日に何百人といふ女は貞操よりも食べることの要求を先とするのである。私たち女に財産と職業とがないことは本当に忘れぬことの出来ぬ災害であると思つたりした。

私はとうとう「食べること」に身をもてあまして、まさに死なうとするための悲鳴のように私は生活難の中から泣声をもらした。――そして私は「青鞜」に私の泣き声を残した。

そのうちに私の泣声のその耳に響いた人がある。その人はさうした女の悲鳴の中にある唯一粒の真実を見い出してそれを所有しようとする愛で、私を取り上げてそして自分のものとした――その人は今あの部屋で話をしてゐる男である。私はその女が顔を上げた時、私の遭遇した色々の事を話した。そして私が私は去らなかつたと云つた時、声をもらしてその女は身をふるわして泣いた、私も亦泣かずには居られなかつた。――

私はこの女の前途を案ぜずにはいられない。この女は果してどんなに戦つて、その貞操をも全くし、その生活も餓えずに、いつの日にその落ち付くべき適所にその身を置く事ができるであらう。[5]

一九一四年九月、生田花世は「食べることと貞操と」という手記を雑誌『反響』に寄せ、貞操の危機に遭い逃げ帰ってきた女性事務員について語っている。自分自身の過去の苦い経験を振り返る中で、それでも貞操を失ったが故にかえって新しい自己、そして真実の愛を得たと告白する。それは「貞操よりも食べることの要求を先と」させるような当時の「家族制度及び社会制度」を告発する文章でもあった。同年八月にはイギリス、フランスにつづき日本もドイツに宣戦布告し、ヨーロッパではすでに世界大戦の火蓋が切って落とされていた。今から約百年前、戦前の「家」制度のもと、「良妻賢母主義」教育は、厳しい社会規範のために女性たちをがんじがらめにしていたのである。女の性は「産む性」と「享楽を与える性」の二つに引き裂かれており、父系維持のための「貞操」に対する要求は、刑法の「姦通罪」と「公娼制度」という二重の仕掛によって女性たちを「家」の内と外に分断していた。「貞操論争」は「堕胎論争」や「廃娼論争」とともに、後期『青鞜』を主な舞台として繰りひろげられた三大論争のうちの一つである。一九一一（明治四四）年、平塚らいてうを中心とした、女流文芸雑誌『青鞜』は、女性の自我の確立をめざし、規制のモラルや制度を問い直す婦人問題雑誌としての性格を、次第に強めていく。生田花世が『反響』に蒔いた種は、舞台をこの『青鞜』に移し、それからほぼ二年にわたる「貞操論争」を巻きおこしたのだった。

「セクシュアルハラスメント」と、一九七〇年代後半以降の現代人なら言う問題である。これは、過去に性的な嫌がらせにあった女性が、今また若い女性の貞操が破られそうになるのを憂い、そのようにさせてしまう日本の家族・社会制度を憂うという文脈である。現代においてセクハラ問題は、よく言えば、ジャーナリズムによる宣伝のおかげで、多くの人々に関心をもたれ、アメリカにおけるように訴訟にもちこまれたり、法律に反映したりし、女性の地位向上に役立っている。[6]しかし、それにもかかわらず、事態はセクハラを受ける対象としての女性のイメージを固定化してしまい、上司が気をつけるもの、会社がきちんと対応策をとるべき厄介な対象として女性を処理してしまう結果を産んでしまってはいないだろうか。たとえば、雇用機会均等法なども、好景気の時は良くても、不景気ともなれば、女子の就職難を量産する「ざる法」となってしまう。

また、フリーターという新手の働き口が正社員と無職の間隙を埋め、「食べること」と「自立」を多くの社会的弱者に可能にしている一方で、逆に、「食べられない」時に感じるはずの問題意識をもたない、気にしないといった社会的弱者への無関心症候群を生みだすのではないか。この政治的不感症は、構造的な問題を内面化するのではなく、他者化してしまう恐れがある。日本で現在、性労働に携わる多国籍の女性、あるいは、不法就労者などが、その格好のターゲットとなることは想像に難くない。とりあえず、「食べること」に困らなくなった日本人は、他人との差異化をはかるため、今度は「遊ぶこと」、「レジャー」のために粉骨砕身している。連日の報道も、遊交費欲しさの少女売春を取りあげている。この報道のヘテロ・セクシュアルな偏向性についてはここでは詳しくは論じないが、明らかにマス・メディアは、父権的貞操観念を前提に情報源を操作しているのであり、そのイメージの網に絡めとられていることに蒼き性の商品／商人達は気づかないのだ。

「貞操」という言葉は今や死語であろう。しかし、セクハラという観念が、この「貞操」観念のはらむ問題を公然と政治化し、「セクハラ」意識の政治的先鋭化が意気揚々と進むように見えるとき、父権的「貞操」観念の亡霊が新たな屍衣をまとって現れる。ここで指摘しておかなければならないことは、生田花世の問題意識が「食べる事と貞操と」と実に明確に表明されていたことである。彼女は「貞操の外に生きる」ことで、彼女を縛る父権制度の境界線を攪乱し、新たな自己成型を試みようとしたのだ。

ある意味で現代人はすでに「貞操」の外に生きている、というよりも、より流動的な「貞操」観念をもち、その境界線を自由に行き来している（と思っている）。しかし、「貞操」が理想化され、女の「宝」とも「財産」とも言われていた時代には、女性は自立するための職業と財産を永久に奪われていたのだ。大事なことは、生田が現実の「人形の家」に入ってしまうまえに、そうした「人形の家」を作りあげる、父権制の「貞操」戦略に気づき声をあげたことである。もちろん、現在の非常に多様なフェミニスト戦略からすれば、生田の自覚はほんの初期段階のものに過ぎず、強固な父権制と闘うためには不満足なものであるという批判もあるだろう。しかし、今まで自分を縛っていた、目に見えないイデオロギーの存在に初めて気づき、その外に新しい自己を形成しようと懸命にもがいた「女の悲鳴の中にある唯一粒の真実」に、改めて現在の自己の姿を映してみる必要こそあれ、それを軽んじることは決してできない。もちろん、「貞操の外」あるいは「貞操」という概念は、今ではあくまでも夢まぼろしにすぎず、「貞操」自体、流動化する性的主体が自由に出入りする単なる「場」に過ぎなくなっていることは自明のことではあるのだが。

2 一九一四年の日本とエリザベス朝イングランド

日本では一九〇五年に大国ロシアを破った後、一九一〇年には幸徳事件、日露協商、日韓併合と、近代化と軍国化が一気に進む。その年の五月には大逆事件、ハレー彗星接近とつづき、一一月には南極探検隊が出発している。そして、一九一二年には明治天皇から大正天皇の御世に移る。『青鞜』が発刊されるとともに、坪内逍遥の率いる文芸協会が、イプセンの問題劇『人形の家』を上演して大きな社会的な反響を呼びおこしたのは、そのような明治四四年(一九一一年)、九月のことであった。

問題劇といえば、『ハムレット』(一六〇一年頃)以降、シェイクスピアの一連の問題劇も時代の変わり目に創作されているのが気になる。「トロイラスとクレシダ」(一六〇二〜三年)、『尺には尺を』(一六〇四年)、そして、『終わりよければすべてよし』(一六〇四〜七年)とつづくといわれている。エリザベス女王は一五八八年にスペインの無敵艦隊を撃破した後、一六〇〇年に東インド会社を設立し、女王死後、一六〇三年にはジェームズ一世の治世となる。この時期には疫病が猛威を振るい。また、一六〇五年には月食日食が連続して引つづいて、人心の不安を煽った。この都市の一一月には議事堂爆破未遂事件が起きている。

このように見てくると、新世界の拡大と植民地開拓を押しすすめていったという政治的情勢において、エリザベス女王からジェイムズ王という絶対王政の流れと、鎖国のためほぼ三〇〇年遅れて目覚めた、明治天皇から大正天皇へという神聖政治の流れが議会政治との衝突の中で重なって見えてはこないだろうか。[7]

そして、唐突のように思われるかも知れないが、そのような時代のダイナミズムの一面を鋭く映しだしていると思われるのが、例の「貞操問題」なのである。もちろん、あまりにも大枠でとらえすぎていると、そして正確な時代考証を欠いていると、怪しむ向きもあろう。しかしここでは時空を超えたテクスト交渉の現在性を大切にしたいと思う。そして、もし主に女性に関して三つの横糸が、この時代の断面を切りとり、浮きぼりにするとすれば、それは、性・家・国家であろう。女性の身体は、この三つの横糸が時代の縦糸とともに織りなす模様、つまり、貞女/婦の絵柄を投影させられる聖/病の「場」であり、まさしくそれは一部の目覚めた女性達にとっては、いや、目を背けているほとんどの女性にとっても、「戦場」なのである。

時あたかも第一次世界大戦勃発直後の一九一四年の日本。当時のジャーナリズムは、ここから『青鞜』で火のついた貞操論争に飛びつき、各紙錚々たる論客を集め、特集を組んだのだった。まず、議論の火蓋は『青鞜』の安田皐月による激しい非難の声によって切られた。安田は女にとって「生きることと貞操と」は同義であり、全てでなくてはならないと説く。米のために貞操を売ることは娼婦と同じだと言われても文句は言えまい、女に対する侮辱だというのだ。しかし、そのように自身を貞操と一義に生きようとした女の後年は悲惨であった。子供を抱えて夫と別居した挙げ句に、箱根山中で自殺したのであった。

当時、童貞は男女の貞操と同義に使われていたが、議論は女性にとって処女や貞操にいかに価値があるかを論じたものから、久布白落実「貞操の観念と国家の将来」（一九一六年）や平塚らいてふの「差別的性道徳について」（同年）まで進んだ。久布白は、相思相愛の男女の神聖な恋愛のうちにこそ「深刻な意味の貞操」があり、「堅実なる貞操観念」のもとにある家、すなわちホームこそが「国の基」になると論じている。また、らいてうは女子だけを縛り男子を容赦する社会性道徳を、父権制における「男性の女性に対する所有欲の反映」であると述べている。

貞操・処女・童貞という用語は、これらの議論ではかなり混用されている。この事実は、それほど男性の貞操観念が低かった、あるいはなかったことを意味しており、貞操観念をすべて女性に押しつけ、男性は社会ぐるみで女性の貞操の管理者として機能していたことを表わしてはいないだろうか。父系の「家」制度維持のためには、まず、女は結婚まで処女でなくてはならず、それはすなわち結婚後の貞操尊守の徳目にもつながっていた。妻の不義は、姦通罪として、江戸時代には夫による成敗か死罪であった。そして、明治以来、姦通罪は刑法に明記され、これが消えるのは大正をへて昭和二二年、戦後に新憲法が発布された後であり、それにより、妻・夫にかかわらず「配偶者の不貞」として扱われるようになったのである。

『青鞜』の「新しい女達」の発言は、性の解放、肉体の解放を主張する急進的な運動とともに、当時の保守的な層と施政当局の道徳感にかなりの危機意識を与えたようである。折井によれば、「処女」意識の形成・高揚は、「女の務めを強調する女子教育の普及」と、「『家』制度の全国への浸透」の結果である。そして、「一九〇〇年ごろから地方改良運動の中で各地に『処女会』がつくられていき、内務・文部両省の意向を受けて天野藤男が中心となり、一九一八年には『全国処女会中央部』が設立された」のである。[8]

良妻賢母を掲げる女子大では、当時の貞操教育の名残か、乱れた世紀末の現代における良心の最後の砦として、輝かしく校訓として高く掲げられ唱えられている。しかし現在、これら貞操の問題を再考することは、過去を現在の、そして未来への鏡として見るためにも必要だと思われる。それは「貞操」という過去の死霊を現代に復活させることではなく、逆に多様な自己のあり方を肯定し、確認するための方便として、流動的に活用することなのである。

「貞操」と「娼婦性」の境界にたくましく生き、その軽やかな流動性を固定化しようとする様々なイデオロギーを逆に利用できるのだということに気づいた女性の一人が、生田花世であり、そして、『終わりよければすべてよし』のヘレナである。セクハラの被害者という意味において、生田は、『尺には尺を』のイザベラに最も近い。しかし、生田ならば公爵の力は必要とせず、兄の命を救うことを第一義的な要求としたであろう。そして、たとえ、直接的に加害者を処罰することはすぐには出来なくとも、まず、自分自身の意識が変わっている。しかし、イザベラは原田皐月と同様、「貞操」信仰の信者でありつづけるだろう。少なくともそうならないという確信を我々はもてない。

日本の女子教育はキリスト教の大きな影響下で始められたために、『青鞜』の新しい女達の「貞操」観にも、イザベラ的な要素が多分にみられるのは当然と言えるかも知れない。意識が変わらない限り、女性は公爵の掌の上の小鳥、人形の家の中の操り人形のままなのだ。その意味で、生田の「貞操の外」という考えや、ヘレナの「処女性は利用できる」といった考えに我々は注目すべきであろう。しかし、「処女性」、「貞操」といった観念が女性存在に一致するという神話が崩れ、性器そのものがパーツ化し、ポータブルなものになるという、サイボーグ・フェミニズムの意識化する世界はまだ遥か遠くである。「いろいろな部分的な同一化、部分的な模倣、そのある種のかりそめのまとまりとして個体といったも

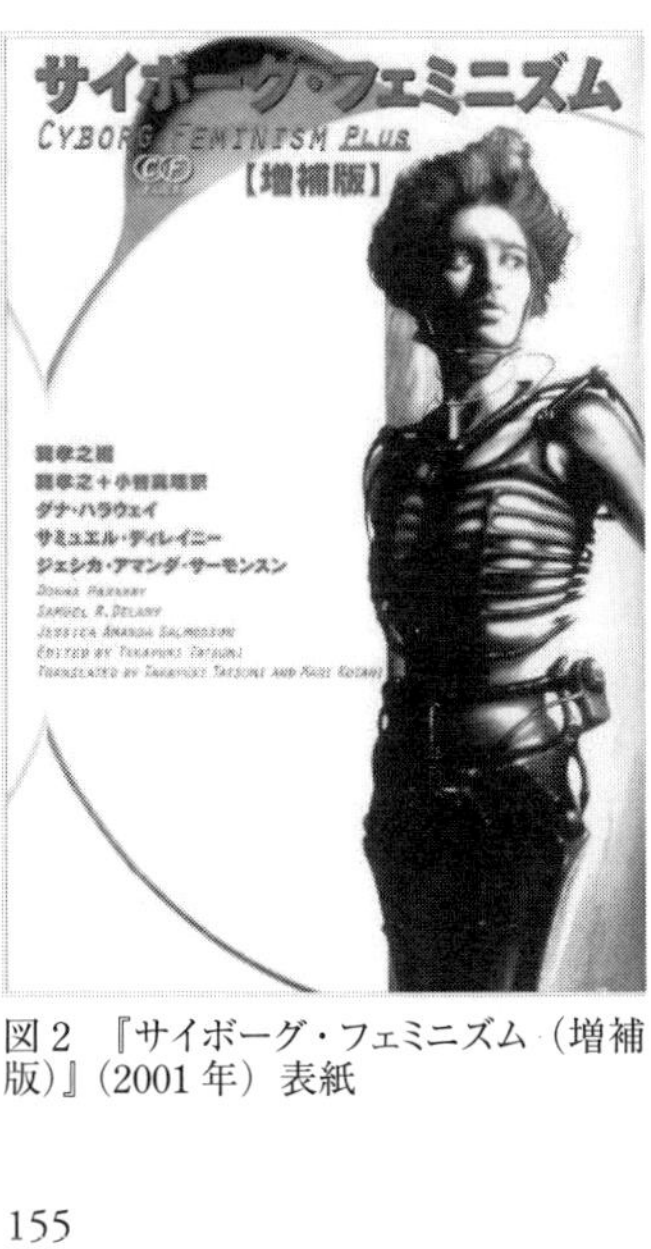

図2　『サイボーグ・フェミニズム（増補版）』（2001年）表紙

のがとらえられ」るとすれば、徹底した「快楽の活用と、欲望からの解放という戦略のさらに彼方に、ほの見えてくるもの」、それはわれわれが「そのようなハイブリッドな個体になっていくこと」かもしれない（図2）。[9]

3 『終わりよければすべてよし』の貞操観

女子教育のすべては、男性に関係づけられなければならない。（ルソー『エミール』（一七六二年））

教育ほど、たとえば人間の性を統制・支配しようとする家・国家的イデオロギーが明確に表われるものはないだろう。生田花世の「貞操」観は、当時の国家主義的父権制教育の産物であり、彼女の人生はそれとの戦いであった。『終わりよければすべてよし』においても、父権的貞操教育思想は芝居の重要な枠組みの一つになっている。そして、クローズアップされているのはバートラムとヘレナの貞操（観）である。たとえば、この作品を伯爵夫人による貞操教育の劇化としてみよう。すると、劇の終わりで彼女の二人の子供たちに対する貞操教育は本当に成功したといえるのだろうか、あるいは、成功といっても見せかけだけなのだろうか、という疑問が湧いてくる。大正デモクラシー期の「新しい女たち」の繰りひろげた貞操・処女・童貞の議論を絡めながら、この問題をさらに掘りさげて考えてみたい。大正初期の貞操・処女・童貞のボーダレス性、これは「貞操」のアーケオロジー的観点からみて魅力的な瞬間であろう。現代では、処女、童貞は生物学的に厳密に区別され、男女ともに使用可能なのは「貞操」だけである。『終わりよければすべてよし』は、父を亡くしたばかりの若い男女の父親探求の物語である。父は不在化されることにより、父権的徳目として二人に課される。芝居の中では、ベッド・トリック性交によりそれぞれの童貞性・処女性が捏造され、しかも、それは結婚という契約を済ませた間柄で行われることによって、不義ではなく貞操として意味付けされる。処女は「(家に処る女の意）未婚の女。未だ男に接しない女」であり、童貞は「未だ異性に接してないこと。また、その人。主として男子についていう」。このように『広辞苑』においても未婚・未経験は女のものとなっている。息子は宮廷に勤めるために家を出て、娘は家に残っていること、お互いに同じ家族の一員でありながら、血は混じってはいない他人である。核家族においては、この意味で、夫婦は唯一身内であると同時に他人である一対である。ヘレナとバートラムも、すでにみたように、他人であるどともに一つ屋根の下、兄妹（あるいは姉弟?）でもあった。この近親相姦的関係を夫婦関係に移行するためには、兄妹関係を父母の関係に変えなければならない。王を共通の父にすることにより、家族の契約を兄妹として象徴的に結び、そしてその上で、子供をつくり、父母となることによって彼らの父権的「家」教育は完成する。王は、最終的にヘレナが「妻の立場」を、ダイアナが「処女の身」を保てたことを喜び、芝居を次のように締めくくる。「ともあれ、全ていいように思える、もし終わりがこのように結ばれるならば、苦労は過去のもの、もっと歓迎すべきは楽しいことだ。」

この「思える（seems）」が「終わりよければすべてよし」のもつブラック・ボックスを暗示していることは重要である。王の台詞にみられるこの最後のぶれこそ、この芝居が「騙し絵」として機能していることを示すサインなのである。隠蔽されている問題と、隠蔽する問題が巧妙に重ねられる瞬間である。このブラック・ボックスをベッド・トリックとのみ見るのは早計に過ぎよう。たとえベッド・トリックが、主体、性差のみならず様々な境界侵犯の場として、危機的共犯性を強烈に有するからといっても、そのトリックは、劇の冒頭からすでに仕掛けられている。貞操という概念の括弧入れ作業がそれである。

＊

とあるフランス貴族の邸宅。喪服の貴族達が登場してくる。われわれは、故伯爵夫人が、夫との死別につづき、息子を王のもとに送りださなければならないことを嘆いているのを目にする。わが息子にそして自らにそれぞれ亡き夫と父の姿を重ねて悲しみを新たにする親子を見て、その息子を迎えにきた王の側近の老貴族がこう慰める。「伯爵夫人、王はあなたにとって夫となられましょう、そして（バートラムに）あなたにとっては父上と」。

穴のあいた家族の座は埋めなければならない。亡くなった父親の代わりには、息子が成長するまで、王が後見人としてすえられる。ファミリー・ポリティクスの存在がはっきりと介間見られるのはこういった隠喩のレベルである。王という存在がこのように（ある）家族において、「夫」として、また、「父」として記号化され組みこまれていくところから、この芝居は始まる。もちろんこの王という存在自体、すでに二つの身体、つまり、「政治的身体」と「自然的身体」という二重の記号性をもつと考えるならば、ことはそう簡単ではない。

『終わりよければすべてよし』などという陳腐なタイトルをもった芝居が父親の死後から始まるのは、理由のないことではないだろう。損失補填の物語、などといえば聞こえが悪いが、要するに、開いてしまった穴を誰がどうやって埋めるのかという物語と考えれば最も基本的な構図は見えてくるだろう。そして、われわれの目の前に提示されるのは、誰がその穴を開けたかではなく、誰がどの様にしてその穴を埋めていくかの物語である。穴はすでに開いているのだ。

ところで、冒頭のシーンに戻ると、老貴族の口から、父親代わりとして若い伯爵を後見するはずの王の病状が、おもいのほか悪いことが語られる。それを聞いて伯爵夫人はそばにいる娘の父親であり、名医であったジェラル・ド・ナルボンのことを思いだす。この王の病気を直せたであろうと思われた医者もすでに亡くなっていた。二人目の父の死は、間接的にではあるが、一人目の父の代理役を果たすはずである三人目の父としての王をも、死の縁に引きよせていた。一方、ここで突然王の病名が明かされることになるのだが、どうも様子が怪しい。つまりこうである。若い伯爵は王の病名をそれまで全く知らなかった。

老貴族、ラフュー卿はその瘻《ろう》(fistula)という病名を告げた後に、口止めするかのように次のように一言つけ加え、その後すぐに話題を亡くなった医者の娘の方にかえる――「あまり世間に知られたくないものです (I would it were not notorious)」。

ここで使われている単語notoriousは、当時は宗教的・政治的な罪や恥ずべき行為・事実に使われることが多かったようである。[10] 恥じる理由がないのならば、伯爵もすでに知っていたはずである。王の病気は隠され、秘密にされなければならなかったのだ。ここで病名を知った医者の一人娘は、のちに家伝の治療法で王のその忌まわしい不治の病を直すことになる。その娘ヘレナの父親も六ヶ月前に亡くなっているが、不思議なことに母親の話は一度も触れられない。まるで、単性生殖で医者の父親から生まれ、母親から汚れを引きつがないで、純粋に教育のみによってその誠実さを育んできたといわんばかりである。[11]

母代わりとなっている伯爵夫人が言うとおり、ヘレナの場合は、「才能は汚れを知らない (simpleness) だけに、いっそう優れている」のである。重要なことは、この代理母は、教育の効果を汚れた心 (unclean mind) をもつ人間にも認めつつ、そのような者にとって優れた能力は、「長所 (virtues) であるとともに反逆者 (traitors) でもある」と結論していることである。オックスフォード版の編者スーザン・スナイダーはこの simpleness に「(生来の悪徳と) 混じっていない」という注をつけている。生まれと育ちがどちらも大切だというのだ。このことは、直後の自分の息子への祝福の台詞にも顕著にみられる。「神の祝福をお前に、バートラム、そして、その姿同様に振る舞いにおいてもお父様そっくりであるように。お前の血筋と美徳が競いあってお前を支配し、お前の善良さを生まれもった権利と分かち合いますように」。

要するに、父のように立派になれということなのである。このようにして、ヘレナは女であり、父そっくりにはなれそうにもないので、父の能力と善性を受けつぎ、それを彼女の処女性として前景化する。バートラムは逆に、父の鏡像化としての成長を望まれる男子として前景化される。しかし、ヘレナは自分の父の顔ではなく、バートラムの顔だけを自分の胸に想いいだいていることを独白する。そして、その処女性をもちつづける限り、バートラムは「雌鹿」にとっての「雄ライオン」、目が覚めれば消える夢、はたまた「偶像」のようなものだということに、ヘレナは気づいている。

性、病、そして戦争はこの芝居の三大キーワードである。もちろんこれらは、すでに挙げた家 (族)・国家のイデオロギーに支配されてはいる。しかし、これらのイメージの力は人間の精神のみならず肉体に関わる浸透性、侵食性、そして崩壊性の高さから、同時に家・国家イデオロギーへの抵抗の場ともなりうる。キャリバンの「呪う力」に匹敵する力をもつもののひとつとして、ここでは「貞操」あるいは「処女性」が考えられるかも知れない。

性・病・戦争の三要素が全て出そろうのは、宮廷に出かけるバートラムに供として従うパローレスとヘレナの間で交わされる、有名な処女議論の場である。この場がなければ、ヘレナは一生処女のままだったかもしれないし、王の病気も直ることなく、バートラムは帰郷して結局、状況は以前と変わらなかった可能性が高い。つまり、この議論が触媒となってヘレナの潜在的能力を引きだす、あるいは野心に火をつけたのではないかということである。失われた父親とその役割の補完・引きつぎが、この芝居の縦軸となっていることはすでに述べた。この縦糸に、性・病・戦争という三要素が、横糸よろしく大団円に向かって「家族・国家」芝居という織物を紡いでいっていると、考えると分かりやすいであろう。もちろん、縦糸には、父と息子や娘の問題だけでなく、家族を構成する他の重要な要素として、母と息子や娘の関係、妻夫あるいは、愛人の問題まで関わってくるのは当然である。それでは、まずこの処女論争から性・病・戦争といった横糸をより分け、先ほどの縦糸に絡ませながら、具体的にみていきたいと思う。処女の図像をめぐる策謀がそこには張りめぐらされているはずだ。

4　ヘレナと平塚らいてうの貞操論

女は処女を出来るだけ高く売らなくてはならない。そのためには、いつ、どこで、誰に、どのように売るのか、最適なタイミングを慎重に選ばなければならない。それこそが、処女の真の価値である、と『青鞜』で平塚らいてうは言っていた。貞操教育という処女信仰とその延長としてのアイドル信仰やメイド・カフェなどのサブカルチャー、あるいはその反動としての売春行為などの若年齢化は、現代における長年の日本人の（性）道徳教育の歪みをあからさまに映しだしている。

未婚の処女ヘレナは、若き伯爵バートラムに片想いをしている。ヘレナはバートラムへの恋がいかに身分違いの恋かを、独白の中で、「天上に輝く星との恋愛や結婚」にたとえたり、自分を「ライオンと連れ添いたいと望む雌鹿」にたとえてみたりしている。「私の恋の野心」、それはわが身を苦しめる「偶像崇拝のような想い」なのだろう。

しかし、そのロマンチックな処女が後に非常に聡明かつ抜け目のない大人の女に変身する転機ともなる瞬間は、そのロマンチックな独白を文字どおり遮ってやってくる。それは彼女が、「有名な嘘つきで、大変な馬鹿で、とんでもない臆病者」と見抜いている男、パローレスである。劇作術において登場人物の命名は、その名を名乗る者のイメージのネットワークを織りなす重要な作業である。シェイクスピアは、原作には登場しない人物像、すなわち、伯爵夫人、ラフュー卿、パローレス、そしてラヴァッチを創造したのみか、主役の名に重要な変更を加えている。それがヘレナである

（原作ではジレッタ）。ヘレナといえば、すぐにトロイのヘレンが思いうかぶ。そして、劇中、何度かあからさまに脇役がそれに言及する瞬間がある。そのひとつが、このパローレスとヘレナの初めての出会いの場である。「ご機嫌よろしゅう、淫売の女王様（fair queen）！」「ご機嫌よろしゅう、脳梅の王様（monarch）！」という挨拶は、処女と軍人の会話において、レトリックとして別の次元からの解釈が可能であるというサインを、観客の言語・記憶中枢に無意識下に伝えるであろう。

伯爵夫人が道化に侍女のヘレナを呼びにやらせた時、道化の歌うバラッドはまさにトロイのヘレンの数奇な運命を想起させる唄である。

この美しい顔が原因だったのとか、彼女は言う。
ギリシャ軍がトロイ軍を攻めほろぼしたのは？
愚かなことだ、愚かなことよ。
これがプライアム王の歓びだったのか？（一幕三場六七～七〇行）

このあと、ヘレナはパリに赴き王と自分の処女の身をかけて取引をすることになる。そしてついに王の病を完治させるという賭けに勝ったヘレナは、王の寵愛の的となるとともに命の恩人となり、好きな夫を選ぶ権利を獲得する。しかし、ラフュー卿がヘレナを王に紹介するときの口ぶりは、パローレスの時以上に彼女の処女性に対して思わせぶりである。「ご自分のご病気（infirmity）を直したくはないのですか」という自分の問いかけに対し、王が「思わぬ」と言うのを聞くと、ラフューは次のように答える。

ラフュー：ほう、この王さまキツネは
ブドウを召しあがりたくないと？　いやいや、
酸っぱくはないりっぱなブドウですから、王さまキツネのお手が届きさえすれば、召しあがるでしょう。
私はある医者 (medicine) を見つけました。石にも命を吹きこみ、
岩をも生かし、陛下にさえも、陽気に元気にドンチャカ踊りを
踊らせようという名医です、
そのものが手に触れるだけで、ピピン王もよみがえり、
シャルルマーニュ大帝もペンを手にして、
彼女あてに恋歌をかくでしょう。
王：なにものだ、その「彼女」とは？
ラフュー：ドクターですよ、その彼女とは！（二幕一場六八～七八行）

オックスフォード版の編者スナイダーが指摘するように、'medicine' は治療薬とそれを扱う医者の両方を指すことが可能である (OED, sb. 1 and 2)。ここでは、苦い薬の比喩から、生命力、特に精力を回復させる力へと比喩が移るにつれて、治療の主眼は、治療主、しかも女性の医師の性的魅力そのものへと移行している。スナイダーの挙げる聖書中のダビデ王の例にもあるように、観客は、若い女性の性的魅力が病身の王を癒し、その精力と同時に統治力も回復できると信じた古代の治療法を思いだしたことだろう。特に、ヘレナを初めて王の御前に引きあわせるときの次のラフューの台詞は、そのあからさまに性的なニュアンスから、観客の笑いをとったことは疑いない。彼女自身はそれをうまく利用したつもりであるが、ヘレナの運命はその名によってかくも笑いものにされるのだ――「あなたは謀反人の顔つきをしておるが、このような謀反人を陛下は恐れはしまい。わしはクレシダの叔父のように、二人きりにしてさしあげましょう。」（二幕一場九五～七行）。王はヘレナに対しては「美しい娘 (fair one)」、「処女 (maiden)」、「優しい娘 (kind maid)」、「美しい医師よ (sweet practiser)」と呼びかけながらも、最後にはヘレナが「若さ、美しさ、知恵、勇気など、人生の花盛りにあるものが幸福と呼ぶ全てのものを備えている」ことを認める。いよいよ王が奇跡的に死から生還を果たした姿を見たときのラフューの台詞である。

ラフュー：オランダ人のいわゆるルースティーク、男盛り、といったご様子だ。私だって歯が抜け落ちぬうちは若い娘の方が好きだ。いや陛下もあの娘とコラント踊りを踊ることがおできだろう。
ペーローレス：なんてこった、あれはヘレナではないのか？
ラフュー：神かけて、そうだろうな。（二幕三場三八〜四二行）

この一連の台詞は『トロイラスとクレシダ』の不実なクレシダ像を想起させる目的があるようだが、バートラムに捧げるはずの操をヘレナは王に売りわたしてしまったのか、と観客は感じるだろう。

『トロイラスとクレシダ』においてはヘレンの商品価値が議論の的となっていた。ヘレンはシルクかパールか、つまり、人妻というすでに汚れて価値の落ちた商品なのか、それとも、それ自体永遠の美しさと輝きをもち、所有者に名誉を与える商品なのかということである。クレシダは常に実在のヘレンと比較されていたが、同様に、ヘレナも同名の伝説的ヘレンと重ねられている。しかし、クレシダが、その不実と娼婦性においてヘレンと重ねられるのに対し、ヘレナは、その貞節と処女性の類似が強調されている。どちらもヘレンのもつイメージの二律背反性は免れないものの、現実的皮肉の度合いは『終わりよければすべてよし』の方が桁外れに大きい。トロイラスが誠実な恋人のまま終わる『トロイラスとクレシダ』に対し、『終わりよければすべてよし』ではバートラムが不誠実だと言い切れないばかりか、劇中のヘレナが貞節な妻であることも疑いきれないからである。彼らの誠実さに対する判断は一時保留され、観客の意識はその曖昧さの原因となった権威・権力の所在である父権制や、そのもとにつくられた法律自体を問題化する方向に向かう。

自分の家のただの石がダイヤに化け、それを無理矢理買わされた男が、真珠でなければいやだといって、真珠を買いに行くのだが、結局のところ、真珠に化けた石を買ってしまう。真実を知った男は結局その石を一生大事にする。その石こそ、男の欲望を知り尽くしたヘレン、男の欲望の鏡なのである。その石の欲望とは男の欲望を知り尽くし、それを操ること。石の欲望を単に従属的欲望といって表面的平等を標榜し、男と石の差異を抹消することは意味がない。石が、石だと思っていたものが、女であった、あるいはそれは男かも知れない。最低限でも、個々人・物の差異により生まれる、性的だけではなく社会的欲望が権力を生みだしまた結びつける様を、そのポリティクスとエコノミーの諸層において虚心坦懐に見据えて行動する必要があるだろう。『終わりよければすべてよし』におけるヘレナの成功は、人間が、ポリティカルであるとともにいかにエコノミカルな生き物であるかをわれわれにまざまざと見せつけてくれる。ヘレナはいつでも役者が一枚上なのである。

ヘレナの処女性はパローレスとの議論以外では、まさに、ベッド・トリックの状況と同じく闇の中に残されている。ヘレナにとって最も高く処女性を売るとすればそれはいつ、だれにか。バートラムにだろうか? いや、バートラムにとっては、ヘレナの処女性などは、侍女としての価値以上のものではなかっただろう。実際、王の命で結婚してからは、妻としての役割、つまり、夫の子供をもうけることが至上命令であり、処女であったかどうかは問題にされていない。翻って考えるに、このようにヘレナの処女喪失の具体的状況が隠蔽されなくてはならない理由は何であろう。ヘレナがバートラムを自分のものにするためにまず考えたことは、バートラムの父ともいえる後見人である王の力を味方につけることであった。そのためには王の死の病を直さなければならない。もし、そのために彼女の処女性を賭けなければならないことになっても、それで望む夫が買えれば安いものではないかと。

血統の象徴である指輪の授与と子孫の懐妊という父権制存続のための二つの条件は、父権制度下の妻を形成するための十分条件であった。ヘレナは常にこの制度の裏をかく。まず、家族制度の権威の処在である父としての王の権威を自分のものとする。そして、父・王の力により、息子・伯爵であるバートラムを自分の夫にする。しかし、夫が、妻を母にすること、言いかえると自ら父になることを拒んだとき、ヘレナはまたもや男性に性的主体性と自由が与えられている結婚制度の裏をかく。正当な妻の座という法的立場を盾にして、夫の愛人の床を奪いとり、闇にまぎれて子をもうけ、指輪も手に入れるのだ。父権制は男性の性的欲望を基盤にしており、女性を子造り機械として「家」に閉じこめる。その裏をかくために、ヘレナはまず巡礼になることを口実に「家」を出る。そして、自らを死んだことにして名を消して、亡霊のように肉体だけ夫の愛人になりきる。

父権制において父が(息)子に対してもつ強権と、夫が妻に対してもつ強権が、それぞれ矛盾を見せることにより、かえってその権威そのものを浮きぼりにする様相を『終わりよければすべてよし』はみごとにドラマ化している。しかし、ヘレナは決して自立する女としてのヒロインにはなれないだろう。彼女の主体性は、自らをできるだけ無化し、奇跡の処女神と売春婦の二面性のもつ矛盾した存在として男性の欲望を映す鏡となることによってのみ発揮されるのであり、そうなって初めて彼女が自らに最高の値を付与することが可能となったのである。かくして、美のパラゴンとしてのトロイのヘレンの悲劇は、みずからの処女（性）に最も高い売値をつけるという偉業を達成した歴史的女傑の一人として、観客の脳裏にだけではなく、『終わりよければすべてよし』ということわざを冠した極めてエンブレム的な舞台の上で繰り返し再現されることになる。

おわりに

最後に、らいてうの驚くべき啓示的書記について触れておこう。それは、『青鞜』発刊に際して序として付けられた小論「元始女性は太陽であった」である。禅的無の勧めが現実的な奇跡としてなされ、そこで提出される有機的思考法は現代のエコロジカル・フェミニズムの先駆をなしている。ヘレナは家を出て、巡礼に出て、一度死に永遠の命を得て復活する。そこには驚くべきエコノミーとポリティクスがみられる。性と戦争のレトリックが重なる時、いかに夫の無駄な砲弾が他の標的を撃つのを防ぐかということ、それは妻の役割である。エコロジカルなメッセージを伝えるために、ヘレナは自らを無にして教えたのだ、地球の自然とともに生きた女性を再生するために。

ヘレナはそのとき太陽に戻ったことを証したのだ。王を照らす太陽は、バートラムをも照らす。その先まで、シェイクスピアは書いていない。そのあとは、ヘレナの後継者たちが受けつぐはずだ。それは、G・B・ショーが言うように近代のノラであり、『青鞜』の新しい女達であった。

ヘレナといえば、すこし昔のジェニファー・リンチ監督の作品『ボクシング・ヘレナ (Boxing Helena)』（一九九三年）という映画が思いうかぶが、『タイタス・アンドロニカス』で両手と舌を切りとられたラビニアを彷彿とさせる「ヘレナを箱詰めにする」というタイトルは、象徴的というには十分怖いタイトルである（図3）。それは性的魅力をふりまくヘレナに恋した外科医の男性が、彼女の遭遇した交通事故に乗じて自宅に監禁し、さらに両足、それに両手を切断する

図3　『ボクシング・ヘレナ』（1993年）映画ポスター

ことで、彼女を自分だけのものにしようとする身勝手なストーリーである。もちろん、そこには社会的には恵まれながらも、母親の愛を受けなかったため極度の潔癖症と女性恐怖症に悩まされる青年医師が、その歪んだ欲望を夢に見ることにより昇華していく過程も描かれている。男の夢の中では舌を切りとられなかったヘレナが、そのおかげで罵るだけでなく和解と愛を語ることもできたのである。ロックとグレゴリオ聖歌を融合させたエニグマの曲「サッドネス」は、女性の魅力をさらに神秘的で謎めいたものとするのに一役買っている。

『ボクシング・ヘレナ』は上映当初にはずいぶんフェミニストたちを刺激したようであるが、逆にいえば、過去も現在もヘレナたちは男たちをそこまで強迫観念的に追いつめてしまうほど「自由」なのかもしれない。しかし、結末について言えば、この現代の『じゃじゃ馬ならし』は、酔っ払いのスライが夢心地にみる劇中劇と同様に、はかない絵空事として終わるのだろうか。現代社会はギャンブルに強いものだけが生き残る弱肉強食の市場原理主義によってまるで証券取引所かカジノと化している。名誉などというものの価値が道徳価値を失い、すべて金銭に換算可能な価値観にその座を譲ってしまって以降、現代のヘレナたちは単なる等価交換の対象としてその姿を刻々と変貌させながらも、経済的自由主義を謳歌しているように見える。それに対して、いまだ古典的父権制の呪縛にとらわれている現代のバートラムたちは相変わらず途方に暮れるしかない。なぜなら、彼らにはヘレナを「家庭」というボックスに閉じこめる以外に、自らの「名誉」を守る手段がみつからないのだから。

第六章

島村抱月改作『クレオパトラ』（一九一四年）のロケーション

――混血と同化、矛盾の政治学

はじめに

日本は、現在、数々の内外エスニシティ問題に直面している。韓国を例にとってみても、〈従軍慰安婦〉問題から〈竹島領土〉問題、そしてそれらに関連するさまざまな〈歴史認識〉問題など課題が山積している。[1] これに、「在日」問題、外国人労働者移入の問題なども加わる。日本が、欧米を中心とした先進諸国だけでなく、中東から近隣アジアにいたる国々と、これからどのような関係を結んでいくのかという課題は、〈戦後レジーム（体制）からの脱却〉を目指す現在の政局において、私たちが何度でも新たに問いなおさなくてはならないアクチュアリティを孕んでいる。世界が多国籍企業型資本主義に覆われつつある現在、再び浮上してきているのがナショナリズムの問題系である。いまや、多様な経済ネット上を、ネオコロニアリズムやネオ・ナショナリズムが、ボーダーを越えて拡散している。この一見ボーダレス（あるいは、グローバル）な地図上に、私たち〈日本人〉は、ジェンダー、階級や人種を問題にしながら、どのように地域的（ローカル）な問題として、ネーション（民族・国民）の〈境界線〉を引きなおしていくことができるだろうか。[2]

山之内靖は、〈システム論〉の視点から、戦時動員体制のもとに再構築された国民国家体制が、日本の戦後システムの基礎となっていると論じている。そして、アルベルト・メルッチやヘイドン・ホワイトを援用しながら、〈新しい社会運動〉について次のように語っている。これから私たちに必要とされるのは、「社会システムの中心に未だに働いている近代の原理そのものが生みだしている諸問題にいわば美的な観点から疑問符をつけ」ていくことである。そこでは、フェミニズム運動さえも、そのような〈新しい社会運動〉を構成するひとつの要素とみなされる。つまり、私たちは、すでに「美的感覚に基づく運動が政治的意味を持つ」時代に生きており、また同時に、「近代以来の我々の生活スタイルを根本から問い直すという次元にきている」のだ。[3]

1 〈美女・悪女〉の流行

映画界やファッション界を初めとするアート・メディア界では、スーパー・モデル、あるいは〈魔性の女〉を扱った、いわゆる〈美女・悪女〉スタイルはいつの時代も流行の先端である。[4] しかし、その〈魔性の女〉の元祖としては、エジプトの女王クレオパトラにおいて勝るものはないだろう。一般に、〈クレオパトラ〉という記号はオリエンタル・イコンとして流通しており、二〇世紀末をすでに乗りこえ、私たちは再び〈クレオパトラ〉とさまざまな〈他者〉をあらわす記号との出逢いを目撃・回顧できる位置にいる。しかし、今日問題にしなければならないのは、そのような〈出逢い〉を創出する、私たちの〈眼差し〉そのものである。

姜尚中は、〈在日〉という自らの立場を脱構築しながら批評するという難しい視点を維持しつつ、今の日本社会の現状に次のような不安を表明している。つまり、ポスト・バブルとアジア経済圏の急成長が、日本に新たに「アジア回帰」の方向を誘引している現在、「脱欧（米）入亜」が「脱亜入欧（米）」に代わる選択肢として論じられる風潮が復活しつつある。「日本はアジアの一員か。この古くて新しいテーマが蒸しかえされ、日本の国民的アイデンティティが、国内政治の変化とリンクされながら問われようとしている」。姜氏が指摘するように、明治末期に白鳥庫吉と後藤新平が軸になり、「コロニアリズムとオリエンタリズムが手を携えながら厖大な知と権力のシステムを産出していく端緒」を切りひらいて以来、日本は、戦後いくども反復される近代のアポリアからまだ自由になってはいない。日本近代の矛盾した歴史的要請に答えるために発明されたのが、東洋史学という「学問的言説」であった。東洋史学とは、「近代化をとげながら同時にオリエンタルという客観主義的なカテゴリーから逃れ、しかも同一性を保ちつつアジアに対してオリエンタリズムの文化的ヘゲモニーを行使する」ために白鳥らが開拓した、歪んだ「知の形態」であった。[5]

それでは、「日本の東洋」というアポリアは、今日の日本の〈第三世界〉に対する差別的な眼差しの中に、パブリックなものとして〈記憶〉され、再び呼びおこされるべく仕組まれているのだろうか。例えば、岡真理氏は、私たちが自分たち自身の〈眼差し〉を再検証しなくてはならないことを示唆していた。確かに欧米社会においては、〈第三世界〉の女性たちを極端に〈犠牲者〉扱いすることにより、その社会を〈抑圧的＝野蛮な社会〉として表出するイメージが、ステレオタイプとして、「〈人権〉や〈フェミニズム〉を標榜する言説のなかで拡大再生産され」るという一面がある。しかし、それはまさに日本社会においてこそ自覚されるべき問題なのである。ポストコロニアルな現代の社会状況において、私たち〈日本人〉が〈西洋ヒューマニズム〉を、ましてや〈西洋フェミニズム〉を無批判に受容するならば、それはまさに日本が文明開化以降、欧化改良政策の大義のもとに行った帝国主義・植民地主義の過ちを、新しい〈文化的装い〉のもとに、無〈意識〉的に反復することになるだろう。

事実、日本においては、〈クレオパトラ〉をめぐる植民地言説と〈他者〉記号をめぐる一連の民族言説との関係認識は、いまだ不可視の領域にある。〈クレオパトラ〉と別の〈他者〉記号が〈交雑〉するモメントがあったと仮定すると、その言説地理をどのように地勢学的にマッピングできるであろうか。また、コロニアル・イコンをめぐる知の形態はどのようにして発明されたのか。植民地表象とオリエンタリスト的な女性表象は、日本の帝国主義イデオロギーが文化的ヘゲモニーを形成する過程で要請され、結果的に、両者が結びつくことになったのであろうか。それとも、すでに、形式として、西洋型帝国主義が有していたものを、日本的植民地主体の〈範型〉として再利用したのであろうか。この二つの〈記号〉、そして、二つの〈民族〉の混交・分離の議論を整理するため、本稿では、以下、これを〈混血と同化、矛盾の政治学〉として考察していくことになる。[6]

日本の植民地オリエンタリズムの地勢学にとって、〈朝鮮〉という植民地は、まさに日本の〈オリエント〉であった。アジア大陸に拡大膨張しようとする大日本帝国にとって、それはまるで恋人のように、生命線であるとともに不安材料でもあった。しかし、植民地としてのオリエントを、女性のイコンによって表象する記号操作の西欧的な〈起源〉は、オクタビウス・シーザによるエジプトの女王クレオパトラの征服にまで遡ることができる。このようなクレオパトラの征服は、ひとつの美的形式として、植民地主義的オリエンタリスト言説において何度も繰りかえされることになる。

ここで問題にしたいのは、柄谷行人がマルクスやグラムシ、それにアルチュセールを援用しながら論じているように、「ある哲学的な形式が、新たな文脈において反復され、新たな意味を獲得している」という問題である。[7] 例えば、〈シーザー主義〉が〈ボナパルティズム〉に、そしてその「ナポレオン思想」がヒットラーの「第三帝国」に反復されたと考えられる。柄谷が指摘するように、「日本の場合、明治維新は、古代の天皇親政の復古であると考えられ」、その復古＝代理・表象のもとに国民＝国家が確立された。そして、一九三〇年代のファシストの言う「昭和維新」は、「明治維新の反復、あるいは徹底化を意味」し、そのような戦前の天皇制ファシズムも基本的には〈ボナパルティズム〉の反復である。そして、その形式は、一九九〇年代の世界的諸現象においても反復されている。[8] しかし、このように〈シーザー主義〉の歴史的反復が論じられるとき、必ず付随しながらも、その関係性が常に不可視の問題領域に置かれてきたのが、すでに取りあげてきた〈クレオパトラ〉の問題系なのである。では、それはどのような形式で、どのような領域で反復されてきたのか。

シーザー＝ローマ帝国によるクレオパトラ＝エジプトの征服は、帝国主義だけでなく、キリスト教の〈始まりの神話〉の位置を占めることになる。[9] それ以来、植民地表象のジェンダー化は伝統的にキリスト教西欧社会のものとなった。日本は近代欧化政策の幅広い文化事業の中でそのような西洋の伝統を〈接ぎ木〉し、反復・強化し、自国文化の〈改良〉に役立ててきた。「植民地帝国日本」の異民族支配は、一九四五年にピリオドを打つことになるが、その範囲となると、台湾をはじめとして、朝鮮、サハリン南部・関東州・南洋群島、東南アジア、そして、「満州国」というように広範囲に渡る。[10] なかでも朝鮮は、〈クレオパトラ〉というジェンダー化されたコロニアル・イコンとの相互関連性が高いと思われる。それを検証するには、朝鮮の植民地表象だけでなく、植民地帝国日本が、国際的帝国主義秩序のなかでどのような位置を占めていたかを合わせて検証する必要があるだろう。その際、一九一〇年の「日韓併合」がひとつのメルクマールとなるだろう。

その「日韓併合」は、強力な日英同盟を背景に行われた。日本は、対外膨張のために大英帝国やフランスの植民地政策を参考にする一方で、その西欧植民地文化を支えるオリエンタリズム装置をも吸収し、利用することを忘れなかった。その一方で、植民地帝国日本は、〈東洋〉を代表するものとして、自らのナショナリズムを立ちあげていったのである。フランスのアルジェ、あるいは、アイルランドを初めとして、インド、エジプトなどに対するイギリスの植民地主義的な他者像は、ステレオタイプとして当時の日本の文化において急速に拡散していった。その際に、特に、英文学の移入が、一種の教育装置となりオリエンタリズムの強力な受け皿とも、媒介ともなったことを忘れることはできないだろう。つまり、アニア・ルンバが言うように、「英文学の輸出は、大英帝国がアジア・アフリカでイデオロギー的覇権を確立するための決定的要素であった」。そして、「英文学は戦略的に植民地教育に利用され、スピバックの言葉を借りるなら、『第三世界』の国際化に一役買ったのである」。[11]

「韓国併合」に関していえば、その植民地化は、明らかに〈矛盾〉した文化的コンテクストにおいて強行されている。つまり、当時の日本では、西洋並みに〈人権〉や〈女性の権利〉の〈普遍性〉が主張されてはいたが、それは近隣のアジア諸国を民族的に差別しながら〈同化〉する政策と共存しうるものでしかなく、結局は、日本の植民地言説を補強する役割を果たしてしまった。〈東洋の日本〉を標榜する言説は、この点において、〈英文学〉のテクストを最大限に活用しているといえる。つまり、〈英文学〉は、日本の〈同化政策〉の矛盾を吸収する教育システムとしての役割をも担っていたのである。進化論的文明化の波は確実に日本を〈第三世界〉としてのアジア、東洋から脱却させ、西欧植民地帝国の一翼に加わる方向に押しやっていた。

では、このような植民地帝国形成下の日本において、〈クレオパトラ〉言説は、どのような役割を果たしたのであろうか。駒込武は、「同化」（あるいは「皇民化」）の定義をより精緻にすることにより、日本の「帝国主義的な膨張の過程にナショナリズムの自己否定の契機」が見いだせるという。[12] 本章でも、〈クレオパトラ〉表象の問題に重心をおきながら、そのような契機を明らかにしていきたい。

〈クレオパトラ〉は日本の文化の中にいつどのような言説を形成したのであろうか。その特徴が顕著に現れるのは、明治後期から大正前期にかけて、特に大正三年、西暦一九一四年頃ではないか。ちょうど〈新しい女〉たちが活躍していた時代に、大衆文化に浸透した〈新しい〉女性像のひとつとして、クレオパトラのイメージがあった。〈クレオパトラ〉は、まず一義的には、世紀末的なファム・ファタル＝〈運命の女〉として受容された。しかし、世紀転換期に現れたこの〈新しい女〉=〈運命の女〉のイメージが大衆の意識に刷り込まれたのは、何よりも、〈近代〉の新しいメディアを通してであった。近代演劇、近代小説、映画、レコード、新聞、雑誌、それに博覧会といった新しいメディアが〈近代〉の日本人に、〈普遍的〉な〈日本国民〉のイメージを植えつけていく一方で、極めて民族意識の高い〈美人〉像、あるいは〈新しい女〉像を流布するのに貢献した。包括的な〈国民〉像の形成と、エスニック的な差異に基づく差別化が、戦略的にジェンダー化されたオリエンンタリズムとコロニアリズムの〈矛盾〉の政治学によって展開される。それは、〈純血〉と〈混血〉、〈差別〉と〈平等〉、そして〈同化〉と〈差異化〉の混在する、エロチックかつ魅力的であると同時に私たちに恐怖と不安とをかきたてる地平である。帝国主義のはらむ欲望と矛盾が、グローバルかつローカルに噴出した一九一四年という年に、日本も植民地帝国としてさらなる対外膨張をはかろうとしていた。〈クレオパトラ〉という主題は、そのような植民地主義的契機においてどのように立ちあがってくるのだろう。

2 〈一個の偉大なジプシー〉としてのクレオパトラ

美学は肉体の言説として誕生した。（テリー・イーグルトン『美のイデオロギー』）

クレオパトラが美女であるとすれば、彼女はいかなる美を体現しているのか（図1）。また、クレオパトラが悪女であるとすれば、彼女はいかなる悪を体現しているのか。そして、その死は何を意味するのか（図2）。シェイクスピアは、エジプトの女王クレオパトラを、色の黒い〈ジプシー〉女として表象した。そのイメージは、日本で初めてクレオパトラを舞台にあげることになった島村抱月によっても受け継がれている。しかし、抱月は、近代劇にふさわしく、クレオパトラを〈一個の偉大なジプシー〉としてイメージした。近代初期に創造された、クレオパトラのこの

図1 「クレオパトラ」ダニエル・デュコマン・ドゥ・ロクレ作 1852~3年 マルセイユ美術館 フランス

〈ジプシー〉表象は、以後、帝国主義の発展に伴うオリエンタリスト言説において反復され、その強度を増していったと考えられる。国民国家体制の強化は、エジプト〈起源〉とみなされた放浪の民と、自〈国民〉の差異化の上になりたっている。進化論に基礎をおいた世紀末文化において、〈新しい女〉と同様に〈ジプシー〉女は、文明の衰退、あるいは民族の退廃、退化の兆候として解釈された。〈クレオパトラ〉の美や悪を表す記号は、この植民地主義と帝国主義がオリエンタリズム言説において交差する領域に浮遊するシニフィアンとなる。

「美のイデオロギー」を論じるにあたり、イーグルトンは、十八世紀の半ばに〈美的なもの〉という用語が「物質性と非物質性の区別」を強化した事実を強調している。つまり、ドイツの哲学者アレクサンダー・バウムガルテンの『美学（アエステテイカ）』（一七五〇年）が「感覚という分野の全体を開拓」することにより、「感覚を理性による植民地化」の対象にした。この時、「美的認識とは、理性の普遍性と感覚の特殊性を媒介するものにほかなら」ず、また、美的表象は「混合的」な様態を呈する。しかし、それは、「多様のなかの統一を達成」した「一篇の詩」と同じく、「合理的思考に開かれ」た「美的統一性」を有している。そこで必要とされる「理性の特殊な形式もしくは語法」が美学なのである。バウムガルテンによれば、美学は男性である論理学に従属するべき女性、「姉妹」であり、言い換えれば、「感覚の領野」を「確定的な表象へと秩序づける」務めを与えられた、「女性的類似物、低次の理性」なのである。

図２　「クレオパトラの死」アッキーレ・グリセンティ作　1878~9年　ブレシア市立美術館　イタリア

　このような言説として生まれた「美学」は政治的権威に対する異議申し立てなのか。イーグルトンは、あくまで美学を「絶対主義的権力に内在するイデオロギー上のジレンマの徴候として読」むことを主張する。ここで見られるような美的形態は、グラムシのいう意味での〈ヘゲモニー〉と呼べる。つまりそれは、「それぞれの感覚が相対的自立性を十分に発揮しうるようにしておきながら、なおかつ、それらの感覚を内部から統御しそれらに浸透することを可能にする形態である。このようにして、〈美的なもの〉はすぐれて「矛盾に満ちた、二律背反的な概念」となるのである。「純粋に解放的な力」と「内面化された抑圧」の両面において、〈美的なもの〉は、中産階級の政治志向にふさわしい最高度のヘゲモニー効果を提供する。しかし、もちろん、この〈美的なもの〉が「危険で多義的な事象である」可能性はいつも付随している。イーグルトンは、そこにある種の〈衝動〉、あるいは、「美的なものを書き込む権力に反発しようとする何かが肉体のうちにある」という事実を見る。[13]

クレオパトラの美というものを考察するに当たって、ひとつ言えることがあるとすれば、それは、ここでイーグルトンが提出している〈美的なもの〉の領域に関わるであろうということである。官能的なエジプトの、つまり〈オリエント〉のジプシー・クイーンとしてのクレオパトラが、〈美的なもの〉の言説のなかに記号化され再統合されたとき、それはすでに、ひとつの〈美のイデオロギー〉となっている。〈美のイデオロギー〉としての〈クレオパトラ〉を、日本の近代文学においていち早く取りいれたのは、夏目漱石である。石原千秋は、『虞美人草』（明治四十年六月から十月にかけて『朝日新聞』に連載）を「博覧会の世紀」への入口に位置づけているが、この作品は確かにイーグルトンの言う〈美的なもの〉の領域を開拓している。つまり、『虞美人草』というテクストを支配しているのは、「金時計の象徴する父の名」さえも脱構築してしまう、「別嬪」、「自由」、それに、「博覧会」という近代のイデオロギー装置なのである。[14]そして、何よりも、主人公の藤尾自身が、〈クレオパトラ〉という〈美のイデオロギー〉を体現し、「美的なものを書き込む権力に反発」する「危険で多義的な事象」そのものとなっている。この明治四十年（一九〇七年）の『虞美人草』というテクストの登場から、さらに七年後の大正三年（一九一四年）に、〈クレオパトラ〉はついに作品の〈顔〉として大正民衆文化の表舞台に上がることになる。[15]

澁澤龍彦は『世界悪女物語』の中で、「悪女とはなにか」と問い、それに「さしあたって、ここでは、美貌と権力によって悪虐のかぎりをつくした女性、あるいはまた、愛欲と罪悪によって身をほろぼした女性と考えておけばよいだろう」と述べている。[16]そして、紀元前一世紀のクレオパトラから、ナチス幹部の妻マグダ・ゲッベルスまで約二十一世紀間にわたる悪女の系譜を一二人に代表させているが、それはまた、ローマ帝国に始まり、ドイツ帝国に終わる西欧帝国主義の系譜とも重なっている。クレオパトラが悪女の〈起源〉として語られるとき同時に呼びだされるのが、帝国主義、あるいは植民地主義という名の亡霊であることは明らかだろう。

では、日本にはそのような〈悪女〉はいないのだろうか。澁澤は、東洋の悪女としては、唐の高宗の后則天武后をあげているだけである。強いてあげるとすれば、「日本にも北条時政の後室であった牧の方や日野富子をはじめ、毒婦として有名な鬼神のお松、高橋お伝、雷お新、生首お仙、妲妃のお百などといった犯罪者の系列」がなくはない。しかし、日本には、「男性を顎でつかい、一国の運命を左右するほどの輝かしい悪事を積み重ねた、堂々たる女傑」は見つからないようだ。

日本の〈悪女〉を、〈美人〉も一括りにして文字どおり「小粒」な「犯罪者」に格下げしてしまう澁澤のような見方がある一方で、たとえば、明治から大正にかけて数百人にのぼる『美人伝』をまとめた人物がいる。それは、長谷川時雨（一八七九〜一九四一年）である。長谷川は、まず、自ら「美人劇作家」として活躍し、その後、美人伝の執筆や、昭和三年創刊の文芸総合誌『女人芸術』の刊行を精力的に行い、〈新しい女〉としての本領を発揮した人物である。その長谷川自身が、唯美主義的な〈美女〉観を表わしている一節がある。

美は一切の道徳規矩を超越して、ひとり誇らかに生きる力を許されている。古来美女たちのその実際生活が、当時の人々からいかに罪され、蔑すまれ、下しめられたとしても、その事実は、すこしも彼女たちの個性的価値を抹殺する事はできなかった。かえって伝説化された彼女らの面影は、永劫にわたって人間生活に夢と詩とを寄与している。[17]

このような〈美〉観の霊源となっていたのは明治天皇の妃である美子皇后であったと長谷川は述懐している。その言を借りれば、明治の才媛・美人たちは「平安朝の後宮」に例えられ、なかでも、「日本の国土の煌きの権化」である「明治聖帝」に寄り添う妃は、「桜さく国の女人の精華」として「稀に見る美人」であったという。明治の世に生まれたことを「何時もほこりにしている」長谷川は、まさに、明治皇后を永遠の美神として、天皇イデオロギーのなかに「伝説化」する言説を創造したのだ。

日の本は天照大御神の末で、東海貴姫国とよばれ、八面玲瓏の玉芙蓉峰を持ち、桜咲く旭日の煌く国と呼ぶにふさ

わしく、『竹取物語』などの生まれるのもことわりと思うのであった。（同上）

明治から昭和の初期にかけて、このように美子皇后を頂点とする美女たちは、そのほとんどが、華族出のお姫様か、花柳会出身の芸妓たちであった。名士紳士たちは、政界、財界、法曹界、それに学者や芸術の世界にいたるまで、社交場の華とすべく競って名妓たちを正夫人の座に据えたのである。澁澤のあげた〈悪女〉の典型は、ある意味で、この日本の「近代美人」たちにも当てはまる。悪虐の報いとして最後には身を滅ぼすことになる「世界の悪女」たちと同様に、実は、日本の「近代美人」にも、自殺や情死によるスキャンダルが数多くあり、伝説となっている。しかし、おそらくこれも、明治天皇の後を追うように亡くなった明治皇后や、明治天皇に忠誠を示して夫とともに自決した乃木将軍夫人を頂点として、父性への忠誠を神話化する〈美人〉言説を補足・強化する物語の一部となっている。

〈新しい女〉という呼称は、元来イギリス世紀末のニュー・ウーマンに起源をもっている。[18] しかし、〈美女〉や〈悪女〉の系譜として神話の体系に組みこまれる時、〈新しい女〉は、突如として、その〈美的なもの〉の日本的〈起源〉を獲得することになる。ここにもひとつ〈美のイデオロギー〉再編制により〈国民国家〉としての〈日本〉が立ちあげられる契機が見られる。そうすると、ここで、いわゆるナショナリズムの問題として、〈美人〉、あるいは〈悪女〉言説をとらえる必要性が見えてくる。日本的ナショナリズムの契機としての〈クレオパトラ〉。〈運命の女〉としてのクレオパトラ像が、西洋のオリエンタリスト的幻想によって形成されて来たことを指摘すること自体は、エドワード・サイードを経てきた私たちにとって難しいことではない。最近では、ルーシー・ヒューズ‐ハレットやメアリー・ハマーらが、クレオパトラの優れた社会文化史的な研究を行っている。[19] しかし、日本において、クレオパトラの受容史ばかりか、文化史はもちろん、ポストコロニアルの観点からみた文化研究はまだ、ほとんど見ることができない。[20] もちろん、ここで、私は、単なる文化的受容史を意図しているわけではない。本稿の主題は、〈クレオパトラ〉言説の編成プロセスにおいて、近代日本のコロニアリズムとオリエンタリズムが孕む〈矛盾〉が、〈美のイデオロギー〉として顕在化する契機を探ることである。そして、近代ナショナリズム批判とともに現代に蘇るネオ・ナショナリズムの拡大に警鐘を鳴らすことである。

3 〈美人〉の時代としての大正三年（一九一四年）

大正三年（一九一四年）は、いわば〈美人〉の時代であった。当時の文化メディアを覗いて見れば、絵画、演芸から、美容、医学、経済、犯罪事件にいたる社会の領域まで、まさに〈美人〉論が複製時代の曙において、時代の顔となっていたことに驚くだろう。〈美人〉イデオロギーは、オリエンタリズムとコロニアリズムの錯綜する言説のネットワーク上に機能していた。また大正三年は日本でクレオパトラが大流行し、社会現象となった年でもある。[21]この年は、もちろん第一次世界大戦が勃発した年として記憶されていることだろう。しかし、日本において一九一四年は、文化史的には遅咲きの世紀末文化の終結点とみる見解もある。[22]また、同時に、社会的には上野大正博覧会の開催された年として、そして、政治的には、日本が対アジア侵略の帝国主義・植民地主義のレールに乗って、軍事国家への認識転換と、〈知〉の制度化を確実にしていった年でもある。平塚らいてうに代表される、いわゆる〈新しい女〉たちも、この世界大戦を起点として、世紀末的な〈運命の女性〉像から、愛国的な〈軍国の母〉像へと、自らの表象を塗り代えていくことになる。

いわゆる〈美人〉言説で明ける大正三年という年は、世界大戦勃発を挟んで、〈クレオパトラ〉言説の強化とともに暮れることになる。たとえば、この時代のマス・メディアとして、文化的ヘゲモニーを強力に媒介したのは、いうまでもなく新聞であろう。試みに、この一年間に全国の新聞紙上、〈美人〉イデオロギーに直接・間接に荷担しているとみられる要素を拾いだしてみる。（特に本章に関連する「新しい女」や抱月・須磨子関係の記事には＊を付した）

＊カフェーの女（一・一　都）
＊新しい女問答（一・一　都）
医学上より見たる歴史上の美人　富士川游（一・一　東日）
＊男性美論――男性美は強大なる生命の表現　嶋村抱月（一・一　大毎）
＊舊き女と新しき女　竹下竹翠（一・三　中外）
岡山の女（二）大隅伯の美人論（一・五　山陽）

＊新しい女―性欲の念少し（一・一五　北陸タイムス）
美人記（一）――近頃の美人を選むならぽん太を随一に推す（一・二二　東日）
美人記（二）――江戸芸者の面影を今に見る新橋の秋香（一・二三　東日）
美人記（三）――婦人美は胸と臀部にある、夫れを邪魔する日本の帯（一・二三東日）
美人記（四）――軽装が一番美しく見せる、裸体美には條件がつく（一・二四　東日）
美人記（五）――写真美人は美人でない、目も鼻も大きいがよし（一・二五　東日）
美人記（六）――重ね写真で振った美人、北国は雪やけの難がある（一・二六　東日）
美人記（七～一一）――容姿美の研究（一～五）理学士　田邊尚雄氏談（一・二七～二・一　東日）
＊硬生活と軟生活――「島村抱月氏の態度を疑う」　平出修（二・一　読売）
＊女優問題――日本における女優の将来？（一）給料を上げて遣れ　小山内　薫（二・三　時事）
＊女優問題――日本における女優の将来？（二）、精神修養が第一　嶋村抱月（二・八　時事）
＊新しい女は美しい――女性美は肉體のみでない（二・二八　大阪時事）
大正博の美人國――女看守の三美人（上・下）（三・三～四　東日）
北陸線の魔性美人――夜行の三等客は注意せよ（三・三　北陸タイムス）
＊女同士夫婦で兒を産む――婚姻無効の訴訟（三・六　大朝）
大正博の美人國――赤のれんの三美人（三・一三　東日）
大正博の呼物――（「美人島」・「裸体の人形」）（三・二五　東日）
＊須磨子のカチューシャ　秋聲（読売　三・二九）
流行は野蛮に傾く――半裸体の婦人風俗（三・三〇　長崎）
富山美人の研究（四・二九　北陸タイムス）
美人島に閉場を命ぜよ――卑猥風俗を乱し残虐人道を無視す（五・七　読売）
＊抱月氏排斥運動の再燃――例に依て例の如し（六・二一　読売）

日独混血兒の大詐欺（六・二七　大朝）
大正博散々記（「南洋館と美人島」）（七・九　東朝）
男が女になれる（七・一〇　やまと）
雑婚と出産数（七・一八　東朝）
名古屋美人論　法学士　佐久間松次郎（七・二九　北陸タイムス）
＊カチュシャの唄——凄じい流行と教育者の驚愕（七・三〇　樺太日日）
流行兒——カチューシャの松井須磨子嬢（八・一　二六）＊
婦人と時勢——中流人士の堕落・自然主義と相待て・蛇の如く慧かれ（一〇・九　読売）
＊抱月と須磨子＝全盛の須磨子丈＝権威の無い抱月氏（一〇・一〇　国民）
＊抱月と須磨子＝口中の臭い須磨子＝美少年吉田幸三郎（一〇・一一　国民）
＊抱月氏に與ふ——人道と社會の痛ましき問題として（一〇・一四　東朝）
＊抱月夫人終に家出す（一〇・一五　東毎）
＊抱月と須磨子＝島村家の悲劇＝＝抱月破滅の日（一〇・一八　国民）
＊「クレオパトラ」と「剃刀」（上・下）久米正雄（一〇・二八〜九　時事）

これら関連記事の題目からだけでも、この大正三年という年に、上野大正博覧会を中心としてすでに述べた〈美のイデオロギー〉がグローバルな領域からローカルな領域まで、〈知〉のネットワークを張りめぐらせているのが見てとれるだろう。それぞれの要素に詳しく言及する余裕はないが、〈生命〉主義の時代と呼ばれるこの時代に、肉体的言説として始まった〈美学〉は、同時に女性の言説として〈美的なもの〉ものを統一し、その〈矛盾〉の相のもとに再編制を試みることになる。[23]

この分岐点ともいえる一九一四年における、クレオパトラの流行は何を意味するのか。私がこれから試みるのは、一九一四年の日本という時間・空間的ロケーションが、〈クレオパトラ〉の表象において交差させる様々な言説のネットワークを浮かびあがらせることである。〈クレオパトラ〉という記号は、現代の〈私たち〉により、西洋のオリエンタリストたちが引いたジェンダー／人種／階級の境界線を、ポストコロニアルな視点から再び引きなおすための〈場〉として再領有されることになるだろう。しかし、それがあくまでも様々なレベルの境界線自体を問題化するためのひとつのプロセスに過ぎないことは言うまでもない。〈クレオパトラ〉、あるいは〈クレオパトラの物語〉は、M・ハマーがその「序文」で指摘するように、西洋文化において「起源神話の重荷」を背負っている。また、それは、優れて帝国主義的・植民地主義的な「倒錯の偶像」であると同時に、コロニアルな主体を形成するのに有効な文化装置でもある。[24] 一九一三年を中心とするヨーロッパにおけるクレオパトラ・フィーバーも、その直後に勃発した帝国主義大戦の徴候であったとするならば、一九一四年の日本における同様の熱狂に、私たちはどのような国民国家的情勢を見ることができるであろうか。大正時代における大衆文化の爆発的展開には、文化・通信メディアの急激な発達が深く関わっている。[25] とすれば、まず〈クレオパトラ〉という記号がどのような知のネットワークに乗って当時の大衆文化に拡散していったかを検証することが必要になるだろう。〈日本・人〉という〈国民国家〉（ネイション・ステイト）概念の成立と、コロニアルな主体の形成を問題にするに際し、〈混血〉と〈同化〉の概念がキーワードとなる。また身体的なメディアとしての演劇は、進化論的・文化人類学的言説を背景に置いてみると、〈クレオパトラ〉表象の政治学においてどのような役割を担っていたと言えるだろうか。

　日本でクレオパトラが舞台に乗せられるのは、大正三年（一九一四年）に上演された、島村抱月改作『クレオパトラ』が最初である。これは、シェイクスピアの『アントニーとクレオパトラ』をクレオパトラ中心に改作したものであり、芸術座主催により帝国劇場において、十月二十六日から六日間上演された（図3、4、5、6、7、8、9、10、11）。[26] 女優松井須磨子を看板に掲げたこの芝居に対して劇評は総じて低調で、興行自体も目ざましいものではなかった。大正三年の松井須磨子と言えば、同年三月『復活』の上演以来、「カチューシャの唄」の全国的流行により、人気は絶頂に達していたはずである。『人形の家』や『復活』に対しては、比較的好意的だった劇評家たちが、『クレオパトラ』に対しては、一様に嫌悪と苛立ちの感情を示していることは興味深い。例えば、抱月の翻訳改作『クレオパトラ』と同時上演で人気を博した『剃刀』の中村吉蔵監督は、次のように述べている。

図5　女王宮殿内の場面『クレオパトラ』帝国劇場　大正3年10月　芸術座興行

図6 女王宮殿の1室の場面『クレオパトラ』帝国劇場　大正3年10月　芸術座興行

図3·4　女王クレオパトラに扮する松井須磨子『クレオパトラ』帝国劇場　大正3年10月　芸術座興行

> 『酔馳せる』基調の大劇場向の沙翁原作『クレオパトラ』が抱月氏の手で改削され更に氏自身の実生活を暗示するやうに近代化されて上演されることとなった。クレオパトラの大ジプシー型の性格を、須磨子の小ジプシー型の性格の上に、縮写的に活現させようとする自信を以て、氏が自ら此を撰定したのであった（『芸術座の記録』より）[27]

そして世間の評価は、皮肉にも須磨子のクレオパトラよりもむしろ舞台意匠の素晴らしさに向けられ、役としては『剃刀』のお鹿のほうが高く評価され評判にもなった。ノラやカチューシャ、あるいはオフィーリアやサロメ、それにマグダも人々の注目を引き、問題提起と同時に大きな反響を呼びおこした。しかし、私たちはクレオパトラ像を通して、大正知識人や大衆の異質というより過剰な〈期待と不安〉を読みとることができる。もちろん、世紀末的な〈運命の女〉像という点では他の女主人公達と共通するものをもちながらも、この〈クレオパトラ〉というキャラクターはさらにアンビヴァレントな対立感情を喚起する。このアンビヴァレンスのポリティクスは当時の日本がとっていた植民地主義の政治学とどのように関わっているのだろうか。

『リア王』と同様に『アントニーとクレオパトラ』の上演が容易ではないということがしばしば批評家たちによって指摘されている。[28] しかし、それは劇のテクストが上演行為自体により、美

図7・8・9・10　女王宮殿大広間の場面『クレオパトラ』帝国劇場　大正3年10月　芸術座興行

図11　楽屋における女優松井須磨子

学としての悲劇の政治性を一層表明せざるを得ないような構造をもっていることによると考えられる。そのようなもののひとつとして、アンビヴァレンス、あるいはパラドクスの政治学があげられる。自ら美学者であり自然主義の擁護者であった抱月も、シェイクスピアの作品を改作するにあたってこの政治学には十分意識的であったと考えられる。しかし、ここではまず『クレオパトラ』の上演が、当時不評であった理由を、以下の二つの点から考えてみたい。まず、抱月と須磨子の率いる芸術座の大衆化路線の芝居のなかでも『クレオパトラ』の度を越した表現に、卑俗であるという非難が集中したことである。もうひとつは、この芝居がシェイクスピアの本文を大幅に改作したものであることに対する反感である。[29]この二点は、日本の演劇が近代化・西欧化していくプロセスにおいて、一九一四年がひとつの転回点となっていることを示している。つまり、芝居の大衆化や、翻案・改作に対する保守反動が、ナショナリズムの意識の強化とともに起きているのである。翻案から翻訳へ、また芝居から映画へといった流れを背景に、大正の自然主義は文化的・社会的な〈現実〉を表象するようになる。この社会事象と文学事象との境界線が曖昧になりつつあった時代に、競うように〈美的なもの〉の領域に整理統合されていったのが、近代的な〈新しい女〉であり、〈魔の女〉だった。

世紀末、自然主義、近代リアリズム、大衆化、そして、〈魔の女〉といった主題群が織りなす大正三年という時空間は、同時に帝国主義的な〈国民〉の鋳型で、〈日本人〉の主体を形成しつつあった。それは〈日本〉の地図が近隣アジアに拡大し、包括的な主体化装置として、どうしてもハイブリッドな混合〈国民〉概念を想定せざるを得ない時代・状況だったのではないか。一方、エジプトの女王としての〈クレオパトラ〉は、オリエンタルな〈美人〉の典型であった。そして、この〈クレオパトラ〉という記号は、コロニアル・サインとして二重の役割を課せられていた。それは、西洋に対して日本が同一化すべき女性性の象徴であると同時に、東南アジア諸国に対しては、〈他者化〉する植民地主体の範型となることである。さらに言えば、〈クレオパトラ〉は、多民族という〈混血〉状態を、〈同化〉という〈美的〉幻想効果により隠蔽しようとする、植民地主義言説の文化的イコンであった。

クレオパトラは美女である。では、彼女はいかなる美を体現しているのか。クレオパトラは悪女である。すると、彼女はいかなる悪を体現しているのか。シェイクスピアはエジプトの女王クレオパトラを、色の黒い〈ジプシー〉女として表象した。そのイメージは日本で初めてクレオパトラを舞台にあげることになった島村抱月によっても受け継がれている。しかし抱月は近代劇にふさわしいようにクレオパトラを〈一個の偉大なジプシー〉としてイメージした。近代初期に創造されたクレオパトラのこの〈ジプシー〉表象は、以後、帝国主義の発展に伴うオリエンタリスト言説において、反復されその強度を増していったと考えられる。国民国家体制の強化は、エジプト〈起源〉とみなされた放浪の民と自〈国民〉の差異化の上に成りたっている。進化論に基礎をおいた世紀末文化において〈ジプシー〉女の表象は、〈新しい女〉と同様に、文明の衰退あるいは民族の退廃・退化の兆候として読みとられた。〈クレオパトラ〉の美と悪はこのコロニアリズムと帝国主義が、オリエンタリズム言説において交差する領域において、浮遊するものであろう。〈一個の偉大なジプシー〉という表象は島村抱月にとって演劇の大衆化のための手段であると同時に、彼の美学の象徴でもあった。抱月は、「相対人格と絶対人格」を論じるなかで、「人間の最後の目的は絶対人格である」と言いきっている。[30] 抱月によれば、ジプシーガールの性格とは、「純情的であって、冷酷と熱情との外何ものもない」、「一般に女性の欠点とせられて居る嫉妬愛情等の塊」であり、近代文芸においては、その「性格を有りの儘に描き出す」必要がある、という。そして、松井須磨子は、抱月の造形する〈運命の女たち〉を「有りの儘に」演じる、日本初の近代女優であり、また、自ら自立した〈新しい女〉であった。クレオパトラも、そのような世紀末的な仮面のひとつに過ぎなかった。しかし、クレオパトラをエジプトの女王として、いや、エジプトそのものとして舞台に上げるとき、おそらく、時代の眼差しは〈クレオパトラ〉という表象の政治性を見逃しはしなかった。須磨子のクレオパトラが〈一個の偉大なジプシー〉として一九一四年に芸術座の舞台に立つとき、たとえばそこには〈博覧会の眼差し〉があった。[31] 舞台をエジプトに固定し、クレオパトラの自殺をクライマックスとするテクストの近代リアリズム的結構は、クレオパトラを〈一個の偉大なジプシー〉として絶対的に個別化する。しかも、クレオパトラは、ジプシーの〈原型〉として、あるいは〈起源〉としてのエジプトと同一化され、考古学的、文化人類学的、言語学的、さらに進化論的分類を受けることになる。[32] つまり、クレオパトラはエジプトと回顧的に固定化されることによって分類記号としての「ジプシー」とされ、流動化されてさらに大きなコロニアル・イデオロギーの中に吸収されることになる。このような〈個別的な全体化〉の政治学は、近代の文化が博覧会のように構造化されていることを例示していると言えるだろう。

以上のような前提から始めることにより、大正の女性表象の問題は当時の文化・メディア論に開かれることになる。

佐々木英昭は、'The New Woman' という名称を初めて表紙に掲げた雑誌として明治二一年に創刊された『日本新婦人』を挙げている。佐々木によれば、この〈新婦人〉という用語は「その直後に押し寄せる国粋主義化とそれに伴う良妻賢母主義の波に呑まれ、日本語としては忘れ去られ」るけれども、大正八年に、平塚らいてうが市川房枝とともに〈新婦人会〉を結成するとき、図らずもそのイデオロギー性が命脈を保っていたことを明らかにすることになる、といういわく付きの呼称である。そして、この〈新婦人会〉と対照的に、「一般大衆の語彙に浸透して行った」のが〈新しい女〉という言葉であり、この〈新しい女〉という呼び名は、日本では明治四三年七月に、坪内逍遥が大阪市教育会の講演で用いたのが最初と言われている。[33]

佐々木は、この〈新しい女〉に属する女たちを、さらに二派に分ける。その一派は、「『人形の家』（四四年九月初演）に主演した松井須磨子によって代表される女優の群」である。そして、もう一派は「奇しくも『人形の家』初演と同じ月に創刊された『青鞜』に集った女たち」に代表される「実生活上の騒動によって〈新聞雑誌〉を賑した生身の女たち」である。佐々木は、大正七年の須磨子の自殺を、夫の殉死に従う「古い」女のタイプである乃木将軍の妻、静の殉死の系列に組みいれている。また、らいてうに関しても、昭和に入って母性保護や優生保護思想を奉じることにより結局は国家・軍国主義に取りこまれてしまうことを指摘している。しかしながら、佐々木は、〈新しい女〉の〈逸脱〉の他者性をいとも簡単にナショナリズムの枠組みに取りこんでしまうことで、自らの保守的なイデオロギー性をも暴露してしまっている。私たちは、〈新しい女〉現象を理解する上で、それを安易に、「古い」という既存の分類項に回収してしまう弊は避けねばならない。そうではなく、この〈新しい女〉の表象プロセスにおいて大衆化と国民的主体形成がどのような関係を結んでいるかを浮かびあがらせていく必要があるだろう。例えば、禅学令嬢と呼ばれた平塚らいてうと〈魔の女〉松井須磨子を結びつけるために、〈同化〉と〈演技〉という二つの概念に共約性をみていくことができるだろう。

松井須磨子は、明治四四年に逍遥主催の文芸協会第一回公演でオフェイリアを演じて以来、ノラ（明治四四年）、マグダ（明治四五年）と立てつづけに主役を成功させる。そして、婦人運動の流行にも乗り、一躍新しい女優としての地位を獲得した。しかし抱月と須磨子は男女交際を禁ずる規約に反して逍遥の文芸協会を退会し、大正二年七月に芸術座を創始する。そこで須磨子は、モンナ・ヴンナを始めとして、サロメ、エリーダ（大正三年）、そしてカチューシャといった抱月のいわゆる〈ジプシー女〉のタイプを演じることになる。そしてこの〈ジプシー女〉の〈起源〉として、〈エ・ジプシャン〉女王クレオパトラの登場となるのだ。

しかし、すでに述べたように須磨子の演じるクレオパトラの劇評はことさら厳しかった。その理由のひとつは、図らずも日本の古典芸能的女性像の規範を逸脱したものとして見られたという点である。つまり、クレオパトラを「高等淫売」と見る〈高等な〉評者たちは、須磨子のクレオパトラに対し、例えば「女王としての品格が足りない、「言葉に甚しい野卑な句節」が混じっており、「余りに現実的である」などと酷評を浴びせかけた。[34] それは、高級芸者を範とするこの日本の古典的な文化コードを逸脱する部分であり、第一に崇高な悲劇の美学と結びついた、審美的な階級意識を撹乱する近代俗物的要素である。このような世俗性こそが、他の芝居では、たとえばカチューシャの須磨子として、彼女を大正大衆文化のイコンとして残すことになった要素であった。しかし、『クレオパトラ』に関して言えば、エジプト起源のジプシー性が浮かびあがらせるのは、評者たち自身の保守的な美的階級意識と、帝国主義に刻印された、ジェンダー／人種差別の意識ではなかったか。

『クレオパトラ』が不評だった理由の二番目として、シェイクスピアの原作をイプセン仕立てに〈自由改作〉したことが考えられる。明治維新以来、日本は西洋の知識・文芸を移入すべく多大な努力を傾けていた。大正初期にはいまだ原語至上主義が根強く残っており、翻案や改作だけでなく翻訳ものも大衆向けとして一段低く見られ、自力創作に至るまでの改良・進化のプロセスに過ぎないとみなされていた。

例えば、抱月の上演姿勢に〈個別化・断片化〉の傾向を見るだけでなく、坪内逍遥にも〈正典化・全体化〉の傾向を見るならば、そこにお馴染みの典型的な〈ポストモダン文化の風景〉を発見することになる。抱月版『クレオパトラ』は、現在に至るまで日本演劇史のみならず大正文化史あるいは日本のシェイクスピア研究においてもほとんど無視されているという現実がある。これは明治・大正期以来、文学研究におけるオーサー＝オーソリティの統合・排除システムが持続的に効果を発揮しつづけていることの証左であろう。しかしながら、八〇年代のニュー・ヒストリシズム批評以降、近年のポストコロニアリズムやカルチュラル・スタディーズといった文化批評への流れは、さらにフェミニスト批評との新たなる接合の可能性において、われわれに抱月のテクストをすくいあげる契機を提供してくれるように思われる。

例えば、個別化と全体化の葛藤を、植民地主義言説における、差異化・他者化と混血・同化の、対立・共犯関係の問題にまでずらすポストコロニアルな戦略がある。それは、〈クレオパトラ〉という記号を取りまく言説自体を再コンテクスト化することでもある。そして日本的主体を諸言説内に位置づけるにあたり、どのような思想圏が知的前提として存在し、また主体による文化的解釈自体が社会的・政治的力関係との間でいかなる交渉を行ってきたのかという問題を考察すること、いわゆるポストコロニアル・モーメントにおいてわれわれが『クレオパトラ』に再会することが重要となる。

4　抱月の『クレオパトラ』

ナイルの岸に咲く百合の
花より赤きエジプトの
王と妃の恋ものがたり。
こよいは月も冴えたれど
心に秋の露おちて
故郷なつかしローマの空よ

これは、抱月の言う「愛の悲劇」の主題をエロスが世俗的かつロマンチックに導入している部分であるが、私たちはここにコロニアル・パラドクスの変奏曲を聞くことができる。植民地言説において〈同化〉という装置の作用を測定するために、まず人種と国家の同一化が肌の色のシンボリズムとどのような共犯関係を結んでいるかを考察してみたい。

クレオパトラは女王として、劇中、エジプトと同一化されて表象される。クレオパトラ自身も、「此のエジプトを妻に」と言っており、またアントニーはクレオパトラを「ナイルの美しい蛇」あるいは「ナイルの美しい百合」と呼んでいる。また、エロスもエジプト女性のアイラスに「ローマ国と云う恋人が待っている」と言う。もちろん、ここで「ローマ国と云う恋人」とは「名誉」に象徴される男性同士のホモソーシャル・ボンドであり、オクタビアに代表される家夫長制的徳目（ヴァーチュ）のことである。そのローマにとって、クレオパトラこそオリエンタルな〈他者〉であるエジプトのシネクドキーである。しかも、ローマとエジプトの関係はイノバーバスによれば、「世界を支配するローマの歴史が女王の化粧刷毛で赤にでも青にでも絵どられて了う」と説明される。これは、「ミイラ取りがミイラになる」という諺のように、「ローマの英雄もエジプトに来れば皆女王の奴隷に過ぎない」と言うほどのクレオパトラの〈魔の魅力〉を示している。それでは、そのように魅力的なクレオパトラはどのようなカラー（色／口実）により表象されているのだろうか。

まず、「ナイルの岸に咲く百合」と言えば、たとえばアフリカ原産の Gloriosa simplex という赤いつる百合を思いうかべることができる。エジプトでは百合は上エジプトのエンブレムでもあったが、それは、また、ヘブライ、ユダ族、下ってはキリスト教のエンブレムともなっている。[35] そこで使われている赤という色は、劇中、基本的にエジプト人の肌の色を形容するのに使われていることを指摘しておかなければならない。赤は一般に欲望や豊饒、愛や戦い、そして罪といったイメージを幾つも喚起する。しかしここで注目すべきは、赤の〈過剰な〉シンボリズムを付加されるのが、「エジプト」だけでなく「王と妃」自身とその「恋ものがたり」であるという事実である。アントニーとクレオパトラはエロスの〈修飾〉の刷毛により、そのエジプト性を〈過剰に〉強調されている。これは一種の民族的〈同化〉のレトリックと見ることも可能だろう。なぜなら、このオリエンタリズム的他者表象のディスコースではまさに〈エロス〉こそが、その基底原理となっているからである。

『クレオパトラ』の〈同化〉レトリックは、〈自然〉を越えてアントニーとクレオパトラを赤く染めていく。抱月版『クレオパトラ』は、ドライデン風というよりイプセン風にシェイクスピアの『アントニーとクレオパトラ』を改作したものである。シェイクスピアは、元来マケドニア系のクレオパトラをはじめて黒人として表象していた。クレオパトラは、支配者として初めてエジプト語を修得したり、エジプトの女神イシスを自称したりするなど、エジプト支配のために自らをエジプトに〈同化〉させる努力を惜しまなかったと史実では語られている。シェイクスピアはそのようなクレオパトラのエジプト人への〈同化〉のプロセスを黒人化により表現したのである。英国の王政復古以降の改作・上演史ではクレオパトラは白人として表象されている。特に、ヴィクトリア朝にいたるまでアントニーとクレオパトラは白人貴族・中産階級の理想の夫婦像として肖像画化されることになる。典型的なオリエンタリズムがドメスティック・イデオロギーにより美徳として取りこまれたのである。抱月は、それをどのように改作したのであろうか。

クレオパトラは、シェイクスピアによってしばしば〈パラドクス〉として表象される。[36] これは、ローマ人の欲望（＝エロス）を映す鏡としての〈他者〉像としてクレオパトラが機能していることを表している。冒頭で、エロスは、フィローにアントニーのクレオパトラに対する「執着」を、「運命の力」という側面から説明する。そこで「天魔がみいったのだ！」と将軍を非難するフィローに対し、エロスは「たった一本の百合の花を咲かす為に、庭中の草木を皆切ってもい〻場合がある」と言う。そして、それこそが「アントニー将軍の命でも強みでもある」のだ。エロスの表現によれば、ローマは「切ってもい〻」草木ということになる。フィローはこれをアントニーの「堕落」と理解する。このフィローとエロスの会話から読みとれるのは、コロニアル・ディスコースにおいて植民者が雑婚により原地人化されることに対する不安であり恐怖である。アントニーの侍臣エロスが、クレオパトラの侍女アイラスとの密会をクレオパトラに見とがめられる場面がある。一見クレオパトラの嫉妬心を強調した場のように見えるが、私たちはここに兆候的な読みを試みることができるだろう。なぜなら後にアイラスはクレオパトラのためにアスプの毒を試して死に、またエロスはアントニーに自刃の範を示して死ぬことになるからである。エロスを近くに呼んだクレオパトラは、彼に、「さあもっと近くへ来て。そしてその白い手で私を扇いでお呉れ」と言い、自分の羽扇を渡す。そして、「お前の眼は此のエジプトの空に輝く星の様に澄んでいる。その眼でよく私をじっと見ておいでだね。それからお前の唇も男には惜しい程赤いが、それで昨日私の手に接吻した時には、その口痕が紅の花のやうに私の手の甲につきましたよ」と続ける。慌てて否定するエロスに対してクレオパトラは、「此の人は最う私のものだよ。私に心を寄せている男ですよ」と繰りかえす。なおも否定するエロスに対し、クレオパトラは、嘘さえも真に変えるために次のようなパフォーマンスを行ってみせるのだ。

では真では無いとお言いかえ？　真でないなら此処で私が真にしてやりませう。
お前はよもやその口で私を欺したのではあるまい。さあ、こうして置いて。
それからその口で本音を吐かせなければ起きませんよ。ほゝ、ほゝ。アイラ
スはあちらへいっておいで……

これはもちろんエロスが言うように、クレオパトラの「お戯れ」とも考えられる。しかし、この露骨な「お戯れ」も〈真〉として通用してしまう。クレオパトラはエロスの若さに対して、なんとかアントニーの嫉妬の火をつけようとする。しかも、若いエロスの美しさを引きあいに出しながら、アントニーが老けて見えるのはローマの妻ファルヴィアのせいだというレトリックを用いる。〈嘘〉も仮定に仮定を重ねるうちに、すでに〈真〉として通用するようになる。例えば、エロスの白い「手」は、クレオパトラの情熱を煽るとともにさます「羽扇」となり、その澄んだ「目」はエジプトの空の「星」のようにクレオパトラを映し出す。その赤い「唇」は、クレオパトラの手の甲に咲いた紅の「花」、昨日の接吻の「口痕」、となる。ここでは、両人の手の「白」さが、情熱の発現としての「赤」を強調・共有している。エロスの手の白は彼の唇の赤を際だたせるが、その赤は、さらにクレオパトラの手をさらに赤く発色させるために存在する。そして、クレオパトラは赤の〈過剰〉を表象することになる。

抱月の『クレオパトラ』ではクレオパトラは決して黒人ではない。また、クレオパトラに毒酒を無理矢理飲まされて死ぬ黒人奴隷以外に、誰も黒人としては表象されない。ここでは、白いローマ人は、クレオパトラの「化粧刷毛」によって、エジプト人よりも「赤い」色に変えられてしまう存在である。アントニー自身の色は表象されていない、いや、それは表象不可能な色である。「堕落」し女性化してしまったアントニーにとって、エロスはまさに彼の死の先駆けとなった。クレオパトラに臨終の接吻を求めながらアントニーは言う、「その唇を、私はローマに換え、世界に換え、アントニーの一代に換えました」と。しかし、エロスの接吻がクレオパトラに紅の花を咲かせるのと同様に、アントニーの中途半端な死もまたクレオパトラの雄々しい自死の舞台をことさらに引きたてるだけである。こうして、アントニーはクレオパトラとともに「永久の国」、「もっと好い国」に入ることになる。こうして「ナイルの岸に咲く百合の花より

赤きエジプトの王と妃の恋ものがたり」は完結するのだ。

では、アントニーが赤いエジプトの王として表象されるケースはどのような〈同化〉と考えられるのか。イスラエルの民をエジプトから脱出させたモーゼの人種的起源はユダヤ人なのかエジプト人なのかという疑問を考える際に問題となるのは、人種的起源が文化的起源をも決定するということである。ローマ人アントニーは、唄の第一連で「より赤きエジプトの王」としてすでにエジプトに同化してしまっているように表される。しかし、第二連では、唄い手エロスとアントニーが共有する故郷として「ローマの空」が懐古的に言及される。この芝居は古典的三統一の法則を守り、舞台を終始エジプトの首府アレキサンドリアに固定しているため、そこで言及される帰るべき故郷とは、常に彼方なるローマということになる。しかし、もし第一連に歌われるようにこの芝居が「エジプトの王と妃の恋ものがたりを回顧的に語るとすれば、エジプト王アントニーの故郷ということで、ローマがエジプト人の「故郷」＝〈起源〉であるかような転倒が捏造されることになる。[37]

この場合ローマ人のエジプト人への〈同化〉によりエジプトは逆にローマと〈同化〉する。つまり、ローマという故郷を共有することになると考えることができるだろう。このような起源の逆転によってローマは父権を発動し、エジプトを子として所有することが可能になるのである。劇の筋立てとしては。アントニーのクレオパトラへの同化は、〈運命の女〉に対する、英雄の盲目的な愛という形で進められるのだが、それが、一方的な同化でないことはその〈運命の女〉の後追い自殺によって証明されることになるだろう。ここで重要な点は、この「エジプトの王と妃の恋ものがたり」を最終的に所有することになるのは誰かということである。シェイクスピアの『アントニーとクレオパトラ』では、オクタビアス・シーザーがこの物語の所有権を宣言して幕となる。しかし抱月の近代リアリズム劇においては、エロスを媒介して観客はこれをエジプトの物語として共感することにより、ローマという故郷をもノスタルジックに共有するのである。シェイクスピアはクレオパトラを黒い肌をもつ女として描いたが、抱月の改作においては直接的には赤という色を逆説的にローマ人と同じ色、つまり白い肌に変容させるトリックを仕組んでいたように思われる。

では、このような混合と同化の政治学を、一九一四年の日本というコンテクストで考えるならば、どのように解釈できるだろうか。

5 「エジプト」という記号――混合と同化の政治学

埃及の立場に朝鮮を見、日本の立場に英吉利を置いて、其何れをも私共はとっくり腹に入れねばならぬ。

（徳富盧花）[38]

エジプトは、近代日本のナショナリズム形成において、独特の位置を占めている。冒頭で引用した徳富盧花（一八六八～一九二七年）のことばは、一九一九年、聖地巡礼の途上に、カイロでエジプト独立の「示威運動」を目撃したときの感想である。また、盧花は、エジプトの農村風景について、「農夫は皆、白い服を着て居る。朝鮮人を思わせる。愛蘭は勿論だが、埃及も、朝鮮の気がしてならぬ（一四六～四七頁）と印象を述べている。このころの日本のエジプト観について、杉田英明は次のようにまとめている。明治期以降、特に日露戦争以前の時期には、次の二点で日本とエジプトが結びつけられた。つまり、まずひとつは、「日本の条約改正に関連したエジプトの混合裁判所調査」であり、もうひとつは、「エジプトのウラービー運動に寄せた、日本人の被抑圧民族としての共感」である。そして、そのどちらも日本の「強烈なナショナリズムの精神に支えられて」（一一二～一一三頁）いた。しかし、これらに「象徴される日本人のエジプトへの関心は、日清・日露戦争の時期を過ぎると大幅な変容を遂げ、政府の大陸進出政策とそれを支持する世論の前に跡形も無く消えさっていく運命にあった。そして、かつての共感にかわって現われるのが、イギリスのエジプト支配やフランスのマグリブ支配（一八三〇年以降）を日本の植民地統治の参考にしようとする、きわめて利己的な関心であった」[39]。伊東博文も、一九〇七年、ある園遊会の演説で、英国のクローマー卿（一八四一～一九一七年。総領事在任　一八八三～一九〇七年）からの助言と激励を披露しながら、朝鮮統治の重要性を強調している。[40]

朝鮮の植民地化は、事実上、一九一〇年の「日韓併合」により完成する。では、それ以降、英国のエジプトに対する保護国経営は、日本の朝鮮統治に影響を与えることはなかったのだろうか。いや、実際はその逆である。同化政策では、フランスのアルジェリア統治が参考にされたという面が大きいため無視されがちであるが、英国のエジプト統治は、「併合」後も、朝鮮統治政策により参考とされた面が大きい。その際に大きな役割を果たしたもののひとつに、クローマーの自伝『最近埃及』がある。これは明治四一年（一九〇八年）に刊行されたModern Egyptを、明治四四年（一九一一年）七月に大日本文明協会が翻訳、出版したものである（上巻の翻訳は、安田勝吉、下巻は古谷頼綱）。

その上巻の「序文」には、大日本文明協会会長の大隈重信が、クローマーの経歴、エジプトにおける地位、統治策から、国情、国際関係まで簡潔にまとめている。大隈によれば、この『最近埃及』が興味を引き、教訓に富める理由は二つある。ひとつは、著者のクローマー自身が二七年間エジプトにおいてほぼ全権を掌握した当事者であったこと。そして、もうひとつは、当時のエジプトの状況が国際的にも極めて複雑であることである。おそらく、この「異人種」による二重の支配というエジプトの難状が、大隈に朝鮮経営の困難さを想わせたのであろう。大隈によれば、クローマーの政治方針とは、「一に埃及人の為めに善政を施すを目的となし、埃及に適したる制度を設立し、又之を維持する」ことであり、それは、「埃及人が自治独立をなし得るまで埃及を統治せんとするに在」った（一一ページ）。この悪くいえば体制維持の英国の政策を、大隈は、「流石にアングロ・サクソン流の漸進主義」と評している。

しかし、ここで重要なのは、トルコ、英国、エジプトという三国の関係が、オリエンタリズムと性差別と植民地主義の結びつきを通して、中国、日本、そして、朝鮮という三国間の関係に〈翻訳〉されていたことであろう。このような日本の朝鮮に対するヘゲモニーの行使は、すでに福沢諭吉の言説のなかにも特徴的に見られる。姜尚中が、その著『ふたつの戦後と日本』において指摘するように、「国権拡張論者としての福沢」は、英国と中国人の関係について、次のように語っている。「深く支那人を憐れむに非ず、亦英人を悪むにも非ず、唯慨然として英国人民の圧制を羨むの外なし」（「圧制も亦愉快なる哉」一八八二年）。また、福沢は、支那の属国とみなした朝鮮に対しても、英国人クローマーがエジプト人に抱いた感情に近いものを感じていたと思われる。つまり、姜尚中が指摘するように、李氏朝鮮末末の改革派に対する多大なる援助が無駄に記してしまったこと、「朝鮮の改革、開花の挫折に対する反動」（三三頁）として、福沢の朝鮮観に歪みが生じたと推測されるのだ。

福沢の、「文明の魁」たる日本の、「未開」にして「固陋なる隣国」朝鮮に対する文化的ヘゲモニーに見られるオリエンタリズムを、姜尚中は、次のように整理している。オリエンタリズムとは、「帝国主義と植民地主義がつくり出したどうしようもなく絡み合い、多様に重なりあった文化的な複合性と雑種性（hybridity）を、単純な二項対立に還元し、絶対的な境界線を引いてしまおうとする言説と制度の体系である」（三四頁）。また、それは図式化すると、「見る側」＝「代表（表象）する側」＝「保護する側」＝「植民者」＝「西洋」＝「男性」と、「見られる側」＝代表（表象）される側」＝「保護される側」＝「被植民者」＝「オリエント・アジア」＝「女性」といった「マニ教的な二元論」に整理される関係である。

また、小熊英二は『単一民族神話の起源』において、一八八〇年代以降の日本民族論の歴史を、二つのナショナリズムの錯綜の歴史ととらえている。ひとつは「日本民族は後来の征服者と先住民族その他の混合であるとする混合民族論」であり、もうひとつは、「日本には太古から日本民族が住みその血統がつづいてきたとする単一民族論」である。そして、現在に至るまでの日本民族起源論は、何らかの形で、この二大潮流の対立、あるいは補完の歴史である。一八九五年の台湾領有から、一九一〇年の日韓併合に至るまでに、日本民族論は、一八九〇年代の国体論の隆盛から、キリスト教系知識人の反発を経て、海外領土の膨張的同化の方向に向かうことになる。日清戦争以降に発達した混合民族論も、やはり「侵略の論理」への関与からは逃れられなかった。この「混合民族論の発達に基礎を提供したのが、東京帝大教授として東京人類学会会長となっていた坪井正五郎をはじめとした、人類学者達」（七三ページ）であった。しかし、キリスト教系知識人や人類学者は、国体論者の純血路線に反対する一方、新たな「侵略の論理」構築に関与してしまうのだ。その「博愛精神と人類平等観」にもかかわらず、彼らのマイノリティ救済運動。あるいは教育方針が、結局は、「マイノリティを文明化の名のもとに多数文化に同化させ。さらには統合の一形態として、戦場へ動員してゆく論理」ともなったのである。つまり、彼らの推進した「多民族混合の主張は、大日本帝国の対外進出能力賛美をも生み出」す結果を招いたのだ。このようにして、両者とも、国体論を抑え、「もともとはマイノリティの権利を守る防護壁としてつくったはずの国家膨張の論理で、日韓併合を賛美するに至る」のである。[41]

例えば、この「多民族同化政策か、それとも純血維持か」という議論において、国体派の立場から純血維持を主張した人物に。高山樗牛がいる。東京帝大哲学科出身の高山は、混血化により国家を滅ぼしたローマ帝国やサラセン帝国を教訓としてあげながら、南アフリカで混血を厳禁したイギリスの植民地支配を賞賛している。しかし、高山樗牛と、文壇において宿敵の関係にあったのが、島村抱月であった。高山と抱月の関係は、通例、文学上のものとして解釈される。[42]しかし、この反目は、純血の国体派と、混血のキリスト教系同化主義の間の対立と、何らかの関係があるのだろうか。

抱月の美学とは、西洋世紀末美学であり、矛盾の様式化による自然主義的象徴主義である。たとえば、抱月は、ローマ人アントニーとエジプトの女王クレオパトラの人種的混合を、ひとまずエジプトに象徴的に同化させ、その後、遡及的に、〈故郷〉として民族的〈起源〉をローマに移行させる、という手法を用いて表象する。しかし、エジプトを植民地化するローマ帝国主義の論理に、シェイクスピアが一七世紀英国の「侵略の論理」を見たように、私たちは、当時の人種混合論的背景として、日鮮同祖論という「侵略の論理」の展開を見ることができる。

それでは、当時、日本の韓国に対する植民地政策は、どのような民族論に基づいていたのか。日本は、一九一〇年には、いわゆる韓国併合を完了していた。そして、この日韓併合の強力な思想的根拠となったのが、〈日鮮同祖論〉である。日本人と朝鮮人の祖先は同じだと主張するこの思想を、小熊氏は、「今日の近代史において、大日本帝国の侵略を正当化した思想の中でも、もっとも忌まわしいものの一つとされて」いると言う（八七頁）。小熊氏によれば、この議論のポイントは、次の二点にまとめられる。つまり、ひとつは、日本人と朝鮮人のどちらを先祖とするかという問題であり、もうひとつは、これが、「一種の混合民族論であると同時に、また一種の〈大日本帝国サイズの単一民族論〉」（八七頁）でもあるという問題である。つまり、同祖論は、同時に、大日本帝国が同一の祖先をもった民族で成立している、という主張の基盤となるのだ。そのような日鮮同祖論者に、自由民権論者として知られた大隈重信がいた。このことは、大戦前後における、早稲田の思想圏がもつ意義を測るうえで、特に注目すべき事実である。大隈は一九〇六年の朝鮮政策論で、韓国の文明が過去には日本に移入するほど高かったのであるが、今では「自由の政治の下に」発展した日本と立場が逆転したので、日本の指導のもとに文明開化への道をたどるべきだと述べている。[43]ここで、前提となっているものが、小熊氏も指摘しているように、二つある。ひとつは、先祖が同じ、つまり両国は同じ民族ということと、もうひとつは、生存競争の手段として、文明化、すなわち同化が必要である、ということである。[44]

このように、同祖論と同化論は、相互に補完しあいながら、同民族だから同化し易いという、侵略の正当化へと進んでいくことになるのである。それでは、日鮮同祖論に代表される、当時の植民地言説をコンテクストとして、私たちは、抱月版『クレオパトラ』をどのように読むことができるだろうか。シェイクスピアの『アントニーとクレオパトラ』と抱月の『クレオパトラ』を比較してみると、次のような関係が考えられる。前者が、性的・民族的な〈他者〉を表象する、その表象のプロセスそのものを問題化する劇ならば、後者は、そのような〈他者〉を、遡及的に植民地的主体として同化する装置そのものである、という解釈である。

6　『アントニーとクレオパトラ』から『クレオパトラ』へ

シェイクスピアの『アントニーとクレオパトラ』と抱月の『クレオパトラ』を比較してみると、次のような関係が考えられる。前者が、性的・民族的な〈他者〉を表象するプロセスそのものを問題化する劇ならば、後者はそのような〈他者〉を遡及的に植民地的主体として同化する装置そのものであるという解釈である。シェイクスピアの『アントニーとクレオパトラ』では、大団円は、ローマ帝国の創始者シーザーの語りに支配される。クレオパトラの死体を目の前にして、シーザーは語る。

地上のいかなる墓も、これほど名高い二人を納めることはまたとあるまい。このようなおおいなる出来事には、それをひき起こした当の本人までも胸を打たれる。二人の悲しい物語は、そのもとになったこの身の栄光とともに永く世人の同情を誘うだろう。わが軍は威儀を正し、この葬儀に参列するように。それをすませてから、ローマへ凱旋だ。ドラベラ、おまえに手配を頼む、この大葬儀には最高の礼をつくさねばならぬ。（五幕二場）

アントニーとクレオパトラはジェンダーと人種をも越え、ローマ・エジプト両民族の同化力の範型となる。帝国主義による他者化の戦略は、異人種の混交をラブ・トラジェディという崇高なジャンルに押しあげることによりひとまず完了する。ここで、「死んだインディアンだけが善いインディアンだ」という「虐殺」正当化の台詞を思いだすことは有効だろう。神話化され、すでに地上の〈驚異〉ではなくなった二人は今や民族混交、あるいは同祖同根のシンボル、または植民地主体の範型として、シーザーの栄光を支えることにより海外膨張を図る帝国主義の言説に組みこまれる。一方でシェイクスピア劇の構造は、シーザーの語りの戦略だけでなくあらゆる人物の表象のプロセスを暴露する視点をもっている。最終的には帝国主義的なナラティヴに回収されてしまうとはいえ、重要なのはたえず流動的でそれに対して相対的な視点を与えるような対抗ナラティヴが各所に存在することである。そういったナラティヴ同士の葛藤による言説の裂け目・歪みから他者支配に対する恐怖あるいは不安が垣間見られる。そして、それは植民地主体として規律化される他者による抵抗・復讐の契機をも含んでいる。『クレオパトラ』では、幻想の一体感に恍惚となったクレオパトラが「アントニー様!」と叫び、幕となる。近代リアリズム演劇は象徴化の作用によりイメージ体験を観客にとってよりリアルなものとする。つまり、アントニーとクレオパトラの他者化はシーザーの語りを経ることなく視覚を通して観客の心に内面化され、一方「混合民族」幻想は観客の想像力によって自然化(ナチュラライズ)される。それによってアントニーとクレオパトラは「われらの」同時代人となるのだ。

『クレオパトラ』は観客を共犯的にアントニーではなくシーザーの視線に置くことによりクレオパトラを退廃したファム・ファタルとして個人化し、彼女を民族的・象徴的に他者化する効果を得る。そこで歌われる「エジプトの王と后」の「恋ものがたり」は最終的に、観客の心を「白い手」をもったエロスの〈故郷〉へと導く。つまり、ローマ帝国は退廃し没落したエジプトを、いまや同一の〈故郷〉への帰郷としてローマ帝国という拡張版〈想像の単一民族〉システムの中に回収しようとするのだ。

一九一四年の日本においてはこのような異民族混合を是とする欺瞞的同化主義に納得できない観客、あるいはイデオローグたちもいたであろう。たとえば、国体主義者たちがかなりの不安感や苛立ちをもって『クレオパトラ』の評判に反応したとしても不思議ではない。特に純血主義的な権威主義者にとっては、一八九〇年の教育勅語発布以降の国体論の影響はその近代的装備にもかかわらず小さくないものだったと思われる。国体論とは、小熊氏の言を借りれば、「大日本帝国を、天皇家を総本家に戴く一大家族国家とする」思想であり、またそれは実際「帝国の支配的イデオロギー」となっていた(四九頁)。しかも。国体論は純血主義的帝国主義イデオロギーとして民族混合の同化イデオロギーと対立する一方で相補いあってもいた。しかるに、抱月の劇場テクスト『クレオパトラ』がこのような対立イデオロギーを刺激する十分な理由をもっていたことが分かる。そのイデオロギーの相補性の効果は、『復活』や『サロメ』だけでなく『人形の家』のような社会派問題劇にさえも結果として興行的な大成功をもたらすことになったのである。さらに私たちは、芸術座が大日本帝国の拡大勢力圏内において全国巡演を成功させていたことに注目すべきだろう。ここで文化的拡散運動を帝国内の同化・同一化を促進・補強する運動との相関関係において考察することが必要となる。

抱月は、すでに触れたようにクレオパトラの性格を「一個の偉大なジプシー」とみなし、『クレオパトラ』に寄せた序文の中でそれを『サロメ』『カルメン』『ヘッダ・ガブラー』等に共通した「一つのタイプ」であると言っている。抱月にとって、改作の目的は、「原作の散漫な点を緊縮」することにある。また、日本の近松劇に似て「あまりに見世物的活動写真的」な結構を「全体の構成を一の有機体として見る」現代劇の傾向に合わせて統一する必要性を説いている。そこに見られる時・場所・事件の三一致の法則は、もともと坪内逍遥が日本演劇改良運動の中で西洋演劇から移入したものである。『クレオパトラ』に関していえば、まず三一致を厳守したドライデンの『すべて愛のために（*All for Love*）』、それから、イプセンやショーの近代リアリズム、あるいは世紀末象徴主義の要素を受けながら抱月がシェイクスピアの『アントニーとクレオパトラ』を「自由改作」したものである。[45]

抱月は同「序文」で、シェイクスピアが『アントニーとクレオパトラ』を愛の悲劇とする伝記的解釈をとったとしながら、さらに自分はこの劇に未解決のまま残されている「矛盾の人生観」という「永久な二大解釈」を提出すると言明している。

ヨーロッパの批評家も、一方には之を以って「凡ては愛のために失はれたり」(All lost for love) と詠嘆するものと、一方には「凡ては肉欲のために失はれたり」(All lost for lust) と非難するものとある。そしてこの二つの観方は、人生のあらゆる方面に通ずる審美的と道徳的の矛盾価値である。アントニー、クレオパトラ等の悲劇も、また此の悲しむべき矛盾命題を提出するために生じた人生の一現象である。（五～六頁）

このように、人生の矛盾命題を提出する問題劇として劇を見る見方は、当時特にトルストイやイプセン劇の影響によって流行していたものである。そして、この矛盾価値の問題は西洋の合理主義的な二項対立的思考方法を抱月に植えつけたのである。シェイクスピアの『アントニーとクレオパトラ』は、このように非常に近代的な目的をもって抱月により「改良」のメスを入れられた。ホミー・バーバーやアニア・ルンバはこのような矛盾価値の様式化こそが西欧列強による植民地支配言説の効果であると主張している。[46]この効果を考慮に入れれば、この改作の意味や効果だけでなく、現代のフェミニスト批評家が『アントニーとクレオパトラ』を論じる際にいつも表明していた一種のジレンマをもより深く理解することができるだろう。

たとえば、日本のシェイクスピア研究史の中に島村抱月の名前を探してみると興味深い事実が浮かびあがる。つまり、当時から現在に至るまで、荘士芝居の川上音二郎以上に抱月がシェイクスピアの〈正当な〉研究史上には登場することがほとんど全くと言っていいほどない。[47]ここに抱月の『クレオパトラ』を日本の近代フェミニスト運動と文学のキャノナイゼーションの流れの中で再発掘する意義がある。たまに抱月が取りあげられることがあるとすれば、それは松井須磨子とのスキャンダルを興味の中心に据える伝記ものか、当時の文壇における〈自然主義論争〉の論客、または美学者としてのみである。さもなければ、イプセンとトルストイの名翻訳者であり、芸術座における〈脚本家〉兼〈舞台監督〉兼〈座長〉として取りあげられるのがせいぜいである。〈正典〉からみれば、抱月はほぼ『クレオパトラ』の改作という一点でシェイクスピアとの接点を有している、極めて「周縁的」な存在なのである。研究史的に翻案や改作は、坪内逍遥が手掛けた〈正当な〉翻訳期にいたるまでの過渡期の産物に過ぎないとして、シェイクスピア研究の〈本道〉からはすっかり外されてきた。つまり、翻訳ものが日本文化への同化物として許容され〈正当化〉する一方で、翻案や改作ものは、過渡期が過ぎればシェイクスピアという正（聖）典に対する「異端」であり「冒涜」とみなされてきたのである。

ここで、改作『クレオパトラ』が上演された大正三年、つまり一九一四年の周辺にたとえばシェイクスピア研究者たちが英文学という制度の内部に、どのように自らの研究する主体を位置づけているかを見ておく必要がある。すると、日露戦争以降、ますます帝国主義化を進める近代日本において文化コードとミソジニー（女嫌い）の共犯関係、あるいはテクスト正典化の問題はどのように位置づけることができるだろうか。

まず英文学の周辺から地図を描き始めたい。芥川龍之介は東大の学生だった大正四年の手紙の中で、シェイクスピアの試験についてつぎのような不満を述べている。

「his が my の意味で使はれる……用法をシェイクスピアが何度何といふ芝居の何幕目で使ったか知ってゐるか」と云ふような問題に答へるのだからやりきれない。（大正四年五月二三日　恒藤恭宛）

シェイクスピアの試験に『ソネット』の W.H. は誰だという推測を一〇ばかり書いてそれは誰の説で誰の反対説ありや、と、いう問題が出た。又『ヴィーナス・アンド・アドーニス』は同版で行数三〇四七行、その中誤植六というような「一生役にたたない」ことを覚えなくてはならない。（大正四年六月一二日　恒藤恭宛）

日本の大学では、当時すでに、シェイクスピアのテクストだけではなく、西欧の批評までもが、学部の授業において、テストのためのテストといったトートロジカル（同語反復的）なスタイルで、教師と学生の間で繰りかえされることにより、英文学という「制度」・「規律」の維持・強化が計られていたことが分かる。興味深いことに、この大正四年は、シェイクスピア没後三〇〇年の前年である。一九一六年の三〇〇年祭を迎えるため、シェイクスピア研究者たちは英文学におけるシェイクスピアの正典たる地位を確立するため一大キャンペーンを張ることになる。実はこの頃、シェイクスピアは当時の新しい小説や詩に押され、その研究熱の低下が嘆かれる事態になっていた。それでこれを機会に一気に盛りかえそうとしたのだ。日清、日露戦争を経て日本はまさに対外膨張政策を進めていた。それに対しこの時期にはイギリス・ルネッサンスの時代精神がその学ぶべき模範として称揚されたという事実がある。つまりヒューマニズム的自己の拡大が国家的拡大政策と共通の知的文化的基盤をもつと同時に、シェイクスピアの正典化を一気に推進する契機ともなったのである。大正五年五月に発行された『英語青年』第三五号は、シェイクスピア記念号となっている。土居光知氏は、その記念碑的論文「時代精神とシェイクスピア」の中で、次のように述べている。

エリザベス朝に於ては、鎖国の長い眠りからさめた明治の人々の如くに、完全に中世の窮屈な桎梏を脱却し、百花爛漫たる春の如き光輝に充ちた世界にいでゝ希望と自由とに陶酔し、人格が分裂し、猥雑になるをも厭はず、貪婪に経験し享楽し自己を発揮せんと熱中した。……エリザベス朝は国家としても個人としても外に向つて拡大せんとした時代であり、清教徒の時代は緊縮し深まらんとした時代であった。[48]

また、坪内逍遙も同巻頭論文として自分の翻訳様式の変遷についての文章を寄稿しているが、ここで興味深いのは、同年五月に雑誌『新演芸』に寄せた「何故に日本人が沙翁を記念するか」という文章である。これは同七月号に載せられた「老近松を世界に紹介すべし」という文章と一対のものとして書かれている。逍遥は前者の冒頭で、シェイクスピアの記念行事に対して一ヵ月程前に非難めいたことを述べていたある新聞記事を引きあいに出す。それは、「沙翁《シエークスピヤ》はいはゞ英国人を代表するに足る作家であるから、英国人が彼れを記念するのは道理に合《かな》ったことだが、日本人が彼れを祭つたり何かして騒ぐのは、朝鮮人が近松のお祭をするやうなもので可笑《おか》しい」というものである。

このような非難に対して、逍遥は以下のように反駁を加える。まず沙翁が「英国の大詩人であると共に世界の大詩人」であることは間違いない。次に、それは、「自然主義の反動」を受けている現在でさえ、「ロマンチシズム勃興」当時以来「欧州列国」に普遍的な影響力を与える「潜勢力」を有していることによる。そして最後に、後者の論文「老近松を世界に紹介すべし」にて補足を加えながら、日本国民こそが、「老近松」を「日本の沙翁」として世界に広めるためにも、英国に代わって「沙翁記念」の機会を「未来」に「活きた力」として「活用」すべきである、と主張する。

さて、この逍遥の意図をわれわれはどのように解釈することができるだろうか。ここで逍遥は沙翁あるいは沙翁の劇の〈本質〉をその〈国民性〉から切りはなそうとしている。逍遥は、沙翁の根を英国、ひいては西欧という母胎のオリジナルかつローカルな関係から断ちきるために「場違い」や「種違い」、それに「継子」や「妾腹の子」、さらには「奇形児」、「鬼子」という比喩を用いながら、沙翁を元根である「白人種」から切り放し、いまや「全く偶然の奇縁で」「沙翁と血脈を同じうする」国民、つまり「日本国民」に接ぎ木しようとする。その日本という土壌は、沙翁と世にも「不思議な理解と同情」をもち、また英国同様に多くの類似点をもつ作者を有している。それ故に、そのような「国民の間に於いてこそ、沙翁は自然に最も善く理解せられ、同情せられ、師表ともせられ、善用もされ、その鼓舞力ともなり、その向上の機縁ともなるべきではあるまいか」ということになる。

ベネディクト・アンダーソンは、ナショナリズムという概念の象徴として国家というイデオロギーのために死んでいった無名戦死の墓の例を挙げている。[49] 逍遥は、次のように高らかに言明することにより、〈沙翁〉をまさにこのようなナショナリズムの象徴であるとともに、帝国主義イデオロギーという権力と欲望の〈機関〉に変容させようとしたのではないか。「沙翁は英國の寶であり、飾りであり、悦楽であり、慰籍であり、其文芸鼓舞の一動力であり、一種の風化機関であると同時に、世界列國に對する國家の栄光でもあり、一種婉曲な征服力でもあり、同化機関でもあるのである」。このようにして、「何故に日本人が沙翁記念するか?」という問いは、「日本は外国に向かって、……我が文明の度の如何に進んでいるかを主張するが為にも、亦た彼の世界的詩人に對して感謝の意を致す為にも、此際記念式を執行するのは當然の沙汰だと思ふ」という結論を迎えることになるのである。

もちろんこれは、当時の欧化改良政策を文芸の分野で最も精力的に進めた人物の極めて愛国的な告白であり宣言であった。このいわゆる〈記念〉思想が、後に西洋演劇の接ぎ木により国劇を推進していくことになる思想的原動力となる。逍遥は、西欧近代劇を翻案することの意義は認めながらも、沙翁の翻案に関しては「絶対に排斥」するという姿勢を貫き、自ら沙翁全作品の翻訳を完成させている。これは、まず〈作者〉の権威を真の〈天才〉のものとし、それに普遍的な価値をもたせると同時に国家主義的目的に利用するためだった。このような規範の絶対化が日本の教育という制度、特に英文学という制度において守るべき法則ともなったことは、日本の近代文学史だけでなく近代文化史に占める坪内逍遙の位置により確認できるだろう。

しかしながら、逍遥自身もこの〈沙翁〉という記号、あるいはテクストが規範として独占的に日本の文化に接ぎ木され新しい根を与えている限りにおいて有効な権威をもちえるということを知っていた。また逍遥は、同時にそのような起源の再神話化がはらむ虚偽性がその土台を足元から崩すこともあるという危険性も知っていたかもしれない。ナショナリズムや帝国主義の神話は、まさにアンビヴァレンスや矛盾といった危険な要素・条件を隠蔽することによって成立していたのだ。さまざまな文化的差異や矛盾を隠蔽する戦略において植民地政策の基盤を提供した思想のひとつに進化論的人種改良論がある。明治後期から大正にかけてこの思想を強力に日本に紹介した団体があったが、坪内逍遥もその有力なメンバーであった。大隈重信を中心とした「大日本文明協会」は当時早稲田大学を中心とした思想圏を形成していた。では、一体そのような思想圏は逍遥のテクスト制作プロセスにどのように作用していたのか。もし逍遥のテクストに何らかの〈亀裂〉があるとすれば、私たちはその〈亀裂〉が何であるかを解明するために、まずそれを覆うと同時に指示している〈徴候〉を読みとることになる。

例えば逍遥がまず一番に隠蔽しようとしたもの、それははからずも彼が口火を切るために使った例の新聞記事の中にはっきりと表れている。日本が、英国をはじめ西欧列強により植民地化されることを免れるためには、沙翁から独自のローカリティを奪いとることによってその本質を相対化し、その普遍的な力を自国の力を増すために潜勢的同化力として再活用する必要があった。しかしそれは同時に、日本をそのような能力を独占的先天的に有する国民国家として特権化する必要性をも暗示した。つまり、日本がシェイクスピアを祭るのは間接的に「日本のシェイクスピア」たる近松をもって置換しその同化力を確認するためである。ここで隠蔽されるのは、一九一〇年には事実上日本の植民地とされていた朝鮮国民が、〈近松〉をさらに相対化し、「朝鮮の近松」として再利用するために活用されうるという可能性である。ここに想定されているのは、日本の西欧化と朝鮮の日本化という文明進歩・改良の一方向性である。〈近松〉という記号は、〈シェイクスピア〉の相対化を通して普遍性を獲得する一方で、朝鮮を日本化する際には不可逆的な民族性を有している。つまり、朝鮮国民によっては〈近松〉は決して相対化されない民族的同化装置となるのだ。逍遥が一組の論文において隠蔽しようとしたものとは、まさにこの矛盾した状態に対する彼自身の不安であり、またその前提となっていた日本の朝鮮に対する植民地支配という公然たる事実だったのではないだろうか。

こうして浮遊する記号となったシェイクスピア＝テクストは、その生誕地であるストラッドフォード・アポン・エイボンという中心から切り離され、東京に架空の中心をおくことになる。そして、その東京の中心には、天皇という「女性的」という言葉でしばしば表現される受動的な中心が設定される。日本文化は、通例西洋による女性化という他者表象に屈してきた。しかし、すでに逍遥によって隠蔽されていた植民地朝鮮の他者化は、帝国日本による女性化によってオリエンタリズムの二重の抑圧を受けていたことを忘れることはできない。

7　逍遙と〈早稲田の思想圏〉

逍遙が、日本の近代小説だけでなく、日本の近代ナショナリズムの父として、父権的・男性的側面を代表しているとすれば、抱月はその父と西欧の継母から生まれた鬼子であり、継子であると言えるだろう。たとえば、逍遥の通じていたマックス・ノルダウの退化論によれば、抱月が心酔したトルストイやイプセン、そして自然主義や象徴主義派の芸術は全て文明退廃の徴候であり、またそのような狂った芸術家や〈新しい女〉は退化した者（ディジェネレイト）とみなされた。日本初の近代女優と言われる松井須磨子が自立した新しい女たちを演じていた時、その女性たちのほとんどが狂気と表現されていたことは決して偶然ではない。抱月と須磨子がますます大衆化の世界を〈退廃・退化〉に向けて落ちていくのと対照的に、逍遥はアカデミズムの世界における知の制度化、〈作者の権威〉確立に向けてさらに〈進化〉の階段を上っていった。〈早稲田の思想圏〉は、進化論を基盤とした人種思想や退化論だけでなく改良主義的演劇論をもその特徴としていた。演劇を基盤にした知的風土は、抱月のいわゆる芸術クラブ構想に象徴されるように、理想主義的であると同時に大衆的でもあり、大隈によればそれは十分政治的なものでもあった。

松井須磨子は生前に『牡丹刷毛』という自叙伝風の散文集を残している。初版は大正三年七月一〇日に出ているが、その改版では、大正八年一月二八日に須磨子が自殺した直後に定価が七〇銭から一円に上昇しているだけでなく、抱月の「序に代へて」も削除され、須磨子の肖像画類も舞台写真に大幅に入れ替えられるという大きな変更が加えられた。

改作『クレオパトラ』冒頭のイノバーバスの台詞に、「世界を支配するローマの歴史が女王の化粧刷毛で赤にでも青にでも絵どられてしまう」という一節があるが、おそらく、このような象徴的な意味で牡丹刷毛が小道具に使われたのであろう。意図的に並び替えられた舞台上の写真は、悪女の悲劇的な死という神話を創造することに成功している。ドリアン・グレイ風にいえば、ミラー・テクスト『牡丹刷毛』は、女優須磨子の肉体の死により永遠の魂を得、象徴主義美学を完成させ、須磨子はいわゆる島村美学に殉死した悪女として、クレオパトラのように理想化されたのである。

一九八六年に出版された『牡丹刷毛』復刻版の解説で松本克平は、松井須磨子に対する世間の個人攻撃には、芸術やモラルといったものとは別の理由、つまり女性の社会進出を望まない男性の偏見さえチラツいて見えると言う。さらに、須磨子の「超人的バイタリティ」と「男勝りのファイト」の源のひとつとして、当時の「ウーマンリブによって男性社会に発生した女性蔑視に対する自己防衛」をあげている。このような憂国的女性蔑視が家父長制的男性優位主義に基づいていることは明らかであり、また、戦前・戦中の軍国主義が、女優に代表される風俗撹乱者を規制、抑圧しようとした事実が背景にあり、このような規制運動が、同時に、世紀末＝退廃言説の流布を助長する効果をもっていたことを忘れることはできない。またそこで拡散される情報の知的前提として、〈退化論〉の存在がある。[50]「世紀末の動物」に退化したものとして表象されていうという事実は、文明の退廃の徴候としての退化への恐れが、ここでは軍国主義による女優排斥運動へと直結していると考えられる。そして、ここに、日本の勧善懲悪は、ミソジニーとホモソーシャル・イデオロギーの共犯関係に支えられていることを、図らずも暴露される。

すでにみてきたように、大正三年一〇月に松井須磨子が帝国劇場でクレオパトラを演じていたとき、この抱月改作の『クレオパトラ』は世間から酷評を受けていた。その根底には、文芸的な西欧主義的キャノナイゼイション（正典化）と、社会的なジェンダー差別と深く結びついたアンチ・シアトリカリティ（反劇場性）のメンタリティが見られるだろう。しかし、こういった二種類の抑圧的解釈はそれぞれ軍国主義やナショナリズムとの関係において互いに一見矛盾しているように見える。なぜならば前者の立場からは、坪内逍遥に代表されるように文芸の正典化をめざしながらも、近代化に向かう演劇の流れの中で、どうしても女優を登場させて養成し、彼女にスポットライトを当てざるをえなかったからである。これに対し後者は、あくまで女優が芸者でも女形でもない形態でホモソーシャルな父権的近代空間に侵入してくることに反対・抵抗しているように思える。このねじれは一体どのように考えたらよいのだろうか。

そこで以下、大正三年、つまり一九一四年の東京という時空間を軸に〈早稲田の思想圏〉と大衆メディアの発達ということを念頭におきながら、この問題をさらに明治末期以来〈新しい女〉として台頭した女権運動と関係づけながら論じてみたい。その過程で、帝国主義と植民地主義という二重装置が、文芸というメディアに乗せてフェミニズムとナショナリズムを散種（ディセミネイト）していく事例を具体的に検証することになる。

改作、あるいは翻案（アダプテーション）と世俗化という文化的プロセスは、大正三年という時期の日本のメディアにおいて、どのように、軍国主義と女優排撃という共犯関係に関わっていたのだろうか。この大正三年という時期はちょうど、大正デモクラシーといわれた民衆的で解放的な時代の幕開けであった。またそれは、近代女優がはじめて舞台に登場したころでもあった。一見相入れないように見えるこの民衆、特に女性にとっての抑圧と解放のアンビヴァレントな運動の隆盛を、いくつかの文化的な表象とメディア自体の発達に注目して説明してみたいと思う。

松井須磨子、本名小林正子が長野に生まれたのは、明治一九年、つまり西暦一八八六年七月二〇日のことである。演劇改良会が設立されたのはそのほんの翌月のことであるから、須磨子の生涯はまさに日本の演劇の西洋化の歴史そのものでもあったことが分かる。須磨子は抱月との恋愛沙汰で坪内逍遙の文芸協会を退会させられると、大正二年の七月にその抱月とともに芸術座を旗上げし、大正三年には人気の絶頂期を迎えていた。トルストイ原作の『復活』が、三月の芸術座第四回公演で上演され須磨子の演じる主人公カチューシャが劇中で歌う、いわゆる「カチューシャの唄」が大ヒットしたのもこの頃である。現在の日本でも、小説、演劇、映画、それに、テレビドラマやテレビゲームといった文化・通信の混合メディア相互間のネットワーク化によって全国的なヒット曲やヒット作品が生まれているが、「カチューシャの唄」は次の二点でまさにその先駆的な役割を果たしていたのだ。

その功績のひとつは、日本ではじめて小説、演劇、映画、そしてレコードといった大衆文化メディアの相互的ネットワークを結び、文化的同一化の全国的基盤をつくったことである。同じく大正三年八月にすでに三月から東京で開かれていた上野大正博覧会演芸場において、『復活』は安価な入場料で連続上演された。そして須磨子は、日本の大衆女優の一種の〈見本〉となり爆発的な流行を生んだのである。この博覧会を華々しく演出する政治的背景とはどのようなものであったのか。第一次世界大戦は同年七月に勃発していたが、それ以前に、日清、日露戦争と、それに続く一九一〇年のいわゆる韓国併合を通して、日本の帝国主義はその西欧化・近代化の成果を大衆に伝達するイデオロギーを要請していた。それがまさに近代的な博覧会のイデオロギーであり、その巨大な分類体系の中に大衆演劇も重要な位置を占めていた。「カチューシャの唄」がもつもうひとつの意義は、それが女権運動の流行にのって〈ジプシー〉的な女性像を前面に打ちだしたことである。それは、日本で初めての近代的な女優の大衆化、マスコミ化といってもいいだろう。では。このような女性像の拡散は、軍国主義あるいは日本の植民地主義的展開とどのように関わってくるのか。〈ジプシー〉的な女性表象と密接な関係を結んでいると思われるのが近代的〈美人〉観の形成と植民地主義言説である。そこで以下〈美人〉観の文化人類学的な形成過程を検証し、日本の近代演劇がどのようなイデオロギーのもとに、植民地主義的女性主体を表象しようとしたかについて考察する。

大正三年三月二一日付けの大阪朝日新聞には、その前日に開会式を盛大に行った東京大正博覧会の記事が大きく掲載された。「大正の新政を祝福し御即位の大典を記念するために企画」された「東京府主催の大正博覧会」は、「空前の規模と壮麗の結構とを」合わせたということで人気を呼び、初日だけで数万人の、七月末の閉幕までに七百数一〇万人の観客が入場した。芸術座の『復活』は、三月末の帝劇講演後、大阪、京都、そして中国九州方面を巡演した後、八月半ばに五日間、博覧会演芸場で大衆向けの安価公演を行った。この公演は連日大入りとなり、その利益で芸術座は演芸場の建物を買収し牛込横寺町に芸術倶楽部を建設することになる。『復活』は大正八年一月の芸術座解散までに、総計四百四〇回上演された。そしてその映画版が登場するや、劇中歌「カチューシャの唄」は瞬く間に流行歌として全国に広まり、そのレコードは二万枚を売りつくしたと言われる。雑誌「万朝報」（八月一一日）は、その熱狂的な流行ぶりを次のように報じている。

為に皮肉な喜劇が至る処で演ぜられている。例えば、四国辺りでは、一番最初にこの唄を輸入したのはある教会の若い牧師だということで、ために牧師は敬けんな信者や見識の高い教育者先生などから少なからず非難を蒙った。しかるにその先生方が自宅に帰ると、子供達は口を揃えてカチューシャ可愛やを唄っている始末なのだから面白い。こんなことは東京にもむろんいくらもある。女学校あたりでも何と思ったのか、その唄を禁じたそうだが、校門を一歩出ればやっぱりカチューシャ可愛やだ。……こうかつなモグリ商人どもが、あっちでもこっちでも出版を侵害して盛んに偽物を出している。その数は目下一〇数余種にも及ぶであろうとのことだ。

8 〈一個のジプシー〉としての松井須磨子

『牡丹刷毛』（大正三年七月一〇日）の「序に代えて」のなかで、世間の須磨子に対する非難に対して、抱月は以下のように弁明している。「個人として、殊に女性としての須磨子女史が世間の一部から孤立している最大の原因は、ここにある。……君が芸術に深入りすればする程、世間と和し難い人になっていく、……君はいつも芸術座が受ける世間の敵からその射撃標にせられる。それを引き受けて忍んでいる君の態度はヒロイックである」。さらに抱月は、これからは彼女の芸術の力でそれを征服すべきであると忠告を与えている。抱月の美学は、〈一個のジプシー〉としての女優松井須磨子に崇高美を見る。また、オフィーリア、サロメ、カルメン、マグダ、カチェーシャ、そしてクレオパトラなど須磨子が演じた女性たちは、明らかに世紀末的な〈運命の女〉の系譜を継承している。個人主義に基づいた近代リアリズム演劇の形態をとりながらも、抱月の美学は象徴主義的にジプシー的な女性を表象する。言い換えれば、抱月は近代的な〈一個の美人〉像を舞台に乗せたのである。観客は、その〈美人〉を見るために、劇場や映画に出かけ、さらにレコードを聞いてジプシー女の唄を口ずさむという体験の中にそのイメージを刷りこんでいく。トルストイが言う意味での〈伝染病的暗示〉というようなものが、新聞を含めたこのようなメディアの発達によりより驚くべき効果を上げるようになったともいえる。もっとも、トルストイに言わせればシェイクスピアの天才としての名声こそがその典型ということになるのだろうが。[51]

こうした〈美人〉像に向けられる視線のイデオロギーについて考えるとき、当時大衆の視線の対象となった〈美人〉像が、ある意味で文芸あるいは社会運動としての〈新しい女〉像と相互影響関係をもっていたことは興味深い。そのイメージはさまざまなメディアに複製され、瞬く間に全国に同時同一的な文化的共同意識をもった〈国民〉意識を生みだすという偉業を成し遂げた。それはまたイコンとしての〈新しい女〉像である。美人の基準としてクレオパトラの鼻の高さがしばしば言及される場合、それはいつも政治的文脈においてである。松井須磨子は日本の女優で最初に隆鼻術を受けたと言われる。[52] それが事実であるとすると、まさに彼女は、初代〈和製クレオパトラ〉の栄誉を担うことになるだろう。例えば、一九二二年に『鼻の美学』という本が出ているが、注意したいのはこれが単に美容整形の流行を示しているのではないということだ。そこに読みとれるのは、骨相学が犯罪学に援用されたように、むしろ植民地主義の審美学イデオロギーによる強力な支配力である。『鼻の美学』では、鼻審美指数がアーリア人を基準に人種的に分類、階層化される。この知的背景にあるのが、進化論や退化論を基盤とする人種改良論や植民地論がであった。つまり審美学もまた人類学的な博物館の眼差しの延長線上にあり、また、それは、帝国主義の展開した博覧会の視線そのものであったのだ。そうすると、軍国主義的な規律主義の風潮の中で真っ先に糾弾され、弾圧の標的とされた〈新しい女〉たちの風俗撹乱性は、逆にその反社会性故に帝国主義イデオロギーの維持・補強にとって必要不可欠な要素となる。そして女優の他者化・悪魔化を通して、大衆に同質的な〈国民の共同〉意識という〈幻想〉を与えることに、不可避的に貢献してしまっていると考えられないか。

大正博覧会では、日本の近代化を誇る工業機械類や全国の物産展と平行して、「美人館」が設置されていた。これは、南洋群島や東アジアの、いわゆる日本帝国の支配下にある地域の女性を民族別に展覧したもので、そのなかには「人食い人種」といったカテゴリーも設置されていた。そこでは、まさに植民地言説に置ける被支配民族の他者化が博覧会という形で女性の他者化と同時に二重に進められていたのである。

ところで、当時の日本の植民地主義とはどのようなものであったか。日本の植民地主義は、西欧の遠隔植民地主義とは異なり、自国の周辺国を植民地化する拡大型植民地主義であり、日本に独特なスタイルであると言われる。日本はその独特な植民スタイルをどこから学んだのかというと、ひとつにはそれはイギリスのアイルランド植民からである。エリザベス女王の時代から、二〇世紀に至るまで、イギリスは長い植民地主義の歴史をもっている。そして、新大陸ヴァージニアと同様にアイルランドに対しても、その植民地性のイコンとしてアマゾンという女性の他者記号と人食い人種という野蛮の他者記号が植民地主義の言説として英国のメディアに流通していた。[53]そして、日本は植民地としての朝鮮支配の方法論をアイルランドやエジプトやインドに対する英国の支配から学んでいる。

日本の近代演劇は、そのような植民地主体の形成と宣伝・伝播にも小さくない役割を果たしたように思われる。その原動力として演劇の同化力とでもいうものを想定できるだろう。例えば、抱月率いる文芸座は大正三年には『復活』で国内巡演を果たし、翌四年には五月から年末まで中村吉蔵作の『飯』、ツルゲーネフ作、楠山正雄訳並脚色の『その前夜』、そしてワイルド作、島村抱月訳の『サロメ』をもって、大阪から北海道まで国内を巡演、そののち、台湾、朝鮮、満州にわたり、さらにハルビン、ウラジオストックを回り帰京している。芸術座は、また大正六年にも、朝鮮、満州にまでいたる全国巡演を敢行している。それは、大正博覧会で一堂に展示された「美人」たちの〈故郷〉に、芸術座が須磨子の演じる〈一個のジプシー女〉像をもって、〈同化〉という帝国主義的近代化の福音をもたらす旅であったとも言える。あるいは、近代的な〈新しい女〉像を散種しに行ったとも言えるだろう。いずれにしても、その言説に内包される種々の矛盾が抱月によって芸術の価値として様式化される時、それは明らかにコロニアルな性質を帯びることになるのだが、そこに形成される共通の〈国民〉意識こそが「大日本帝国サイズの単一民族論」を支えている混合民族論なのである。

〈ジプシー女〉の表象はノラに代表されるような〈新しい女〉としての高らかな宣言であると同時に、マグダやヴァンナやクレオパトラ、それに、サロメといった、その背後に民族主義的な〈物語〉を背負わされた女性たちの表象でもある。『ハムレット』にはじまり『ジェリアス・シーザー』で幕を閉じることになる坪内逍遥の文芸協会が、父権制の象徴であり不動の中心であるならば、抱月と須磨子の文芸座は、その周縁を回りながら拡大していくコンパスのような軌跡を描いていたと理解できよう。しかし、そのような文化地図に大隅重信を中心とした政治地図を重ねてみるならば、私たちは一九一四年の日本の文化と政治において、〈早稲田の思想圏〉が重層的かつ基幹的な役割を担っていたことに気づかざるを得ない。抱月の『クレオパトラ』翻案・上演も、このような全体的な運動に対する一断片に過ぎない。日本の一九一四年代における『クレオパトラ』は、そのような全体と断片の問の相互運動の中にマッピングして初めて、そのロケーションをとらえることができる。

9　芸術座の『クレオパトラ』と帝国主義のコンテクスト

芸術座の『クレオパトラ』が上演された大正三年一〇月は、その年の『復活』全国公演と、翌年の『サロメ』などの、国内だけでなく、台湾、朝鮮、満州、ハルビン、それにウラジオストックまでいたる全国巡演のちょうど中間に位置する。折しも大正三年七月には、第一次世界大戦が勃発し、八月に日本は第二次大隈内閣の下（一九一四年、四月一六日から一九一六年一〇月九日）、ドイツに対し戦線布告をし、九月から一一月にかけてドイツ領南洋諸島（マーシャル、マリアナ、カロリン諸島）、山東省青島攻略に成功している。そして、翌一五年には、中国に二一か条の要求を出し五月には受諾を得ている。そのころエジプトは、一八八二年九月以降イギリスによって軍事占領されていたが、一九一四年一〇月にトルコ帝国が三国同盟側に参戦することにより一二月にはイギリスの保護領となっている。

このような帝国主義の覇権争いの中でエジプトを支配していたのが大英帝国であるという事実はここで一体どのような意味をもつのであろうか。当時西欧の芝居や映画において『アントニーとクレオパトラ』の大ブームが巻きおこっていた。そしてエジプトのカイロは、イギリスの三C政策にとって、インドのカルカッタ、南アのケープタウンと並んで重要な拠点をなしていた。イギリスは、一八六九年に開通したスエズ運河の株式を一九七五年に買収し、七六年以降はフランスと共同でエジプトの財政を管理していた。つまり八二年の単独軍事占領により、イギリスはスエズというオリエントの黄金にいたる通路を手にいれ、オリエントをはじめ世界中に散らばる植民地を結ぶことを可能にするのである。まさにシーザーがアレキサンドリアという東方の要地を手にいれ帝国の拡大を図ったように、ヴィクトリア女王、エドワード七世、そしてジョージ五世と大英帝国の版図を広げていったのである。

このような帝国主義的な時代に、「アントニーとクレオパトラ」のナラティヴは日本においても帝国主義の主題を喚起せずにはおかなかったのであろう。そしてそのような一九一四年の日本に、抱月版『クレオパトラ』というテクストが介入する。戦後日本という位置からナショナリズムとフェミニズムという問題自体を問いなおそうとするとき、政治的な問いなおしを含まない本質主義的な芸術論や反映論あるいは単なるテクストの材源探しや道徳批評はそれだけでは全く意味を失ってしまう。

そのような背景を考えるとき、抱月による『クレオパトラ』の改作という現象はどのように読むことができるだろうか。それは、これまでまったく省みられることのないほど〈自然〉なこととして、ポストモダン・フェミニストですら見逃してしまっていた〈視点〉なのかもしれない。

抱月の『クレオパトラ』はすでに述べたように興業的には大成功とは言えず、劇評もことのほか厳しかった。そのような作品をなぜ抱月は舞台にのせたのか。そこに政治的無意識、あるいは歴史的要請を見るとするならばそれは何か。まずひとつには、それは一九一四年の東京、しかも早稲田というロケーションの文化的・政治的な意味づけ、いわゆる〈早稲田の思想圏〉における位置づけに関わってくる。

そして、もうひとつには抱月の〈一個の偉大なジプシー〉というイコンが、オフィーリア、サロメ、カチューシャ、エリーダ、カブラー、そしてヴァンナといった一連の女性主人公たちのナショナリティを経て、クレオパトラにたどり着いたときはじめて明らかになる主題系に関係がある。それは〈エジプト〉の主題である。上野大正博覧会でそれぞれの民族というナショナリティを代表していたのが、まさに〈美人〉という女性の他者表象記号であった。とすれば〈クレオパトラ〉すなわち〈エジプト〉の主題もまた私たちは植民地主義あるいは帝国主義という視点から考えなおす必要があるだろう。そこに〈ジプシー〉という記号に重ねられた〈さまよえるユダヤ人〉の主題がオリジナル神話の創造という帝国主義の主題を手招きしているのが見てとれるはずだ。もちろん自然主義や象徴主義というエスセティック・イデオロギーと帝国主義表象の共犯関係をも忘れてはならない。以下、『クレオパトラ』のロケーションをさらに詳しくみていく。

抱月率いる芸術座が大陸を巡演しはじたのは、大正四年の初夏のころから年末にかけてであった。その訪問地は、日本の植民地全般に渡り、対華要求のために日貨排斥など排日運動の激しかった中国を避けているとはいえ、七月には抗日暴動が起きている台湾にまで及んでいる。日本新劇のこのような遠征公演は、日本の近隣拡大型植民地主義との関係ではどのような意味をもっていたのであろうか。

すでに述べたように、坪内逍遙が「何故に日本人が沙翁を記念するか?」を雑誌『新演劇』に発表したのはシェイクスピア没後三〇〇年にあたる大正五年五月のことだった。そこで逍遙は、ドイツからフランス、イタリア、スペインを回ってロシアにいたる西欧列強におけるシェイクスピア・フィーバーを、単なるロマンチシズム勃興の「大風雲」に乗じたものにすぎないとみなし、人種主義的にシェイクスピアを受け継ぐのは、近松をもつ日本国民でなくてはならないと宣言している。逍遙は、バーナード・ショーやトルストイの反シェイクスピア論を、自然主義を背景にした単なる擬古劇に対する反動の鎖静化、あるいはドイツ学者叩きであると軽く一蹴している。そしてイプセン的「手品」によりシェイクスピアを歌舞伎に接ぎ木しようとしたのだった。それは、人種主義的、排他的、かつ独占的な〈翻訳〉行為であった。では逍遥のこのような思想は、一体どのような背景をもつのであろうか。

例えばシェイクスピア受容熱の高かったロシアでは、ツルゲーネフが一八六四年のシェイクスピア生誕三〇〇年祭の記念講演で、シェイクスピアはロシア人の「血となり肉となっている」と言明し、またその一二年ほど後に、ドストエフスキーもシェイクスピアやバイロンなどを例にあげながら、「すべてのヨーロッパの詩人、思想家、博愛家は、おのれ自身の国土を除くと、常に世界中のどこよりも常にロシアで最も深く、最も親身なものとして理解され、受け入れられている」と自負している。[54] したがって、「日本人こそ——英米人を除いては——最も熱心に沙翁を研究もし、記念もすべきだと思ふのである」と逍遙が言うとき、彼は先行するドイツやロシアなどにくらべて日本のシェイクスピア研究が立ちおくれていることを嘆くだけではない。むしろアカデミックな研究よりも実際の上演行為にこそシェイクスピアの「潜勢力」が存すると理解し、そこに近松のような日本の伝統芸能との親和性を見いだし、シェイクスピアの日本の国劇に対する貢献とその成果を世界に示すためにこそ、彼の記念式を日本で「執行するのは当然の沙汰だと思ふ」と断言するのだ。

私たちは、ここに〈記念〉行為によりシェイクスピアの〈普遍性〉に対し、事後的に再領有化を試みようとする帝国主義の論理の矛盾を見ることができる。逍遥は、「況んや早稲田大学の如きは、過去二〇余年間、兎に角沙翁研究には、最も深い因縁を有し、彼れに負ふ所の鮮少ならざるに於いてをや」と言明し、〈シェイクスピア〉の日本的〈起源〉を、早稲田大学に移植することになる。そして一九一六年はシェイクスピアと早稲田大学において、〈記念〉すべき年となる——はたして、このように逍遥が西洋列強に対して対抗心と焦りを隠しきれなかった一九一六年とは、一体どのような年だったのか。

まず、一月には吉野作造が民本主義を提唱している。四月には伊東道郎がロンドンでイェイツの『鷹の井戸』に鷹の役で出演し、また、アインシュタインが一般性相対性理論を発表した。五月（二九日）にはタゴールが来日し、大隈重信と会見している。また、中国では、前年より帝政化を窺う袁世凱に対し、一二月の第三革命を機に胡適らの提唱による反帝政の文学革命が始まっていた。いわゆる大正デモクラシーの運動は、この高まる帝国主義への恐怖と抵抗への時代の流れの中に位置づけられる。

このような時期に、日本でもシェイクスピアを〈記念〉しようとする運動が起こる。私たちは、そこに、幾重にも重ねられた起源隠蔽・捏造工作の痕跡を見ることができる。シェイクスピアは、もともとイギリスの政治・経済の中心であるシティー・ロンドンに対して辺境のリバティ地区に建てられた地球座を活躍の場とした。そのシェイクスピアを祭りあげるに際して、イギリスでは、シェイクスピアの死後はバッキンガム宮殿に対置する形でロンドン郊外のストラトフォード・アポン・エイボンが巡礼の地〈エルサレム〉とされた。この〈シェイクスピア〉を日本の文化に接ぎ木するにあたり、官学に対抗して都の西北に建てられた私学、早稲田大学に、シェイクスピア巡礼地〈エルサレム〉を置くという政治学が働いている。坪内逍遙は、その早稲田大学で日本初のシェイクスピアの完訳を成し遂げることにより、自らを日本版「シェイクスピア」の父の座に据えることになる。

日本文化は明治以降、異常とも思える速度でキリスト教的思考を吸収していった。その普及の早さはキリスト教の世俗化の過程で天皇制とイデオロギー的な類似性が生まれたためとも考えられる。[55] キリスト教は、アウグスッスのローマ帝政開始とほぼ同時に、ユダヤ王国のヘロデ王が君臨するエルサレムにおいて起こったものである。しかしローマ領となったエルサレムの主権は七世紀にイスラム勢力に占領されて以来、第二次世界大戦後に独立するまで十字軍などの努力にもかかわらず回復することはなかった。従って、シェイクスピアが『オセロー』のような芝居の中でも中心を失った世界を隠蔽しようとして歴史を書き換えていることが指摘されている。[56] また当時のイギリスの君主たちがトロイ人の子孫を名乗りロンドンをトロイノバント、つまり新しいトロイとみなす政治的な表象戦略をとったのも、植民の起源をこの古代ギリシャ人による小アジア植民に遡り、またそれにより間接的にヘブライ王国の起源、つまりモーゼの出エジプトよりもさらに起源を遡ることを目的としていたためであった。

このような、西欧の君主による植民の〈起源〉獲得の、あるいは隠蔽の戦略が突きあたらざるをえなかったのがエジプト問題だった。それは、当時勃興した比較文明論により説かれた〈西欧の没落〉の巻きおこした進化論的あるいは退化論な不安と無関係ではない。

10　〈エジプト・マニア〉とクレオパトラ

毎年のようにクレオパトラ展が人気を博し、〈エジプト・マニア〉という流行概念が廃れる気配をみせない昨今、注意すべきは、ノスタルジックに帝国主義時代の栄華を夢見ながらオリジナル神話を再生産しようとする現代のオリエンタリストたちの意図である。ここで問題にしたいのは、ポストモダンを装うという行為によって隠蔽される、あるいはされようとしている〈展示〉行為の政治性自体である。これは、ポストモダン批評家がポストモダンとプレモダンが複雑に錯綜する形で共存していると言われる日本の文化を批評する際、意味の〈多様性〉あるいは〈豊饒〉を金科玉条のように主張することにより見失いがちな点である。シェイクスピアの『アントニーとクレオパトラ』を批評する際にそれは顕著に現れることになるだろう。

特に日本の批評家において、たとえば作品が提起する「流動性」の問題を、その情報操作あるいは表象の政治性に注目するというよりは、性的な流動性、多様性にネオプラトニックなエロス（原理）を見いだすことに終始してしまう傾向が見られる。ポストモダン・フェミニストという現代的装いをまとってみても、結局は同様の言説の補強に終わってしまっているように思われる。先ほど述べたように、政治性の意識のない〈多様性〉の全肯定は、果たして、日本文化に固有と信じられている〈ポストモダン〉言説の中に結局は絡みとられてしまう。つまり、そのような議論自体が、意味の複雑さを、〈多様性〉という本質論に還元してしまうのだ。そのような批評は、例えば、世紀末的〈ファム・ファタル〉のイコンのはらむ他者性の問題を解放することなく、かえって内面化することになるだろう。そこでは、矛盾価値イデオロギーが、また新たに〈美的なもの〉の領域において、保存、強化されることになるのだ。

〈逸脱する他者〉としてのコロニアル・イコンを解体し無力化するためには、さらなる歴史化と〈起源〉の脱構築が必要である。そしてそのためには、例えば日本におけるクレオパトラ・マニアの〈起源〉である抱月と須磨子の『クレオパトラ』にどうしても、そして何度でも立ちかえらなくてはならない。そして地球規模の帝国主義戦争の起源を明らかにしなければならない。私たちにとってそれは、新たな異化や他者化、そしてジェンダー化のプロセスを経験することになるかもしれないが。

一九一四年は、世界的に『アントニーとクレオパトラ』に熱狂した年であった。抱月の改作『クレオパトラ』もこのコンテクストにおいてみる必要があるだろう。倉開二六は、「四種のクレオパトラ（芸術座を見て）」（『歌舞伎』第一七四号）において、芸術座の『クレオパトラ』をイギリスで見た三種類の上演と比較している。倉開によれば、当時イギリスで上演されていたのは、サラベルナールの『クレオパトラ』とショーの『シーザーとクレオパトラ』、それにロシア舞踊の『クレオパトラ』であった。さすがに歌舞伎専門誌の論客だけあって新劇に対する目は厳しい。特に、俳優の演技に対する厳しさは、日本の伝統芸能を守ってきた職人の民族意識をも感じさせる。しかし、後期の市川猿之助など、ロシア舞踊を自らの芸に取りいれて大成功を修めているが、ここには最も新しいものを取りいれようと望んでいる評者が最も保守的であるという矛盾した現実がある。歌舞伎では、男性が〈完全な女〉を演じるため、そこから日常性は排除され、崇高な様式美のみが、芸術として追求される。新劇女優は、演技に女の肉的日常性が混在してしまうため、歌舞伎の女形を基準とした場合、どうしても〈自然〉の露呈が〈下品〉とみなされてしまう。倉開はロシア舞踊を絶賛したが、それは、ロシア舞踊にロシアの〈歌舞伎〉を見たからであろう。

また、クレオパトラ・フィーバーは、映画に関しては、当時のイタリア映画の隆盛背景を抜きには語れない。大戦前に欧米映画会の王座を占めていたのはイタリア映画であり、ジャンルは歴史劇であった。「映画というメディアは、日本には、大正二年に、アンブロジオの『サタン』、チネス映画、『クォ・ヴァディス』、同三年に、チネス映画、『アントニーとクレオパトラ』、アンブロジオ映画、『ナポレオン一代記』、パスクワリ映画、『ボンベイ最後の日』、同四年に、サヴォイア映画、『シャンダーク』、パスクワリ映画、『サランボオ』、アンブロジオ映画、『オセロー』」という具合にながれこんできている。また、翌五年には、イタリア映画、『カビリア』が帝劇で「最高五円という破天荒の入場料で封切られ」ている。[57]特にこの作品は、カルタゴの没落とローマ帝国の興隆やその繁栄をその背景に描き、ラテン民族に愛国的なノスタルジアをかきたてることに成功したと言われている。当時のクレオパトラ・マニアも、このような民族主義の高揚の中で起こった現象である。一連の輸入歴史映画は、帝国主義的な〈民族主義〉の概念を、日本人に視覚的に植えつけただけでなく、その映画というメディアの〈同一化〉、〈同時性〉が、日本においても〈国民〉という概念をさらに均質化するための媒介となったと思われる。また。映画テクストは、その周辺のメディアに〈民族性〉言説を強力に拡散した。例えば、写真集、演劇、レコード、小説、童話、そして、絵本といったテクストにまで、メディア・ミックス的な影響力を広げていったのである。また、イタリアの文芸映画としては、明治四五年にパテー輸入のものが五本有楽座で公開されている。その中には、イタリア映画の『ネロ』やフランス・パテーのイタリア文社制作の『サロメ』があった。この『サロメ』を初めとして、『アントニーとクレオパトラ』は言うに及ばず、すでに明治四三年に日本で『シベリアの雪』という題で封切られた『復活』といった映画は、日本の文壇、特に演劇界にも大きな影響を与えずにはいなかった。抱月も、芝居の翻訳や演出において、西欧の演劇や映画の影響を大きく受けている。

『アントニーとクレオパトラ』に注目すると、大正三年三月にイタリア、チネス製作の映画が浅草電気館で公開されている。これは大人気を博し、五月には豪華写真集まで出版された。また、各種文芸シリーズも、『アントニーとクレオパトラ』を収録したものが、大正三年には五社の文芸シリーズから出版されている。坪内逍遙の翻訳が出たのは、大正四年であるが。それはある意味で前年のアントニーとクレオパトラ・フィーバーを受けてのことと言えるかも知れない。シェイクスピア原作の主な材源ともなった「アントニー伝」を収めた『プルターク英雄伝』も、大正三年九月には国民文庫刊行会から出版されている。その翻訳者はその序をカーライルの言葉を引いて始めている。いわく、「英雄豪傑の伝記は即ち世界の歴史である」と。

当時の女権運動は、ある意味で、この英雄たちの大文字の歴史を、彼女たちの小文字のパーソナルな歴史で書き換えようとしていたのであり、青鞜を中心に始まった大正の〈新しい女〉たちもその流れの中にあった。抱月がシェイクスピアの『アントニーとクレオパトラ』を『クレオパトラ』に改作したのも、ある意味ではそのような文芸的女権運動を背景として、そしてまた、イプセンなど、一九一三年にはすでに女性参政権を実現させていた国の作品に影響を受けて個人としての女性の悲劇を舞台に乗せたと言えるかもしれない。確かに、カチェーシャという一人の女性の不幸は、国民的同情を集め空前の大人気を博し、まさに大正文化の世俗性あるいは民衆性の象徴となったのである。抱月は、当時、そのような劇に一種の社会劇、問題劇といったスタイルを与えていた。しかし、社会を批判、問題視するような要素は、さまざまなメディアに移しかえられ、複製され、そして、歌として繰りかえし口ずさまれるというように大衆化する過程で、民衆の間に根付くと同時に、無意識の中に忘れられてしまったようである。そして、そのような民衆意識の文化的均質化・同質化が、〈国民〉意識、つまり日本の近代ナショナリズムの形成基盤となるのである。

抱月版の『クレオパトラ』の評判が余り良くなかった理由としては、西欧から伝播したクレオパトラ・フィーバーがすでに日本でも起きていたことによるとも考えられる。つまり、ファム・ファタルとしてのクレオパトラ像が、芝居や映画のスペクタクル性において描かれるとき、すでに、〈ギリシャ美人〉の典型として物語のオリエンタリズム的構造と文化人類学的、考古学的に様式化していた。すると、まず、視覚的な民族的偏見が、日本の観客に植えつけられていたと考えられる。大正博覧会の美人館がそうであったように、〈美人〉の民族的に分類は、視覚的基準により、なされなければならないものであった。このような〈博覧会の眼差し〉を身につける条件が備わっている時、いくら殉死の美学と〈新しい女〉的なファム・ファタル像が重ねられていても、須磨子のクレオパトラでは観客は納得しないはずである。なぜなら、当時、クレオパトラの主題とは、すなわちエジプトの主題、つまり民族的な問題であり、それは必然的に、視覚的、あるいは骨相学的に人種を分類する視線を要求するからである。

これは、演技や台詞の問題というよりも視線の問題により多く関わってくるだろう。つまり、観客は抱月が期待するような、ジプシーという「絶対人格」としてクレオパトラを見ることができない。彼らの視線は、〈クレオパトラ〉を〈エジプト人〉の女王として認識し、〈日本人〉の女性としての〈須磨子〉と区別する。〈クレオパトラ〉が〈エジプト女性〉を代理・表象する記号であると同様に、〈須磨子〉という記号は、一個人であると同時に〈日本人・女性〉の民族的存在自体を代理・表象する記号となる。また、これに女王という階級の表わす〈品格〉とジプシーのもつ〈野卑〉を須磨子は同時に演技しなくてはならない。この時須磨子の見られる身体は、ジェンダー／民族／階級の刻印を二重に記されることになる。あるいは、この矛盾し混合した異種多様の要素を同化し統一する〈美的なもの〉として須磨子は表象される。いわば彼女の演技する身体、女優としての身体こそが、作家・演出家である抱月にとっての〈美学〉そのものなのである。抱月はこの意味においてのみ〈美学者〉となりえる。『クレオパトラ』は辛い劇評にもかかわらず、まずまずの観客を集めたであろう。しかし重要なのは作品の評価そのものではなく、当時このような視線がコンテクストとしてあり〈自然〉なものとなっていたということである。

また、『クレオパトラ』の上演は他の二つのタイプの芝居との関係において見るのも有効だと思われる。ひとつはシエイクスピアの『ジェリアス・シーザー』で、もうひとつは、『人形の家』、あるいは『復活』である。『ジュリアス・シーザー』は日本のシェイクスピア受容史を紐解くまでもなく『ハムレット』と並んで最も早く受容され、舞台での上演回数も一、二位を争う人気のレパートリーである。この二つの作品が明治以降の自由民権運動と西洋的あるいはキリスト教的自我意識あるいは個人意識の高まりとともに主に男性知識人たちによって広められ利用されたことはいうまでもない。前述の「英雄豪傑の伝記は即ち世界の歴史である」というカーライルの言葉は英雄的人格の称揚を歴史主義の立場から後押ししていた。それに対して『人形の家』や『復活』は、まさにこの英雄的社会観や制度そのものを問題にした作品である。しかし、この一見仰々しい〈父権主義〉対〈女権主義〉といった対立の図式も、ナショナリズムという問題をもちだすと一気に崩れてしまう危うさを孕んでいる。

これまで見てきたように一九一四年という年は、日本だけでなく世界規模で西欧世界がアジア地域を巻きこむ形でナショナリズム高揚の機運を一気に形成・発勤し、拡散した年と言えるだろう。しかもさまざまなメディアの発達が地理的時間的差異を越え（あるいは地理的差異を隠蔽し）、均質で同一の共同体という国家、あるいは民族幻想の捏造に強力な助力となったことは疑いない。なかでも演劇表象がリアル・ポリティクスと深く関わっていたことは重要である。例えば日本では、当時演劇と映画を組み合わせた「連鎖劇」が流行していた。こういった過渡期的な雑種的混合スタイルに代表されるように、当時のメディアはまさに文化と政治の連鎖現象・効果を表象していたと言えるだろう。[58]

おわりに

抱月とは、一言でいえば矛盾命題に取りつかれた男であった。そして、〈一個の偉大なジプシー〉とは抱月が選んだ生涯最大の象徴だったということができるだろう。しかし、須磨子を舞台にあげてこの〈ジプシー〉を演じさせていた時、抱月自身も一座を率い、帝国の圏内をまるで〈ジプシー〉のように全国を移動していたという事実には意外な側面がある。抱月は病床に伏す直前に巡演地図を作り、訪問地に征服した印の旗を立てているのだ。彼は須磨子のもつ天性の大衆同化力を武器に次々と征服してきた過去の巡演地を儀礼的に〈記念〉したかったのだろうか。現実的には、当時松竹会社との提携が成立することによって、当座は資金的な心配がなくなっていたので、資金稼ぎのために「土地の肥瘦を論ぜずして新劇の種子を蒔き歩」く必要もなかった。大正四年一月に、抱月はカチューシャ劇の無断興行に対する訴訟を起こしている。芸術座の人気にあやかろうと、ある劇団が日本のみならず、朝鮮、満州、そして台湾にまで渡って『復活』を不法上演したのだ。当時『復活』は、芝居だけでなく映画においても、それも本編だけでなく続編、続続編と作られる程の人気があり、もぐりのレコードなども相当出回っていただろうと想像できる。そこでたまらず抱月は芸術座の作品が〈オリジナル〉であるとその知的所有権を宣言したわけである。翻訳や翻案、それに改作ものがようやくそれぞれコピーではなくオリジナルの価値をもつと、主張しはじめた瞬間である。抱月も、〈アントニー〉のために殉死した〈クレオパトラ〉を再び〈シーザー〉の帝国主義の野望に回収していくプロセスを自ら再演するとは思わなかったかもしれないが。

翌年一九一五年の五月に出版された、『大隈伯演説集――高遠の理想』という一冊の本がある。何よりも驚かされるのは、その口絵だろう。私たちが目にするのは、ある人物が蓄音機に自らの声を吹きこんでいる姿である（図10）。これはまさに、一九三九年制作のファンタジー・ミュージカル映画『オズの魔法使』の一場面を思い起こさせる。一九〇〇年にライマン・フランク・ボーム（一八五六～一九一九年）原作の『オズの魔法使い』が発表されてのち、好評のためシリーズ化され、一九一〇年からはサイレント映画も次々に制作されている。読者は、コートの前で両手を組んでいるその人物の顔を見ることはできない。これは、大隈が大正四年三月の衆議院議員の選挙に際し、各地に回送するための演説を蓄音機に吹きこんだときのものである。骨相学に詳しく、その観点から日鮮同祖論を説いた人物は、自分の正面＝顔相を複製させることを拒んだのかもしれない。あるいは、まさに録音するという行為

図12　蓄音器に向かう大隈伯『大隈伯演説集（1915年）口絵

そのものを見せることによって、自分の声が複製された〈声〉のオリジナルであり、自らがその権威であることの証拠を示しているのかもしれない。それとも、ドロシーが探し求めたオズの魔法使いが、結局はなすすべもなく死なせた娘コーディリアを抱くリア王のごとく、カーテンの陰に隠れるただの弱々しい老人に過ぎなかったように、自らが奇跡を起こすような本物の魔法の力などまったく持ちあわせていないことを証明する身ぶりを提示しているのだろうか。まさにエンブレムの世界のように、神秘的な象徴を駆使した『オズの魔法使い』は、ある意味「ペテンの悪魔祓い」の自己啓発的な演劇的効用を探究し、より高度で崇高な思索に到達することを目的としているという意味で、すでに論じた『リア王』にも似通っているが、大隈も自著で同様の効果を期待したのだろうか。それは奇しくも、抱月率いる芸術座が直接観客に〈演技〉をみせるため、まず東京を発って大阪に向かい、彼らにとってはじめての全国巡演の口火を切ったのと同じ月の出来事である。

普及しつつあった複製技術は、オリジナル神話を脅かしながらも確実に小熊英二のいう「混合民族論」と「単一民族論」という二つのナショナリズムの基盤を固め、均一化する民衆意識の範囲を拡大することに大いに貢献しはじめていた。現在においても〈私たち〉はこの〈混血と同化、矛盾の政治学〉と多層的な関係を結んでいかざるをえない、あるいはいやでも逃れられないとするならば、それがたとえポストモダン・フェミニズムの衣装をまとい、あるいは、いわゆる〈美的なもの〉の化身として目の前に立ちあらわれようとも、〈境界〉領域の線引きを強行する〈権威〉に対しては、絶えず疑問を投げかけ、検証を求め続けることが必要となる。本章では、シェイクスピアの『アントニーとクレオパトラ』と、抱月・須磨子の『クレオパトラ』の間の様々な交渉プロセスにおいて〈想像の共同体〉を形成する〈美のイデオロギー〉について検証してきたが、〈混血と同化、矛盾の政治学〉の実践を単なる過去ではなく現在の問題としても検証していくことによって、私たちが新たに多様な〈他者〉との関係性を創造できるような視点と方法論を見いだしていくことが求められている。

第七章

〈退化論幻想〉としての『虞美人草』

——藤尾の死／処刑の条件

はじめに

夏目漱石の『虞美人草』を〈退化論幻想〉における処刑の条件として読み直すこと、これが本章の主意である。昨今『虞美人草』を再評価することが流行しているようだ。しかし、論者が『虞美人草』の突きつける「道義」にどう向きあうかを問われるという点で、「『虞美人草』はあたかも踏み絵と化している」。[1]『虞美人草』を「イデオロギー闘争の場」とみる石原千秋は、「祝祭空間」としての博覧会に注目することにより、「道義」の物語を解体しようと試みている。これから論じようとするのは、まさに、そのような脱構築の試みさえもすくいとってしまうほど強力なイデオロギーの効果自体である。そして、それが〈退化論幻想〉というイデオロギーなのである。〈退化論幻想〉とは、一九世紀後半から二〇世紀前半にかけて広まった進化論神話を補完する退化論思想・表象の総体である。退化論は、生物学をモデルに一般的〈衰退〉像を提供する心身一元論的なパラダイムである。そして、その進歩／退化の二項対立的構造の極地は、ユダヤ人を狂人や前衛芸術家、性的倒錯者、そしてジプシー等と共に退化者として弾圧するヒトラーの行為に顕現する。また、退化論は分析・選別し、処刑「行為を正当化する」道具でもある。「まず診断／識別があり、治療／救済（法）は……ない」。[2] 退化論は、いわば元型神話の科学的偽装なのだ。

しかし、このようにホロコーストの基盤となる退化論の問題が一枚岩的でないことは、例えば、その主要イデオローグであるロンブローゾとノルダウがユダヤ人であり、特に後者は、ドイツ風（アーリア人風）に改名してはいるがシオニズム運動の指導者であったという事実からも明らかだろう。[3] つまり、彼らにとって人類の退化とは、すなわち自民族の再生の可能性を意味していた。世紀末の帝国主義と植民地主義の世界的展開が生む矛盾は、ナショナリズムの噴出となって現われ、進化論的進歩の行きづまりが、反動として退化の恐怖を時代の精神に投影するのだ。さらに、ルネサンス精神の復興が民族精神の再生論として退化論と表裏をなす時、いわゆる「王の二つの身体」が、帝国の二つの身体、つまり自然的身体と政治的身体の有機的弁証法として復活するのだ。かくして退化論は、衛生学、つまり帝国主義の国民国家が国内外の他者を排除し、健康な帝国国民主体を再生することを企図するイデオロギー、一種の国民衛生装置への道――〈退化論幻想〉としての『虞美人草』――を開くことになる。

漱石は、しばしば近代と反近代との矛盾を生きた英雄として説明される。しかし、もはや漱石の葛藤する主体を、帝国主義のコンテキスト抜きで考察することは難しくなりつつある。[4] ノルダウの退化論は、なによりもまず西洋の疲弊し、堕落・退化した上流階級や都市の知識人に対する文明批判であった。またそれは同時に人種や民族、国家の再生論でもあった。ノルダウの言うモラルとは、いわば適応できない退化者の死殻を突きやぶって噴出する「大溶岩流」の如き不滅の「人間性」への信念である。[5] それでは、『虞美人草』の崇高なる〈山〉は、いつそしてどのように噴火するのだろうか。

1　藤尾の死

藤尾の死、それは『虞美人草』の主題であり、また〈退化論幻想〉の効果でもある。しかし、それを論じようとする者にはダブル・バインドの罠が待っている。なぜなら、藤尾の死を肯定・英雄化しても、あるいは否定・犠牲者化しても、結局は女性の原罪を自明視したまま、人間＝男性の罪の浄化を実践する退化論的儀式に手を貸すことになるからである。『虞美人草』のテクストは、藤尾の死を、女性排除の儀式として神聖化し、男性間の連帯強化を促す。そして、その空間に参加する読者も共犯の罠を逃れられない。読みのプロセスで維持・強化される父権制の象徴的暴力的構造は、人種、国家レベルに速やかに移行されるならば、ナショナリズムの維持・強化に貢献することだろう。そして藤尾の死という一種のパラドクスは、無邪気な文芸批評家が〈勧善懲悪〉が機能するかどうかにより作品の価値を査定しようとする時、そのイデオロギー効果を最も発揮するだろう。

正宗白鳥は、かつて『虞美人草』を、その「饒舌」なる「美文」と「頑強なる道徳心」、つまり勧善懲悪ゆえに「近代化した馬琴」風であると評した。[6]白鳥のこの否定的言辞は、今では『虞美人草』再再評価の枕詞とさえなっている。[7]この〈近代化した勧善懲悪〉という概念は、通常否定的な意味合いで引用されるが、例えばこれを〈進化した勧善懲悪〉と読みかえると、異なる局面が顕在化してくる。つまり、それは進化論イデオロギーを土台にした勧善懲悪となり、「南総里見八犬伝」の船虫のように現実に大罪を犯さなくても、藤尾の行為・存在の象徴性自体を現実の大罪として断罪する〈近代的〉暴力装置となる。『虞美人草』が藤尾の死を自明なものとする、つまり自然化するための象徴的なイデオロギー装置であることが見えてくる。もっともそれが、一枚岩的ではなく、石原氏の言う意味での「イデオロギー闘争の場」であることはもちろんである。では、それはどのような〈場〉なのか。

水村美苗は、『虞美人草』を完全な失敗作であるとしながらも、この小説が、前近代的な勧善懲悪の存在によるのではなく「勧善懲悪が破綻している」という事実ゆえに「漱石の初めての『近代小説』」になるとして作品の再評価を試みている。[8]つまり、漱石は「藤尾的なもの」に何ひとつ罪を帰すことができなかったことによって、「藤尾的なもの」を殺す不当を訴える「近代小説」をいつのまにか書いてしまった」(一七六頁)というのだ。水村氏は、そこで「藤尾的なもの」を、「漢文学的なもの」に対する「英文学的なもの」であり、また「日本的なもの」に対する「英国的なもの」、そして何よりも「男と男」の世界に対する「男と女」の世界であると定義する(一七三頁)。

興味深いことに、水村氏はこの「男と女」の世界を、「イヴセン流の」ナショナリズムの発露とみなしている。水村氏は、漱石の言葉を引用しながらこのナショナリズムを次のように説明する。つまり、それは、「命のやりとりをする維新の志士の如き烈しい精神」であり、「西欧列強国を前に、日本という国を強烈に意識したナショナリスト」の精神を指している。しかも、それは同時に「英文学を相対化」し「ナショナリテーを基礎とした獨特の文學」、つまり「眞の日本文学」の可能性への問いともなるものである(一七〇頁)と。この議論は言い替えれば、漱石の「自己本位」論と全く重なるものである。しかし、水村氏はここで漱石の「自己本位」論と重ねて論じる危険を敢えて避けているようだ。なぜなら、水村氏の目的は、他の日本の自然主義文学が「平安女流文学者たちの精神を無化して行った」のに対し、漱石の描く藤尾の死がその「精神を継承」していることを、明らかにすることだからである。

ここで問題になるのは、水村氏が次のように主張する部分である。『虞美人草』の「美文」は、確かに藤尾を「妖婦」にも「天女」にも変える。しかし、重要なのは藤尾が「我の女」を貫き通したということであり、それによって藤尾が「誇りゆえに死を選んだ英雄となる」ことである（一六九頁）。このように『虞美人草』を再評価する過程で、藤尾は「何の罪もない」まま殺されて「天女」となるべき女＝犠牲者として再規定されてしまう。しかし、その過程で、「自分の結婚相手は自分で選ぶと宣言するひとりの、いわゆる主体性のある娘でしかない」（一六七頁）藤尾が、その我の主張故に通俗道義によって処刑されるという因果律自体は、問題化されないまま保存されてしまうのだ。

水村氏は、「兄さんは兄さん。私は私です」という言葉に、藤尾の女としての主体性が表われていると主張する。しかし、小野によってクレオパトラを模倣するように教育され、しかもあくまで欲望の対象として描写される藤尾は、本当に「私は私」なのかと自問することのない、ナルシスティックな〈退化者〉である。道徳的な悟り＝健康快復は、あくまで男たち＝日本社会のものである。しかも藤尾の美文的イメージはすべて回りの男性主人公たち、特に甲野と共犯の語り手によって構築される。「藤尾的なもの」が「定義不可能」なものとして定義されるという事実は、秩序攪乱の可能性をもちつつも、あくまでも最終的には回収されるものとしてのみ可能なのであり、藤尾の女としての主体性を肯定的には保証し得ない。つまり、藤尾のアイデンティティは、流動化するものとしてではなく、石化し粉砕されるべきものとして固定化・神聖化されるのだ。

水村氏が「自己本位」論を避けたのは、漱石のナショナリズムを「平安女流文学者たちの精神」に接続するためであった。しかし、それは、例えば同じく漱石を再評価しようとする小森陽一が、「自己本意」論を前面に立てて論じるのと好対照をなす。もちろん、退化論と闘う漱石像を主張する小森氏は、『虞美人草』を評価しないというより、その退化論的構造を無視せざるを得ないだろう。[9] しかし、反対に水村氏は『虞美人草』を評価するために退化論を無視せざるを得ない。このダブル・バインドに私たちは藤尾の死の、また退化論の強力なイデオロギー性を見ることができるだろう。どちらにしても退化論イデオロギーは、パラドクスとして生きのこってしまう。過去と現在を、このイデオロギー的矛盾を無視して接続することは危険である。なぜならそれこそが、ノルダウの理論の陥穽だからである。ノルダウによれば、「文学と芸術は隔世遺伝の関係を示し」ており、退化者は、最終的には自滅するか、道徳家により「棍棒で殴り殺」されるべき存在とみなされるだろう。[10] ヒトラーの暴力とのこの恐るべき親近性は、過去を安易に現在に接続しようとする者に注意を促さずにはおかない。つまり、退化論のイデオロギー性を抑圧・隠蔽し、「男と女」の世界を「近代」の神話として再び美化・神聖化するのではなく、そこに「男と男」の世界の露骨な偽装を暴露し、その解体の契機の可能性を探ることこそが必要となるであろう。

2 クレオパトラとサロメ

『虞美人草』の道徳的な語り手は、藤尾の死を次のように語る。「我の女は虚栄の毒を仰いで斃《タオ》れた」(一九・一)。[11] 小野と藤尾の「活人画」(一七・六)への夢は、プルターク英雄伝やシェイクスピアのテクストだけでなく、道成寺伝説やロセッティ、それに、メレディスのテクストを織りこみながら、「二枚折りの銀屏」(一九・一)に描かれた虞美人草という花の物語へと収斂するだろう。それは、楚の項羽が、戦争で亡くした愛人虞美人の血が染みこんだ地面から草が生えたため、それを虞美人草と名づけたとする伝説である。漱石の明治四一年頃の作にも「垣老て虞美人草のあらはなる」という句がある。虞美人草という芸術の誕生は、また、虞美人の死と変容の物語である。

世紀末とは、人生が芸術を模倣する時代である。そして、芸術が自然に限りなく接近しようとする時、そこに退化論は科学的な基盤を提供するだろう。藤尾は、家庭教師の小野のもつ「プルターク英雄伝」を、「箔美しと見付けた時」に、その「男の手からもぎ取るようにして、読み始めたのである」(二・一)。『虞美人草』のテクストは、藤尾を、男性の知的所有物を奪う女性として描く。しかし、女性が男性の模倣により知的主体となろうとする時、心身一元論的な生物学的排除の論理が、男性化した女性を自然からとり除く。つまり、自然の論理により藤尾は性的な主体になることを許されない。むしろ藤尾が性的な主体となろうとする瞬間に、テクストは道義の刃により死をもってその可能性を抑圧し封印してしまう。そして、藤尾は本物の自然として芸術のなかに、永遠の美として象徴化されるのだ。自然から逸脱しようとするものは、芸術の道徳力により自然に返されなければならない。藤尾は彼女のアントニーを道連れにはでさない。いや、藤尾の教育者小野は、まさに語り（手）の力を得て、藤尾の死という教育を完成するのだ。そして、それは同時にテクストによる小野への、あるいは読者への教育でもある。いうなれば、それこそが、マゾッホ流の、あるいはワイルド流の教訓なのである。

「われを隠し給へ。恥見えぬ墓の底に、君とわれを永劫に隠し給へ」（二）というクレオパトラのローマの神への祈りは、藤尾においては「虚栄の毒」となる。そして、『虞美人草』テクストは、その悲劇的結末遂行のために次の一節の回想的反復を要請する。「埃及の御代しろし召す人の最後ぞ、斯くありてこそ」（二・六／一九・一）。藤尾の死は、「凡てが美しい」という美的道徳的語りのなかに正当な位置を得る。そして、藤尾のメデューサの目、「驕る眼は長へに閉ぢた」のである。「驕る眼を眠った藤尾の眉は、額は、黒髪は、天女の如く美しい」（一九・一）。

そこにあるのは、死のフェティシズム、ヴィーナスの石像を愛するマゾッホの愛なのである。

「歇私的里《ヒステリ》」により「化石」化し「中心を失った石像」（一八・一四）となる藤尾の死は、まさにノルダウのいう

「冷たいガラス質の岩滓」となる「火山の外殻」であり、退化者の死である。[12] アントニー役の小野は、クレオパトラ役の藤尾の自滅により、オクタヴィア役である小夜子のもとに帰り、その神経衰弱を癒してもらえるかもしれない。その代償として、これまで金の追求にアイデンティティを置いてきた小野は、藤尾を失うことで金だけでなく博士論文という名誉からも遠ざかってしまうだろう。彼の目指す進歩からは退いてしまう。しかし、小野の「全く軽薄な人間」から「真面目な人間」への急変は、それを退化と呼ぶならば、生存するための適応力のある退化であり、彼は実際「真面目な」宗近君に「生まれ付きを敲き直」されるのである。それは死にいたる藤尾の退化とは明らかに区別される、生にいたる退化である。このような区別がきわめて世紀末的なミソジニーの結果であるならば、ここでクレオパトラの主題をさらに典型的に世紀末的・退化論的なサロメの主題と比較してみることは有効だろう。

クレオパトラの主題は、早くはプーシキンの『エジプトの夜』（一八三七年）から、シャーロット・ブロンテの『ヴィレット』（一八五三年）、ライダー・ハガードの『クレオパトラ』（一八八九年）、J・B・ショーの『シーザーとクレオパ

トラ』（一八九八年）まで、あるいはスウィンバーンの偶像から女優サラ・ベールのクレオパトラにいたるまで、幾つもの顔をもつ「運命の女」の一つの系譜を形成している。[13] クレオパトラの物語は、すなわち彼女の死の物語であるがゆえに、オリエントに対する西欧キリスト教世界の征服の記念碑として語りつがれてきた。[14] クレオパトラの死は、過去に対する現在の、異教に対するキリスト教の、植民地に対する帝国主義の、女性に対する男性の勝利の象徴として語られてきたのだ。

語りによるクレオパトラの死の反復が、帝国主義イデオロギーを強化する。植民地主義のディスコースでは、夫の死体と共に生きながら焼かれるインドのサティー（貞淑な妻）と同様に、死んだクレオパトラが一番貞淑なクレオパトラとなるのだ。[15] すでに見てきた水村氏の議論も、クレオパトラの主題が提出するこのような問題が、西洋／東洋の二元論の上に立つ、日本特殊論的な自死の美学に回収されてしまう例として考えられるだろう。

しかし、恐らくヒステリー性の発作により憤死する藤尾に比べ、シェイクスピアのクレオパトラは、主体的な自死の演出により、一層流動的な欲望の主体としてローマ的な男性主体を攪乱する要素をもっているようにみえる。それに対して藤尾の死の症例判断は、読者にとって徴候的な読みの最終確認の場となるに過ぎない。死因を検証するための視線は、女性犯罪者を規定する骨相学的犯罪学、心理学、そして退化論に基づいた探偵の視線として、所定の訓練を経たのち読者のものとなるだろう。それは〈退化論幻想〉において、オフィーリアからサロメまでの女性の死をひとつの〈症例〉とみなし、同時に〈美〉として認識し、称揚する視線である。『虞美人草』は、この視線の訓練という点においては、水村氏の指摘するイプセンやオースチンよりも、オスカー・ワイルドの『サロメ』（一八九一年）にこそ最も類縁性をもつように思われる。

このユダヤの王女の物語は、いわゆる〈世紀末幻想〉の一つの典型である。その『サロメ』を〈退化論幻想〉の極点として位置づけるため、ブラム・ダイクストラは巨大な本を編みあげた。その著『倒錯の偶像』は、副題にもあるように「世紀末幻想としての女性悪」を論じたものである。[16] しかし、その主意は「序」に言うように、「世紀転換期における女性に対する文化的戦争の基盤をなしていた知的前提が、ナチス・ドイツの民族皆殺しの人種理論の実行を可能にしたのだということ」を示すことにある。ダイクストラの言うこの「知的前提」こそ、富山氏の言葉を借りれば、〈ノルダウの思想圏〉である（「漱石と退化論」、一七九頁）。その最終章は、「断ち切られた男の首を崇める女司祭」として「ユディトとサロメ」を論じている。そして、世紀末の「女性皆殺し（ガイニサイド）」幻想が、二〇世紀の「民族皆殺し（ジェノサイド）」実現の徴候であったことが目的論的に論証される。

世紀末の転換期の知識人たちが飽くことなく指摘したように、サロメとユディトはユダヤ人だった。こうして、彼らは女性の罪を「退化的な人種」の罪と結びつけた。たとえ女性が平凡で日常的な存在であるため、大部分の男性にとって彼女らに対して恒常的な敵意の感覚を抱きつづけることなど不可能だったとしても、女性と同じ罪を負わされたユダヤ人がなおもいたのである。胡散臭い存在である彼は東洋からやって来たドラキュラだった。彼はまた、神秘的で、女々しいほど芸術家肌ではあるが、慈悲心のないスヴェンガーリだった。またザーコフという「黄金を、黄金を、黄金を求めて市の汚物の山を一時間毎に熊手で捜し回っている」貪欲な「男」であった。
処刑者の代理人としての、獣の毛皮を着た現代のヴィーナスとしての女性、女性という性（ジェンダー）は、究極的には、緩慢な骨の折れる過程を経ての「超越」によってのみ征服し得るものだった……。しかしながら、サロメは変性した女性、セム人的な退化動物、いくらでも犠牲にできる的だった。いくつも罪を犯したかどにより、彼女を殺すことさえ正当化することができた（六一七〜八頁）。

藤尾はユダヤ人ではないし、クレオパトラもユダヤ人ではない、ということとは別の問題である。これはあくまでも心身一元的なキャラクター造形の問題である。それは、人種、ジェンダー、そして、階級のどの層においても転移しうる問題である。〈退化論幻想〉においては、いわゆる〈新しい女〉たちは、男性を滅ぼし文明を死滅させる原因として一斉に退化者（変性者）＝ディジェネレイトに分類され、そのステレオタイプとして祭りあげられる。もちろんそれは世紀末に始まる女権運動の興隆と関係がある。〈新しい女〉、あるいはニュー・ウーマンは、一八九〇年代の西欧において、そして二〇年ほど遅れて日本でも男女同権を求める声を上げる。それは、世紀半ば以来称揚された、中産階級の男性の魂の保護者としての「家庭の尼僧」像に対する反抗でもあった。

この女性の美徳の伝統を転覆しようとする動きに対する中産階級男性たちの恐怖心は、当時の進化論や科学的言説の力を総動員する。それは、女性を男性の退化と文明の衰退を引きおこす怪物として表象し、人類堕落の罪をかぶせようとする時代の知識人たちの努力となって現われる。[17] そのために大量に生産されたのが、オフィーリア、シャーロットの姫やエレインなどの無性欲的な献身的処女の理想像から、ヴィーナス、ニンフ、セイレン、キルケ、スフィンクス、リリト、スフィンクス、サロメ、エレイン、そしてさらに猫や蛇の化身、魔女や吸血鬼にいたるまで、病的でグロテスクな女性像群である。「家庭の尼僧」像と「怪物的な女性」像は、そこでは、「神のように尊大な男性と哀れな女々しい男性の犠牲者」の対照関係に完全に対応する。それは、世紀末転換期の文化人たちが、このように「絶対的な二項対立の単純な世界の説明を何よりも好んだ」からである。この倒錯的な関係のモデルを、ダイクストラは、ザッハー＝マゾッホが一八七〇年に『毛皮を着たヴィーナス』描いた倒錯した欲望、いわゆるマゾヒズム的な欲望に見いだす。[18] まず、超人的な支配者、あるいは処刑者に対し、同性愛的な憧れを抱いている男性が、その倒錯した欲望を投影する相手として、男性化した女性を選ぶ。そして、(しばしば妻である) この女性を、(女性化した男性である) 自分の代理の主人とし、マゾヒスティックな快楽を得る。その後に、その超越した真の男性 (アーリア人)、あるいは神が登場し、男性の首を狩る (去勢する) 猛女を討ち滅ぼす。その過程で、この主人と奴隷、あるいは処刑者とその助手は、通過儀礼的認識を得、結果として男性同士のホモソーシャルな関係構造を強化することになる。[19]

このマゾヒズムの関係を支えているのが、今や悪名高い一九世紀的思考の絶対的二項対立モデルなのである。要するに、ダイクストラの目的とは、まず、ワイルドのヘロデ王が最終的に超越した処刑者へと変容し、男性の首を狩る女に対し「その女を殺せ」と命ずることになる、その主人・奴隷関係の処刑モデルを支える近代の思想的前提を暴露することである。そして、さらに、そのガイニサイド (女性皆殺し) の呼声が、観客の同調を要請し、ジェノサイド (人類皆殺し) の実践へとシフトし得る (あるいは、し得た) ことの歴史的必然性を示唆することなのである。

3　死の条件

水村氏は、『虞美人草』という作品が、「藤尾が藤尾であること自体を「悪」だと規定せざるをえない」構造を有していると指摘する（一八頁）。そして、藤尾の罪は「美文」から解放され「我」そのものに転向されたのであり、その時、『虞美人草』は「女の物語」、「誇りゆえに死を選んだ英雄」の物語となるのだと言う。水村氏の議論は他の女性たちを無視し、藤尾の死のみを特権化するが、それは女性内部の差異を無視し、対立項を抑圧する「男と男」の世界の構図を自ら再演してしまうことにはならないのだろうか。

例えば、石原氏は、神経衰弱が「男の社会制度からの逸脱の徴出であると同時に、女の男の物語への加担の徴でもあった」ことを指摘し、母の神経衰弱が示すように、『虞美人草』が「母の〈父〉の名への侵犯が引き起こした物語」であると述べている。[20] すると、女性のヒステリーと、男性の神経衰弱というような、ジェンダーの社会的境界線も揺らいでくる。この動揺する社会的性差をより分化させようとするのが、社会進化論であり、退化論の議論である。藤尾のヒステリーは、ある意味で、このような構造の歪みにより引きおこされると考えられる。また資本主義社会に向けて父権制社会自体が揺らぎつつあるがゆえに、藤尾母娘は「父の名」という象徴的権力の獲得に走るのだ。

しかし、「父系による遺産の管理」がイデオロギーとして発動することにより、「結果として、藤尾母子の排除が行われることになる」。[21] 近代化途上の不安定な社会において、「道義」の観念こそが長男として「家の中では生まれながらにして貴種」である欽吾に、義理の母の取りこみと、義理の妹の排除を同時に遂行させることになるが、それを支えているのは、まさに明治民法の定める長子相続制度なのである。[22]「女の物語」は、このように「父の名」が「象徴的暴力装置」として機能する世界にとって、真に対立するものではなく、基準から外れたもの、「変種」あるいは「退化種」として排除・回収されてしまう。従って、水村氏のように、「男と男」の世界と「男と女」の世界の対立を自明のものとして設定し、さらに漱石が前者を裏切るものとして後者の世界を描いたと結論づけたとしても、結局女は男を裏切るもの、そしてその罪を死んで償うものという前提が自明視され、沈澱、残留してしまう。無実の女の謀殺は、その女性を無垢の死によって英雄化することにより、すでに英雄崇拝の構造を有している「男と男」の世界の二項対立的象徴体系を一層補強することになるだろう。とすると、漱石の女嫌いの罪を贖うよりも、その知的前提を明らかにし、例えば『虞美人草』の〈退化論幻想〉との共犯関係を明らかにすること、そして、できればその理論的破綻を見出す作業が、一層必要とされるのではないか。

甲野の「道義」が「父の名」として機能する時、それが超法規的に「我の女」を殺すことが可能であることを、『虞美人草』のテクストは示している。藤尾の死の法的・因果関係的な「不当を訴える」声は、「その女を殺せ」というヘロデの声のもつ権力の恐怖を抑圧し内面化してしまうだろう。そして、かえって無意識のうちにその法的・因果関係理論に基礎を置く象徴的暴力の共犯者となってしまうのだ。漱石が藤尾という堕落した女性を殺すために『虞美人草』を書き、「藤尾的なもの」を象徴的に殺すことを主意としていることは明らかである。というより、問題は女殺しが『虞美人草』テクストの構造だけでなく、その思想的文学的背景とも深く関わっているという事実である。それに対し、もし漱石が〈ノルダウの思想圏〉、あるいは通俗の勧善懲悪に対して敢然と立ちむかった近代／反近代の英雄であるかのようにみなし、また、その作品をもその目的に合うような解釈の鋳型に入れるとすれば、それは、まさに退化論のもつ複雑なイデオロギー作用を隠蔽し、漱石を安全物として現代のイデオロギーに回収することでしかないだろう。

また、水村氏は、『虞美人草』が「ナショナリスティックな作品」であるが、「国粋主義的なものとは無縁である」と言っている。つまり、その「根底にあるのは『模倣でなければ追従でも』ないこれからの「眞の日本文學」はいかに可能かという問」なのである、と言うのだ。[23] しかし、その当時日本は、日清、日露戦争を経て、すでに遼東半島や台湾を領有し、三年後の韓国併合に向け着々と植民地帝国への地歩を固めていたのである。西洋列強に対抗しつつ国民国家を強力に立ちあげるために、日本は、同化しつつ差別する植民地統合の論理を採用していた。[24] そのような背景において漱石のナショナリズムを単なる文学ナショナリズムとして区別し、理想化することはできないのではないか。漱石のナショナリズムは、たしかに「国家主義」=「世界主義」=「個人主義」が成立する社会を想定（「私の個人主義」、大正四年）する中で揺れている。超国家主義と呼んでもいいだろう。だが、漱石が次のように道徳と文芸を結びつける時には注意が必要であろう。「もし活社会の要する道徳に反対した文芸が存在するならば……存在するならばではない、そんなものは死文芸としてより外に存在は出来ないものである、枯れてしまわなければならない」（「文芸と道徳」、明治四四年）。

漱石は、「自然主義の道徳幣」に対して起こる「浪漫主義の道徳」を、「歴史は過去を繰り返す」という言葉で説明する。この漱石の文芸道徳観は、まさにノルダウの激烈な排除の言説を思いださせる。両者に共通するのは、過去を現在に連結する、隔世遺伝の法則である。漱石は、過去の文芸は同じものとしてではなく「我々現在生活の陥欠を補う新らしい意義を帯びた」ものとして再生しなければならないと主張する。敢えて言うならば、漱石の言う「眞の日本文学」とは〈進化した日本文学〉のことであり、また、漱石のナショナリズムは〈進化したナショナリズム〉を意味しているのではないか。つまり、漱石の思考自体が、西洋から吸収した進化論に基づく、退化論や社会ダーウィニズムを前提としているのである。[25] 漱石の議論が前提とするのは、退化を進化に転換する、一種の再生装置としての隔世遺伝なのだ。

こうして、『虞美人草』において「勧善懲悪」は新しい衣をまとい蘇る。そして、それは〈退化論幻想〉という〈進化した勧善懲悪〉装置となるのだ。この〈退化論幻想〉という表象装置は、一種の処刑イデオロギーである。進化の美的象徴階梯を乱す要素を、ジェンダー、人種、そして階級などにより分類し排除しようとするイデオロギーである。進化論的前提のもとに、社会的弱者は社会の、ひいては民族・文明の退化の原因となるために、救済できなければ排除・駆逐されるべきである、という思想である。そこでは、社会的なあらゆる役割の進化的分化に逆らうもの、つまりあらゆる社会的・生物学的境界線を攪乱するものの存在が悪とされ断罪される。このような差別と排除の世紀末文化的イコンの一つとして、〈サロメ〉や〈クレオパトラ〉も機能するのだ。

世紀末において、クレオパトラは成熟した〈一妻多夫的キラー・ウーマン〉としてだけではなく、サロメのような〈首を狩る処女〉としても表象・演出されている。しかし、クレオパトラは、史実においては、自らの死を情熱によらず計算により演出し、凱旋の飾りに据えようとするオクタヴィアヌス・シーザーの裏をかく女性でもある。しかしその死が情熱のせいでもヒステリーや発狂のせでもなく、その流動化する主体性にあるという事実は、サロメとは似てはいるがまた別種の〈世紀末幻想〉を形成するだろう。結局その死は、女性が〈欲望の主体〉として独立した個を顕示する可能性を（それが結局危険の徴候として父権制に再回収されるとしても）ほのめかすに過ぎないのだ。

もちろん、クレオパトラを異教の女王として、サロメ同様オリエンタルな欲望の対象として表象することはいくらでも可能であり、世紀末はそのようなイメージであふれている。それはH・R・ハガードの『クレオパトラ』において典型的に表れている。つまり、その異教的冒険譚において、終始変転する運命に自己の「同一性」を確認するのは、クレオパトラではなく、王位簒奪を狙うエジプト人ハルマキスなのだ。この男が実在のファラオの末裔であることは、この愛と陰謀の物語もまた隔世遺伝的な過去の噴出の恐怖の物語であることを示している。そこでは、クレオパトラは藤尾と同様、〈退化論幻想〉の女性のステレオタイプとして罰せられ、処刑される存在である。しかも、その「落ちぶれた淫婦の死」は過去の「呪いの成就」として表象されるのだ。[26]

漱石の藤尾も、プルタークやシェイクスピアのクレオパトラのイメージを逸脱し、東洋の美女／悪女像をインター・テクストとして織りこみながら、〈退化論幻想〉のクレオパトラ、あるいはサロメへと、〈変質・退化〉してしまったようだ。『虞美人草』が、むしろその過程を意識的に描いていると解釈することさえ、作者に好意的過ぎるかもしれない。

4　処刑人の役割

夏目漱石が職業作家として最初の長編小説、『虞美人草』を『朝日新聞』に連載しはじめたのは、明治四〇年（一九〇七）年六月二三日（から一〇月二九日まで）のことである。その題字飾りのイラストは、優美というより耽美的であり、漱石に似た紳士を誘惑するのに十分である（図1、2）。漱石は、同年六月二一日、鈴木三重吉あての手紙で次のように言っている。「本日『虞美人草』休業。肝癪が起ると細君と下女の頭を正宗の名刀でスパリと斬ってやりたい。しかし僕が切腹をしなければならないからまず我慢する。そうすると胃がわるくなって便秘して不愉快でたまらない。僕の妻は何だか人間のような心持ちがしない」。漱石がその当時〈神経衰弱〉という病気にかかっていたことは有名な話であるが、その妻である鏡子夫人がしばしばヒステリー症状を起こしていたという事実は、あまり話題にされないようである。神経衰弱とヒステリーと女性殺しは、日常的に破

図1　東京朝日新聞『虞美人草』題字飾り（明治40年6月〜10月）

綻する〈勧善懲悪〉への不満が想像・補完する象徴的暴力体系において、重要な相関関係を有している。

七月に入ると、漱石は筆が進まなくなり、「虞美人草はいやになった。早く女を殺して仕舞たい。暑くてうるさくって馬鹿氣ている」（七月一六日高浜虚子あて）と書いている。そして、さらにその三日後、弟子の小宮に当てた手紙では、妻殺しの主題が、女性殺し、さらに藤尾殺しの主題へと象徴的に転換され、『虞美人草』の構造の核となっていく過程が確認できる。

図２　東京・大阪朝日新聞『虞美人草』題字飾り（明治40年）

『虞美人草』は毎日書いてゐる。藤尾といふ女にそんな同情をもってはいけない。あれは嫌な女だ。詩的であるが大人しくない。徳義心が缺乏した女である。あいつを仕舞に殺すのが一篇の主意である。うまく殺せなければ助けてやる。然し助かれば猶々藤尾なるものは駄目な人間になる。最後に哲學をつける。この哲學は一つのセオリーである。ぼくは此セオリーを説明する為めに全篇をかいてゐるのである。だから決してあんな女をいゝとおもつちやいけない。小夜子という女の方がいくら可憐だか分りやしない。（明治四〇年七月一九日）

漱石のディスコースが、ダイクストラのいう女嫌いの文化圏に属していることは明らかだろう。藤尾の悪は、どうしても「世紀末幻想としての女性悪」に近づいていく。そして、「悲劇」が起こる。いや、起こされるのである。『虞美人草』の根本命題は「喜劇か悲劇か」ということであり、あれかこれかの交換原則に基づく喜劇は堕落であり、それを死の介入により救うものが悲劇とされる。しかし、この物語は『二百十日』（明治三九年一〇月）において、華族や金持ちがつくりだした「文明の怪獣」を打ちたおして「文明の革命」を起こそうと決意した二人の男の「それから」のようでもある。ではその「革命」とは一体何か。

『虞美人草』において、喜劇とは資本主義的な交換経済のことであり、その悪弊を象徴するのが「色の世界」（四・一）である。藤尾というシニフィアンは、「水底の藻」のように「根のない」小野さんの想像力によって、博士＝金＝金時計＝絵＝理想（四・二）というシニフィアンのメトニミー的な連鎖を乱反射する。その連鎖の象徴体系を「父の名」により再統合しようとするものが、甲野さんの「徳義」であり、宗近君の「真面目」である。またそれは、ただの山を霊山と化し、銀時計に天皇の保証を与え、博覧会に帝国主義的ナショナリズムの欲望を投影し、無制限の進化論に退化論を与える。つまり、『虞美人草』のモラル＝革命とは、世紀末の帝国主義を支える進化論／退化論の「哲学」であり、「セオリー」なのであり、恐ろしいまでにアナクロニスティックな「血」の論理なのだ。

藤尾の死＝処刑は、すでに何度も予告され、予行演習されたうえで起こる。甲野＝テクストの語りが「突然」というのは偽装である。また、「まだ妻君ぢゃない」小夜子を「是が小野さんの妻君だ」と言って藤尾の前に引きだし、藤尾を「化石」化させる宗近の論理も偽装である。過去の約束が、現在を突き破り未来を決定する。名は常に回顧的に事象に先行し、世界に秩序を与える。それがこのテクストの論理である。

第一章の終盤で、甲野さんは、「小刀細工の好きな人間」に対し、「死に突き当たらな」いと「浮気」が止まないことを宗近君に説明している（一・五）。また、二人の男は第三章で「ゴーヂアン、ノット」（三・三）の話をする。それは、ジュピターに捧げた車の、決して解けない結び目をアレキサンダーが刀で切って解く話である。これは、第五章の茶碗を割る挿話を含んだ『虞美人草』における全ての謎解きの原型でもある。しかし、それはまた帝国創世の物語でもある。アレキサンダーはいかにして「東方の帝」となったのか。彼は、「此結目《ノット》を解いたものは東方の帝たらんと云ふ神託」を聞いた後にその結び目を切ったのである。そこには、「切る」を「解く」も強引に結びつける暴力がある。それは、パラドクスを手にする、つまりイデオロギー化できる者にのみ与えられる特権である。固定した意味記号の結合を超越することにより、アレキサンダーは恣意的かつ流動的な象徴体系の頂点に立ち、ジュピターの代理人足り得るのである。その結び目がジュピターに捧げられた車の結び目であり、象徴的な法の真の支配者としてジュピターの存在が前提とされていることは特に重要である。なぜなら真の超越者＝処刑者とその助手の関係が、帝国主義の言説を支えているのであるから。

また第五章で、甲野と宗近という二人の男たちは暴力の起源を隠蔽しようとする帝国主義の神話を、さらに世俗的な次元に置きかえている。そこでは悲劇のプロットは、「とぼけ」た抹茶々椀を割るまでのプロセスとして描かれる（五・

二)。彼らは、人間のタイプを「危険」の程度により分類するのだが、女性のタイプとして挙げるのは次の二つだけである。ひとつは、小夜子に代表されるような「異性（セックス）の感がない」ものの「理想の極端」として挙げられる「京人形」タイプである。そしてもうひとつは、藤尾に代表される、売店に並べられた茶碗の中でも、「改良」(四・二)のできないほど「とぼけ」た抹茶々椀のタイプである。この場面は、とりわけ露骨に藤尾の死を予示する場面だけに、強引な理論づけが目立つ。しかし、それだけ逆にテクストが、その論理の破綻を隠そうとする意図を露呈してしまう、危ういモメントでもある。

甲野さんは、人間の活動分子を十段階に分け、「人間の上等」な自分たちが、「第二義、第三義以下には出ない」ことを確認したうえで、「第一義は血を見ないと出てこない」と言明する。宗近君は、「それこそ危険だ」とか、「自分の血か人の血か」とか絡みながらも、結局は茶碗を落として割ってしまう。ここで提出される問題は、一体誰の血が誰の第一義を出すのか、という疑問である。これは、まさに解くことはできない「ゴーヂアン、ノット」である。それを、二人はアレキサンダーのように「かうする許りだと云って」、刀で切ってしまう。つまり、「血で洗つたって駄目」な茶碗は「壊して仕舞はなけりや直らない厄介物」とみなされるのだ。しかし、この時、茶碗の破壊が一つのアクシデントとして表現されることに注目したい。茶碗は、甲野さんの二つの言葉「是は……」と「斯うだ」の間に、茶碗をもつ甲野さんの袖を、宗近君が「断はりもなく、力任せにぐいと引く」ことにより、「土間の上で散々に壊れた」のである。選別する視線と破壊をもたらす手、つまり哲学者と外交官は協力して「是は斯うだ」というパラドクスを断ち切ったのである。そこにあざとい偽装を見いだすことが可能ならば、読者は『虞美人草』の悲劇に仕掛けられた「ゴーヂアン、ノット」の罠を見失うことはないだろう。

では、この「是は斯うだ」の実行において、ジュピターとその神託は何を意味するのか。茶碗を割った直後、宗近君は茶碗の破壊など構わずに、外を歩く「京人形」の群れに甲野の視線を向ける。その先には、まさに甲野さんが「大いに見たがった娘」、小夜子の姿がある。宗近君が甲野さんの袖を引っ張ったのは、小夜子を見せたかったからなのである。しかし、甲野さんは結局、「下らない茶碗」を眺めていたためにそれを見逃してしまう。「神託」として現れた小夜子は、欲望の対象として現れたのであり、そこに発動した象徴暴力の体系が「下らない茶碗」の破壊を、〈結果的に〉

遂行する。そして、その罪は所詮、金銭に換算されあっさり償われてしまう。資本主義イデオロギーは処刑装置の解毒剤として機能しうる。では、ジュピターとは何を意味するのか。また、二人に処刑を代行させる神とは何か。それは、本稿の文脈では〈退化論幻想〉において処刑をおこなう超越神である、と言えるだろう。

甲野さんの呪詛は、一つの茶碗から茶道具全てに広がる。「みんな、ひねくれてゐる。天下の茶器をあつめて悉く敲き壊してやりたい気がする」（五・二）。『二百十日』風に言えば、『虞美人草』においては「文明の怪獣」たる「我の女」を殺すのが「悲劇」であり、「文明の革命」となる。「怪獣」が野生・自然への回帰を意味し、文明退化、堕落の徴候となる時、それは最終的に危険視された〈新しい女〉の陰喩となるのだ。漱石の言う「哲学」が退化論の「セオリー」に忠実であることは疑う余地がない。「藤尾」と「小夜子」という記号は、絶対的な二項対立として、〈退化論幻想〉のあらゆる対立項との置きかえを可能にし、〈退化論幻想〉の維持、強化に貢献することになる。しかし、それではこの「セオリー」を脱構築するような契機は一体可能なのか。

例えば「ゴーヂアン、ノット」に関して言えば、挿話になんとか教訓をつけようとする宗近君の努力は、甲野さんの「切れば解けるのかい」という質問が解体してしまっている。その結果、アレキサンダーは、処刑のただの代理人、つまり「大変な卑怯な男」としての正体を暴きだされてしまう。しかし、茶碗の挿話については逆に、甲野さんの第一義論を解体する宗近君の「自分の血か、人の血か」という質問に対しては、小夜子の介入により、その解体が回避され神託は成就される。一方、「もう一つ二つ茶碗を壊して行こう」という甲野さんの呼掛けは、「ふうん、一個何銭位かな」という宗近君の返事により宙に浮いてしまう。そして、無制限の神話的破壊の呼びかけも、経済効率により抑制されることが明示される。しかしながら、たとえその茶碗が他の茶碗と交換可能なことにより、父の名による暴力的象徴体系を脱構築する可能性が垣間見えるとしても、結果的に選択されたただ一つの茶碗の破壊が、結局京人形との象徴的二項対立を遡求的に構築・強化してしまうという事実がある。『虞美人草』のテクストは、少なくともテクストの内部では、藤尾の完全な商品化を決して許さない。[27] もちろん、現実の世界では藤尾の商品化を止めることはできない故にこそ、なのであろうが。それほど『虞美人草』テクストは、外界の堕落を嫌悪する。

5　山登りと退化論

『虞美人草』では、人は皆何かに急きたてられるように〈登る／上る〉という運動を行っている。冒頭では、甲野さんと宗近君が山（比叡山）に登る。小野さんは博士と金時計への出世街道を上り、孤堂父娘は京都から東京に上る。そして、甲野さんの義理の母娘は亡き父の残した家、財産を獲得するため我の道をひた上る。京都から東京へという〈上り〉の運動は、ここでは一般に過去の世界から現在の世界へという時・空間的移動である。しかし、それが「自然」の移動でないために、異世界同士の「喰ひ違ひ」（七・二）が起きる。その悲劇性に十分語り手は自覚的である。「小説は自然を彫刻する」のだ。「悲劇」は、弧堂父娘が「眠れぬ過去を振り起して東に行く」ために起きる。過去が現在の夢を食い破る。『虞美人草』の山登りは、先祖返りの物語であり、退化的進化の物語である。

『虞美人草』冒頭で、比叡山登りの最中に交わされる堕落論は、人の堕落と悟りの認識を、山登りの顕在化しない無意識に例えている（一・二）。そこでは、山登りが堕落と悟りの隠喩となる。また、堕落という語がもともとは仏教用語であり「道心を失い犯戒の心をおこすこと」[28]という意味があるように、ここでの「山」は天台宗の霊場としての比叡山であり延暦寺の称号、つまり換喩である。従って山登りの場面は、甲野さんにより「総称」としての「雅号」が、つまり換喩による統合的な象徴体系が編成される場となる。もちろん、この象徴的な暴力装置として機能する「父の名」の確定作業は、第一章でほぼその役目を果たすことになる。甲野さんは、雅号の例として、「大原女」から、「立憲政体」、「万有神教」、そして「忠、信、孝、悌」から、「学士」や「外交官」まで挙げ、系列的な認識基盤を固めようとする（一・三）。しかし、それが個人の差異の滅却に帰着することに気づいた宗近君は「詰らない」といって、換喩的認識統合を放棄する。甲野さんが、直後に「反吐」を催すのは、その実存的な目眩に依るものである。

しかし、ここで問題にしたいのは、堕落という概念が山登りの象徴体系の中にしっかりと組みこまれている、そのイデオロギー性自体である。言いかえれば、総称としての堕落の機能である。退化論のディスコースは、イデオロギー化した〈堕落〉という用語の流通によって、明治後期に急速に広まったと考えられる。漱石のテクストにおいては、特に〈堕落〉は世紀末の用語としての退廃と同時に、退化という意味をもつ。[29]「退化」は、たとえば、『それから』では、「二十世紀の日本に生息する」人間として、「実際あまり都会化し過ぎ」た代介を描写するのに用いられている。つまり、代介は「もう是程に進化――進化の裏面を見ると、何時でも退化であるのは、古今を通じて悲しむべき現象だが――してゐたのである」(二)。退化という言葉は、そのように「進化した」代介が、「労力の為めの労力」でない労力を「堕落の労力」(六)。と呼び、「近来急に膨張した生活欲の高圧力が道義欲の崩壊を促」すような「現代の社会」を「二十世紀の堕落」(九)と呼ぶときの「堕落」とも重なってくる。なぜなら、この〈堕落〉は、悟りの反対語という道徳的な意味をもつと同時に、人間以外のカテゴリー(人類、社会、あるいは二〇世紀)に対しては、開化や進歩と表裏をなす文明批評の用語として用いられるからである。

そこに投影されているのは、生物学的に分類された人類という種であり、その生産物である文明である。また、個人はあくまでも、文明を形成する群衆の一部分としての個人となる。[30]ディジェネレーションの訳語である〈退化〉という用語の初出は、『虞美人草』(明治四〇年)の三年前に出版された、動物学出身の文明批評家、丘浅次郎(一八六八～一九四四年)の『進化論講話』だと思われる。[31]「自然淘汰」を論じた第八章の四「所謂退化」において、丘氏は、「我々は通常構造の複雑な動物を高等と見做し、簡単な動物を下等と見做す」ことを前提として認めたうえで、「複雑な動物が再び簡単な形に戻り、前にもって居た特別の器官を失ふ様な場合には之を退化と名づける」としている。[32]これは「外界の事情」が、自然に、あるいは複雑な動物自身の「移住」などにより、簡単な動物に有利なように変化した場合、たとえ「複雑な動物の子孫」でも「自然淘汰の結果次第々々に簡単な動物に変ずる」ことになることを意味する。

丘氏は、しかし、進化と退化が決して対立概念ではなく、退化が「単に進化の特別の場合に過ぎ」ないことを強調している。そして、「適するものが適せざるものになれば、是は真の退化であるが、斯様なものは生存ができぬから忽ち死に絶えて仕舞ふ」と断言する。ここで注目したいのは、退化が二通りに分けられていることである。適するものへの進化としての「所謂退化」と、死滅にいたる不適なものとしての「真の退化」である。しかし、自然界において「自然淘汰」が適切に行われるならば、「真の退化」などはあり得ない。ならば、「真の退化」とは何か。それは、自ら「自然淘汰」に逆らい不適な者となることにより、結局は「自然淘汰」の原理により自滅に導かれることになる人類を指している。世紀末を支配した〈ノルダウの思想圏〉は、簡単に言うと、このような疑問を背景として、その堕落への反動として出現したと言えるだろう。

丘氏が、自然淘汰の法則の下での高等／下等、複雑／簡単といった優劣序列化の無効性を再三指摘するとき、人間中心的な優劣決定の恣意性が暴露され、相対化されてしまう。一般に、世紀末の退化論イデオロギーは、この人間中心的恣意性の相対化の恐怖と闘いながらも、「所謂退化」と「真の退化」を一挙にディジェネレイトとして総称、再統合する。そして内部の他者を〈不適な者〉として悪魔化し排除する一方で、残りの国民の健康を教育と運動により回復させ、再生を目的とした国家的な文化装置により〈適する者〉として再回収するための思想的基盤を提供するのだ。

こうして、退化論イデオロギーは、帝国主義を支えるナショナリズムの論理となる。つまり、そこでは、境界線の外部はもちろん内部においても他者はすべてディジェネレイトとして表象される。そして、二つの退化の差異は隠蔽され、退化（＝進化）＝死滅の等式が美的に様式化され強調される一方で、進化（＝退化）＝生存の可能性は恐怖や不安として表象される。この極端な二項対立により、暴力に基づいた象徴体系の世界が編成されるのであり、そこに、甲野さんの世紀末的な「死の意味論」も構築されるのだ。[33]日本において、政治や文化にこのような退化論イデオロギーがさらに広範囲な影響力をもつのは、明治末期から大正にかけて、大隈重信を会長とした大日本文明協會の活動を待たなくてはならない。しかし、それをいち早く公共圏において大衆化するための媒体となったのが、例えば漱石の小説群であると言えるだろう。

6　おわりに――「死」は「永劫の陥穽」か？

冒頭で山登りをする二人の男は、まず「顔も体躯も四角に出来上がった男」と、「広き額丈は目だって蒼白い」「細長い男」として描かれる。名前が明らかになるのは連載二回目以降である。ロンブローゾ骨相学による犯罪者の類別が退化論の理論的前提であることは言うまでもないだろう。[34]テクストは冒頭から読者に探偵の視線を要求する。宗近君と甲野さんが山登りをする理由は、肉体的なレベルでは、甲野さんの病弱な健康を快復させるために運動を行うためである。

精神的なレベルでも、この山が天台宗の霊山であることから、それ相応の期待がかかっていたことも不思議ではない。

この背景には、心身一元的な健康を目指した「神経衰弱」の若者による登山の流行がある。鈴木貞美は、生命主義の観点から、「この時代の超宗教的な「造化の神への信仰心」の広まりの裏には、「進化論の浸透」があることを指摘する。[35]『虞美人草』の山登りは、進化論的な生命主義をベースにした崇高美学として立ちあらわれる。彼らが登る山は、亡くなった後肖像画として生きている、不在としての甲野さんの父や、小野さんの銀時計を保証する天皇や、道義の依って立つ全ての法の隠喩、崇高を演出する存在、あるいはイデオロギーとして機能している。この山が比叡山でなくてはならないのは、志賀直哉（一八八三～一九七三年）の『暗夜行路』（一九一二～一九三七年）で謙作が登る山が大山（比叡山に次ぐ第二の霊山）でなくてはならないのと同様に〈自然な〉ことである。しかし、そのような観念の脱歴史化は、社会生活の物象化であり、普遍化につながるイデオロギーの自然化に他ならない。

『虞美人草』の山登りの背景には、崇高美学イデオロギーや生命主義イデオロギーだけでなく、退化論イデオロギーが複雑に絡みあう二〇世紀初頭の日本の社会的決定因を見るべきであろう。『虞美人草』は古都京都を、日本的スピリチュアリズム発揚の場であるとともに、進化という歴史の動的変化を受けない普遍の過去、静の場として位置づけ、西欧化された文明都市東京と対置させている。そして、山は、一切の対比を超越し、崇高哲学的な視点を与える認識の場として機能する。『虞美人草』というテクスト上の言説は、全てこの〈山登り〉という隠喩／換喩による無意識的な象徴体系の抑圧を受けることになる。

京都を過去の世界、東京を現在の世界とするならば、この小説は、過去から現在を眺める回顧的視線、あるいは塑求的な視線を読者に要求する。それは甲野さんと語り手の視線との同一化において反復強化される。そして、過去の世界京都から人も視線も、文明の象徴である「汽車」によって現在の世界である東京に向かって瞬時に運ばれていく。それは現在への過去の突然の突出、あるいは抑圧された過去の回帰であり、そこで過去の世界を抑圧するものは父の法である。それは出生の不明な小野さんにとっては、立身出世を保証してくれる銀時計の後ろだてである天皇であり、甲野家に養子に入ることになれば民法となる。それは甲野さんにとっては亡き父の名であり、その肖像画の活きた目である。しかし、日本の「山」自体も、その宗教的象徴体系においては、中国天台山という「起源」による支配を避けられない。

藤尾の金時計は、もともと甲野の父が生前に、宗近君に譲る約束をしていたものであり、父の遺言の象徴でもある。しかし、錬金術的あるいはネオプラトニズム的な金の象徴的階層性は、小野さんの立身出世イデオロギーでもある。金山登りの過程に発動する資本主義の原理は、美人の基準をも交換価値測定により相対化する危険があるが、それは帝国主義的欲望が支配する博覧会イデオロギーにより、交換価値の保証ばかりでなく、その階層的象徴体系に保護を与えることにもなる。また、都市の現在はそのような帝国主義のイデオロギーによる差異の神秘化と再統合のもとで、一見整然と統制された象徴体系を維持・形成しているように見える。しかし一方、そのような都市文明の衰退、退廃の徴候もあらゆる場面に見いだされる。都市環境の劣悪さに対する弧堂先生の痛罵にそれは明らかである。

山登りとしての悲劇論が退化論を基調としていると仮定すると、終幕の死に向かって収斂する修辞学イデオロギーは、死の対象を選択するプロセスを自然化・普遍化することに全力を傾ける。藤尾は、美の修辞学により視覚的な欲望の対象として他者化され排除され、そして一幅の画において聖別される。そこに父の名、あるいは法による象徴的処刑装置のマゾヒズムが完成する。また、甲野家の不在の父の場に、長男に代わって、〈ユダヤ的〉出目の小野が入りこむことを、長子相続制度と共犯のテクスト言説は拒絶する。そして、悲劇の完成のための最後の一刀として、小夜子の出現は、小野さんと藤尾の大森行きの計画を打ちこわす。

小野さんに関しては、家系が不明である以上、隔世遺伝的な過去の回帰は、井上弧堂父娘によって代理表象されることになる。かくして「親譲りの貧乏」（二五・一）による「不公平」は、運命となって小野さんに回帰する。小野さんにとって、更なる進化の道は、研究環境の改善にあり、甲野家に養子に入り立派な書斎を使うことは、博士論文や「大著述」を為すための必要「条件」なのである。しかし、結局彼は「過去に追窮され」る運命である。小野さんは「神経衰弱」という退化と、学問的退化を同時に避けることはできない。『虞美人草』のテクストのメタファーが山登りであるならば、その悲劇の山頂で見る死は、すなわち藤尾の死である。藤尾は「真の退化」を遂げる。一方、「小刀細工」をする人は「所謂退化」を遂げることになる。彼らはまだ生存競争を生きつづけなければならない。進化の山登りはまだ続く。小野さんが、輝かしい金の世界を諦めて「過去の世界」である井上父娘を引きうけるのは、彼にとっては「所謂退化」である。貧乏は結果的に遺伝したが、しかし、とにかく生きのこってはいる。

『虞美人草』の退化論は、「神経衰弱」の男を「家庭的」な女に結びつけることにより、生存の条件とする。「神経衰弱」の男はそれにより、「真の退化」となることを免れる。しかし、「神経衰弱」とともに、「現代」の都市や文明衰退・堕落の徴候である「我の女」は、「所謂退化」を「所謂退化」たらしめるために「真の退化」を遂げ、崇高なる美学を完成させなくてはならない。それはひとつの「セオリー」である。その悲劇の達成において、『虞美人草』は初めて崇高なる山となる。それは、比叡山と同じく、日本人青年男子が上らなくてはならない霊山となるだろう。しかし、この「所謂退化」は、本当に人間を「健康」に向けて全体化するような契機になり得るのか。

「所謂退化」の徴候である都市の堕落は藤尾の死にもかかわらず、一層悪化しているように見える。いやむしろ藤尾を処刑しなくてはならない「道義」というセオリーそのものが都市の、あるいは文明のいわゆる堕落／退化を支えているのではないか。このような『虞美人草』の〈退化論幻想〉を、あるいは〈進化した勧善懲悪〉の構造を、共犯となることなく内部から解体させるような視点は、現代の〈世紀末〉を生きる一個の解釈者に過ぎない〈私〉に本当に見いだせるのだろうか。いや、『虞美人草』のようなテクストにこそ、「世界の不条理にせいいっぱい語らせ、その声と身振りとを積極的に模倣しつつ、不条理を内側から拒絶する」ことのできる言葉を、つまりドゥルーズがマゾッホに見いだしたような、「問題」自体を「問題化」し得る言葉を読みとり、一個の行為者として未来に開いていくしかないのではないか。[36]

第八章

豚／パナマ／帝国の修辞学
――『夢十夜』第十夜

はじめに

「夢十夜」は、明治四一年（一九〇八年）八月五日に、東京と大阪の朝日新聞に掲載された短編小説である。たいていの新聞小説がそうであるように、「第十夜」にも当時の社会、文化、風俗が豊かに取りこまれている。そこには、近代国民国家の建設を進めると同時に、版図をさらに拡大せんとする植民地帝国日本の「都市」、「東京」の姿が映っている。「往来」をぶらつく「遊民」もいれば、「電車」の中で男を誘う「高等売笑婦」もいる。[1] 都会の街路は「野蛮」な「群衆」のものであり、「暗黒」の「貧民窟」は「都会のジャングル」と化している。そして、「感染病」や「事件」の多発は、数々の新しい「マス・メディア」を通して「衛生」管理の強化を促し、また、都会の「探偵」や「冒険家」にその活躍の場を提供することになる。

漱石は、夢物語の枠組を借りながら、探偵小説や冒険小説といったジャンルをも自由に横断する。しかし、漱石の東京が、日本という中央集権化する近代植民地国家のまさに中心に位置していたことを考慮に入れるならば、この短編をその植民地主義言説の内部に位置づけることが可能となるだろうそして、「第十夜」を、帝国主義と植民地主義の文脈において、一種の近代都市小説として読むならば、植民地表象としての「女」や、帝国のネットワーク／メディアとしての「電車」、あるいは、民衆を監視する「探偵」の視線、といったいくつかの主題がすぐに浮かびあがってくる。しかし、なかでも特に奇怪な印象を与えるものは、主人公を舐めようと襲いくる「豚」の大群と、彼の偏愛する「パナマの帽子」ではないだろうか。本稿は、この二つの奇妙なモノをめぐって「第十夜」における「帝国」の主題を考察する。

1　豚と群衆のフェティシズム

ここで話の粗筋をまとめておくと、まず、健さんが来て、七日間行方不明だった庄太郎が突然帰ってきたと告げる。庄太郎の唯一の道楽は、夕方パナマ帽を被り、水菓子屋の店先に腰を掛け、女の顔を見ることだったが、ある日、気に入った女についていったまま町から姿を消す。庄太郎の話によれば、長い間電車にのって降りた先の絶壁で、女から飛びこむか豚に舐められるかの選択を迫られたという。絶壁の頂上で迷う庄太郎に突如豚の大群が襲来し、それを彼は猛然とステッキで打つが、七日目にはついに豚に舐められ、倒れてしまう。あまり女を見るのは善くないよという健さんの言葉に同意しながらも、私は、庄太郎が助からないことと、パナマ帽が健さんのものになることを予言する。

豚は、単純に欲望の象徴として理解することもできるだろう。しかしこの場合、それが個人の欲望だけでなく、むしろ集合意識としての欲望を表わしていることに注目したい。[2] ここで庄太郎を襲う豚は、初めは一匹ずつだが、不意に「幾万匹か数え切れぬ豚が、群れをなして一直線に」庄太郎に向かってくる。それは「無尽蔵」な集合として現れ、その計算不可能性によって、庄太郎は「精根が尽きて」倒れる、ということもできるのだ。[3]

彼を襲う「豚」の大群だけでなく、庄太郎がいつも見ている「往来の女の顔」や「水菓子」、彼を運ぶ「電車」といったイメージのネットワークを媒介するものがあるとすれば、それはシンボル化した「群衆」ではないだろうか。漱石と群衆の関係は、すでに吉見俊哉が概括しているように都市社会学的な研究テーマでもある。[4] しかし、ここでは実証的に都市の社会地図を跡づけるよりも、むしろ植民地言説において性／人種／階級を規定する「帝国の修辞学」の問題として群衆のイメージをマッピングしたいと思う。

「都会の群衆」は、アン・マクリントックが指摘するように、世紀転換期にはすでに「支配階級にとって社会不安と下層階級の闘争状態に対する恐怖を絶えず呼び起こすフェティッシュと」なっていた。フェティッシュとしての群衆。それは、社会における不適格者＝退化した集団であり、帝国内部の他者としてそれ自体「職のない無秩序な貧困層のメトユミー的シンボル」となり、犯罪者／狂人／女性／娼婦／アルコール中毒者／子供／野蛮人／動物／帝国の領土、という具合に連想のネットワークを拡大する。都会の群衆は、公的／私的世界の「境界領域を占拠」する一方、反抗と従順の不安なアンビヴァレンスとなって現れるのだ。[5]

　また吉見は、これまでに漱石作品の都市表象を扱った前田愛、ジャン゠ジャック・オリガス、尹相仁、小森陽一、若林幹夫らの議論を振りかえりながら、議論をさらに近代日本のナショナルな都市空間論へ開く可能性を提示する。そこで吉見は、バートン・パイクの「流動する都市」像やスティーヴン・カーンの「速度の都市」論を援用しながら、近代都市を「ばらばらな破片や断片が不安定に流動する表象の場」として読みなおしている。[6] そこで、『三四郎』『それから』『門』『虞美人草』『彼岸過迄』にいたる漱石作品を都市像追求の作品群とすると、漱石にとって群衆の原光景とは、「倫敦塔」の「退化」せる群衆や『永日小品』の「人の海」だったのではないだろうか。

　「第十夜」に戻って考えてみよう。庄太郎はなぜ、「夕方」になると「パナマの帽子」を被って「水菓子屋の店先へ腰をかけて、往来の女の顔を眺め」るのだろう。「夕方」の「往来」、それは昼と夜の境界領域であるだけでなく、時間的・空間的に境界を移動する群衆の場でもあるのだ。そして、水菓子屋の店先は庄太郎が往来の群衆を見る快楽の窓であると同時に、危険な接触（感染）点ともなるのだ。[7] 女の顔や水菓子として表象される群衆の顔は、個人を誘惑し生死の境界に立たせる。それはまさにキリギシというシニフィアンが文字どおり戯れる場（＝切り壁／切り岸／絶壁）となるのだ。また、群衆を運ぶ電車は、内部国土空間の延長・平面化と移動の速度を、豚／女は野生化した群衆の欲望を表象し、さらにその堕落は都会の周縁において個人に感染し、それを退化させ同化する。ここで特に問題となるのは、庄太郎が女に導かれ豚の群れに実際に接触する「絶壁の天辺」という場であろう。それは、第一義的には都会の周縁を表わす。しかし、若林氏が『三四郎』の都市像として指摘するように、それは、鉄道が東京を中心として「求心的に」結ぶ国土内の諸地域と、「その地域を越えてはるか大陸へと広がってゆく広大な空間」における旅順、大連といった、帝国的版図の周縁をも表わしている。すると、庄太郎のこの生死の葛藤は、帝国都市東京の周縁領域における群衆の複層的な性格構築を表わしていると言えるかもしれない。

　豚／女の無限集合として表象される群衆と自己との闘い。そこで上演されるのは、フェティシズムの倒錯した欲望における内的葛藤であり、見る（男性）主体の自己同一性構築のプロセスに内在するアンビヴァレンスそのものである。[8]

また、庄太郎の倒れる絶壁が、彼の言語行為の内的限界点を象徴するとすれば、その話をメタレベルで語る健さんのテクストの限界点は、その語りの外部に、庄太郎のパナマの帽子に対する欲望として現われる。庄太郎の群衆フェティシズムを語る健さんの欲望、それは庄太郎の一部としてのパナマの帽子を、フェティッシュとしてまなざす欲望なのだ。つまり、庄太郎のパナマを見る健さんの視線が、彼らの属する共同体のまなざしと重なるまさにその地点で、「パナマ」は植民地言説におけるフェティッシュの効果として現われるのだ。

2　パナマ（の帽子）とフェティシズム

健さんの語りは、基本的に、ホモソーシャルな共同体におけるホモ・フォビアとミソジニーの言説と共犯関係にある。[9]その光景は、特に健さんの密かなパナマ・フェチを「私」が最後に暴露する場面に見られるだろう。しかし、パナマが帝国主義的共同体の欲望の換喩として作用するとき、それは同時に植民地の隠喩的記号ともなっている。[10]パナマ（帽）の所有権の、庄太郎から健さんへの物理的移動は、「第十夜」テクストにおける時空間的移動の基本パラダイムとなるのだ。では、パナマという植民地記号をめぐる帝国の修辞学は、都会の群衆のフェティシズムとどのような関係を結ぶのか。

ここでは、以下のように「第十夜」における群衆とパナマのフェティシズムの光景を、複層決定的に再上演することを試みる。つまり、それは、㈠聖書の挿話の絵画化　㈡群衆論とパナマ運河　㈢パナマの食人言説と日本　㈣日本の暗黒と群衆　㈤近代メディアとパナマ（帽）、という五つの位相においてである。

(1)　聖書の挿話の絵画化

「第十夜」の絶壁における豚の大群のイメージは、もともと新約聖書のエピソード（マルコ福音書五章）に基づいている。しかし、汚れた霊たちに支配された男がレギオンと名乗っていたことは、群衆論との関係からもっと論じられていいのでないか。レギオンとは語源的には（古代ローマの）数千人単位の軍団、あるいは大勢を意味する。しかし、これを漱石の属するマックス・ノルダウの思想圏の文脈において考えるならば、この物語は世紀末においてフェティッシュとなる、都会の退化する群衆の原光景として現れるだろう。[11] つまり、尹相仁が示唆するように、漱石がロンドンのテイト（ギャラリー）で、この聖書の挿話をモチーフとするブリトン・リヴィエラーの『ガダラの豚の奇跡』（一八八三年）を見ていたとするならば、それはまさに漱石が群衆を豚として絵画化（フェティッシュ化）するひとつの契機となったであろう（図1）。

レギオンは悪霊たち＝集合意識を人格化し、豚の大群はその野性化と種族化を表わす。そして漱石のこの幻想小説においては、レギオンは女性や菓子や獣類として表象されるのだ。では、このフェティッシュとしての群衆は、そのような退化論の思想と通底しながら、帝国主義と植民地主義の言説の内部でどのように機能し、流通するのだろうか。そして、それはパナマというフェティッシュとどのような関係にあるのか。

図1　ブリトン・リヴィエラー『ガダラの豚の奇跡』（1883年）　テイト　ロンドン

(2) 群衆論／退化論とパナマ運河

「第十夜」において「往来」と「切り壁」は、東京とその周縁との関係を表わしていると言えるだろう。しかし、それは、パナマというフェティッシュを媒介として、帝国都市とその植民地を結ぶ関係の陰画ともなっている。つまり「パナマ」は、「パナマの帽子」の換喩になっているだけでなく、植民地の隠喩ともなっているのだ。健さんの換喩思考は、庄太郎のフェティシズムの思考を包摂し、フェティッシュとしてのパナマ／パナマの帽子の領有を企むが、最後にそれを見透かすのは探偵、あるいは冒険者の隠喩思考の役目である。[12]

一九世紀末以降、「帝国の冒険者」たちは、植民地言説の枠組みを借りながら、都会のスラムを植民地に、労働者階級を退化者として原住民に見立てる一方、自らは「都会の探検家」となり、都会という未開のジャングルを発見し探検することに喜びを見いだしていた。彼らが植民地表象のテクノロジーを流用し、都会の群衆をフェティッシュとして視覚化する目的は、群衆が引きおこす社会不安や矛盾を内包・隠蔽し、彼らを規律・訓練の対象とすることにあった。漱石は、いつ群衆を退化者として意識したのか。漱石は、『倫敦塔』（一九〇五）の冒頭において、感染力を持つロンドンの群衆への退化恐怖を記録している。これが漱石をして、「ノルダウの退化論」を「大真理」として再認識させる原体験となるのだ。そして、この群衆恐怖は、激石の幻想においてはさらに退化と去勢に対する二重の恐怖として視覚化されることになる。

群衆を観察／監視し階層化するまなざしと視線の境界線が、犯罪者と探偵の境界線とともに溶解しつつある場、それは探偵物語の世界でもある。このジャンルの創出に関わったのが、ポーでありボードレールであるということを指摘するのに、ベンヤミンの有名なボードレール論を引用するまでもないだろう。しかし、漱石が去勢と退化の恐怖を、民族・社会心理学的な位相で結合させるのに一役買ったのではないかと推測される人物として、ここでギュスターヴ・ルボンの名を挙げておく必要がある。マックス・ノルダウの『退化論』と同じ一八九五年に出版されたルボンの『群衆心理』は、当時の社会を「群衆の時代」と定義する。漱石が、ノルダウの『退化論』とルボンの『社会主義の心理学』（一八九八）を読み影響を受けていることは、藤尾健剛の一連の研究からも明らかである。藤岡氏が指摘するように、ノルダウとルボンは、後者の頭蓋骨の容積に関する統計学的研究を通して、チェザーレ・ロンブローゾの骨相・遺伝学的天才／狂人／犯罪者論にもつながっており、骨相学・観相学に基づく遺伝的人種決定論者であることは間違いない。また、ルボンが『社令王義の心理学』で強調するのは、群衆の「残忍さ」と「盲目的従順さ」のアンビヴァレンスであり、また常に「遺伝的な本能に回帰していく」群衆の民族性、そしてその「固定性」、「保守性」なのである。

このように漱石自身が、数学的科学的な偽装をまとった心身一元論的進化論、または退化論の思想圏に接していることを確認するならば、ここで私たちは「パナマ」という地理記号が、「群衆」という概念と結びつく歴史的瞬間を目撃することになる。群衆の性格を把握し、それを指導・管理する方法を研究すること、それは、植民地争奪と覇権争いを繰りひろげる帝国主義の時代においては、ローカルな問題であると同時に極めてグローバルな問題である。『群衆心理』の中で、フランスの愛国者ルボンが当代随一の群衆指導者としてフェルディナン・ド・レセップスの名を挙げ、彼を仏陀やイエスやマホメットからジャンヌ・ダルクやナポレオンの系列に連ねたのももっともなことである。しかし、スエズ運河（一八六九年開通）での国民的英雄レセップスは、一八九〇年代前半のパナマ・スキャンダルにより、すでに詐欺師の代名詞となっていた。だからこそ、ル・ボンは群衆と指導者の間の危険な関係を次のように描写するのだ。

群衆というものは、どこにおいても女性的なものである。しかし、あらゆる群衆のうちで最も女性的なのは、ラテン系の群衆である。群衆に頼るものは、たちまちのうちに絶頂までのぼりつめることができるが、たえずタルペイア岩の崖ぶちにそって歩いているようなもので、いつかは必ずそこから突き落とされることを覚悟せねばならないのだ。[13]

庄太郎は、崖から文字どおりには飛び降りることはなかった。しかし、パナマを被り、群衆の波にのまれた時にすでに彼の運命は決まっていたのだ。しかし、「パナマ」が暗黒＝死の運命をも意味するならば、「パナマ」とは当時の日本人にとってどのような言説効果を持つシニフィアンであったのであろうか。

(3) パナマの食人言説と日本

一九〇三年七月、一人の日本人青年が、『東京経済雑誌』に載ったある記事を読み、パナマ行きを決意する。彼をパナマに駆りたてたのは、峰岸繁太郎の「パナマ運河視察談」（六月二十日）であった。峰岸はそこで、パナマ運河問題の重要性に対する日本の認識不足を厳しく指摘している。そして、「運河の開鑿は太平洋を事実上世界の太平洋とする」と言明し、日本の周辺に将来起こるべき「商工経済的変動及び政治的変動」に備える必要性を説いている。[14] また記事の続編では、さらに「吾帝国の利権を張る」ための方策として、パナマ運河開通を受けた日本の「太平洋の支配権」の確立と、植民事業の進展を通じての「日本の貿易の拡張」を提唱している。日本の帝国地図における「パナマ」、それは東洋と西洋の境界線の引きなおしにより、帝国の拡張と防衛のアンビヴァレンスを表わす記号としてマッピングされることになる。

漱石がロンドン留学から帰国するのも同年一月のことである。その一月二三日、合衆国政府はコロンビア政府との間に運河売買条約の調印を完了。これ以降パナマは、フランスに代わってアメリカの膨張主義のシンボルとなる。同年一一月五日、パナマ地狭州はパナマ共和国となり、コロンビアから独立。しかし、この独立の混乱につけこんで調印された条約は、パナマ運河を、その工事の完成と引き換えにアメリカの永久租借地とした。「パナマ」はこうしてパナマ共和国の換喩であると同時に、アメリカ帝国主義の隠喩となるという政治的アンビヴァレンスを表象する植民地記号として構築されてゆく。

ところで例の日本人青年、名は青山士《あきら》という。当時、東京帝国大学工学部土木学科を卒業したばかりであったが、世紀の大事業に参加すべく、一九〇三年八月一一日、まずアメリカに渡っている。そして、一九〇四年六月以降、ロッドマン（測量チェーン係）としてパナマ運河工事に従事することになる。最初の二年余り、青山は、パナマのジャングルを切り開きながら天幕測量をしなければならなかった。彼は後年、その途中に出遭ったさまざまな珍しい体験を、その著『ぱなま運河の話』（昭和一四年）に「余録」として書きしるしている。彼のパナマ回顧録は大部分、淡々と観察した事実を記す測量師の視線で記述されている。しかし、その測量師の視線が奇妙に揺らぎ、思わぬ驚異と幻想を記録する瞬間がある。

又時ニハ河ノ縁ノ村落ノ近ヘ天幕ヲ張タ時等ハふゑすた即チ祭ニ出遇テ田舎ノ盆踊ノ様ナ踊ヲ見タリ白キ人魚（西班牙人ノ後裔？）ガ時々河ノ中ニ泳デ居ルノヲ見テ或者ハ顯《うつゝ》ヲ脱《ぬか》シタリシタ話モアリマシタ[15]

これは、冷静な青山の筆が踊った唯一といっていい箇所である。この一見過剰なレトリックは何を意味するのか。「腰ノ辺迄」水に浸かる雨期の苦労話に言及した後、青山はそれまでの体験談を次のように要約する。「要スルニ熱帯無人ノ境ニ於ケル測量（中々費用ヲ要スルノミナラズ天然トノ戦争デ大ナル苦痛ノ伴フモノテアリマスガ今ニ成テ顧ルト血ノ湧返るルヲ覚ヘテ愉快ノ事モアリマス」。彼のこの回顧する眼差しは、大東亜共栄圏構想下の昭和一四年のものである。彼がそこで行うのは、スペイン植民地時代の暴力の痕跡を、日本での見慣れた光景（「盆踊ノ様ナ踊り」）や、一見罪無き楽園幻想（「白キ人魚」）へ置き換える作業である。そして、そこでは植民地下の性的暴力に対する一瞬の良心的推理（「西班牙大の後裔？」）の可能性も、雑種性に対する恐怖と偽装された冒険談的勇敢・快活さによって抑圧隠蔽され、「無人」化された「天然トノ戦争」の彩りを添える単なる幻想的エピソードとして処理される。

しかし、ここに見られるレトリックの過剰は、植民地言説の性的・人種的幻想と、植民地主体のアイデンティティ構築に関わっている。つまり、青山は、ジャングルを整備可能な新地とするために、性的・人種的混交性を幻想として表象し、性的欲望の可能性を、各エンジニアに随行する五、六人の下級土人労働者（「或者「顯を脱シ」）にすり替えて解消させるレトリックを用いる。自らの血はあくまでも清廉潔白な「帝国の冒険者」の血でなくてはならない。しかも、混血の痕跡を残したのはスペイン人であり、彼らは悪い植民者なのだという対抗事実を含意することにより、自身を純粋・透明な観察・測量する主体、あるいは良き植民者として、性的人種的な汚染、つまり退化＝変質の恐怖から分離・防衛するのである。

『ぱなま運河の話』の「余録」は、まさに公的な記録の余剰であるがゆえに、青山の自己構築におけるアンビヴァレンス（両面感情）の記録を可能にしている。それは、海外植民地支配における測量の視線と冒険の視線の幸福な出遭いという演出により、測量・統計値に満ちた無機的な本テクストを、経験的、感情的に補完する。そして、ジャングル＝未開の地の開拓と、大運河建設という近代国民国家建設の夢は、同時に植民地帝国建設の夢として、この「パナマ」というフェティッシュに、隠喩的／換喩的に託されることになるのだ。

「パナマ」は、コロンブスの到着以来、新大陸幻想の隠喩／換喩であった。[16] そこでは、有名な「人喰い」のステレオタイプに隣接するイメージが換喩的に植民地言説を構築する。[17] 例えば、青山が「白キ人魚」との遭遇を語る直前に「人喰い」バチに言及しているのも偶然ではない。「人喰い」は巣の近所を通ると急襲をかけてくる蜂のことで、「土人」がコメヘンと呼んでいたのを青山がスペイン語の語源から「喰フ＋人間」として翻訳したものである（青山自身は「人喰い」という語句の連結を慎重に避けている）。しかし、蜂に置き換えられても痕跡として残留している食人言説は、その直後の村人との幸福な遭遇談に対する陰画となり、無意識的偽装的警告として補完的に機能するだろう。

原住民との遭遇の記述は、パナマのジャングルという帝国の周縁において、アメリカ帝国主義の下で労働する「土人」を引きつれて測量する日本人エンジニアという青山のアイデンティティ構築自体が、快／不快、驚異／幻想、恐怖／防衛のアンビヴァレンスに依存することを極めて雄弁に語っている。ここで青山に対して、性の言説と人種の言説の異質な対立関係を、重層決定的に再調整するように要請しているものこそ、植民地主義の権力装置であり、その作用なのである。

アメリカ合衆国によるパナマ運河の建設は、アメリカの帝国主義的国民国家システムの勝利であり、感染病を管理する近代都市衛生学の勝利であった。しかし、それは同時に「偉大なるフランス人」レセップスの敗北、つまり、天才的人格の敗北を意味し、種族的群衆の勝利を意味した。「パナマ」運河は、フランスからアメリカの手に渡され、一九〇四年、運河の開鑿工事が再開された。こうして、世紀転換期の帝国主義言説において、「パナマ」はフェティッシュとして欲望の上演を繰りかえすことになるのだ。

ホミ・バーバは、その論文「他者の問題」において、ファノンの植民地言説におけるステレオタイプの議論を、フーコーやサイード、ラカン経由でフロイトのフェティシズム論に接合しながら、植民地主体の形成プロセスを考察する際の有効性を確認している。フェティッシュあるいはステレオタイプは、「支配する力と快楽だけでなく、不安と防衛をも基礎にする『アイデンティティ』を手にする道を開いてくれる」二八八頁）。さらに、動物／女性／野蛮人として自然化される、被植民者の退化＝変質的ステレオタイプは、近代帝国の測量者や建設者としての植民者のステレオタイプに対して、差異の相互否認による相互依存的関係に位置づけられるのだ。

図2　1909年10月パナマ運河地帯ガトゥンに立つパナマ帽の青山士『ぱなま運河の話』「余録」扉絵

「余録」の扉を飾って誇らしげに立つ著者とそのパナマ帽の写真（図2）。背景の大きな建物は、おそらく「野外測量隊の本部」であり、青山の傍らに生えている植物は、主に「土人」の「堀建小舎」建築の材料となったパーム椰子の一種であろう。この写真には、植民地権力の制度や装置がいかにも自然に写されている。しかしそれが可能なのは、バーバの言葉を借りれば、「権力の制度や装置がそのようなかたちで目に見えてしまうというのは、植民地の権力が行使されて、それらの関係をぼかしてしまい、それらをフェティッシュに、人種の優越性なるものを自然のものと思わせるスペクタクルにしてしまうからこそ、可能になるのだ」。[18]「組長」と「外米エンジニア」の部隊しか生活を許されない本部の建物は、背景に大きくそびえている。中央に立つ日本人エンジニア青山は、基本的には天幕暮らしだが、遠方測量の場合には、土人と同じ堀建小舎に寝なくてはならない。そして、まだ小さいパーム椰子の木／土人。これらのフェティッシュは、その高さ、大きさ、位置関係によって、明らかに植民地の権力関係を換喩／隠喩として可視化すると同時に自然化している。それもわずかな「距離」のつくる差異によって。日本人エンジニアとしての青山士のアイデンティティもまた、植民地言説内部で循環・再生されるステレオタイプ＝フェティッシュの不在／現前の揺らぎの上に構築されていると言えるだろう。

⑷　日本の暗黒と群衆

青山の体験するパナマは、日本の帝国領土の外部において「野蛮」が語られる例であるが、『夢十夜』の書かれる頃には、「野蛮」は探偵小説の流行に続く探検／冒険小説の一大ブームにおいて姿を現わしていた。たとえば、『探検世界』（成功雑誌社、一九〇六年創刊）や『冒険世界』（博文館、一九〇八年創刊）が相次いで刊行され、未開の地の探検／冒険談が、その読者を通して食人言説の形成・流通を促したことは想像に難くない。例えば、サモアやフィジー群島の「食人部落」を探検する窪田主計中監の「食人種探検記」（『冒険世界』第一巻第五号、一九〇八年）や、パナマのチャグレス川支流の「食人種」を描く高田大観の「食人種界の大惨劇」（『探検世界』第八巻第二号、一九〇九年）が例として挙げられるだろう。[19]

冒険小説が、帝国内外の探検談を紹介するだけでなく、都市近郊における冒険旅行の実践と、帝国主義的武士道の唱道を行う場ともなっていたことは注目に値するだろう。例えば、『冒険世界』は『夢十夜』の連載が始まる同じ一九〇八年七月号の巻頭で、下総鴻ノ台を目的として「天幕旅行大運動会」の予告と、「日本武士道団結成立」を報告している。つまり、それは「日本帝国」の優良国民として身体的精神的規律を高める訓練そのものとして機能するのだ。

このように「冒険」や「探検」という行為は、未開の地としての「暗黒」を、帝国の外部に発見すると同時に、内部にも発見するというプロセスを行うことになる。これは、成田龍一が概観するように、近代日本の都市空間の成立において、文明／野蛮の二項対立が内部化され、暗黒が第三項として「日本という国民国家の外部へと転移」するプロセスとしても理解できるだろう。[20]それは、かつて英国とアフリカの関係がそうであったように、帝国都市の暗黒として「貧民窟」を内部化するとともに、アジア／アフリカ／中南米のジャングルを再び暗黒として定位、つまり外部化する作業なのである。パナマの食人言説も、この暗黒再定位のプロセスにおいて、「文明内部の存在としての『われわれ』＝日本を成立」させるプロセスとして機能するといえる。

庄太郎と青山士。二人とも同じようにパナマ帽を被った日本青年だが、その距離は非常に隔たっているように思える。[21]しかし、ここで試みたいのは、青山のパナマ行きと庄太郎の都会の周縁への小冒険旅行を、「パナマ」というフェティッシュにおける隠喩／換喩関係の戯れの中に位置づけることである。

「パナマ」を浮遊する植民地記号と見れば、それはもはや大日本帝国の内国とされた近隣植民地を表象するだけでなく、帝都におけるジャングル、つまり人種・階級・性的な不適者の住む帝国都市東京の隠喩ともなる。帝都において、自然／女／豚はその野蛮な無意識として庄太郎を誘惑し破壊する。青山は中南米のジャングルに渡航するが、庄太郎は東京の闇の部分、死の世界に電車に乗って足を踏みこむ。この野蛮人の住む都会のジャングルが、「パナマ」という遙か遠い未知の国と隠喩によって結合され、そしてパナマ帽との換喩関係により位階づけされるという図式は、すでに見たように、日本の帝国主義の版図の拡張と対応する。すると、パナマ帽は「第十夜」においてどのようにイメージ群を束ね、整序するのだろうか。

庄太郎は、「パナマの帽子」を被って「得意」気に「女を連れて通る」ところを、第八夜で主人公に目撃されている。そこには、床屋の鏡越しに往来の通行人を眺める主人公＝「自分」の視線があった。その観察する視線は、庄太郎だけでなく、豆腐屋や芸者、それに粟餅屋や札の数を数える女、また金魚売りの活動の一瞬をさまざまに切り取り読者に提示する。しかし、その最後の視線は、金魚をじっと眺める金魚売りを眺める主人公の眼差しであった。恐ろしいのは、「騒がしい往来の活動」を注視する自分の視線が、金魚を眺める金魚売りの視線と出会うことがないという事実ではなかっただろうか。「群衆の人」（一八四〇年）でポーが描いた悪魔のような老人の視線と、それを追う主人公の視線が、決して交差しなかったことを思いだしてもいいだろう。

バーバは、ラカンの想像界の議論を援用しながら、植民地言説内の主体構築を、「隠喩的／ナルシシズム的ポジションと、換喩的／攻撃的なポジション」の同時かつ相互的戦略バランス関係において認識する。つまり、植民地主体は、自らの置かれた差異の対立構築そのものを知ることなく、他者の知識をステレオタイプという形式で循環させる。つまり、「彼は『他の』知識をいったん押しとどめられ、フェティッシュ化されて、私がステレオタイプと呼んできた、限定されたかたちの他者として、固定したかたちの他者として植民地の言説の中を循環する知識を取り込み、封じてしまう権力の装置の内側で構築される」のだ（一九三頁）。すると、金魚売りは商品の金魚に対して、鏡像的に自己を同一化／疎外化することにより、自己のアイデンティティを確認するが、それをパノプティカルに監視する「自分」の視線とは、メタレベルに位置することにより個人の視線であると同時に共同体のまなざしともなるというアンビヴァレントな揺らぎを表わしているといえるだろう。

第十夜では、庄太郎は第八夜の見られる対象から見る対象に位置を移す。庄太郎自身、ここでは「町内一の好男子で、至極善良な正直者」のステレオタイプである。そして彼の「大事なパナマの帽子」も、「女の顔を眺める」という「道楽」の隠喩となると同時に、道楽者「庄太郎」の換喩となっている。

「庄太郎」のフェティシズムと「パナマの帽子」のフェティシズムは、相互決定的に主体のアイデンティティ構築に作用する。では、フェティッシュとしての「パナマの帽子」の流通を可能にする植民地言説のイデオロギー空間とは、近代都市の政治・経済的要求とどのような関係を結んでいるといえるのだろうか。

(5) 近代メディアとパナマ（帽）

パナマ帽の流行は、『明治世相編年辞典』によれば、明治二五（一八九二）年と明治三五（一九〇三）年の二度に渡っている。前者が同年八月に第二次伊東内閣の成立と二年後の日清戦争勃発を控えていたのと同様、後者でも、第一次桂内閣のもとで日英同盟が成立し、日露戦争の勃発を二年後に控えているという時期であった。明治二五年は、文化史的には、美人画投票、東京府管内の学校における天皇写真の奉置令、アイヌ学校開設、そして、探偵小説が流行した年であり、また明治三五年は、早大開校、裸体画事件、大英百科全書発売、そして東京府下初のペスト発生の年であった。

明治三五年に夏帽として流行したパナマ帽が主に台湾製であったのは、明治二九年九月に、日本郵船が台湾航路を就航して以来、この時期に日本の帝国主義が日常文化レベルで台湾との距離を近くしていたことをうかがわせる。

漱石も『吾輩は猫である』(一九〇五～六年)で迷亭に、「どうでも言うことを聞」くパナマ帽の変幻自在さを自慢させている。しかし、それを「手品でも見物」するように眺める「細君」の視線は、「パナマ」というフェティッシュに加えられる「拳骨」の暴力だけでなく、「パナマの値段」や「パナマ責め」による「主人」の心痛、つまり、言葉による精神的暴力を不可視のものとしてしまう。そして、その暴力の現前化・不在化のアイロニーを漱石はそこに演出していた。「パナマ」をめぐる暴力。それは、フェティッシュとなった「庄太郎」というステレオタイプの構築を通して読むことも可能だろう。それは植民地主体のアイデンティティ構築プロセスにおける、アンビヴァレントな形式の絶え間の無い劇化に他ならない。植民地と本国の交通を可視化するものは、ある時は「第七夜」のような「大きな船」であり、ある時は「第十夜」の「長い電車」である。本文では、どちらもその直前に「なんでも」という副詞が置かれ、曖昧化されているが、それは、植民地的な中心と周縁の境界線が内包する、危険な欲望の限界テクストであることの指標なのだ。境界線をめぐる「幻想と防衛の光景」がここに繰りかえされる。そして、海外の植民地は内地に、それも帝都の周縁として配置されることにより、その可視化を可能とするのだ。

「第十夜」の「切り壁」や、「第七夜」の「たいへん高くできていた船」の「甲板」とは、このような境界線上に位置し、さらに、そこに立つ/立たされる植民地・帝国主体が、植民地主義言説のフェティシズムが内包するアンビヴァレンスそのものを自らのアイデンティティの形式とすること、その現実への問いを目の前に突きつけられる場であると言えるだろう。

西欧帝国主義の母国と海外植民地の関係は、日本においては帝都と内国における植民地、さらには帝都とその人種、階級、あるいはジェンダー化された内地的植民地との関係に投影される。植民地言説におけるフェティッシュとしての「パナマ」。それは、さまざまなメディアを媒介しながら、隠喩として帝国主義の拡大する全体化の論理を維持しつつ、また換喩として帝都の中央集権的統合の論理を整序してゆく。近代都市東京の「パナマ」、それは、この支配と不安との間の「戯れ」のフェティシズムとして、日本の近代メディアに立ち現われるのだ。

時は明治四一年、七月二日付けの東京朝日新聞、「流行の夏帽」という宣伝文句の上に、天辺をへこましたパナマ帽子の絵が載っている（図3）。場所は新橋、大徳頑固商会の広告である。この帽子の広告を商品のフェティッシュたちがぐるりと取り囲んでいる。「脳神経衰弱・ヒステリー新療法」、「洋食器食卓用品一式」、「脳丸」、「梅毒・淋病・生殖器機能障碍」、「公債株式売買中直」、「白銀・金銀」、「写真器械」、それに「ムスク香水」。もし、広告の修辞的地勢学が可能なら、これをまさしく「流行」のフェティシズムととらえ、その中心に抑圧された不在の記号として「パナマ」という植民地記号を読みとることができるかもしれない。

　中南米のジャングルがもたらす富と病は、帝国主義の欲望と矛盾を近代的可視化テクノロジーによって隠蔽しようとする。夏帽の換喩としてデザイン化されたこの図像は、この夏中何度も東京朝日新聞の広告に顔を出すことになる。一方、七月中に一度だけ、同紙七月四日付紙面に清徳商店の「日本製パナマ帽子」の広告が実写風の絵柄とともに掲載されている（図4）。どうやらこちらは流行ではないのか紙面左端に追いやられている。が興味深いのは、「パナマ」という原産地名が「日本製」という呼称を冠することによりようやく文字として視覚化されたことである。「品質効用等輸入パナマ帽と同一」と謳うことで、製造販売者はオリジナルに対するコピーの差異と同一性を同時に演出しなければならない。しかし複製品には絶えず「にせもの」の不安と疑いがつきまとう。

　「日本製パナマ帽子」の広告の右上下には、「スタンダード石油発動機」、「私立日本医学校夏期講習会」、「米国天然葡萄種」、「日本郵船、外国航路・内国（清韓）航路」などの広告が並んでいる。特に、スタンダード石油は、「模範的石油発動機大売出」、あるいは、「今や産業界発展の機運に際し……外国品の輸入を防遏せん

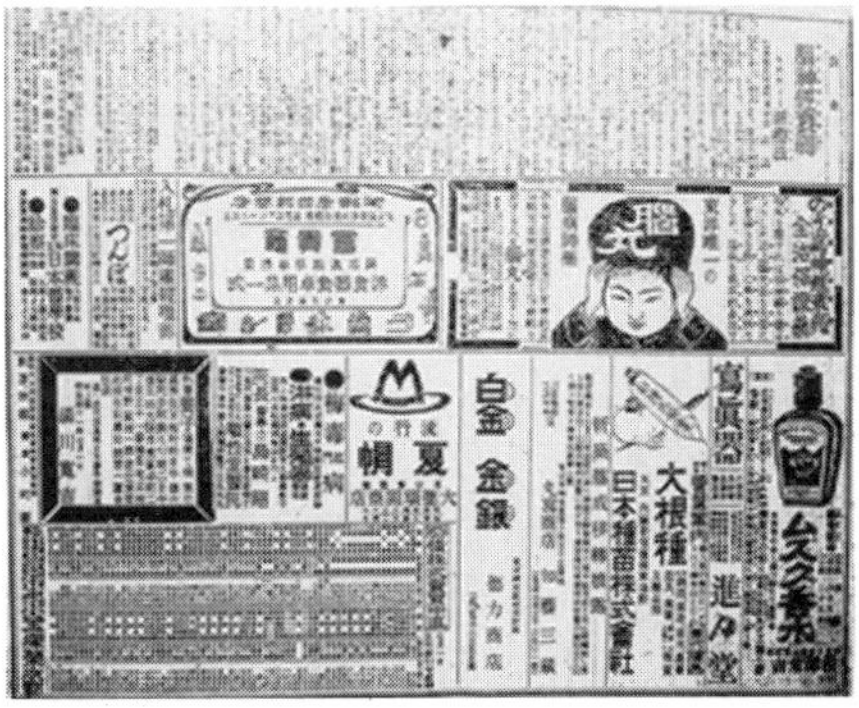

図3　東京朝日新聞　明治41年7月2日付紙面　広告欄

図4　東京朝日新聞　明治41年7月4日紙面　広告欄

が為め……」とある。つまり、輸入品との差異を明確にしつつ、国内的な商品価値の同一化を図ろうという戦略がここにはより明確にみてとれる。日本の航路を分ける「内国」と「外国」の差異が、〈清韓〉という日本の帝国主義的植民地支配の境界線に依存するならば、それもまた、植民地言説において再生産される「日本製」のフェティシズム、あるいは「流行」というステレオタイプの規制・通用性であり、曖昧性の政治学であると言えよう。

おわりに

社会的生存競争による不適格者の排除と、群衆の扇動・階級闘争による大衆・労働者階級の勝利。そこに、停滞する国内経済を植民地的移住・移民政策により解決しようとはかる日本の帝国主義的欲望の図式が透けて見える。そのとき「パナマ」は、「パナマの帽子」の換喩となると同時に、夢を織りなすテクストの内と外を媒介する植民地記号として言説内部を浮遊する。「パナマ」、それは「旧世界」と「新世界」の間に密かに開いた亀裂、永遠に埋められることのない殺戮と収奪の歴史の傷口である。「パナマの帽子」が庄太郎のブルジョア階級を象徴する記号であるとするならば、それは同時に審美家でディレッタントではあるが、労働者でも積極的消費者でもない彼の非社会的な立場をも表わしている。彼は、いわばダンディズムの記号と化すのだ。しかし、その庄太郎のコードも健さんの欲望により、その語りのなかへと包摂されてしまう。その時、交換記号としての「パナマ」は、その象徴交換（ボードリヤール）の過程において死という暴力を、そしてその起源を、二重に隠蔽しようとするのだ。

健さんの欲望、それは帝都／母国の群衆の欲望でもあった。都会の群衆は、パナマ帽がそうであったように支配階級に不安と恐怖を絶えず呼びおこすフェティッシュとなり、また、自然、動物、豚、野蛮人、女、これら全てがフェティッシュとしての都会の群衆のイメージ群を形成する。健さんは、庄太郎を寄ってたかって詰問し死に至らしめる「おぜい」の中の一人に過ぎない。彼の視線は、彼の属する群衆という共同体のまなざしであり、健さんもまた群衆のフェティッシュに過ぎないのだ。従って庄太郎を殺すのは、女であり、親類や友人であり、豚の大群であり、健さんであり、探偵＝読者なのだ。夕方、水菓子屋の店先で往来を眺める庄太郎を見る視線は誰のものだろう。はっきり区別できないほど自明な視線。その視線は誰のものでもないが、同時に誰のものでもある新聞というマス・メディアのまなざしとどうして区別ができるだろうか。そして、庄太郎の失踪事件が謎である限り、「パナマ」を欲望する欲望はメディアのこちら側にある。

一九九九年一二月三一日の正午、カーター・トリホス条約により、運河はパナマに返還され、パナマ運河はパナマのものになった。しかし本当にそうなのか。「パナマに還るときは、運河が壊れたときだろうね」。パナマの「先住民クナ族が自治するサン・ブラス諸島で小学校の先生を務める二〇の男性」は、こう言いきる。[22]庄太郎のパナマは、健さんのものになるという。なぜか。パナマは決して壊れない植民地記号であり、常に帝国主義の欲望の対象でありつづけるだろうから。

それでも、「パナマは健さんのものだろうか？」というコロニアルな問いは、「パナマはパナマのものなのか？」というポストコロニアルな問いへの可能性を常に同時に孕んでいる。それは、また、「日本人は日本人なのか」という「われわれ」の問いともけっして無関係ではないはずだ。[23]

註

本文中のシェイクスピア作品からの引用は、特に明記していない限り全てノートン版及び既存の訳に基づく試訳による。William Shakespeare, *The Norton Shakespeare*. Eds. Stephen Greenblatt et al. NY: Norton, 1997.

はじめに

1 二〇一五年六月八日付けの下村博文文部科学大臣による「教員養成系学部・大学院・人文社会科学系の学部・大学院」についての有名な通知前後の人文社会学系批判の言説形成の経緯については、以下を参照。隠岐さや香「簿記とシェイクスピア：『人文社会系批判』言説によせて」『現代思想』、二〇一五年、一一月号、二三一〜三二頁。

序

1 E. K. Chambers, *The Elizabethan Stage*. Vol.1. Oxford: Clarendon, 1923, pp.15–6.

2 バルトル・シャイティス『アナモルフォーズ』高山宏訳、ありな書房、一九九二年、二二一〜二二頁）。蒲池美鶴『シェイクスピアのアナモルフォーズ』研究社、一九九九年、三一一〜一九頁。

3 James S. Shapiro, 1599: *A Year in the Life of William Shakespeare*. London: Faber, 2005, p.30; ——, *The Year of Lear: Shakespeare in 1606*. NY: Simon & Schuster, 2015, pp.1–7.

4 William Junker. 'The Image of Both Theaters: Empire and Revelation in Shakespeare's *Antony and Cleopatra*', *Shakespeare Quarterly* (*SQ*), 66: 167–87.

5 ジャン＝ポール・クレベール『動物シンボル事典』竹内信夫他訳、大修館書店、一九八九年、二二六〜七頁。

6 岡田温司『ルネサンスの美人論』人文書院、一九九七年、一七五〜八頁。

7 スチュアート・デュラント『近代装飾事典』藤田治彦訳、岩崎美術社、一九九一年、二三〜七頁。

8 Suzuki, Mihoko. *Metamorphoses of Helen: Authority, Difference, and the Epic*. Ithaca: Cornell UP, 1989, pp.258–9.

9 エドワード・W・サイード『文化と帝国主義』大橋洋一訳、第一巻、みすず書房、一九九八年、三八頁。

第一章『じゃじゃ馬ならし』における消費の美学——エリザベス朝バンケット、家政学、カントリー・ハウス文化

1 以下を参照。Natasha Korda, 'Household Kates: Domesticating Commodities in *The Taming of the Shrew*', *SQ* (1996): 109–31. Chris Meads, *Banquets set forth: Banqueting in English Renaissance Drama*. Manchester: Manchester UP, 2001, p.100.

2 『じゃじゃ馬馴らし』の文化的背景および上演史については、以下を参照。William Shakespeare, *The Taming of the Shrew*. Ed. Elizabeth Schafer: Cambridge UP, 2002; 小林かおり『じゃじゃ馬たちの文化史：シェイクスピア上演と女の表象』南雲堂、二〇〇七年。

3 Mark Girouard, *Robert Smythson: The Elizabethan Country House*. Yale UP; New Haven, 1983, p.37. 特に英国のバンケット家屋の発展の歴史に関しては、以下を参照。Mark Girouard, *Life in the English Country House: A Social and Architectural History*. New Haven, Conn: Yale UP, 1978.

4 Andrew Eburne, 'The Passion of Sir Thomas Tresham: New Light on the Gardens and Lodge at Lyveden', *Garden History*, 36 (2008): 114–34. Gerard Kilroy, 'Sir Thomas Tresham: His Emblem', *Emblematica*, 17 (2009): 149–79.

5 William Shakespeare, *The Taming of the Shrew*. Ed. Ann Thompson. Cambridge: Cambridge UP, 1984, pp.4–5.

6 Roy Strong, 'Sir Henry Unton and his Portrait: An Elizabethan Memorial Picture and its History', *Archaeologia*, 49 (1965): 53–76 (p.70).

7 Morris Palmer Tilley, *A Dictionary of the Proverbs in England in the Sixteenth and Seventeenth Centuries*. Ann Arbor: U of Michigan P, 1950, pp.603–4.

8 William Shakespeare, *The Taming of the Shrew*. Ed. Brian Morris. London: Methuen, 1981, pp.120–22. 現在のトガリネズミの生態については、以下を参照。ジュリエット・クラットン＝ブロック、ダン・E・ウィルソン『世界哺乳類図鑑』渡辺健太郎訳、新樹社、二〇〇五年、七八～八三頁。

9 Stefan Herbrechter and Ivan Callus, *Posthumanist Shakespeares*, Palgrave Macmillan; New York, 2012.

10 Peter Brears, *All the King's Cooks: The Tudor Kitchens of King Henry VIII at Hampton Court Palace*. London: Souvenir, 1999, pp.59–95; C. Anne Wilson, Ed. *'Banquetting Stuffe': The Fare and Social Background of the Tudor and Stuart Banquet*. Edinburgh: Edinburgh UP, 1991.

11 Martin Wiggins and Catherine Richardson. *British Drama, 1533–1642: A Catalogue*. Vol. 3 (1590–1597). 3 vols: Oxford: Oxford UP, 2013, p.158.

第二章　人頭パイの料理文化史的考察――『タイタス・アンドロニカス』の場合

1 Patricia Fumerton, 'Introduction: A New New Historicism', *Renaissance Culture and the Everyday*, ed. Patricia Fumerton and Simon Hunt. Philadelphia: U of Pennsylvania P, 1999, pp.1–17 (p.1).

2 Anne Wilson, *Food and Drink in Britain*. London: Constable, 1973, pp.227–8.

3 Giovanne de Rosselli, *Epulario, or The Italian Banquet*. London: A[dam] I[slip] for William Barley, 1598, B4^{r}.

4 Peter Stallybrass, 'Patriarchal Territories: The Body Enclosed', *Rewriting the Renaissance: The Discourses of Sexual Difference in Early Modern Europe*, ed. Margaret W. Ferguson, Maureen Quilligan, Nancy J. Vickers. Chicago: Chicago U P, 1986, pp. 123–42 (p.129).

5 Philippa Pullar, *Consuming Passions: A History of English Food and Appetite*. London: Hamilton, 1970, p.127.

6 Reginald Scot, *Discovery of Witchcraft* (1584), Book 13, Chapter 34. See Reginald Scot, *The Discoverie of Witchcraft*. New York: Dover, 1972, p.203. この図版の説明に関してはオックスフォード版の『タイタス・アンドロニカス』、一九八四年、六六頁の説明を参照のこと。

7 William Shakespeare, *Titus Andronicus*. Ed. Eugene M. Waith, The Oxford Shakespeare. Oxford: Clarendon, 1984, p.184.

8 Robert May, *The Accomplisht Cook*. London: R. Wood for Nath. Brooke, 1660, L2^{r-v}.

9 John Aubrey, *Aubrey's Brief Lives*, ed. Oliver Lawson Dick. London: Secker and Warburg, 1958, p.275.

10 Katherine Duncan-Jones, *Ungentle Shakespeare: Scenes from His Life*. London: Arden Shakespeare, 2001, p.15.

11 パイと'pit'のイメジャリーの関係は以下を参照。Charles Harold Livingston, *History and Etymology of English 'Pie'*. Brunswick, ME: The Brunswick Publishing Company, 1959, p.6.

12 Nick Page, *Lord Minimus: The Extraordinary Life of Britain's Smallest Man*. London: Harper Collins, 2001, pp.1–3, 41–5.

13 Mary Douglas, *Purity and Danger: An Analysis of the Concepts of Pollution and Taboo*. London: Routledge & Kegan Paul, 2001, p.122.

14 *Ibid.*, pp.122–3.

15 Naomi Conn Liebler, 'Getting It All Right: *Titus Andronicus* and Roman History', *SQ*, 45 (1994): 263–78 (p.278).

16 この議論に関しては以下を参照。David J. Palmer, 'The Unspeakable in Pursuit of the Uneatable: Language and Action in *Titus Andronicus*', *Critical Quarterly*, 14 (1972), 320–39; Albert H. Tricomi, 'The Aesthetics of Mutilation in *Titus Andronicus*', *Shakespeare Survey*, 27 (1974): 11-19; Gail Kern Paster, "In the Spirit of Men There Is No Blood": Blood as Trope of Gender in *Julius Caesar*', *SQ*, 40 (1989): 284–98 (esp. p.289); and Gillian Murray Kendall, "Lend me thy hand": Metaphor and Mayhem in *Titus Andronicus*', *SQ*, 40(1989): 299–516.

17 Katherine A. Rowe, 'Dismembering and Forgetting in *Titus Andronicus*', *SQ*, 45 (1994): 279–505.

18 Steven Mullaney, *The Place of the Stage: License, Play, and Power in Renaissance England*. Chicago: U of Chicago P, 1988, p.31. また以下を参照。本橋哲也「境界の身体——近代初期ヨーロッパとシェイクスピア演劇の場所」『東京経済大学人文自然科学論集』、第二七巻、二一〜二五頁。

19 *Ibid.*, p.ix.

20 William Shakespeare, *Titus Andronicus*. Ed. Alan Hughes, New Cambridge Shakespeare. Cambridge: Cambridge UP, 1994), pp.15–22 (p. 22).

21 William Shakespeare, *Titus Andronicus*. Ed. Eugene M. Waith, The Oxford Shakespeare. Oxford: Clarendon, 1984, p.25.

22 '*Remembrance for Furnyture at* KEW [*the residence of Sir* JOHN PUCKERING, *Lord Keeper of the Great Seal*], *and for, her Majesties Entertainment*, 14 August, 1594', John Nichols, *The Progresses and Public Processions of Queen Elizabeth*. London: Printed by and for J. Nichols, 1823, III, pp.252–3.

23 E. K. Chambers, *William Shakespeare: A Study of Facts and Problems*, 2 vols. Oxford: Oxford UP, 1988, II, p. 318. 本劇が当初ダービー伯のストレインジ卿一座に属していたが、以後ペンブルック一座所有となったとする説については以下を参照。Lawrence Manley and Sally-Beth MacLean. *Lord Strange's Men and Their Plays*. New Haven: Yale UP, 2014, pp.106–10.

24 Jonathan Bate's 'Introduction' to the New Arden *Titus Andronicus*, p. 43. William Shakespeare, *Titus Andronicus*. Ed. Jonathan Bate, Arden Shakespeare, third series. London: Routledge, 1995.

25 Gustav Ungerer, 'Shakespeare in Rutland', *Rutland Record*, 7 (1987), 242–48 (p.246). ベッドフォード伯爵夫人をふくめたルネサンスにおける女性のパトロンたちについては、以下を参照。ガイ・フィッチ・ライトル、スティーヴン・オーゲル編『ルネサンスのパトロン制度』有路雍子他訳、松柏社、二〇〇〇年、四〇一〜二八頁；デイヴィッド・デュラント『ハードウィック館のベス：シェイクスピア時代のある女性像』上野美子訳、松柏社、二〇〇四年。

26 Peter H. Greenfield, 'Festive Drama at Christmas in Aristocratic Households', *Festive Drama*, ed. Meg Twycross, Cambridge, MA: D.S. Brewer, 1996, p.35.

27 Ungerer, 'Rutland', p.243.

28 *Ibid.*, p.244.

29 *Ibid.*, p.245.

30 *Ibid.*, pp.245–46.

31 Bate's 'Introduction', p.43.

32 カール・J・ヘルトゲン『英国におけるエンブレムの伝統』川井万里子、松田美作子訳、慶応義塾大学出版会、二〇〇五年）、一七頁参照。

33 Ann Haaker, 'Non sine causa: The Use of Emblematic Method and Iconology in the Thematic Structure of *Titus Andronicus*', *Research Opportunities in Renaissance Drama*, 13–14 (1970 [1970–71]) 143–68 (p.143).

34 Henry Peacham, *Minerua Britanna*. London: Wa[lter]: Dight, 1612, C4r.

35 Francis Quarles, *Hieroglyphikes of the Life of Man, in his The Complete Works in Prose and Verse of Francis Quarles*, ed. Alexander B. Grosart, 3 vols. n.p., printed for private circulation, 1881, III, pp.185–97 (pp.144, 186).

36 George Wither, *A Collection of Emblemes, Ancient and Modern*. London: R. Milbourne, 1635 (George Wither, A Collection of Emblemes, 1635. Introduction by Rosemary Freeman. Columbia: U of South Carolina P, 1975), p.137. Katherine Rowe, *Dead Hands: Fictions of Agency, Renaissance to Modern*. Stanford: Stanford UP, 1999, p.64.

37 Michael Bath, *Speaking Pictures: English Emblem Books and Renaissance Culture*, London: Longman, 1994, pp.199–200.

38 Robert Ralston Cawley, *Henry Peacham: His Contribution to English Poetry*. London: Pennsylvania State UP, 1971, p.3.

第三章　**"Your fortune stood upon the caskets there"**（三幕二場二〇一行）
――『ヴェニスの商人』における「三つの小箱 (casket/chest) 選び」の文化的背景とエンブレム的解釈の新たな可能性

＊『ヴェニスの商人』の引用はアーデン版第三シリーズより。その他のシェイクスピア作品の引用はリバーサイド版第二版より。William Shakespeare, *The Merchant of Venice*. Ed. John Drakakis. The Arden Shakespeare, third series. 2010. London: Bloomsbury, 2013; *The Riverside Shakespeare*. 2nd ed. Ed. G. Blakemore Evans. Boston: Houghton Mifflin, 1997.

1 Susan Strange, *Mad Money*. Manchester: Manchester UP, 1998. スーザン・ストレンジ『マッド・マネー：世紀末のカジノ資本主義』櫻井公人他訳、岩波書店、一九九九年、四頁。

2 Mary Thomas Crane, '"Video et Taceo": Elizabeth I and the Rhetoric of Counsel'. *Studies in English literature*, 28 (1988): 1–15.

3 Joan Ozark Holmer, The Merchant of Venice: *Choice, Hazard and Consequence*. Basingstoke: Macmillan, 1995.

4 以下を参照。Clayton Mackenzie, 'Iconic Resonances in *The Merchant of Venice*'. Neohelicon, 27 (2000): 189–209; Ian MacInnes, '"Ill luck,

Ill luck?': Risk and Hazard in *The Merchant of Venice*'. *Global Traffic: Discourses and Practices of Trade in English Literature and Culture from 1550 to 1700*. Eds. Barbara Sebek and Stephen Deng. New York; Basingstoke: Palgrave Macmillan, 2008. 39–55; E. M. Caldwell, 'Opportunistic Portia as Fortuna in Shakespeare's *Merchant of Venice*'. *Studies in English Literature*, 54 (2014): 349–74; 松田美作子『シェイクスピアとエンブレム：人文主義の文化的基層』慶応義塾出版会、二〇一二年。

5 以下を参照。James Balmford, *A Short and Plaine Dialogue Concerning the Vnlawfulnes of Playing at Cards or Tables, or Any Other Game Consisting in Chance, Etc. Partly B. L.* London: For Richard Boile, 1593; James Balmford, *A Modest Reply to Certaine Answeres, which Mr Gataker B.D. in His Treatise of the Nature, & use of Lotts, Giveth to Arguments in a Dialogue Concerning the Vnlawfulnes of Games Consisting in Chance*. [London: Ellen Boyle], 1623; Thomas B. D. Gataker and James A. Short and Plaine Dialogue concerning the vnlawfulnes of playing at Cards or Tables or any other game consisting in chance etc Partly B. L. Balmford. *A Just Defence of Certaine Passages in a Former Treatise Concerning the Nature and Use of Lots, against Such Exceptions ... As Have Been Made Thereunto by Mr J. B(Almford), Etc.* London, 1623.

6 Laurence Fontaine, *The Moral Economy: Poverty, Credit, and Trust in Early Modern Europe*. NY: Cambridge UP, 2014, p. 231.

7 E. H. Gombrich, *Symbolic Images*. London: Phaidon, 1972. E・H・ゴンブリッチ『シンボリック・イメージ』大原まゆみ、鈴木杜幾子、遠山公一訳、平凡社、一九九一年、三三頁。

8 川上恵理「ヘルマテナの一形態における足下に描かれたモチーフの機能」『美術史論集』第一四号、二〇一四年、一〇一〜一六頁。

9 Samuel C. Chew, 'Time and Fortune'. *ELH* 6 (1939): 83–113, p.101.

10 Gary Hicks, *Fate's Bookie: How the Lottery Shaped the World*. Stroud: History, 2009. ゲイリー・ヒックス『宝くじの文化史：ギャンブルが変えた世界史』高橋智子訳、原書房、二〇一二年、四八〜六一頁。

11 Raymond B. Waddington, 'Blind Gods: Fortune, Justice, and Cupid in *The Merchant of Venice*', *ELH*, 44 (1977): 458–77 (pp. 465–7).

12 Stephen Greenblatt, *Will in the World: How Shakespeare Became Shakespeare*. London: Jonathan Cape, 2004. スティーヴン・グリーンブラット『シェイクスピアの驚異の成功物語』河合祥一郎訳、白水社、二〇〇六年、三八九頁。

13 佐藤唯行『英国ユダヤ人：共生をめざした流転の民の苦闘』講談社、一九九五年、三三頁。

14 Norman Jones, *God and the Moneylenders: Usury and the Law in Early Modern England*. Oxford: Basil Blackwell, 1989, p.172.1

15 Murray J. Levith, 'Shakespeare's *Merchant* and Marlowe's *Other Play*.' The Merchant of Venice: *New Critical Essays*. Eds. John W. Mahon and Ellen Macleod Mahon. New York; London: Routledge, 2002, p.103.

16 西尾哲夫『ヴェニスの商人の異人論：人肉一ポンドと他者認識の民族学』みすず書房、二〇一三年、二一四〜五、二一八頁。

17 Terry Eagleton, *William Shakespeare*. Oxford: Blackwell, 1986. テリー・イーグルトン『シェイクスピア——言語・欲望・貨幣——』大橋洋一訳、平凡社、一九九二年、一三一〜一五頁。

18 R. S. White, *Natural Law in English Renaissance Literature*. Cambridge: Cambridge UP, 1996, p.169.

19 田中宏明「スーザン・ストレンジの国際政治経済学：リアリズム批判のリアリスト」『宮崎公立大学人文学部紀要』一号、二〇一二年、七七〜一〇〇頁。

20 上記註4を参照。アビ・ヴァールブルク、『ムネモシュネ・アトラス』、伊藤博明、加藤哲弘、田中純訳、ありな書房、二〇一二年；Frederick Kiefer, *Fortune and Elizabethan Tragedy*. San Marino: Huntington Library, 1983; ——, *Writing on the Renaissance Stage: Written Words, Printed Pages, Metaphoric Books*. Newark, Del.: U of Delaware P; London: Associated University Presses, 1996; ——, *Shakespeare's Visual Theatre: Staging the Personified Characters*. Cambridge: Cambridge UP, 2003.

21 Lawrence Danson, *The Harmonies of* The Merchant of Venice. New Haven: Yale UP, 1978, pp.175–95. 上記註11参照のこと。

22 松田美作子「『ヴェニスの商人』におけるFortuneとfortune」『イメージの劇場——近代初期英国のテクストと視覚文化』、英光社、二〇一四年、九二—一二五頁（九六頁）。

23 Andreas Alciatus, Viri clarissimi D. Andreae Alciati ... ad D. Chonradum Peutingerum Augustanum, *Emblematum liber*. Augustae Vindelicorum [Augsburg]: Per H. Steynerum, 1531. アンドレア・アルチャーティ『エンブレム集（1531、アウグスブルク；1534、パリ）』伊藤博明訳、ありな書房、二〇〇〇年；——, *Emblematum liber*. ed. Parisiis [Paris]: C. Wechelus, 1534; ——, *Emblematum liber*. ed. Venetijs [Venice]: Apud Aldi filios, 1546; ——, Emblemata.ed. Petro Paulo Tozzi [Padua], 1621.

24 ジョナサン・ブルーム、シーラ・ブレア『イスラーム美術』桝屋友子訳、岩波書店、二〇〇一年、二五四頁。

25 Mario Praz, *Studies in Seventeenth-Century Imagery*. 2nd ed. 2 vols. Roma: Edizioni di Storia e Letteratura, 1964/74. マリオ・プラーツ『綺想主義研究：バロックのエンブレム類典』伊藤博明訳、ありな書房、一九九八年、一五〜六頁。

26 Nerissa: these three chests of gold, silver and lead (1.2.28–9)
Nerissa: choose the right casket (1.2.87–8)
Portia: Rhenish wine on the contrary casket (1.2.91)
Nerissa: your father's imposition, depending on the caskets (1.2.99–100)
Prince of Morocco: lead me on to the caskets / To try my fortune. (2.1.23–4)
Jessica: Here, catch this casket (2.6.34)
Portia: Go draw the curtains and discover / The several caskets (2.7.1–2)
Prince of Morocco: What says this leaden casket ... This casket threatens.(2.7.15–18)
Portia: Behold, there stand the caskets, noble prince (2.9.4)
Prirnce of Arragon: Which casket 'twas I chose ... the right casket (2.9.11–12)
Prince of Aragon: What says the golden chest? (2.9.22)
Bassanio: But let me to my fortune and the caskets (3.2.39)
Gratiano: Your fortune stood upon the caskets there.(3.2.201)

27 Evelyn S. Welch, *Shopping in the Renaissance: Consumer Cultures in Italy 1400–1600*. London: Yale UP, 2005, p.75. ティツィアーノの《ウルビーノのヴェヌス》にまつわる薔薇と銀梅花の図像学については以下を参照。出佳奈子他『嗅覚のイコノグラフィア』、ありな書房、二〇一四年、

七九～一二六頁。

28 上記註3 (Holmer, p.95) を参照。 Catherine Belsey, 'Love in Venice.' *Shakespeare Survey*, 44 (1992): 41–53.

29 George Wither and Alexander Dalrymple, *A Collection of Emblemes, Ancient and Modern: Quickened with Metricall Illustrations, Both Morall and Divine; and disposed into Lotteries, both Morall and Divine. That Instruction, and Good Counsell, May bee furthered by an Honest and Pleasant Recreation*. London: Printed by A. M. for R. Milbourne, 1635.

30 Carmen Ripollés "'by Meere Chance": Fortune's Role in George Wither's A Collection of Emblemes', *Emblematica*, 16 (2008): 103–32 (p. 123).

31 以下を参照。 Hieronymi Cardani, *De propria vita liber in Opera Omnia*. Cura Caroli Sponii, vol. 1. Lyon, 1663, pp. 1–54. Rep. with an Introduction by August Buck. Johnson Reprint: NY, 1967.（カルダーノ『わが人生の書：ルネサンス人間の数奇な生涯』青木靖三、榎本恵美子訳、社会思想社、一九八〇年）; Girolamo Cardano, *Opera Omnia*, with an introduction by August Buck. The 1662 LVGDVNI ed. NY: Johnson Reprint Co., 1967. 10 v.; Oystein Ore, *Cardano: The Gambling Scholar*. With a Translation from the Latin of Cardano's *Book on Games of Chance*, by Sydney Henry Gould. Princeton: Princeton UP, 1953.（オイステイン・オア『カルダノの生涯：悪徳数学者の栄光と悲惨』安藤洋美訳、東京図書、一九七八年）; Anthony Grafton, *Cardano's Cosmos: The Worlds and Works of a Renaissance Astrologer*. Cambridge, Mass.; London: Harvard UP, 1999.（アンソニー・グラフトン『カルダーノのコスモス：ルネサンスの占星術師』榎本恵美子、山本啓二訳、勁草書房、二〇〇七年）; 榎本恵美子『天才カルダーノの肖像——ルネサンスの自叙伝、占星術、夢解釈』、ヒロ・ヒライ監修、勁草書房、二〇一三年; Rosalie Littell Colie, *Paradoxia Epidemica. The Renaissance Tradition of Paradox*. Princeton: Princeton UP, 1966.（ロザリー・L・コリー『パラドクシア・エピデミカ：ルネサンスにおけるパラドックスの伝統』高山宏訳、白水社、二〇一一年。）

32 上記註20（ヴァールブルク、四〇三頁）を参照。

33 Pierre Coustau, *Petri Costalii Pegma, cum narrationibus philosophicis*. Lugduni [Lyon]: Apud Mathiam Bonhomme, 1555. また、上記註2 (Crane, p.2) を参照。

34 「真実は時の娘」から派生した諸種のエンブレムに関しては、ハドリアヌス・ユニウス（一五六五年、五三番）とジョフリー・ホイットニー（一五八六年、四頁）のものが有名である。以下を参照のこと。 Donald Gordon, "'Veritas Filia Temporis": Hadrianus Junius and Geoffrey Whitney', *Journal of the Warburg and Courtauld Institutes* 3 (1940): 228–40; Soji Iwasaki, 'Veritas Filia Temporis and Shakespeare'. *English Literary Renaissance* 3 (1973): 249–63; ——, *The Sword and the Word: Shakespeare's Tragic Sense of Time*. Shinozaki Shorin, 1973; ——, *Nature Triumphant, Approach to the Winter's Tale*. Vol.10: Renaissance Institute, Sophia University, 1984.

35 岩崎宗治「『ヴェニスの商人』と〈幸福の寓意〉」『シェイクスピアのイコノロジー』三省堂、一九九四年、九一～一二六頁。

36 Carole Levin and John Watkins, *Shakespeare's Foreign Worlds: National and Transnational Identities in the Elizabethan Age*. Ithaca; London: Cornell UP, 2009, p.115.

37 上記註20（ヴァールブルク、三九三頁）を参照。

38 Bervely A. Dougherty, 'German and Italian Merchant Colonies in Early Modern England', *Merchant Colonies in the Early Modern Period*.

Eds. V. N. Zakharov, Gelina Harlaftis and Olga Katsiardi-Hering. London: Pickering & Chatto, 2012, pp. 31–44 (pp.37–42).
39 Philip J. Stern and Carl Wennerlind., ed. *Mercantilism Reimagined: Political Economy in Early Modern Britain and Its Empire*. 2014, p.156.

第四章　第1四折本（Q1）『リア王』における悪魔祓いとジェンダー・クライシス

1 『リア王』と悪魔祓いの主題については以下を参照。Kenneth Muir, 'Samuel Harsnett and King Lear,' *Review of English Studies*, 2 (1951), pp.11–21; John L. Murphy, *Darkness and Devils: Exorcism and* King Lear, Athens: Ohio UP, 1984; Stephen Greenblatt, 'Shakespeare and the Exorcists,' *Shakespearean Negotiations*. Berkeley: U of California P, 1988; F. W. Brownlow, *Shakespeare, Harsnett, and the Devils of Denham*. Newark: U of Delaware P, 1993; William Shakespeare, *King Lear*. Ed. R. A. Foakes. Arden Shakespeare, third series. Walton-on-Thames: Nelson, 1997. ブラウンロウは、シェイクスピアが『リア王』を、「同時代のイングランドの宗教的情勢についての注釈であり、……極端に無作法なロマンス的悲劇として構成された、宗教的政治的主題に関する途方もなく予言的奇跡劇をもって、ハースネットへの回答」としたと述べているが、シェイクスピアがそこまで作品の一材源に執着していたということには、モーリス・チャーニーやデイヴィッド・ホエニガーのように懐疑的な研究者もおり、私も同意見である。以下を参照。Book reviews by David Hoeniger, *SQ*,46 (1995): 467–9; and Maurice Charney, *Renaissance Quarterly*, 49 (1996): 163.

2 ロザリー・L・コリー『パラドクシア・エピデミカ：ルネサンスにおけるパラドックスの伝統』高山宏訳、白水社、二〇一一年。

3 テクスト改訂派は、F1 Lear テクストが作者によるQ1 Lear テクストの改訂版であるという説を奉じ、八〇年代前半から現在にかけて、テクスト批評においてはほぼ主流となっている。一九八七年にはオックスフォード大学出版局が、二種類の版の *King Lear* を併刷した *The Complete Works* を出版し、一九九二年にはケンブリッジ大学出版局がF1テクストを選択した *The Tragedy of King Lear* を出版している。テクスト改訂説は、いわゆる、作者信仰に基づくテクスト改善説となり、その結果、F1テクストが相対的に高く評価されている。金子氏も指摘しているように、特に、上演という観点からこのF1優位の評価が導き出されている。ゲイリー・テイラーとマイケル・ウォレン編の *The Division of the Kingdoms* などは、明らかに、全編この改訂／改善イデオロギーに貫かれた戦略本であった。たとえば、ケンブリッジ版のように、明らかにF1テクスト優位を掲げ、Q1テクストを導入部と補遺に周縁化したテクストにおいて、Q1は、すでに、テクストの（あるいは歴史の）断片でしかなくなっているのであろうか。今、問われているのは、F1のみならず、Q1テクストを我々はいかに読むかということである。その点で、次のゴールドバークの提言はいまだ有効であろう。――「現代のテクスト批評と期を一にする解体・脱理想化批評はテクスト性の歴史性と歴史性のテクスト性を認識しなくてはならない」。Jonathan Goldberg, 'Textual Properties,' *SQ*, 37 (1986): 213–217 (216).

　今回は考察をQ1テクストに限定しているが、Q1・F1に共通な部分とQ1に固有な節分との関係を部分的でも検討することによって新たな視点が得られることを期待したい。また便宜上、両テクストの共通部分を『リア王』プロパー、Q1固有な郎分をQ1プロパー、F1も同様にF1プロパーと呼ぶことにする。Q1『リア王』の台詞の引用はすべて、ノートン版（一九九七年）に従い、混成版に限ってはリバーサイド版『シェイクスピア全集』第二版（一九九七年）の幕場行ナンバーを併用する。テクストの異動に関する問題に関しては以下を参照。William Shakespeare, *The Tragedy of King Lear*. Ed. Jay L. Halio. *The New Cambridge Shakespeare*. Cambridge: Cambridge UP, 1992; William Shakespeare, *King Lear*. Ed. R. A. Foakes. Arden Shakespeare. Third Series. Walton-on-Thames: Nelson, 1997; 金子雄司「王国の統合の夢

――『リア王』テキスト研究の現状と研究ノート――」『シェイクスピアリアーナ』第八巻、丸善、一九八九年、七四頁；Gary Taylor and Michael Warren, eds. *The Division of the Kingdoms: Shakespeare's Two Versions of* King Lear. Oxford: Clarendon, 1983; ウィリアム・シェイクスピア『リア王』大場建治編注訳、研究社、二〇〇五年。

4 「王の二つの身体」に関しては、以下を参照。Ernst Hartwig Kantorowitz, *The King's Two Bodies: A Study in Mediaeval Political Theology*. Princeton: Princeton UP, 1957.（エルンスト・H・カントーロヴィチ『王の二つの身体――中世政治神学研究』小林公訳、平凡社、一九九二年。）

5 『リア王』が父権制的な作品であるという指摘は別段目新しいものではない。アン・トンプソンは、その論文「『リア王』に女性はいるのか?」において、ニューヒストリシズムとフェミニズムの出会いを、悲観的に俯瞰している。そこでは、いかなる「読み」の試みも、作品の父権制構造の中に取り込まれてしまうように思われる。しかしその著書『批評家たちの討論――「リア王」』で提示している方法、つまり、テクスト批評、歴史批評（新歴史主義・文化唯物主義）、そして、フェミニスト批評を橋渡しする「読み」は、『リア王』批評にとって新しい本文テクストを生産することを可能にしてくれるだろう。以下を参照。Ann Thompson, 'Are There Any Women in *King Lear*?', The Matter of Difference: Materialist Feminism Criticism of Shakespeare. Ed. Valerie Wayne. NY: Harvester,1991; ――, ed. The Critics' Debate: King Lear. London: Macmillan, 1988. また、本橋哲也は、『リア王』が「演劇性の再認と否認という自己と他者の関係の肯定と否定のはざまで、かろうじて創出される『反悲劇』として、歴史の終焉を告げる」作品であると論じている。本橋哲也『侵犯するシェイクスピア――境界の身体』青弓社、二〇〇九年、二二五頁。

6 特に、四第三場の「過剰性」、つまり、紳士によって語られるコーディリア表象の不自然さに対して、ジャネット・エイデルマンは、テクスト改訂派の説に目を配りながらも、結局、自分の議論において大勢を左右するものではないと判断し、Q1／F1のこの種の差異を議論の対象から外している（注43、三〇六頁）。しかし、本稿で取り上げるのは、まさに、その「過剰性」の議論であり、たとえ処女マリアの表象を問題化するにしても、むしろ、ゴールドバーグが示唆しているように、テクスト上の差異を無視することはできないと考える方が自然だろう（上記註3参照。'Textual Properties', p.215)。「過剰性」が、Q1『リア王』のテクストにおいて構造的特徴となっているならば、これを単純に上演上不必要な部分と見なすというより、むしろ、その「過剰」部分にこそ積極的に意味を読みとって（読み込んで）いくことが望まれるのではないだろうか。また、より具体的なシェイクスピアのテクストの物質性については、ド・グラッツィアとストーリブラスの論文が、ゴールドバーグの線に沿った提言をしている（二七三頁）。つまり、ジェンダーの問題を例にとってみても、ルネッサンス時代独物のジェンダーあるいは「性格／人物」造形のゆらぎに注目し、様々な文化・政治的記号の集積体として登場人物を読んでいくことが、今、特にテクスト批評との関係において必要とされているのである。以下を参照。Janet Adelman, 'Suffocating Mothers in *King Lear*', *Suffocating Mothers: Fantasies of Maternal Origin in Shakespeare's Plays*, Hamlet *to* Tempest. NY: Routledge, 1992, pp.103–29; Margreta De Grazia and Peter Stallybrass, 'The Materiality of the Shakespearean Text', *SQ*, 44 (1993): 255–283.

7 石原孝哉『シェイクスピアと超自然』南雲堂、一九九一年、二四～二九頁。千年王国運動により広まった終末観によると、一六六六年が、悪魔の最期の日とされ、特に、最後の一〇〇年間が、その大攻勢の時期とされていた。魔女狩り、悪魔祓いの最盛期もこの時期である。

8 小山郁夫「ルネサンス・カオスと『リア王』」『イギリス・ルネサンスの諸相』、中央大学出版部、一九八九年、七二頁。中世美術に見る悪魔の図像学および西洋悪魔学の歴史的資料に関しては、以下を参照。ルーサー・リンク『悪魔』高山宏訳、研究社出版、一九九五年；田中雅志

『魔女の誕生と衰退――原典資料で読む西洋悪魔学の歴史』三交社、二〇〇八年。

9 上記註1を参照。Murphy は引用テクストにQ1を指定しているが、グリーンブラットの論文では残念ながらF・Q折衷の Riverside 版が用いられている。Fにおいては「悪魔祓い」に関する台詞が大幅に削除されているという事実からも分かるように、構造の面のみならず、話題性(topicality)の面からも、「悪魔祓い」はQ1に顕著にみられる特徴なのである。そのため、この悪魔祓いという観点から(特に構造的に)作品全体の解釈に踏み込む場合には、Q1を用いるのがよりふさわしいと言えよう。テクスト問題の概要に関しては、以下を参照。新谷忠彦、「『リア王』の二つのテキスト」三神勲訳『異版対訳:リア王』桐原書店、一九九〇年。及び、*The Parallel* King Lear *1606–1623*, prepared by Michael Warren. Berkeley: U of California P, 1989.

10 上記註1を参照。Murphy, *Darkness*, pp. 2–3.

11 黒瀬保『運命の女神――中世及びエリザベス朝文芸におけるその寓意研究』南雲堂、一九七〇年、六〇~一頁。

12 ミショーからの引用は以下による。アンリ・ミショー『アンリ・ミショー全集I』小海永二訳、青土社、一九七八年、四六四~五頁。

13 飯島耕一『悪魔祓いの芸術論』弘文堂、一九五九年、五頁。

14 このふたつのレベルに渡るジェンダーと階級のカテゴリーが、女性の位置づけを複雑なものにしている。ピーター・ストーリーブラスによれば、女性間の階級差は、階級構造の固定化、引いては支配者階級に利することになるが、逆にその階級の排除は女性像の一般化を招き、ミソジニストの言説を形成することになる。また、「近代初期イングランドの支配的言説の中に限るならば、女性の身体は「文明化」(civilized) されたものと「植民地化」(colonized) されるべき危険な領域 (dangerous terrain) の象徴的な地図となりうる」(一三三頁) のである。つまり、女性の身体は、文化/自然、聖/邪などの二項対立を表象する「場」あるいは「地図」として視覚化されるとともに、植民地主義的な他者排除の構造の中に二重に包摂されていることが分かる。

『リア王』では女性登場人物が全て王族であり、女性間の階級差を有しないという事実は、他の悲劇と比べてもミソジニーのトーンが高いことと無関係ではない。女性排除の構造と悲劇のパラダイムとの関係については、キャラハンを参照。Peter Stallybrass, 'Patriarchal Territories: The Body Enclosed', *Rewriting Renaissance*. Ed. By M. Ferguson, et. al. Chicago: U of Chicago P, 1986; Dympna Callaghan, *Woman and Gender in Renaissance Tragedy: A Study of* King Lear, Othello, The Duchess of Malfi *and* The White Devil. NY: Harvester, 1989.

15 第三項排除の原理に従えば、排除には必ず暴力が伴う。一体劇中で排除されない人物はいるのだろうか。『リア王』の世界ではすべての人物が一見排除し合っているように見え、「暴力」のない「赦し」の世界にはまだほど遠い。排除の構造に関しては、以下を参照。今村仁司『排除の構造―力の一般経済学序説』勁草書房、一九八九年。

16 鏡像段階の自我形成に関するラカンの概念をシェイクスピアの悲劇に応用した大橋洋一氏の論文には多くの示唆を受けた。特に、「鏡の娼婦性」の指摘は、そのままそこに父権制のイデオロギーを見ることができるという点でこの場面でも有効であろう。父権制社会においては、女性という鏡を見る主体はあくまでも男性であるという視線の政治学に注意が必要である。ここで扱う女性を「鏡」化するという概念は、すでに触れた(女性の)父権制的「地図」化と関連がある。大橋洋一「異邦の異邦人――『オセロ』と他者の問題――」『シェイクスピアの悲劇』研究社、一九八八年。また鏡の両義的性質に関する広範な文化史としては以下を参照。サビーヌ・メルシオール=ボネ『鏡の文化史』竹中のぞみ訳、法政大学出版局、二〇〇三年。

17 OEDでは、'wit' (v.1) は、ラテン語系の語源から 'to see'、ギリシャ語系から 'to know' の意味が派生している。

18 この「いないいないばあ」遊びとフロイトの "fort-da" game との間には驚くべき類似性がある。メラニー・クラインは、乳幼児の母の認知のタイプを、乳の有無により、「良い乳／良い母」と、「悪い乳／悪い母」の2タイプに区分している。愛情審問により、三姉妹はまず、リア王にお世辞という言語上のミルクを与える「良い母」と、与えない「悪い母」に分割される。しかし、すぐに、ゴネリルとリーガンは「悪い母」に転じ、コーディリアの出現が、つまり、「良い母」の現前が希求されることになる。この二項対立に、伝統的な聖女／魔女の二項対立が、つまり、悪魔祓いのパラダイムによる「他者」としての女性排除の戦略が重ねられていくのである。Hanna Siegal. *Introduction to the Works of Melanie Klein*. London:Hogarth, 1973.

19 Peter Stallybrass, 'Patriarchal Territories', p.127.

20 コーディリアとバージン・メアリーの表象の関係性については、キャラハン前掲書の第二章（上記註14）、エイデルマン前掲書の註44（上記註6）を参照。

21 女性原理のこの二元論的対立と、その男性原理への回収に関しては、以下の説明が詳しい。Marilyn French, 'The Gender Principles', *Shakespeare's Division of Experience*. NY: Summit, 1981, pp. 21-31.

22 'The Division of the Kingdoms 所収の論文は模擬裁判の場の上演上の効果には総じて否定的である。

23 N・ローズ『エリザベス朝のグロテスク——シェイクスピア劇の土壌』上野美子訳、平凡社、一九八九年、三三頁。

24 上記註1(Greenblatt, pp.94-128) 参照。

25 この精神分析的アプローチに関しては以下を参照。Julia Reinhard Lupton and Kenneth Reinhard, *After Oedipus: Shakespeare in Psychoanalysis*. Ithaca : Cornell UP、1993.

26 もちろん、本章で論じようとしているのは、ジェンダー、あるいはセクシュアリティの議論抜きで論じられてきたキリスト教的ヒューマニズム批評ではない。われわれの多様な生／性のあり方を、ヒューマンという単一のイデアに還元してしまうのではなく、むしろ、例えていえば多神教のもつ多様性に拡張していく方向を摸索することである。その意味で、まず、ジェンダー差別のみならず、様々なセクシュアリティ、階級、そして人種間の差別や偏見を固定化し、操作しているイデオロギーを暴露することが必要になる。そこから出発して、次に摸索すべきは、より流動的かつ多様な生／性のアナーキーではない共生の世界への可能性である。

27 渡辺守章『劇場の思考』岩波書店、一九八四年、五一頁。

28 F版の場合には、ケントが自ら胸を引き裂く絶叫の台詞（Qではリアの台詞）の後に、あのように冷静な台詞をしゃべれるとは容易には信じがたいところがある。

29 このリアの確信については賛否両論あるが、F版に基づいたジョン・ウッド主演の一九九〇年RSCプロダクションの場合、コーディリアの衿首のボタンを外すことにより、リアにコーディリア蘇生の希望を与えている。

30 F版では、「正直になるのだ」'be true' が 'unbutton here' に変更されており、のちにリアが死に直面したさいにボタンをはずしてくれと頼む場面との類似性を暗示している。

31 このような衝撃に耐えられない「理性」ある英国の聴衆が、コーディリアの死という「見るもおぞましいもの」に蓋をし、道化までも追放したデイト版のハッピーエンディングを享受した約一五〇年間という期間が、一七世紀前半よりイギリスで実施された狂人の監禁、しかも国家権力と治安維持とを背景にした「大いなる閉じ込め」（ミシェル・フーコー『狂気の歴史』田村俶訳、新潮社、一九七五年、第一部第二章）の歴史とほぼ重なるという事実に目を向けるとき、我々は改めて狂人や道化（阿呆）の狂気のみならず、コーディリアの死という狂気（的な出来事）に対する「理性」というものに向きあうべきことに気づく。人間の「理性」とは、不変の「真理」の暴露に対する条件反射的な防御反応なのだ。それゆえ、人は狂人を笑うよりもむしろ恐れ、閉じこめようとするのだろう。

32 このように認識レベルに重点をおいた場合、F版のように、最後のスピーチをエドガーがするとなると、権威の再創造そして方向付けは、いかなる形であれ少なくとも芝居の中で始まってしまい、Q版ほど純粋に未分化の状態ではなくなる。また、コーディリアによって始められた「沈黙」の主題がリフレインされるという感覚も消滅する。しかし、この沈黙に、漠然とした不信感が幾らか含まれることは否めないが、それがまたこの劇の意味を豊かにしているとも言えるのだ。

33 Stephen X. Mead, 'Shakespeare's Play with Perspective: Sonnet 24, Hamlet, Lear,' *Studies in Philology*, 109 (2012): 225–57. また、以下を参照。James S. Shapiro, *The Year of Lear: Shakespeare in 1606*. NY: Simon & Schuster, 2015, pp.1–7.

英国以外の『リア王』上演に見られる、言葉の意味を超える純粋言語のように観客を圧倒する俳優の身体と声の現前性と、異文化をつなぐ芝居の共創性については、以下を参照。浜名恵美『文化と文化をつなぐ―シェイクスピアから現代アジア演劇まで』筑波大学出版会、二〇一二年。一〇三～一二六。

第五章　「貞操の外に生きる事」――ヘレナ（『終わりよければすべてよし』）と日本の「新しい女たち」

1 イプセン『人形の家』中村吉蔵訳、新潮社、一九二二年、二〇四頁。

2 昭和六三年分までの上演を収録している『日本シェイクスピア総覧』によれば、初演は昭和五五年、ジャン・ジャン、小田島雄志訳、出口典男演出、劇団はシェイクスピア・シアターで行われている。佐々木隆編『日本シェイクスピア総覧』エルピス、一九九〇年）。「不幸な喜劇」と呼ばれる由来はこの芝居を演じた一八世紀の俳優たちを次々と不幸な運命に陥れたことにある。詳しくは以下を参照。Joseph G. Price, *The Unfortunate Comedy: A Study of* All's Well That Ends Well *and Its Critics*. Toronto: U of Toronto P, 1968.

3 高山宏「語れ、ハーマイオニー――〈単純〉化の時代の中の演劇」『シェイクスピアリアーナ』第五巻、一九八八年。

4 キャロリン・マーチャント『自然の死』団まりな他訳、工作舎、一九八五年、五三二～三四頁。

5 折井美耶子編集・解説『資料――性と愛をめぐる論争』ドメス出版、一九九一年、一六～七頁。

6 一九九四年、九月一二日付けの『ニューズウィーク』（日本版）は、アメリカDL社（化粧品メーカー）の社長が、ほぼ三〇年に渡り一〇人以上の女性社員に性的嫌がらせを加えるという、前代未聞のセクハラ疑惑を記事にしている。関連記事によれば、セクハラの賠償金が七億円という判決が、今年九月一日、カリフォルニアの州裁判所で下りている。九三年にEEOC（雇用機会均等委員会）に持ち込まれた苦情は一万二〇〇〇件にのぼり、和解金総額も約二五億円にまでなっている。しかし、アメリカ企業が本腰を入れて対応を始めたのはアニタ・ヒル事件（一九九一年）以降である。一九六四年には性による差別を禁じていた公民権法も、九一年にやっとセクハラ被害に対する損害賠償に懲罰的罰金を加算することを認めた。

7　海野は一九一四年とその百年後の二〇一〇年代を大変動期とみなし、一九一四年前後の社会文化の諸相を概観している。海野弘『一九一四年：一〇〇年前から今を考える』平凡社、二〇一四年。

8　日本の女子教育の歴史については以下、C・B・デフォレスト『パン種としての日本女性—日本の近代化に活躍した女性たち』別府恵子他訳、春秋社、一九八四年、山口真、山手茂共編『女性学概論』亜紀書房、一九八七年、堀場清子『青踏の時代——平塚らいてうと新しい女たち』岩波新書、一九八八年、を参照のこと。イギリスの女子教育に関しては、青山吉信編『世界の女性史6　忍従より自由へ』評論社、一九七六年、青山吉信編『世界の女性史七——英文学のヒロインたち』評論社、一九七六年、アンジェラ・ホールズワース『人形の家を出た女たち——二〇世紀イギリス女性の生活と文化』石山鈴子他訳、新宿書房、一九九二年、を参照のこと。

9　田崎英明『セックスなんてこわくない』河出書房新社、一九九三年、二二〇頁。また、ダナ・ハラウェイ他『サイボーグ・フェミニズム』巽孝之、小谷真理編訳、トレヴィル社、一九九一年、を参照のこと。

10　この病いと当時の女医を主題とした興味ある論文としては David Hoeniger, 'The She-Doctor and the Miraculous Cure of the King's Fistula in *All's Well That Ends Well*, *Medicine and Shakespeare in the English Renaissance*. Newark: U of Delaware P, 1992, 287–306. を参照のこと。

11　この劇にみられる単性生殖と処女懐胎のイメージに関する詳しい分析は Janet Adelman, *Marriage and the Maternal Body: On Marriage as the End of Comedy in* All's Well That Ends Well *and* Measure for Measure, in *Suffocating Mothers*. NY: Routledge, 1992, pp. 76–86. を参照。比較的最近の論文集としては以下を参照。Gary F. Waller, *All's Well, That Ends Well: New Critical Essays*. London: Routledge, 2007.

第六章　島村抱月改作『クレオパトラ』（一九一四年）のロケーション——混血と同化、矛盾の政治学

1　山之内靖は、私たちが「国民国家のシステムの中に絶えず辺境化されていく社会手段を産まざるをえない」現状を認めた上で、「日本」と主体の問題について、次のように述べている。「〈国民国家〉を単位とし、そこにおいて均質で平等な市民権を構想していくという方法の限界を問うていくということこそ、いま我々に課されている課題なのであって、国民国家的な体制を前提とした市民社会派の議論に乗って、国民的結集体としての責任ということを問うというのは時代錯誤である」。（「総力戦・国民国家・システム社会」、『現代思想』、一九九六年、六月号、一六頁。これに関しては、以下を参照。山之内靖他編著『総力戦と現代化』柏書房、一九九五年、酒井直樹他編著『ナショナリティの脱構築』柏書房、一九九六年。また、姜尚中は、その著『ふたつの戦後と日本——アジアから問う戦後五〇年』三一書房、一九九六年、で、近代日本を再考する際に「在日」のまなざしの持つ有効性を示唆している。彼は、オリエンタリズムから脱しきれない日本近代の時代意識だけでなく、「国民としての」謝罪という新たな装いで登場してくる「国民幻想」への抵抗を論じている。また、同氏は、『オリエンタリズムの彼方へ』、岩波書店、一九九六年、で、自らの「超越論的故郷喪失」としての経験についても論じている。なお、一般的なナショナリズム論としては、以下を参照のこと。Stuart Woolf, ed., *Nationalism in Europe, 1815 to the Present*, London: Routledge, 1996. Ann Brewster, *Literary Formations: Post-colonialism, Nationalism, Globalism*, Victoria: Melbourne UP, 1995. 小笠原真『近代化と宗教：マックス・ヴェーバーと日本』世界思想社、一九九四年。ベネディクト・アンダーソン『想像の共同体—ナショナリズムの起源と流行』白石隆・さや訳、リブロポート、一九八七年。今村仁「ナショナリズムとカニバリズム」『現代思想』一九九一年、二月、九六〜二九頁。上野俊哉「ネーションに抗する政治」『現代思想』一九九三年、五月、一七二〜一八〇頁。Miyoshi, Masao, 'A Borderless World?: From Colonialism to Transnationalism and the Decline of the

Nation-State,' *Critical Inquiry*, 19 (1993): 726–51.（マサオ・ミヨシ「国境なき世界?：植民地主義から多国籍主義への動きと国民国家の衰退」関根政美訳、『批評空間』、一九九四年、一月号、八八〜一二二頁。上山春平、青木保、鴨武彦、「ナショナリズムの現在」、『思想』特集：ナショナリズム、一九九二年、一月、一五一〜九二頁。趙景達「朝鮮近代のナショナリズムと文明」『思想』一九九一年、一〇月、二四〜一三三頁。大澤吉博『ナショナリズムの明暗』東京大学出版会、一九八二年。

2 在日問題、あるいは、外国人労働者問題に関しては、特に、中野秀一郎、今津孝次郎編『エスニシティの社会学——日本社会の民族的構成——』世界思想社、一九九三年を参照。

3 山之内靖「特別インタビュー　総力戦・国民国家・システム社会」『現代思想』一九九六年、七月、三三頁。

4 日本では、新しいところで、ファッション・ショーの舞台裏を写したドキュメント『アンジップト』、愛人・正妻・探偵と三人の女性の活躍する『悪魔のような女』、女性と不倫した妻と夫の三角関係を描いた仏映画『彼女の彼は、彼女』、武田久美子扮する両性具有者を主人公にした、これも三角関係もの『目を閉じて抱いて』、それに、『フロム・ダスク・ティル・ドーン』の女性ダンサーは、本当にバンパイアに変身してしまった。ショーガールや娼婦を主人公にした作品は、しばらく前から数多く上演されているが、シュールリアリズムの巨匠ジャック・リヴェットや、グラマー映画の帝王ラス・メイヤーの作品群も〈美女・悪女〉ものの流れに入るだろう。世紀末的〈退廃〉の象徴として、ゲイ・レズビアンを扱ったクイアー映画の上演が多いのも、無声映画の上演の多さと合わせて今世紀末の特徴であろう。舞台では、『シンデレラ』や『美女と野獣』を初めとして、青空美人プロデエースのオムニバス三作品の一つ「奥様は魔女」、森光子主演の芸術座公演「放浪記」、また、アートでは、スーパー・モデルばかりを取り上げた『MODELS ピーター・リンドバーグ写真展』がある。また、アメリカのフェミニストによる〈美人〉論としては、いわゆる「美の社会心理史」として、ファッション・美容から、神話や文学まで幅広く扱った以下を参照。ロビン・トルマック・ラコフ、ラクェル・L・シェール『フェイス・ヴァリュー——美の政治学——』南博訳、ポーラ文化研究所、一九八八年。

5 姜尚中、第四章、「〈東洋〉の発見とオリエンタリズム」『オリエンタリズムの彼方へ』岩波書店、一九九六年、一四五、一二七、一三二〜一三三頁。姜氏は、註の中でこの論考が、Stefan Tanaka, Japan's Oriet: Rendering Pasts into History. U of California P, Berkeley, 1993. に触発されて書いたことを認めている。また、日本の「アジア回帰」の〈起源〉を検証する試みとして、一八九〇年代半ばから一九一〇年前後に起きた、日本の対アジア認識の急転換を、それを保証する学校制度体系、特に中等教育との関わりとの中で位置づけようとする試みとしては、那須恵子の以下の論文を参照。「中等教育における〈東洋歴史〉の登場」『近代日本における知の配分と国民統合』第一法規出版、一九九三年、二三三〜二五一頁。

6 〈混血と同化〉の概念は小熊英二から、〈矛盾〉の概念はホミ・バーバから援用。

7 柄谷行人「歴史における反復の問題」『批評空間』一九九五年、二期七号、三三頁。

8 同上、二九頁。柄谷の説明によれば、シーザー主義の二つの面（「都市国家から帝国へという拡張」と「共和制からすべての階級を代表するものとしての皇帝への移行」）は、九〇年代においては、「経済のグローバル化」と「国内の代表制の瓦解」の両面において、反復されているという。

9 Mary Hamer, *Signs of Cleopatra: History, Politics, Representation*. London: Routledge, 1993.

10 〈植民地帝国〉という呼称は、駒込武『植民地帝国日本の文化統合』岩波書店、一九九六年による。

11　アニア・ルンバ（二頁）。「『第三世界』の国際化」は、スピバックが以下の論文で用いた語句。Gayatri Chagrovorty Spivak, 'The Rani of Sirmur: an essay in reading the archives,' *History and Theory*, 24(1985): 247–72. シェイクスピアがインドの植民地教育において果たした役割については、トリヴェディの次の論文を参照。Harish Trivedi, 'Shakespeare in India: Colonial context,' *Colonial Transactions: English Literature and India*, Manchester: Manchester UP, 1993, pp.10–28. トリヴェディは、二〇世紀初頭にシェイクスピアの翻訳は最大数を記録し、一九一〇年代のインドの翻訳者たちにおいて、ウィリアム・ミラー（一九〇〇年代に南インドで活躍したシェイクスピア学者）の道徳的教訓がすでに十分内面化されていたことを指摘している（一八頁）。

12　駒込武『植民地帝国日本』、三一～三頁。

13　テリー・イーグルトン『美のイデオロギー』鈴木聡他訳、紀伊國屋書店、一九九六年、二五、二八～九、二七、四四頁。

14　石原千秋「博覧会の世紀へ――『虞美人草』」『漱石研究』第一号（一九九三年）、八四～五頁。作品中に言及される博覧会は、明治四十年三月二〇日から七月三〇日まで上野公園で開催された東京勧業博覧会である。

15　『虞美人草』をめぐる〈クレオパトラ〉イデオロギーに関しては時をさかのぼる形になるが、次章参照のこと。

16　澁澤龍彦『世界悪女物語』初刊一九六四年、河出文庫、一九八二年。

17　長谷川時雨『新編近代美人伝（上）』杉本苑子編、岩波書店、一九八五年、三頁。初出は「明治美人伝」『解放』、明治文化の研究特別号、一九二一年一〇月。

18　西洋における〈新しい女〉言説については、前述のダイクストラが、世紀末には〈退化したもの（degenerate）〉として分類されていたことを指摘している。Bram Dijkstra, *Idols of Perversity: Fantasies of Feminine Evil in Find-de-siècle Culture*. NY: Oxford UP, 1986.（ブラム・ダイクストラ『倒錯の偶像』富士川義之訳、パピルス、一九九四年）。

19　Lucy Hughes-Hallett, *Cleopatra: Histories, Dreames and Distortions*. Bloomsbury, 1990. (BR: TLS Feb. 23–March 1, 1990, 192). Mary Hamer, *Signs Cleopatra: History, Politics, Representation*. London: Routledge, 1993.

20　シェイクスピアの『アントニーとクレオパトラ』が〈クレオパトラ〉言説の編制史においても主要な地位を占めることについてはまだほとんど研究がなされていない。二十世紀末の日本においては、ポストモダン・フェミニスト批評家たちが、クレオパトラのもつ魅力の源泉である「無限の多様性」にジェンダーの新たな可能性を探ろうとする一方で、他のほとんどの批評家たちは、作品のネオ・プラトニズム的な側面から象徴的な読解を試みる、というような状況である。このような状況がいかに〈世紀末的〉であるか、そして、そこに見られる〈反復〉の構造そのものについて理解するためにも、その文化的〈起源〉に立ち戻る必要がある。そこで私たちは、もう一つの〈世紀末〉のクレオパトラに出逢うことになるだろう。『アントニーとクレオパトラ』を扱ったシェイクスピア・プロパーな研究としては、以下を参照。今西雅章「『アントニーとクレオパトラ』と悲劇のゆくえ――「エロス的原理」の世界――」『シェイクスピアの悲劇』日本シェイクスピア協会編、研究社、一九八八年。柴田稔彦「『アントニーとクレオパトラ』」高橋康也他編、『シェイクスピア全作品論』、一九九二年。青山誠子「脅威／驚異のフェミニティー――クレオパトラを読み直す」青山誠子他編『シェイクスピア批評の現在』、一九九三年。浜名恵美「性の政治学／解釈の政治学『アントニーとクレオパトラ』を読む――」日本シェイクスピア協会編、『シェイクスピアの歴史劇』研究社、一九九四年。

21　一九一四年のクレオパトラ・フィーバーはまず、サイレント映画の分野で起こっている。以下を参照。Robert Hamilton Ball, *Shakespeare on Silent*

Film: A Strange Eventful History, NY: Theatre Arts Books, 1968. 欧米で制作されたクレオパトラのサイレント映画は以下の通り。『クレオパトラ』(一八九九年)、『クレオパトラ』(一九〇三年)、『アントニーとクレオパトラ』(一九〇八年)、『クレオパトラ』(一九一〇年)、『クレオパトラ』(一九一二年)、『アントニーとクレオパトラ』(一九一三年)、『アントニーとクレオパトラ』(一九一三年)、『クレオパトラ』(一九一七年)、『クレオパトラ』(一九一八年)、『クレオパトラ』(一九二〇年)、『クレオパトラとのんきなマーク』(一九二五年)、『クレオからクレオパトラ』(一九二八年)、『クレオパトラ』(一九二〇年)

日本ではじめて上演された『アントニーとクレオパトラ』は、以下において上演の様子を窺いしることができる。谷内松之助、『資料参考アントニーとクレオパトラ写真帖』、大正三年五月五日、東京、電気写真帖出版部(エンリコ・ガッツオーネ監督、イタリア・チネス社製作)。また、『アントニーとクレオパトラ』の小説版は、『プルターク英雄傳』第一巻、大正三年九月一五日発行、の出版をきっかけに、大正三年にその出版ラッシュを迎えている。主なものは以下の通り。北島春石訳、『アントニーとクレオパトラ』、春江堂、大正三年。木村秀夫訳、『アントニーとクレオパトラ』、世界文藝チョイス・シリーズ、第二編、鍾美書店、大正三年。永代静雄訳、『アントニーとクレオパトラシーザー』、現代百科文庫こう概そう書第三編、日月社、大正三年。加藤朝鳥『アントニーとクレオパトラ』、世界文藝エッセンス・シリーズ題五〇編青年学そう社、大正三年。石川錦水『アントニーとクレオパトラ』、耕山堂、大正三年。あづま文庫翻訳劇、翻訳劇協会、『アントニーとクレオパトラ』萬象堂、大正四年。詳細は、以下の文献を参照のこと。山本喜久男著『日本映画における外国映画の影響――比較映画史研究――』早稲田大学出版部、一九八三年。

22 度會好一は『ドリアン・グレーの肖像画』に登場する「世紀末」=「世界の終末」の定義を敷衍し、世紀末を一八八〇年から一九一九年までと見ている。

23 明治大正昭和新聞研究会編『新聞集成――大正編年史』大正三年度版、上・下、大正昭和新聞研究会、一九七八、八〇年。大正の生命主義については、以下を参照。鈴木貞美編『大正生命主義と現代』河出書房新社、一九九五年。島村抱月は、鈴木によって、「自己相対化的生命主義」のカテゴリーにおいて、非「生命主義」的傾向のある者とされている。ちなみに夏目漱石も、非「相対主義的生命主義」の位置に置かれている。

24 M・ハマー前掲書。「倒錯の偶像」とはホロコーストと世紀末的美術表象との共犯関係を暴いたダイクストラの著書名に用いられている用語を援用した。興味深いのは、サロメの世紀末的表象に収斂するアンチ・ホロコースト・イデオロギーから、クレオパトラが完全に排除されていることであろう。このことからも、エジプトの女王クレオパトラには、例えば、ユダヤ王女サロメなどとはまた別の問題軸を立てる必要があることが分かる。なぜなら、ユダヤ人と同じく、〈ジプシー〉も長い被抑圧の歴史を持ち、五〇万人以上がナチスの虐殺を受けることになったからである。

25 大正のメディア文化については、以下を参照。李孝徳『表象空間の近代――明治「日本」のメディア編制』新曜社、一九九六年。槌田満文『明治大正の新語・流行語』角川選書、一九八三年。増田太次郎『チラシ広告に見る大正の世相・風俗』ビジネス社、一九八六年。小山敦彦編、『《復録版》大正大雑誌』、流動出版、一九七八年。

26 川竹登志夫、附5「日本の『クレオパトラ』」『日本のハムレット』南窓社、一九七二年。第二のブームは激動の六八年になる。劇団「雲」の福田恆在訳、荒川哲生演出、『アントニーとクレオパトラ』、一九六八年、一二月。劇団「風」により、正宗白鳥作、山田肇演出『アントニーとクレオパトラ』一九六八年、六月。

27 岩町功『評伝島村抱月―鉄山と芸術座』下巻、石見文化研究所、二〇〇九年、三八九頁。

28 『リア王』と『アントニーとクレオパトラ』の上演の難しさについては、オックスフォード版の編者マイケル・ニールの「序文」を参照。William Shakespeare, ***Antony and Cleopatra***. Ed. Michael Neill. Oxford: Oxford UP 1994, p.23. ニールはこの作品の上演は、「つねに一九三〇年代以前の『リア王』のようになる危険性があった、つまり、あまりに偉大すぎて完ぺきには上演することができないので、棚の上に置かれることがとても多かった」と指摘している。

29 筆者の目にしたほとんどの劇評が、原作の改作に批判の根本を置いていたが、時事新報に截った久米正雄の劇評はこの点に関しては唯一好意的である。久米は、今日「英人」にとっては、クレーグの近代的な舞台装置に見られるように、原作としての沙翁劇をどのように近代的に演出するか、という点にのみ興味があるのに対し、「吾々日本人は偶像沙翁に向って割合に自由に斧鉞を加ふる事が出来る」という。「自由」という点において「一縷の興味と賛同の意を有する」ことを認め。久米はさらに、恋の解釈に新味がないと責めながらも、「散漫な原作にあれだけの統一した単純を加えた事を賞め」ざるをえないと述べている。久米はこれを史劇としての統一と解釈するが、私はむしろ、これをイーグルトンのいう〈美のイデオロギー〉装置の効果ととりたい。というのは、それは、久米が苦言を呈しているように、劇中のエロスの言説が、抱月にとって、「自然」に私的な態度の甘い「肯定」、あるいは「申訳」けとなるための必要条件だからである。島村抱月については、特に、以下を参照のこと。佐渡谷重信『抱月島村龍太郎論』、明治書院、一九八〇年。また、佐渡谷重信『坪内逍遥――伝統主義者の構図――』、明治書院、一九八三年。

30 「相対人格と絶対人格――『クレオパトラ』に就て――」（大正三年十月　中外日報所載）。島村抱月『抱月全集』第二巻、大正九年、五七七～九頁。

31 〈博覧会の眼差し〉に関しては、吉見俊哉『博覧会の政治学―まなざしの近代』中公新書、一九九二年、を参照。

32 〈ジプシー〉が、俗説とは異なり、実はインド起源であったことは、一八世紀末に言語学者らの分析により明らかにされた。〈ジプシー〉は、一四九〇年頃に初めてイギリスに到着したと言われるが、彼らの自称エジプト人という話が、それ以来伝説化し、俗説となって残っている。シェイクスピアの時代には、明らかにジプシー＝エジプト人説が信じられており、〈エジプト人〉(Egyptian) は一五五四年には国外退去しなければ処刑されることになっていた。さらに、一五六二年には、社会秩序を守るため、〈エジプト人〉は浮浪者のカテゴリーで、一層厳く処罰された。また、一五九七年の法令では、〈自称エジプト人〉も厳罰の対象とされ、ジェイムズ一世も国王就任早々に既存のジプシー法強化を命じている。そして、このようなジプシーの処刑は、一七八三年まで続いたのである。シェイクスピアの時代において、この〈嘘つきエジプト人〉は、ヴォーンが指摘するように、トマス・ブラウンによって「嘘つきニグロ」と呼ばれ、黒人と同一視されたり、トマス・デッカーの作品『ランタンとキャンドルライト』では「ユダヤ人よりばらばらに散り、嫌われている」と描写されている。Alden T. Vaughan and Virginia Mason, *Shakespeare's Caliban: A Cultural History*, NY: Cambridge UP 1991, pp.33-6.

またジプシー研究については、以下を参照。ネボイシア・バト・トマシェヴィッチ、ライコ・ジューリッチ『世界のジプシー』恒文社、一九九三年。ジェディス・オークリー『旅するジプシーの人類学』木内信敬訳、晶文社、一九八六年。ドナルド・ケンリック、グラタン・パックソン『ナチス時代の〈ジプシー〉』小川悟監訳、明石書店、一九八四年)。

33 佐々木英昭『「新しい女」の到来――平塚らいてうと漱石――』名古屋大学出版会、一九九四年、五頁。逍遥はその著『所謂新シイ女』明治四五年四月、においで、すでにその頃この〈新しい女〉という名称が巷に流布している、と述べている。
34 須磨子のクレオパトラに対する劇評については、以下を参照。川村花菱『随筆・松井須磨子』青蛙房、一九六八年、の付録一「松井須磨子・舞台記録(菊池明編)」。
35 アト・ド・フリース『イメージ・シンボル辞典』山下主一郎主監、大修館、一九八四年。
36 青山誠子『シェイクスピアにおける悲劇と変容――『リア王』から『あらし』へ』開文社出版、一九八五年、一九三〜二二三頁。
37 岩本由輝は、近代日本において、移民政策から植民政策への移行期に、どのように新しい「故郷」言説が発生し流布したかを、「故郷喪失者」柳田国男を中心に辿っている。岩本由輝「故郷・離郷・異郷」『岩波講座　日本通史』第一八巻、岩波書店、一九九四年、九九〜一三一頁。
38 徳富盧花(一八六八〜一九二七年)。徳富健次郎『日本から日本へ』第一巻、『盧花全集』、一二、一五七頁。
39 杉田英明『中東イスラム世界2:日本人の中東発見―逆遠近法のなかの比較文化史』東京大学出版会、一九九五、一二六頁。
40 「自分ハ常ニ埃及ノ財政ニ耳ヲ傾ケ又タ目ヲ注グモノナルガ、統監ノ任ニ就クニ当り、ロード、クローマーヨリ一封ノ書ヲ東京ノ英国大使ニ寄セ、日本が韓国ヲ世話スルト云フハ極メテ重大ナルコトナリ」(一九〇七年四月二四日の目賀田財政顧問主催の園遊会。韓国統監府財政監査庁編、『財務週報』、三、一九〇七年四月、彙報五六頁。杉田英明『日本人の中東発見』、一八五頁、注一三八より引用。伊東はここで、「韓国ノ経営」の重要さと、それゆえにそれを治めるものも「政治上第一流ノ人物」でなくてはならないというクローマーの助言を援用し、自分をクローマーの位置に置き換えて考えようとしている。
41 小熊英二『単一民族神話の起源』新曜社、一九九五年、三三一〜四九、七三、八五頁。
42 小熊『単一民族』、六一頁。高山と抱月の関係については、岩佐壮四郎「自然主義前夜の抱月――『思想問題』と『如是文芸』を中心に――」『国文学研究』一九八二年、一〇月号、を参照。岩佐壮四郎「抱月の世紀末」『世紀末の自然主義――明治四十年代文学考』有精堂、一九八六年、一一〜二〇。岩佐は、抱月の思想と美学を関連づけながら次のように言う。「留学後まもない三十六年(一九〇三年)二月、『思想問題』を書いて、日本のニーチェ主義者高山樗牛を批判しながら、人間を合理性の牢獄に閉じこめようとする近代の道徳と科学を呪詛し、感情の解放による人間の自由と尊厳を主張するニーチェへの共感を隠そうとしなかった抱月が、プレラファエライトのなかに反自然的契機を探り、アール・ヌーヴォーの流動する線と色彩のなかにリアリズムを越えようとする志向を解読したのはとうぜんであったといえるかもしれない。」(一四頁)。さらに、抱月のイギリス世紀末芸術観は、「世紀末美術の流れを、プレラファエライトからウィリアム・モリスの営みとジャポニスムの感化をくぐってアール・ヌーヴォに至るものとし、それが『知に囚はれること』=近代合理主義的世界認識の呪縛からみずからを解き放とうとする潮流の一つであると捉えること」にある、と要約できる(一五頁)。日本においては、「自然主義のはじまりは、同時に世紀末の始まりで、もあったので」あり、日本自然主義は、「厳正なリアリズムとロマンティックな情緒との独特の混交のうちに、ノイローティッシュな夢の世界への傾斜を示すに至るプレラファエライトや印象主義の不思議な東洋的変種として」発展していったのである(一六頁)。
43 大隈重信「対韓意見」『太陽』一二巻五号、一九〇六年、四月、七〇頁。代表的日鮮同祖論者として、喜多貞吉は、韓国併合の際には、『韓国の併合と国史』(一九一〇年)、「韓国併合と国史の研究」『教育界』九巻一二号、一九一〇年、「韓国併合と教育家の覚悟」『歴史地理』臨時増刊朝鮮号、一九一〇年を、また、三・一運動の後には、「朝鮮民族とは何か――日鮮両民族の関係を論ず」、『民族と歴史』、一巻六号、一九一九年、「日鮮両民族同源論」『民族と歴史』六巻一号、一九二二年を書いている。喜多は、また、藤野豊が指摘するように、この「同化融合」の日鮮同祖論の立場から「特殊（種）部落」の異民族起源説に反対している。これは、当時、被差別「部落」住民の朝鮮民族「起源」の言説が捏造され、流布していたことによる。藤野は、社会ダーウィニズムを背景として、「部落差別」が「朝鮮植民地化による朝鮮民族への差別やハンセン病などの特定の病者への差別と密接に結びついて」おり、「まさに近代天皇制国家の差別構造」がまさにこの点において「重層性」をなしていたことを指摘している。藤野豊「被差別部落」『岩波講座——日本通史』第一八巻、岩波書店、一九九四年、一二三～六八頁。

44 小熊『単一民族』、一〇二～三ページ。『開国五〇年史』原書房、復刻版一九七〇年、上巻一六～七ページ。大隈重信『改訂　国民読本』初版一九一〇年、和綴じパンフレット、一九一三年、一二頁。

45 ドライデン『すべて恋のため』、斉藤勇夫編注、北星堂、一九七四年、イプセン『人形の家』、G・B・ショー『シーザーとクレオパトラ』、一八九八年初演、一九〇一年出版。

46 Ania Loomba, *Gender, Race, Renaissance Drama*, Delhi: Oxford UP, 1992. Homi K. Bhabha, *The Location of Culture*. London: Routledge, 1994.

47 『音二郎没後一〇〇年・貞奴生誕一四〇年記念：川上音二郎・貞奴展』、二〇一二年。本カタログを提供してくださった土岐恒二先生には感謝申し上げたい。

48 *The Rising Generation*, Taisyo 5, V.35, No.5, pp.138–141.

49 ベネディクト・アンダーソン『想像の共同体——ナショナリズムの起源と流行』白石隆・さや訳、リブロポート、一九八七年。

50 〈退化論〉と女優排撃運動の関連等、進化論と人種問題については以下を参照。Gillian Beer, *Darwin's Plots: Evolutionary Narrative in Darwin, George Eliot, and Nineteen-Century Fiction*. London: Routledge & Kegan Paul, 1983; Birken Lawrence, *Consuming Desire: Sexual Science and the Emergence of a Culture of Abundance, 1871–1914*, Ithaca: Cornell UP, 1988; Mary Ann Doane, *Femmes Fatales: Feminism, Film Theory, Psychoanalysis*. NY: Routledge, 1991; J. Edward Chamberlain, and Gilman, S., *Degeneration: The Dark Side of Progress*. NY: Columbia UP, 1985; D. G. Croly and Wakeman, G., *Miscegenation: The Theory of the Blending of the Races Applied to the American White Man and Negro*. London: Trübner, 1864. Sander L. Gilman, *Difference and Pathology: Stereotypes of Sexuality, Race and Madness*. Ithaca: Cornell UP, 1985; Susan J. Napier, *The Fantastic in Modern Japanese Literature: The Subversion of Modernity*. London: Routledge, 1996; Max Nordau, *Degeneration*. London: Heinemann, 1895. Eugene S. Talbot, *Degeneracy: Its Causes, Signs, and Results*. London: Scott, 1898; Daniel Pick, *The Faces of Degeneration: A European Disorder 1848–1918*. Cambridge: Cambridge UP, 1989; Robert J. C. Young, *White Mythologies: Writing History and the West*. London: Routledge, 1990; ——, 'Black Athena: The Politics of Scholarship', *Science as Culture*, 19 (1994): 274–81; ——, 'Egypt in America: Black Athena and Colonial Discourse', Ali Rattansi and Sallei Westwood, eds., *Racism, Modernity and Identity*. Cambridge: Polity Press, 1994, pp. 150–69; ——, *Colonial Desire: Hybridity in Theory, Culture and Race*. London: Routledge, 1995; ——, *Darwin's Metaphor: Nature's Place in Victorian Culture*. Cambridge: Cambridge UP, 1985.

51 トルストイの〈伝染病的暗示〉とシェイクスピアについては次を参照。L・N・トルストイ、「シェイクスピア論及び演劇論」『トルストイ全集』、一七、中村白葉他訳、河出書房、一九七三年。

52 松井須磨子は日本の女優で最初に隆鼻術を受けたと言われる。以下を参照。林熊男『鼻の美学』九十九書房、一九三二年。Sander L. Gilman, 'The Phantom of the Opéra's Nose,' in *Health and Illness: Images of Difference*, London: Reaktion Books, 1995, pp.67–92.

53 「野蛮なもの」・「女性」としてのアイルランド表象に関しては以下を参照。Bruce Avery, 'Mapping the Irish Other: Spencer's A View of thePresent State of Ireland,' *ELH* 57(1990): 87–88; David Beers Quinn, *The Elizabethans and the Irish*, NY: Cornell UP 1966; R. Dudley Edwards, *Ireland in the Age of the Tudors: The Destruction of Hiberno-Norman Civilization*, London: Croom Helm, 1977; Nicholas Canny, *The Elizabethan Conquest of Ireland: A Pattern Established, 1565–76*, NY: Barnes and Noble, 1976; Alan Sinfield, *Faultlines: Cultural Materialism and the Politics of Dissident Reading*, Berkeley: U of California P, 1992; Paul Brown, "'This thing of darkness I acknowledge mine'": *The Tempest* and the discourse of colonialism', Jonathan Dollimore and Alan Sinfield, *Political Shakespeare: New Essays in Cultural Materialism*, Manchester: Manchester UP, 1985, pp.48–71.

54 ドストエフスキー「一八七六年、六月、第一章、一節　ジョルジュ・サンドの死」『作家の日記』米川正夫訳、河出書房、一九七〇年、三四九～五一頁、三五〇頁。

55 キリスト教の世俗化の過程と、天皇制とイデオロギー的な類似性については、以下を参照。安宇植『天皇制と朝鮮人』三一書房、一九七七年。塚田理「天皇制イデオロギーとキリスト教」わだつみ会編、『天皇制を問いつづける』築摩書房、一九七八年、一二九～一三九頁。

56 『オセロ』におけるポストコロニアル的な修辞戦略ついては、以下を参照。大橋洋一「異邦の異邦人――『オセロー』と他者の問題――」日本シェイクスピア協会編、『シェイクスピアの悲劇』研究社出版、一九八八年、二一～三〇頁。

57 筈見恒夫『映画50年史』創元社、一九五一年。

58 映画と芝居の連鎖劇などについては、次を参照。山本喜久男著『日本映画における外国映画の影響――比較映画史研究――』早稲田大学出版部、一九八三年。

第七章　〈退化論幻想〉としての『虞美人草』――藤尾の死／処刑の条件

1 石原千秋「博覧会の世紀へ――『虞美人草』」『漱石研究』第一号、一九九三年、七七頁。

2 J. Edward Chamberlin and Sander Gilman, eds., *Degeneration: The Dark Side of Progress*. NY: Columbia UP, 1985, p.293. 一九三七年にナチスドイツの文化政策の一環として開かれた「退廃美術展」にノルダウの退化論思想が与えた影響については以下を参照。M・A・フォン・リュティヒャウ「『狂気の極み』：《退廃美術展》に先立つ近代芸術の『病理学化』について」『芸術の危機――ヒトラーと《退廃美術展》』酒井忠康他編、株式会社アイメックス・ファインアート、一九五九年、一三三～五〇頁。

3 Daniel Pick, *Faces of Degeneration: A European Disorder, c.1848–c.1918*, Cambridge: Cambridge UP, 1989, p.26. イエンス・マルテ・フィッシャー「デカダンスと変質――世紀末の批評家としてのマックス・ノルダウ」『論集・世紀末』J・A・シェモル＝アイゼンヴェルト編著、種村季弘監訳、平凡社、一九九四年、一二五頁。藤尾健鋼「漱石とM・ノルダウ『退化論』」『香川大学国文研究』第一五号、一九九〇年、九月、五四頁。レオン・ポリアコフ『アーリア神話』アーリア主義研究会訳、法政大学出版局、一九八五年、三九八頁。

4 例えば、『漱石研究』第四号から第六号（一九九五～六年）を参照。

5 Max Nordau, *Degeneration*. trans. from the 2nd Ed. of the German Work, 1892. London: U of Nebraska P, 1968. マックス・ノルダウ『現代の堕落』中島滄一抄訳、大日本文明協会、一九一四年、三七五頁。この翻案訳は一八九五年に英国で出版された *Regeneration*『非堕落論』の大意を付録している。注目されるのは、『非堕落論』の論客がノルダウ自身の取るコスモポリタン的見地を彼のユダヤ人という人種問題に還元し、ノルダウが特に「排セム種主義者」を標的にしているところを批判していることである。

6 正宗白鳥「夏目漱石論」『文壇人物評論』中央公論社、一九二七年、五〇頁。

7 『虞美人草』再評価（昭和四〇年）以降の研究動向に関しては、「夏目漱石の全小説を読む」、學燈社、一九九四年所収の「研究の現在」を参照。再評価の早い例としては、漱石論集成第三巻「虞美人草・野分・坑夫」、桜楓社、一九九一年の巻頭を飾る平岡敏夫論文「『虞美人草』論」「日本近代文学」第二集、一九六五年、が挙げられる。

8 水村美苗「〈男と男〉と〈男と女〉――藤尾の死」『批評空間』第六号、一九九二年、一六〇頁。

9 石原千秋、小倉脩三、小森陽一、富山太佳夫「漱石と退化論」『漱石研究』第四号、一九九五年。小森陽一『漱石を読み直す』ちくま新書、一九九五年。小森氏の読みに対する批判的論文としては、谷内田浩正「ボディビルダーたちの帝国主義――漱石と世紀転換期ヨーロッパの身体文化」『漱石研究』第5号、一九九五年、五一〜七三頁を参照。

10 上記註3（フィッシャー、三九〜四〇頁）を参照。

11 漱石作品の引用は全て岩波版『漱石全集』より。『虞美人草』、一九九四年。

12 ノルダウ、五四〇頁。

13 Lucy Hughes-Hallett, *Cleopatra: Histories, Dreams and Distortions*. London: Bloomsbury, 1990.

14 Mary Hamer Mary Hamer, *Signs of Cleopatra: History, Politics, Representation*. London: Routledge, 1993.

15 Hughes-Hallett, *Cleopatra*, p.130.

16 ブラム・ダイクストラ『偶像の倒錯』藤川義之他訳、パピルス、一九九四年。

17 Elaine Showalter, *Sexual Anarchy*. London: Virago. 1992; Sally Ledger and Scott McCracken,eds., *Cultural Politics at the Fin de Siècle*. Cambridge: Cambridge UP, 1995.

18 『偶像の倒錯』、六〇五頁。ヒューズ・パレットは前掲書「殺人者」の章で、ダイクストラに言及しながら、クレオパトラ＝ファム・ファタルの系譜におけるサド・マゾの心理的主従関係を論じている。マゾッホ、『毛皮を着たヴィーナス』、種村季弘訳、桃源社、一九七七年。種村季弘『ザッヘル＝マゾッホの世界』桃源社、一九七八年。また、サド・マゾの二項対立を、マゾッホ的な宙吊りの未決定状態に解放しようとする試みとしては、ジル・ドゥルーズ、『マゾッホとサド』、蓮実重彦訳、晶文社、一九七三年を参照。

19 大橋洋一はその論文「クイアー・ファーザーの夢、クイアー・ネイションの夢――『こゝろ』とホモソーシャル――」『漱石研究』第六号、一九九六年で、「読者を男性化する」テクストとして漱石の『こころ』を読んでいる。「ホモソーシャル連続体は、女性を抑圧する父権制構造を強化し、また国民の流動化を契機として『想像の共同体』を形成することに貢献」し、その先に「天皇を父親とする『クイアー・ネイションQueer Nation』化――同性愛的民族共同体化――が進行し、その果てにファシズムあるいは帝国主義が見通せる」（五九頁）。

20 石原千秋「神経衰弱の記号学」『漱石研究』、第三号、一九九四年、一七〇頁。

21 上記註1（『博覧会』、八三頁）を参照。
22 石原千秋「長男の記号学」『漱石研究』、第五号、一九九五年、一六二頁。
23 上記註8（水村、一七〇頁）を参照。
24 小熊英二「差別即平等——日本植民地統合思想へのフランス人種社会学の影響」『歴史学研究』、六六二号、一九九四年、一六頁。小熊氏は『単一民族神話の起源』新曜社、一九九五年で、日鮮同祖論に見られるようなこの「奇怪な相克関係」を「優生学系勢力と皇民化政策の対立」として見ている（一〇二頁）。また、漱石の帝国主義批判の限界についての早い時期の批判としては、朴春日『増補　近代日本文学における朝鮮像』未来社、一九八五年、八七頁を参照。
25 Robert C. Bannister, *Social Darwinism: Science and Myth in Anglo-American Social Thought*, Philadelphia: Temple UP, 1979; Greta Jones, *Social Darwinism and English Thought: The Interaction between Biological and Social Theory*, Sussex: Harvester, 1980.
26 H・R・ハガード『クレオパトラ』森下弓子訳、東京創元社、一九八五年、三六四頁。
27 石原氏は、この商品のイデオロギーによる父の名解体の可能性を、かろうじて最後の「宗近君の返事がくるまで」の約三ヵ月間の空白に賭けている。もちろん、「それは『虞美人草』を新たに織り直すことに外ならない」。（『博覧会』、九〇頁）。
28 『日本国語大辞典』小学館、一九七五年。
29 「堕落」や「デカダン」と共に、「世紀末」という語句の起源に関しては、次の序説を参照。尹相仁『世紀末と漱石』岩波書店、一九九四年。
30 群集心理に関しては以下を参照。藤尾健剛「集合意識・現代文明・社会主義（上）——漱石とル・ボン著『社会主義の心理学』」『香川大学国文学研究』第二号、一九九五年、四〇〜五二頁。
31 『日本国語大辞典』。また、惣郷正明、飛田良文編『明治のことば辞典』三秀社、一九八六年、によれば、辞典類では明治四四年以降に収録されている。
32 丘浅次郎『進化論講話』東京開成館、一九〇四年、二二八頁。その「結論」におけるノルダウへの言及に明らかなように、丘氏は彼の退化論の影響をまともに受けている。また「進化論と社会」を論じた箇所では、「人種維持の点から」死刑制度を支持している。特に、適者生存理論を自己流に人間社会に適用した著作『進化と人生』東京開成館、一九二二年、に収められた各論には、丘氏が退化者を徹底的に排除するために国民衛生の早期実施を求めるに至るプロセスが明白に確認でき、当時広く読まれた資料として貴重である。例えば、「進化論と衛生（一九〇五年）」（一八九頁）、「所謂『文明の弊』の源（一九〇八年）」（一七二頁）、「人類の将来（一九〇九年）」（二一九、二三二頁）、「民種改善学の実際価値（一九二一年）」（二〇〇頁）を参照。
33 上記註1（『博覧会』、八〇頁）を参照。
34 Mary Cowling, *The Artist as Anthropologist: The Representation of Type and Character in Victorian Art*, Cambridge: Cambridge UP, 1989.
35 鈴木貞美はその著『「生命」で読む日本近代——大正生命主義の誕生と展開』NHKブックス、一九九六年、で、暴動・自我の煩悶・宗教を大正生命主義の三大特徴として挙げている（二八頁）。日露戦争後、青年たちの宗教への関心が大いに高まった理由の一つには、綱島梁川（一八七三〜一九〇七年）の『見神の実験』に代表される「見神体験」の影響が大きかった。例えば、「高浜虚子（一八七四〜一九五四年）が『風流儀法』（一九〇七年）に比叡山の僧坊生活を写生文的に綴り、その翌年には、阿部次郎も比叡山に篭も」っている（二六頁）。また、同編、『大正生命主義と現代』、河出書房新社、一九九五年、の生命主義度チャートにおいて、鈴木は、漱石をその相対主義ゆえに、非生命主義的傾向の位置にマッピングしている。つまり、確かに『虞美人草』の最後にはベルクソン受容の影響が見られるが、漱石は「生命主義的な個の発現には傍観者的で、否定的な立場を示している」とみることも可能だろう（二頁）。

36 上記註18（ドゥールーズ前掲書、蓮見重彦解説「問題・遭遇・倒錯」、二三三頁）を参照。

第八章　豚／パナマ／帝国の修辞学——『夢十夜』第十夜

1 毎年、夏になると夜に神楽坂あたりから電車に乗って客を誘う高等娼婦がよく出没した（一九〇八年、六月、『二六新聞』）。朝倉治彦、稲村徹元編、『新装版　明治世相編年辞典』、東京堂、一九九五年、五三〇頁。なお『夢十夜』の引用は全て「東京朝日新聞」（一九〇八年、七月二五日から八月五日）より。漱石のその他の引用は岩波全集から。適宜現代仮名使いに訂正した。

2 欲望の象徴としての「豚」に関しては、尹相仁「絵画と想像力——『夢十夜』の場合」『世紀末と漱石』、岩波書店、一九九四年を参照。、また「豚」の集団性と肉体的欲望・野蛮さに言及した例として、清水孝純「『夢十夜』第十夜試読」『文学論輯』第三五号、九州大学教養部文学研究会、一九八九年、三三頁を参照のこと。漱石と集合意識の研究としては、以下を参照。藤尾健剛「集合意識・現代文明・社会主義（上）」——漱石とル・ボン著『社会主義の心理学』」『香川大学国文学研究』第二〇号、一九九五年と「同（下）」『香川大学教育学部——研究報告』第一部、第九七号、一九九六年、を参照。

3 この集合の計算不可能性を、村山氏のようにテクスト内部の限界ととらえ、探偵小説における「密室」の議論と重ねて論じることもできるだろう。探偵論をめぐるコプジェック、ジジェック、そしてD・A・ミラーの議論に関しては、村山敏勝「欲望はそこにある」『現代思想』三月号、一九九六年、を参照のこと。また、以下を参照。Joan Copjec, *Read My Desire: Lacan against the Historicists,* MIT Press; Cambridge, Mass. 1994). D・A・ミラー『小説と警察』村山敏勝訳、国文社、一九九六年。

4 吉見俊哉「速度の都市——漱石の中の東京・研究ノート」『漱石研究』、第五号、一九九五年。

5 Ann McClintock, *Imperial Leather: Race, Gender and Sexuality in the Colonial Contest,* Routledge, 1995, pp.118-9. また、以下を参照。Susanna Barrows, *Distorning Mirrors: Visions of the Crowd in Late Nineteenth Century France.* Yale UP, 1981; and Peter J. Keating. *The Working Classes in Victorian Fiction,* Barnes and Noble, 1971. セルジュー・スコヴィッシ『群衆の時代』古田幸男訳、法政大学出版、一九八四年。

6 上記註4を参照。また、以下を参照。前田愛『都市空間の中の文学』筑摩書房、一九八三年。ジヤン＝ジャック・オリガス「『蜘蛛手』の街」『季刊芸術』第七巻第一号、一九七三年。尹相仁「群衆のなかの漱石」『新潮』一九八九年、六月。小森陽一「夏目漱石と二〇世紀」『漱石研究』第一号、一九九三年。若林幹夫「空間・近代・都市」吉見俊哉編、『都市の空間都市の身体』勁草書房、一九九六年。バートン・パイク『近代文学と都市』研究社、一九八七年。スティーヴン・カーン『時間の文化史』上巻、法政大学出版局、一九九三年。

7 群衆の場の最近の議論としては、以下を参照。中筋直哉「群衆の居場所——近代都市空間の形成と民衆の『都市の体験』」吉見俊哉編、『都市の空間都市の身体』勁草書房、一九九六年。

8 植民地言説におけるフェティシズム＝ステレオタイプのアンビヴァレンスを論じたものとして以下を参照。ホミ・K・バーバ「他者の問題——差異、差別、コロニアリズムの言説」富山太佳夫編、『現代批評のプラクティス4——文学の境界線』一九九六年。

9 漱石とホモソーシャルの関係については以下の論文を参照。大橋洋一「クイアー・ファーザの夢、クイアー・ネイションの夢——『こゝろ』とホモソーシャル——」『漱石研究』第六号、一九九六年。

10 富山氏は、その論文「メトニミーの帝国主義」において、シャーロック・ホームズの物語を隠喩／換喩思考の相補的かつ相互否定的関係のモデルで論じ、この思考の論理が帝国主義の領土拡大の論理と重なることを指摘している。富山太佳夫「メトニミーの帝国主義」『テキストの記号論』南雲堂、一九八二年、二五頁。

11 ノルダウの（退化論の）思想圏については本書第七章と、以下を参照。石原千秋、小倉脩三、小森陽一、富山太佳夫「漱石と退化論」『漱石研究』第四号、一九九五年。

12 ある仮説モデルに基づき異質で遠いものを結び付ける隠喩の思考を「冒険の思考」とすると、それが結合するもう一方の端を中心にして拡大するイメージ群を隣接的に整序するのが換喩の思考であり、「ヒエラルキー化した中央集権制度の思想」であると考えられる。この二つは、基本的に隠喩的思考（ホームズ）が換喩的思考（警察・ワトソン）と対立関係に置かれる一方で、終局的には前者の思考の勝利が後者の換喩的世界観の中に、「説明」という形で解消・発展される形となる。富山前掲書、一九八二年、三四頁。

13 ギュスターヴ・ル・ボン『群衆心理』櫻井成夫訳、講談社学術文庫、一九九三年、四十四頁。漱石の蔵書目録には、『社会主義の心理』（一九八九）しか含まれていないが、藤尾健剛氏が指摘するように、漱石は『群衆心理』を二次資料を通して知った可能性も低くない。

14 峰岸繁太郎「パナマ運河視察談」『東京経済雑誌』明治二十六年六月二十日、第一八八号、二二八頁。

15 青山士「ぱなま運河の話」非売品、昭和十四年、四十八頁。日本に帰国後は、内務省に入り、荒川放水路や、信濃川の大河津分水路建設を手がけるなど、日本国内の土木事業において活躍した。特に後者は、当時には東洋一の大工事とうたわれた大事業であった。太平洋戦争中日本海軍が青山に対し申し入れた、潜水艦発進の雷爆撃機によるパナマ運河爆破計画への資料提供をめぐって、事実の隠蔽／誇張劇があったが、実際には青山は資料を提供しているというスキャンダルがあった。詳しくは以下を参照。青山士写真集編集委員会編『写真集 青山士——後世への遺産（パナマ運河、荒川放水路、信濃川大河津分水路）』山海堂、一九九四年。

16 これ以前のパナマ植民の歴史を簡単に振り返ってみると、パナマに最初に到達したヨーロッパ人はコロンブスであった。しかし、太平洋側にまで達したのは、一五一三年、バスコ・ヌニエス・デ・バルボアが最初である。そして、スペイン人ペドラリアス・ダビラがパナマ市を建設したのは、一五一九年八月十五日のことであった。以来、一六七一年にイギリスの海賊モーガンにより破壊されるまで、パナマ市は、フランシスコ・ピサロがインカ帝国を滅亡させる際の基地となるなど、アメリカ大陸におけるスペイン人による破壊と収奪、そして植民地化の重要拠点となったのである。そして、ヨーロッパ列強が植民地の覇権を争う中で、パナマ地峡の運河建設の夢が実現に向けて動き出すことになる。パナマ運河に関しては、特に以下を参照。山本厚子『パナマから消えた日本人』山手書房新社、一九九一年、山口廣次『パナマ運河』中央公論社、一九八〇年。

17 人喰いの植民地幻想については、特に以下を参照。ピーター・ヒューム『征服の修辞学』岩尾龍太郎、正木恒夫、本橋哲也訳、法政大学出版、一九九五年。正木恒夫『植民地幻想』みすず書房、一九九五年。

18 上記註8（バーバ、二〇五頁）を参照。

19 「食人種界の大惨劇」は、英国人探検家がパナマで経験した「サンブラスの印度人」という「有名な人食人種」との遭遇劇を翻訳したものである。この「野蛮人」が英語を話すことには当然何の説明もない。実際には、人肉食の場面は描かれず、ただそのステレオタイプが強調され、探検家自身のアイデンティティの再確認がなされるに過ぎない。また。この時期の『探検世界』には、『南米渡航案内』や『植民世界』の広告が毎号掲載されており。当時、北米への渡航禁止が南米移住ブームを引き起こしたことを示している。特に、『植民世界』は一九〇八年五月に成功雑誌社により創刊され、創刊号に大隈重信（「大和民族膨張と植民事業」）や後藤新平（「帝国大学植民講座計画」）らが名を連ねているところからも分かるように、これは主に、南米だけでなく樺太や韓国における植民事業拡大を企図したものである。同年八月刊行の同誌には、「巴奈馬運河と東亜貿易」という記事が数枚の口絵とともに紹介され、この時期のパナマへの関心の高さをうかがわせる。

20 成田龍一「文明／野蛮／暗黒」吉見俊哉編、『都市の空間　都市の身体』勁草書房、一九九六年。

21 岩波版「第十夜」の注解（二二一・2）に、夏目鏡子の著書から、漱石が『猫』の稿料でパナマ帽を購入し「得意になってかぶっていた」ことの引用がみえる。案外漱石は庄太郎に自分の姿を重ねていたのかもしれない。

22 上野清士『熱帯アメリカ地峡通信』、現代書館、一九九五年、一九四頁。

23 例えば、小熊氏が扱うような、大日本帝国における戦前の朝鮮大の法的地位をめぐる「日本人」規定の問題を、この問いの射程に入れることも可能だろう。小熊英二「『日本人』という牢獄——大日本帝国における朝鮮人の戸籍と国籍」『情況』一九九七年、四月号。

あとがきにかえて——ポストコロニアル・クレオパトラ

1 この記事は、二〇〇四年に出版された著書『見える狂気（Madness Visible）——戦争の記憶』に、ミロシェヴィッチ元セルビア大統領の操り人形となったシェイクスピア学者の話とともに収められている。二〇〇四年ブルームズベリー版の表紙は煙草を吸う兵士たちの写真であるが、二〇〇五年のヴィンテージ版では山間部を移動する難民の家族たちの写真となり、さらに二〇二一年のキンドル版では著者のスナップ写真が採用されており、読者が覗きこむ「からくり箱」から見える図像が、それぞれの出版社の意図により変化していっているのがわかり、松井須磨子の死後に自叙伝風著書『牡丹刷毛』の写真が入れかえられた事例と比較すると興味深い。

あとがきにかえて
――ポストコロニアル・クレオパトラ

1　世紀末の倫敦／ロンドン――シェイクスピアとクレオパトラ・フィーバー

クレオパトラ（在位紀元前五一～三〇年）とはきわめて世紀末的な現象なのだろうか。一九九八年末にその宮殿跡がフランス人考古学者によってアレキサンドリア沖で発見されて以来、クレオパトラに対するメディアの関心は高まる一方である。また、単なる一文化の枠を超えた感のある近年の《シェイクスピア》という記号の氾濫は一体何を意味するのだろうか。二〇世紀末の日英の舞台に限ってみても、例年になく多くの『アントニーとクレオパトラ』、あるいはその翻案物が上演された。例えば東京では一九九七年の九月から十月にかけて『クレオパトラ』（松竹）と『悪女クレオパトラ』（花組芝居）が、そしてロンドンでは私が渡英した一九九八年の秋に二本、翌年の夏にはさらに三本の『アントニーとクレオパトラ』が上演されている。

一九九八年の秋にナショナル・シアターで上演されたヘレン・ミランとアラン・リックマン主演の『アントニーとクレオパトラ』は、興行的には大成功だったが辛辣な劇評を多々招いた。ここに我々は大衆のスター願望がシェイクスピア上演に与える影響の大きさを推しはかることができる。また、そのパロディーとして翌年二月に同劇場内のナショナル・フィルム・シアターで『キャリー・オン・クレオ』（一九六四年制作）がリバイバル上映され、皮肉にも好評を博した。

一見無関係に見えるシェイクスピアとクレオパトラという二つの現象を結びつける二〇世紀末における英国の演劇的状況に関して、主に一九九九年三月二四日から六月三日まで続いた北大西洋条約機構（ＮＡＴＯ）軍によるユーゴスラビア空爆前後のロンドンという極めてメトロポリタンかつポストコロニアルな位置から眺めてみるとどのような光景が望めるだろうか。

いわゆるクレオパトラ・フィーバーというものは一九世紀末にも存在した。一九世紀末から二十世紀初頭にかけて、クレオパトラはサロメやカルメン等とともに悪女あるいは運命の女の代名詞であった。またそのようなイメージは同時に『人形の家』（一八七九年）のノラのように進歩的・解放的な女性の相補的陰画としても機能していた。これらの女性たちに総称的に与えられたジプシー的性格は、次第に社会ダーウィニズム的視点からユダヤ人や性的倒錯者とともに民族・人種的に退化したものとして分類・偶像視された。民族浄化の名目で様々な他者を退廃者として分類・規定し、そのステレオタイプをマス・メディアに流通浸透させて彼らの物理的排除を試みたのがドイツのヒットラーであり、ユーゴのミロシェヴィッチだった。

シェイクスピアは、海戦で裏切られたアントニーにクレオパトラを「不実なエジプト女」、「魔女」、「ジプシー女」（四幕一二場二五、二八行）と呼ばせている。そこで表象されるクレオパトラ＝ジプシー・クイーンの図式が意味するのは、シェイクスピアをナショナリズム高揚のために正典化する文化においては、それが常に植民地＝他者を人種化、民族化、そして女性化する文化記号として流通するということである。植民地帝国主義にとってクレオパトラの死とは、ギリシャ神話的英雄アントニーの死後、残された最後のオリエント的他者であるエジプトを植民地化し地中海支配を完成する礎とした記念すべき瞬間であり、民衆の記憶に繰り返し喚起し定着させなくてはならないメディア・イベントなのである。さらに言えば、それはオクタビアス・シーザーが言うように、来たるべき「世界平和の時代」（四幕六場五行）の幕開けを寿ぐために予定された生贄の儀式なのだ。

世界都市ロンドンは、今や世界を席巻しつつあるアメリカ大衆文化に対して、ローマ帝国にとってギリシャのアテネがそうであったように、英語文化植民地主義の文化的起源として自らを位置付け、独自の文化を発信する使命を帯びている。しかし『ブラック・アテナ』（一九八七年）でマーティン・バナールが論じたように、古代エジプト文化が代表するアフリカの黒人文化がアテネのギリシャ文明を基盤とする西欧キリスト教白人男性中心主義の文化基盤を根底から突きくずす可能性があるならば、ロンドンは次世代の多文化主義メトロポリスとしていかなる可能性を持ちうるのだろうか。しかし一方で人種の混合に対する不安が常に存在する。そしてその不安は、政治・社会・文化的な勢力分布地図上の人種・民族的境界線抗争として、あるいは少数派や難民などの境界侵犯者の迫害という形でしばしば顕在化するのである。

2　クレオパトラ・イン・コソボ――「コソボのレイプ」

セルビア兵にレイプされた女性達の眼差しが読者を見つめる。場所はアルバニア北部のククスという荒涼地にあるアラブ首長国連邦系の難民キャンプである。その写真の上には大きな活字が無慈悲にも夥しく覆い被さり、彼女達の宿命を次のように要約している――「これは権力と支配、暴力と憎悪と破壊の物語である。女を使って社会全体を辱め混乱させる男達の物語である。戦争談であり、懲罰、応報、宿怨、血の確執、そして殺人の物語である。それはレイプの物語である」。

一九九九年六月一九日（土曜）付けの英国紙『タイムズ』付録の「マガジン」は、特集記事として、セルビア兵によるコソボのアルバニア系難民に対する組織的レイプの「調査報告」に「コソボのレイプ」という題を与えている。

一見なんの疑問もなく見過ごしてしまいそうなこの手の記事の題目には、一連のクレオパトラ・フィーバーの陥穽を考えるうえで重要な問題が含まれている。つまり、「コソボのレイプ」という題が、民族国家の概念や民族の擬人化、またそれに伴ってレイプという形でジェンダー化される民族間の力関係等を、読者が共用・確認することを要求しているという問題である。さらに驚くべきことに、記者のジャニーン・ディ・ジョヴァンニが読者を無意識のうちに共犯関係に陥れるために用いるレトリックは、既に述べたような英国のシェイクスピアやクレオパトラ・フィーバーを効果的に利用することによって成り立っているのである（図1）。[1]

図1　ジャニーン・ディ・ジョヴァンニ『見える狂気』(2012 年) キンドル版表紙

記事は、セルビア人によって集団レイプされたあと、証言台に立つために名乗り出たタヒリ家の女性を中心に書かれている。その冒頭では第四ジュネーブ条約の第二七条が引用され、条約加盟国が自国の女性をあらゆる「名誉毀損」から、特にレイプや強制売春などから保護する義務があるという事実を読者に喚起させる。女性の身体を国家の身体と等価視するこのレトリックは、優性あるいは母体保護の思想にも援用されたものである。しかし、記者はコソボのアルバニア系難民達を、この条約の存在はおろか人権侵害という概念すら知らない「素朴な」人々として描写する。コソボではレイプという言葉の代わりに「手を付けられた」という婉曲語が使われるという解説も、タヒリ家の人々を「歴史から切り離された存在」として強調するための前提の一つである。

さらに記者は、難民となる前の彼らの牧歌的生活を、「四百年前」にありえたであろう西欧の「伝統的な」家族、または一族の強い「絆」があった時代のそれに重ねていく。しかし、記者この郷愁的な視点は、結果的に彼らの悲劇の現在性を非歴史性の遠い彼方に追いやってしまう効果を狙っているように思える。むしろ記者は、コソボの悲劇をまるでシェイクスピアの悲劇、例えば『リア王』や『タイタス・アンドロニカス』のような悲劇として読むように読者を誘導しているのだ。その結果、コソボ紛争中の集団レイプ事件は「彼ら」の問題というよりも、古代ギリシャやローマ、あるいは古代ブリテンで起きた悲劇を物語る英国の歴史劇のように、「我々」の物語として語り直される。

また、このような他者の物語のすり替え・包摂作業を支えているものの一つが、民族・国家間の争いを男女の問題に置きかえるレトリックである。この集団レイプ事件について、記者は、女性の性的魅力は組織的なレイプという犯罪には関係ないということを説明している。つまり全ては力関係であり、組織的な集団レイプとは、被害者の女性達をその属するイスラム社会の血族的枠組みから放逐させる民族純潔主義的試みなのだと。それはレイプした女性を殺さずに母体として混血児を生ませ、その結果アルバニア人社会を崩壊させる作戦なのだ。シェイクスピアの物語に慣れしたしんだ英国人なら、ここで『嵐』でキャリバンがミランダをレイプしようとした目的を思いだすかもしれない。あるいは、『タイタス・アンドロニカス』でムーア人アーロンがローマ皇帝の后タモラに生ませた混血児や、タモラの息子たちにレイプされたラヴィニアの運命を思いうかべるかもしれない。

我々は歴史上のクレオパトラがおそらく現代の基準での美人ではなかったことを知っている。しかし、実際はクレオパトラがローマの権力者を魅了したという事実が彼女に美女の栄冠を与えている。しかし、それは彼女が権力的に帝国によって〈レイプ〉されたという幻想の裏返しでしかない。誘惑する女性とレイプされる女性を表裏一体とするレトリックを、『タイムズ』の記者は読者に共有させるのである。レイプの加害集団と被害集団が民族純潔主義の基礎概念を共有しているだけでなく、その事件を解釈する記者や読者も最終的にはそのレトリックの成立に対する共犯者となってしまうというひとつの〈現実〉がそこにある。

件の記者ジャニーンは、三週間の実態調査の間、ローラというプリシュティナ出身の二二歳の女優を助手として伴っていた。このコソボ人女性ローラには同じく女優のエイドリアーナという親友がいた。しかしＮＡＴＯによる空爆の二日前、戒厳令下喫茶店にいた彼女達をセルビア軍の銃弾が襲った。ローラは幸い一命をとりとめたが、エイドリアーナは彼女の腕に抱かれて息を引きとった。それ以後ローラは親友がかけていたキャット・ウーマン・サングラスを形見としていつもかけている。ローラにとってサングラスは単なる親友の形見ではない。エイドリアーナの死によってサングラスはエイドリアンにとって一種のフェティッシュとなったのだ。

「彼女はまるでクレオパトラみたいだった。あなたも彼女に会うべきだったわね……彼女が視線を送ると、男は魂を奪われたわ」。今は亡き親友ローラについてエイドリアーナはいつもの如く心ここにあらずという感じでジャニーンにこう語った。それまで女優だった彼女の頭に浮かんだのはシェイクスピアのクレオパトラだったかもしれない。もちろん歴史上のクレオパトラはサングラスをかけてはいなかっただろう。しかし、日本や英国における『アントニーとクレオパトラ』の上演でもたびたび見られるように、クレオパトラの演技主体にとって、彼女が身につける装飾物は全てそれぞれが拡散するアイデンティティそのものなのであり、特に鬘には、中心的フェティッシュの役割を与えられることが多い。

ローラにとってフェティッシュとなったサングラスも、その後セルビア兵士によるレイプを経験し傷ついた彼女の眼差しを隠すと同時に、自らクレオパトラとしてのアイデンティティを引きうけて自らの演技する主体を再び立ちあげるという彼女の決意表明でもあっただろう。あるいは、それはメデューサのように自分に向けられる男達の欲望を石に変えていく決意なのだ。しかし、付記にあるように記事の中では仮名が使われている。彼女は名前のない通訳のまま、いつまでも自分の声で語ることなく仮名というフィクションの下でいつまでも目を伏せていなくてはならないのだろうか。そして、記者だけでなく読者もそこに再び不実な〈ジプシー〉女の姿を認めて、彼女が自分たちの世界に境界侵犯してくることなく遠い彼方にとどまってくれることを実は心の底で望んではいないのだろうか。

3　世紀末のクレオパトラ上演

一九九七年に日本で上演された二本のクレオパトラ劇はどちらも翻案物である。これは、シェイクスピアの作品を上演するという六〇年代以降五回続いた伝統から始めての大きな逸脱である。それはむしろ世紀末的な女性として松井須磨子を主役に据えて、一九一四年に島村抱月が翻案・演出のした『クレオパトラ』路線に回帰したようでもある。大正の「偉大なるジプシー」とは、いわばエロス的原理によって近代の矛盾を止揚させるための生贄であり、劇中で強調される演劇性や装飾性は、当時勃興しつつあった大衆消費文化の要求に応えるものであった。

シェイクスピアの『アントニーとクレオパトラ』が日本で上演されるのは、ベトナム戦争と学生運動が隆盛だった一九六八年が最初である。その新左翼運動の遺産ともいうべきポリティカル・コレクトネス（ＰＣ）が一九九九年のアメリカ経済のバブル化とヨーロッパのコソボ紛争の混迷する保守化の流れの中で世界的にその勢いを緩めてきている。しかし、それはネオナチに代表される新たなレイシズムの波が各地で勃興してきていることと無関係ではない。ネオ歌舞伎と銘打つ『悪女クレオパトラ』のようにポストモダン色の強い演出でさえ、バブル崩壊後の不景気がもたらしたアジア諸国において強まるナショナリズムの流れの中に取りこまれ、その優れてパッチワーク的な多様性と無秩序の表現さえも単に世紀末ファッションの一部として消費されてしまう苛立ちがある。

その演劇状況は英国ではさらに悲観的である。世紀末的翻案路線の日本とは異なり、英国はあくまでもシェイクスピアの本文に執着する。もちろん場面や台詞の部分的省略は適宜行われているが、大筋はオリジナルのままである。そこで大きな劇団は斬新な演出よりもスター路線に大きく頼ることになる。しかし、一九九八年秋のナショナル・シアター公演にしろ、一九九九年夏のストラトフォード・アポン・エイボン公演にしろ、スター路線を採ったにもかかわらずシェイクスピアのテクストの多様性を表現しきれなかった。

それに対して、一九九九年のグローブ座『アントニーとクレオパトラ』夏季公演では徹底した「本物」路線を採用した。彼らは役者の割り振りだけでなく音楽から衣装に至るまで、オリジナルを再構築することを「使命」としたのである。公演前には、クレオパトラ役のマーク・ライランスが当時と同様の少年俳優ではなく、自殺当時のクレオパトラと

図２　クレオパトラに扮するマーク・ライランス（右）シェイクスピア・グローブ座センター『パンフレット』（2001年）ジョン・トランパー（撮影）

同じ年齢の三七歳であるということに懐疑的な意見が多く聞かれたが、それは実際にはほとんど問題にならなかった（図２）。ライランスが芸術監督を務めるグローブ座の見解では、アントニーは「マッチョタイプ」でなくてはならず、またクレオパトラは決して「ドラッグ」や「キャンプ」、つまり興味本位の女装趣味的な演技に堕してはならないというものだった（『ガーディアン』、一九九八年一二月八日）。ここで意図されているのは、ポストモダンのコピー文化、あるいはパスティーシュ文化に対する差別化、つまり、「真正」の商品化であり、しかもそのためにはゲイではなく本物の男女（関係）が演じられなくてはならないという論理である。

「真正」なるシェイクスピアの賞揚、あるいは、シェイクスピアの再「正典」化とは、いわゆる「沙翁」を政治的な批評や商業価値的な汚染から守って聖域化しようという試みである。しかし、我々はこの神話化が何を隠蔽しようとするかに注意を払うべきである。

例えば、マーク・ライランスが制作発表の段階で漏らしたのは、男優が女役を演じることによって「多くの女優の役を奪う」ことに対する懸念だった。彼は、グローブ座の芸術監督として、このように男性に偏ったキャスティングは「政治的には正しくないかもしれない」が、それは「女性の役を少年や男性が演じたシェイクスピア時代の舞台慣習を探求するというグローブ座に託された役割の一部なのだ」と弁明している。飽くなき「オリジナル」の追求は、ここでは「政治的な正しさ」への免罪符として提出される。

彼はさらに、考えられるもう一つの批判にも防衛線を張る。つまり、彼のクレオパトラは、ドラッグやキャンプ的な、いわゆるホモの女装趣味に堕するのではなく、あくまで本物の「女性に、クレオパトラになる」ことなのだ。「自分の声域を限界まで活用して…観客に私がアントニーを誰よりも愛していると信じさせたい、私が嫉妬していると、私がアポロ的な男の世界とは対照的なヴィーナスのような人物だと」。

ほとんどの劇評は主役同士の相性がいかによいかをこの恋愛スペクタクルの成功の基準にしている。スター俳優に対してでも、アントニー役にはアポロ的マッチョさと韻文朗誦能力の欠如を問題にし、凡庸なクレオパトラ役には単に相性の悪さを嘆くのみである。しかし、ここでライランスの人種やセクシュアリティに対する公での無関心という問題は、実際の舞台では別の形で表現されている。それは、一つには、様々な肌の色を持つ男性俳優にいくつもの役を兼ねさせて人種や階級の演劇性をある程度表現できたことである。もう一つは、アントニーの死後散切りにした頭を晒し、道化の足の左甲に口付けすることにより、偶然にも同時期にエジンバラで上演されていた迫害されるゲイのキリストという主題を観客に喚起することが可能になったことである。

一九九八年の秋以降数年の間に上演された少なくとも三公演はそれなりに一般に好評を博している。それは、同年秋のハックニー・エンパイアーでのイングリッシュ・シェイクスピア・カンパニーのキャシー・タイソンが演じるブラック・クレオパトラ、翌年夏のオックスフォードでクリエイション・シアター・カンパニーのジュリーアン・ジレットが演じる松葉杖のクレオパトラ、そして男性のマーク・ライランスが演じるクレオパトラである。これらの舞台に共通点があるとすれば、それはクレオパトラを演じる役者がハリウッド版クレオを理想とするような女優のステレオタイプから、それぞれ何らかの点で「逸脱」していることだろう。それに加えて、ハックニーのジャズ・エイジ風の演出や、オックスフォードのモードリン・カレッジのガーデンを利用した荒涼とした舞台、それからジャコビアンの衣装と音楽を用いたグローブ座のオーセンティックな舞台は、どれも主人公の逸脱する要素に合わせて独自の異化効化を狙うことにより、その独自性に必然性と魅力を同時に与えている。

ここで問題点をあえて挙げるならば、クレオパトラを演じる役者の社会的弱点が、周辺の配役の過度のダブリングとは対照的に固定化されたままで、その政治性が観客に素通りされ、逆に定着してしまう危険性があることである。本来「他者性」の持つラディカルな要素は自然に毒抜きされ、その異化効果のみが純粋に抽出されて、逆に理想の「人物像」の造形に貢献することになりかねない。たとえば、黒人女優がクレオパトラを演じるという事実の人種的効果は、それがまるでたまたま黒人だったというように無視され、中年男性がクレオパトラを演じるという事実のキャンプ的効果も、オリジナルの舞台慣習の復興という金科玉条の下に敢えてなかったものとされる。

しかし、世紀末のシェイクスピア批評にとって「政治的に正しくない」こととは、黒人のクレオパトラ、ゲイのクレオパトラ、不具のクレオパトラが舞台上で表象する政治性・インパクトを批評の段階で隠蔽することではないのだろうか。劇批評だけでなく、あらゆる文化メディアを通して、植民地主義や帝国主義といった歴史の根源に厳然と存在する暴力性を文化の神話化によって隠蔽しようとする傾向は、ロマン主義的なシェイクスピア像の復活というよりむしろ、〈シェイクスピア〉業が自らの活動を維持・発展するために要請する制度・慣習化への方途に過ぎないのかもしれない。

アレキサンドリア沖の海底に眠るクレオパトラ神殿も、このまま順調に発掘がすすめば、近いうちに海底博物館として生まれ変わり、世界中から観光客を呼び寄せることだろう。世紀末のクレオパトラ像とは、植民地帝国主義時代の遺産であった。現代の我々はいまだに「国家的なレイプ」というレトリックの呪縛から逃れられないでいる。昨今の懐古趣味的な大衆的歴史主義への回帰は、〈シェイクスピア〉の再正典化とテクスト読解自体の歴史性の喪失を意味する――その時クレオパトラのゴーストは、〈帝国〉の周縁を移動する文化的政治的な境界難民を〈ジェンダー〉化、植民地化して搾取する、よりいっそうコロニアルな〈エンブレム〉となって当局の御用聞きメディアに立ちあらわれるのだろうか。それともグローブ座という万人のための円・和・魔方陣の中にとどまり、アントニーとバンケットに興じながら永遠に観客を魅了し続けるのだろうか（図3）。

図3　バンケット・シーン『アントニーとクレオパトラ』（1999年上演）シェイクスピア・グローブ座センター『パンフレット』（2001年）ジョン・トランパー（撮影）

*

すべてのお名前をいちいち挙げるのは差し控えさせていただくが、本書が完成するまでに、じつに多くの方々から激励と協力をいただいた。一八歳で上京して以来、大井邦雄先生（早稲田大学）、青山誠子先生（青山学院大学大学院修士課程）、上野美子先生（東京都立大学大学院博士課程）、サンドラ・クラーク先生（ロンドン大学大学院バークベック校博士課程）の諸先生方からは各課程において多大なる学恩を授けていただいた。とりわけ上野先生とクラーク先生には英国での学位取得後帰国し、就職を経てその後の研究にいたるまで言葉に尽くせないほどお世話になったが、本書の出版でその学恩に対して多少なりとも報いることができればと思う。英国から帰国し、その後の研究の方向性を悩んでいた時期にエンブレムに関する科研の共同研究者としてわたしを迎え入れ、辛抱強く育ててくださったエンブレム協会日本支部のみなさんにも厚くお礼を申し上げる。特に、成城大学の松田美作子先生にはエンブレム研究のいろはからご教授いただき、また埼玉大学の伊藤博明先生には国際エンブレム学会やイタリアでの現地調査で筆者の目を本格的に図像学研究の方向に開いてくださり、改めてお礼を申し上げたい。天理大学図書館の司書の方々（特に加藤さんには平塚らいてう関連資料をご提供いただいた）をはじめ、早稲田大学図書館、英国各地の図書館や博物館の皆さんには大変お世話になった。また、出版事情の厳しいなか快く出版をお引きうけいただいた金星堂の福岡正人社長と、編集と校正に尽力してくださった倉林勇雄さんに、心よりお礼を申しあげる。末尾ながら、校正のため最後まで目を通してくれた妻の千佳にお礼を言いたい。そして、睡眠不足の日々が続くなか、灯火のように進むべき道を照らし心の支えともなってくれたわが愛する家族に本書を捧げたい。

二〇一六年一月　西宮にて

山本　真司　識

*本書の刊行にあたって天理大学学術図書出版助成を受けた。また本書は科学研究費プロジェクトの成果の一部である。

■著者紹介

山本 真司（やまもと　しんじ）

早稲田大学第一文学部卒、青山学院大学大学院文学研究科博士前期課修了、東京都立大学大学院人文科学研究科博士課程単位取得満期退学、ロンドン大学大学院バークベック校卒 (PhD)。現在、天理大学国際学部准教授。

主要業績：『エンブレムの諸相』（共著、七月堂、2015年）、『イメージの劇場：近代初期英国のテクストと視覚文化』（共訳、英光社、2014年）、『ことばと文化のシェイクスピア』（共著、早稲田大学出版会、2007年）、『女性・ことば・ドラマ――英文学からのアプローチ』（共著、彩流社、2000年）。

《シェイクスピア》と近代日本の図像文化学
――エンブレム、ジェンダー、帝国

2016年1月31日　初版発行

著　者　山本　真司

発行者　福岡　正人

発行所　株式会社 金 星 堂

（〒101–0051）東京都千代田区神田神保町 3–21
Tel. (03)3263–3828（営業部）
(03)3263–3997（編集部）
Fax (03)3263–0716
http://www.kinsei-do.co.jp

編集協力／ほんのしろ　装丁デザイン／岡田知正
印刷所／モリモト印刷　製本所／井上製本

ISBN978-4-7647-1155-6 C3098
Printed in Japan